国家出版基金项目
“十二五”国家重点图书出版规划项目

中國京劇流派劇目集成

启功题签

《中国京剧流派剧目集成》编委会 编

第 叁拾贰 集

學苑出版社

图书在版编目（CIP）数据

中国京剧流派剧目集成．第32集 /《中国京剧流派剧目集成》编委会编．— 北京 ：学苑出版社，2015.1
ISBN 978-7-5077-4720-1

Ⅰ．①中… Ⅱ．①中… Ⅲ．①京剧－剧本－作品集－中国 Ⅳ．① I232

中国版本图书馆 CIP 数据核字 (2015) 第 030938 号

出 版 人：孟 白
责任编辑：潘占伟
装帧设计：徐道会
出版发行：学苑出版社
社　　址：北京市丰台区南方庄 2 号院 1 号楼
邮政编码：100079
网　　址：www.book001.com
电子信箱：xueyuanpress@163.com
销售电话：010-67601101（销售部） 67603091（总编室）
经　　销：新华书店
印 刷 厂：北京信彩瑞禾印刷有限公司
开本尺寸：889 × 1194　1/16
印　　张：14.25
字　　数：365 千字
版　　次：2015 年 1 月第 1 版
印　　次：2015 年 1 月第 1 次印刷
定　　价：220.00 元（精装）

序言

◎黄克

京剧向称国粹艺术，内容博大精深，剧目十分丰富，人们常以“汉唐三千宋明八百”形容其浩瀚。其中流派剧目又以演员表演的鲜明个性使剧目显得更为多彩多姿，充满魅力，既被专业人员钻研承继，也为广大戏迷喜闻乐见，遂成为京剧舞台上一大亮点。

流派

举凡表演艺术，原本就无不带有表演者的个人色彩。京剧表演艺术因其唱念做打诸多方面功夫的综合性和繁难性，表演的个性化尤为突出；加以行当的粗分、剧目的雷同，于大致相同的条件下尽显各自的千姿百态、千变万化；一招一式、一腔一韵之中可以体现不同的特色，同样一出戏，甚至同样一个戏中人物也完全可以演出不同的风采，这种充满个性化的表演，遂成为京剧竞技场上最是为人乐道而又情趣无穷的审美内涵。倘若这种富于个性化的表演为受众所认可，且代有传人，形为规范，即可自成一家，成为迥异于他人的艺术流派。以“四大名旦”（梅兰芳、程砚秋、荀慧生、尚小云）为例，虽皆工旦行，却又各有千秋。京剧大师王瑶卿就曾这样分析这四位后起之秀的独到之处：“梅兰芳的样儿，程砚秋的唱儿，尚小云的棒儿，荀慧生的浪儿。”所谓“样儿”，指梅的艺术造诣全面，要什么有什么；所谓“唱儿”，指程以行腔之新颖动听为能；所谓“棒儿”，指尚的刀马功底深厚；所谓“浪儿”，指荀的柔媚多姿、风情万种。寸长尺短，一语道破各有专擅的各家流派特点。如此成就固然来自自己的勤学苦练、苦心孤诣，更少不了观众的知音捧场、鼓励有加。因此，一个艺术流派的形成，对于创始人来说，无疑是开拓了审美追求的新境界；对于受众戏迷来讲，则更是得到了多样化审美需求的新满足。梨园行有云：唱戏的是疯子——指其追求的执着，听戏的是傻子——指其享受的痴迷。二者相得益彰、相映成趣，或许正道出京剧流派形成之三昧。

流派剧目

在京剧传承的一二百年间，随着历史的变迁、社会的发展，以及新人辈出、师承转换，荡涤旧物、崇尚新声，传统剧目中的绝大部分早已绝迹于舞台，然而，其精华部分（包括剧目中表现出来的唱念做打等程式体系）还是被完好地保存了下来，并得到长足的发展。其间，流派创始人于剧目的推陈出新做出了不可磨灭的贡献。基于对剧目乃至剧中人物的理解和认识，以及更便于发挥自己技艺特长的需要，流派创始人对浩如烟海的传统剧目进行了严格的筛选，经过了整理加工再创作，使之又焕发出崭新的韵味和光彩；随着这样剧目的增多，最终形成了自己流派所特有的剧目系列。而另外的流派又在另外的剧目系列中发挥着自己的优势，即或剧目相同，不同流派依然可以于演出中表现出自己的独特风格。总之，在其演出的剧目中，无不打上自己表演风格的鲜明烙印。京剧舞台上一度出现的这种百花齐放、争芳斗艳的盛况，实由自丰富多彩的流派剧目，这在京剧发展史上已是不争的事实。

但也应看到，如今京剧流派剧目相对于京剧的鼎盛时期，已是光景不再。个中原因很复杂，就客观因素而言，新兴的艺术形式的多种多样，人们的欣赏习惯和娱乐方式已经有了更广泛的选择余地，因而完全可以去旁骛；此外，就京剧本身而言，演出剧目之贫乏不能不说是观众锐减的重要原因之一。本来演出场所和演出场次就不多，翻来覆去又只是那几出骨子老戏，怎么能吸引观众，特别是年轻观众呢？——连那些老戏迷们也都听腻歪了。

回过头来看，今日演出剧目的贫乏和流派创始人晚年艺术景况也不无关系。他们在艺术的巅峰期——集中在上个世纪二三十年代，创作或改编了一出出新戏，直令观众赏心悦目，目不暇接。当其时，除了富连成科班或游动的散班演出些大路戏外，北京的京剧舞台几乎就是流派剧目的天下。据 1932 年商务印书馆出版的《五十年来北平戏剧史材》的记载，自民国十二年（1923）至十八年（1929）这六七年间，以梅派剧目为例，只“初演”的剧目——也就是自家独创的新戏或整理改编的传统戏，就有前后本《西施》、《洛神》、《廉锦风》、头二三四本《太真外传》、《俊袭人》、全本《宇宙锋》、《凤还巢》、《春灯谜》等 12 出戏（其中前后四本《太真外传》这四出戏是在一年多时间里陆续完成的）；同一时间段，马派“初演”的剧目也有《化外奇缘》、全本《玉镯记》、《秋灯泪》、《战宛城》、全本《火牛阵》、《鸿门宴》、全部《临江馆（“馆”应作“关”）》、全部《浣纱溪》、《范仲禹》、全本《清风亭》、头二三四本《大红袍》、全本《天启传》、《许田射鹿》、全本《十道本》等15出戏（其中《大红袍》分头二和三四本两次演出），当然，其中还不包括“初演”以外的经常性的大量的传统戏演出。试问，这些曾经轰动一时的流派创始人编创的新剧目于今又有多少出传承下来了呢？个中主要原因就在于流派创始人到了晚年一些唱做吃重的剧目已难胜任，只有将其已臻于炉火纯青的技艺凝炼到少数剧目之中，或演出或教习也只拘囿于这少数几个剧目了。而其传人也就将这几出戏奉为圭臬，全不知其鼎盛时期的所谓“文武双全”、所谓“昆乱不挡”为何事，致使一些当年的热门戏几近失传，这不能不说是梨园一件憾事。记得梅兰芳先生曾撰文论述学艺过程中的“少、多、少”，大意是初学时会的戏（包括技艺）自然是少的。随着所学剧目的增多，技艺的增长，激发起拓宽其艺术驰骋领域的热情，兼收并蓄，从而极大地丰富了自己。进而又随着审美取向的定型，艺术见识的提高，势必要对自己所学所用下一番去芜存精的工夫，扬长避短，使自己的独特技艺集中在少数几个代表剧目之中。表面看来演出的剧目是少了，但炉火纯青，在艺术创新上却达到了新境界。从少到多，从多而少，贯穿着的是继承与发展的艺术成熟的过程，也闯出了一条攀升艺术高峰的必由之路。后学者以为，学会了几出流派代表剧目便可以薪尽火传，得到了真经，孰不料缺少广博的根基，既影响个人的发展，也造成了剧目越传越少的现实。这难道不是应该汲取的教训吗？

有道是“礼失求诸野”。由于流派剧目的独特韵味及其所富有的艺术魅力，由于京剧作为自娱自乐的审美取向已深入人心，更由于迷恋传统演唱艺术者的大有人在，京剧传统剧目——包括一些已经消失于舞台的流派剧目，至今仍在京剧爱好者中间传唱不息。我们不妨到公园里看一看那一圈圈围着的戏迷，他们来自四面八方，或许彼此并不相识，只凭一把胡琴就将大家凝聚在一起，有滋有味地互相欣赏着一段段流派唱腔。更不用说那遍布全国各地乃至国外华人聚居区的票房，他们还时不时地粉墨登场，过一把戏瘾呢！这种自拉自唱、自娱自乐的红火场面，充分显示了京剧流派剧目的深厚群众基础和顽强的生命力，对于相对落寞的京剧舞台不啻一种发人深省的挑战。然而，这又何尝不是对京剧振兴的潜在的呼唤和有力的支持呢！

流派剧目集成

正鉴于其强大的生命力和深厚的群众基础，“振兴京剧”作为文化建设的国策的提出可谓正得其时。而振兴之务，首要的是挖掘和继承优秀传统剧目，以之作为发展和创新的基础和借鉴。我们编纂《中国京剧流派剧目集成》的初衷正在于此：将流派剧目演出的精彩瞬间记录于永恒，将构成流派剧目的诸多元素一一记录在案。诸如每剧的剧情本事、创始人表演特点的提要，剧中人物行当归属、服装扮相，剧本曲文、唱腔谱、伴奏谱、锣鼓经，以及身段谱等得以再现流派表演风格的内容，都力图完整地记录整理出来，为流派艺术的教学和研究提供文字的基础资料。持此，内行自可作为表演的参考，京剧爱好者也可以作为演习的蓝本。

这一工作，对于京剧剧目的基本建设虽然可谓之善举，但具体做起来却困难多多。首当其冲的就是剧目的选定。京剧剧目虽称汗牛充栋，但保存下来的资料却十分有限。京剧形成初期，以“老生三杰”又称“前三鼎甲”的程长庚、余三胜、张二奎为代表的一代固然没有留下什么音像文字资料；即或以“老生新三杰”又称“后三鼎甲”的谭鑫培、孙菊仙、汪桂芬为代表的一代除了少量的唱片外也没有完整的剧目传下来，所以我们的剧目整理工作只能从民国初年以降的“四大须生”、“四大名旦”开始。他们受熏陶于前辈艺术家，可谓传统的集大成而又能创新的一代，整理剧目以他们为重点自然最合适不过。遗憾的是这些艺术大师大都已经作古，得到他们指点和首肯已不可能，为此，我们只能通过其亲传或再传弟子来进行流派剧目的整理工作。从中我们更深地体会到抢救要及时，当初未能抢救下来现在也不要嫌晚而不为，抢救一点是一点，否则能够保存下来的精华越来越少，越加难向历史向后人交代了。

更难的则是遴选整理者。剧目的全面整理需要全面的人才。我们在组织稿件的过程中却发现这样的人手颇不易得。如果流派创始人或其传人曾在戏校任教，且有较为完整的教案保存下来，今日稍加整理即可选用，自然不是难事。不过这样的情况并不多，大量的剧目尚需要对当年的演出本进行追忆记录，加工整理。曾经受业于流派创始人或其传人的京剧工作者虽然是整理演出本的合适人选，但是他们大都是单位的骨干，忙于演出，忙于剧务，或居于领导职位，很难分出身来。即或肯于应承下一两出戏，也常有如下的情况：能演不能说，能说不能写，能写又不能打谱。因此，完成一个剧目经常需由记录者、整理者和打谱人联袂而行，倘再加上剧目的传授者和提要的撰写人，则非四五人鼎力不可。《中国京剧流派剧目集成》收入二百多出戏，每出戏即使平均两三人参加，也要组织四五百人次。其繁难可以想见，其壮观亦可以想见。当然，这还仅就整理者的数量而言，更为难能可贵的还在于参与者的无私奉献。试想，跟演一出戏或教一出戏相比，以文字整理出一出戏，不仅费时而且费力，无疑是一桩一般人不肯为也不屑为的苦差事，而我们的整理者却能甘之如饴，乐此不疲，没有为京剧事业的传承而不计个人得失的宝贵情操，是难有这种积极性的。不仅如此，随着岁月流逝，整理流派剧日益困难，更需要求助一些老专家，他们或是资深艺员、教师，或是资深票友、戏迷，而今已是硕果仅存的京剧艺术的专家、流派历史的见证人。在他们身上洋溢着一种传承京剧流派的使命感，和对振兴京剧的期待。他们热情地参加到这项工作中来，或亲自动手，为我们整理剧目；或答惑解疑，给我们工作以指导。使我们在受教于他们的同时，油然而生一种深深的敬意。

克服了上述困难，《中国京剧流派剧目集成》终于呈现在读者面前。书中，除了囊括主要流派的主要代表剧目，试图反映京剧鼎盛时期的大致面貌而外，尚有可说道者。首先是挖掘整理出一批流派剧目，其中不乏已近失传的流派艺术精品。其中共收流派五十余家、剧目二百多出，不仅是从装扮到曲谱俱全，而且半数以上不曾整理出版过，可算是京剧剧目建设的一个不小的工程。下列剧目可为佐证。如王（瑶卿）派名剧《南天门》（今能见到的只剩下王和老谭合拍的剧照）、余（叔岩）派名剧《太平桥》（据说是老谭给余说的开蒙戏）、马派名剧《白蟒台》（写王莽被俘后向旧臣一一乞命事，老生扮演反面人物堪称奇特）、麒派名剧《斩经堂》（其中吴汉的悲剧性格曾引起过热烈争论）、荀派名剧《鱼藻宫》（写吕后残害戚姬事，乃荀派悲剧剧目之一），以及汪（笑侬）派名剧《哭祖庙》、龚（云甫）派名剧《徐母骂曹》、徐（碧云）派名剧《绿珠坠楼》、裘（盛戎）派名剧《打銮驾》等，都是难得一见的流派剧目之珍品。而以“关外唐”名世的唐（韵笙）派名剧经其家人和传人的努力竟整理出其代表作《驱车战将》、《闹朝击犬》、《好鹤失政》、《绝龙岭》、《未央宫斩韩信》、《刀劈三关》等七出之多，堪称流派剧目建设的新收获。除此之外，《中国京剧流派剧目集成》还特别着力于武戏的挖掘整理。较之文戏，武戏更难整理，需要将演员在台上的动作招式一一准确地反映出来，没有深入的钻研领会、亲身体验，很难下笔。众所周知，杨小楼作为一代武生宗师，其“武戏文唱”乃武生的不二法门，也是令人神往的一种表演境界，在武戏剧目整理中理应得到体现。资深票友朱家溍先生得其真传，整理了杨派名剧《麒麟阁》，并详细记述了前后六次观剧的心得，惜乎不及将其用工尺谱记下的昆曲吹腔翻为简谱便溘然而逝了。另一出杨派名剧《镇潭州》则是根据京剧耆儒刘曾复先生的讲授整理出来的，其中杨再兴上场的“蝴蝶霸”、和岳飞对打的“枪架子”，皆独得杨派之秘，给人以再闻《广陵散》般的惊喜。此外，高盛麟的《长坂坡》、《走麦城》，王金璐的《落马湖》、《蚂蜡庙》也都走的杨派的路子，有的就是直接跟杨宗师学的。南派大武生盖叫天武功盖世，他的剧目身后却乏人整理，多亏移居上海的原中国戏校武功教师赵雅枫先生以耄耋之年勉力整出《一箭仇》，也算保存了盖派一脉。还值得一提的是收获了一批武丑戏。叶盛章当年是以武丑戏挂头牌演大轴的第一人，勇于创新，能戏甚伙，现将其创作的名剧《酒丐》、《祥梅寺》、《打瓜园》、《徐良出世》、《三盗九龙杯》、《铜网阵》等七出代表作一并推出，既再现了叶氏当年神勇，也为乏人承继的武丑行当提供一些演习之本。尤为可喜的是我们也挖掘整理出富连成科班总教习、文丑“萧派”创始人萧长华老先生的《选元戎》、《荡湖船》、《变羊记》等已近绝迹舞台的拿手剧目。凡此，整理者挖掘流派剧目的辛勤劳作成果，均为我们编纂“集成”增添了光彩。

为了方便读者翻检使用，本书采取四五出戏合编一册的形式，这样全书约有五十册之多，并拟分三批推出。第一批为老生行的余派，以及号称“南麒、北马、关外唐”的三派，和武丑行的叶（盛章）派，计五家八册。第二批则以旦行“梅、尚、程、荀”为代表，包括老旦、刀马旦等流派。第三批是老生、小生、武生、净、丑等其他流派。预期一两年内出齐。倘若其中有重要疏漏，又得人整理，亦可考虑编辑出版“集外集”，以满足读者的需求，也使这部“集成”更为名副其实。

当然，《中国京剧流派剧目集成》的编纂，其目的只在提供流派剧目作为研究家和后学者的参考借鉴。而流派、流派，意重在“流”。所谓流，指流行和流变。流派艺术正是在流行、流变中最终形成的，即或在最终形成之后，也还是靠流行、流变而发展的，倘若泥古不化，抱残守缺，就会失掉其鲜活的生命力，艺苑奇葩也会枯萎，这已为京剧发展史所证明。不过，流派艺术发展也需要有个前提，那就是首先要掌握渗透在表演程式唱念做打、手眼身发步中的艺术个性，而流派剧目就是其艺术个性展现的载体。继承流派艺术，不能只满足于模拟外在的“体”，更要在剧目演练中去体味其艺术个性的“魂”，这样才能促使京剧流派艺术从剧目建设到表演个性都得到发扬光大。此乃传承流派剧目的题内之义，自毋庸赘言。

目录

程砚秋

陈 琪 整理

春闺梦

根据赵荣琛1983年演出本整理

说到《春闺梦》，不能不提到《荒山泪》，因为它们是思想、艺术相近的姊妹篇，都诞生于1931年，也是程砚秋自1922年以《梨花记》、《龙马姻缘》为开端、在长达10年的新戏创演第一个高潮中的最后两出名剧。《春闺梦》首演于1931年初秋，是这一创作高潮中的压卷之作。

《春闺梦》、《荒山泪》与此前程砚秋的新戏，如《红拂传》、《鸳鸯冢》、《青霜剑》、《金锁记》、《碧玉簪》、《梅妃》、《文姬归汉》等，均有所不同。这些戏虽然对封建社会的丑恶有所揭露谴责，但更多的是表现个人婚姻及遭遇的不幸，《春闺梦》、《荒山泪》则直面更广阔的社会，揭露社会黑暗、战争频仍给百姓带来的苦难。正如他当时撰文所言：《荒山泪》、《春闺梦》的问世，“犹之乎从平阳路上突然转入于壁立千丈的高峰，现出一个思想的急转势”。程砚秋在名列“四大名旦”之后，没有止步、满足，他进一步走上以舞台唱人生之路，借编戏演戏把矛头直指社会现实，谴责当时的军阀政客为一己私利，倒行逆施，连年混战，抽丁苛税，以致民不聊生。这些戏是他“发泄个人胸中的不平和愤懑”的作品，是向黑暗社会现实发出的声讨和控诉，唱出了千万百姓的心声。

《春闺梦》与程氏1924年《碧玉簪》后一系列新剧的编剧，均为浙江名儒金仲荪先生。他以唐人陈陶《陇西行》中的名句“可怜无定河边骨，犹是春闺梦里人”的意境编写该剧，诉说黎民百姓不胜战乱之苦。剧写东汉末年王恢新婚三日，就被强迫入伍，不久阵亡。妻张氏独守闺房，盼夫不归，又无音信，心中郁闷，久思成梦：丈夫归来，夫欢妻悦，和美幸福；这时战鼓又起，王恢又被征掳而去，张氏追夫而不得，被战场尸骨横陈的惨烈景象惊醒，怅然若失，只能继续她那无尽的思夫之梦。

程砚秋对《春闺梦》以及《荒山泪》这两出思想政治倾向性很强的名剧，在艺术上也是精雕细琢，有创造，有革新，有名段，有佳做，在艺术欣赏上给人以极大的满足。

《春闺梦》的核心是“梦”。前面有一些交代情节、预为铺垫的场子，无非描述“思夫”心情，因“思”才有“梦”，所以艺术重点也就放在了“梦”的前后两部分。“梦”的前半部是梦见王恢归来，夫妻欢聚，温馨幸福。这部分的唱段仅是两句〔西皮摇板〕、一段〔西皮二六〕和一段〔南梆子〕，但表演十分丰富优美，与唱腔配合非常紧密，传达出的感情十分细腻。如〔摇板〕中“今日里见郎君形容瘦损……”，程先生及其弟子赵荣琛都唱得略慢，喜中带悲，饱含对亲人的关切之情。后面的〔二六〕，唱腔的旋律变化并不大，新腔也不多，却配合有很多身段：“饥寒饱暖无人问”一句，有双手抱肩、肩微晃的动作，形容天寒地冻中戎马生活的艰苦；她头微扬，眼神对王恢饱含怜惜关切之情，这是情在进一步深化。再后的〔南梆子〕，唱腔委婉、轻柔，同时配合了很多表演身段，脸上、眼睛、身上、水袖，处处是戏，表现小夫妻久别重逢，闺房内互相戏谑、怜爱的深情。此处还有一些无声表演，如王恢扑向妻子，张氏扭动腰身，巧妙地两次躲开，这躲开正是她内心喜悦而在外表上又有些羞怯的体现，恰合人物的身份和感情——端庄中有流丽，流丽中不失端庄。

“梦”的后半部，环境突变，是在刀光剑影的战场上。王恢又被掳去，张氏不肯再失去夫君，紧紧追赶，一连几个大圆场（程先生的圆场功夫极为深厚，《武家坡》的“跑坡进窑”无人能及）后，被士兵踢了一个高高跃起的“屁股坐子”，摔倒在地，接唱〔二黄导板〕。这〔导板〕起唱前和唱中，全身一动也不动，表示她是在半昏厥的极度惊恐中，逐渐清醒，只有这样才更符合人物和规定情景。此后的〔回龙〕、〔慢板〕中，则配有大幅度的身段和水袖表演，再辅以隆隆鼓声、灯光变幻，充分展示了程派艺术唱、做、念、舞综合一体的特色。这段〔二黄〕是典型的程腔，但是如果只是干唱而没有那么多恰如其分而又丰富多姿的身段表演，戏的意境及人物的内心活动就难以充分体现。

在《春闺梦》演出后不久，1932 年初，程先生赴欧洲考察。回来后重整班社，开始与俞振飞和琴师周长华、鼓师白登云合作，对许多戏重新加工，其中以《春闺梦》的改动最多：增添了从昆曲化入的小生、青衣的双舞动作；使用了硬景片和灯光变化；乐队增添新设计的胡琴和二胡以及口琴，以增加音乐伴奏的丰富性。这在 1934 年的北京菊坛，是十分了不起的。

胡金兆

人物行当

杨　威	武生	孙　氏	丑
刘　虞	净	刘　氏	老旦
李　信	丑	王　恢	小生
张　氏	青衣	八蓝兵	杂
丫　鬟	丑	八黄兵	杂

服装扮相

杨　威　俊扮。武生巾，白花箭衣，红彩裤，厚底靴。
刘　虞　勾赭色脸。黑满、额子，软靠，彩裤，厚底靴。
李　信　勾豆腐块。板巾，黑箭衣、马褂，朝方靴。
张　氏　俊扮。大头、点翠头面，湖色帔、粉色褶子，彩裤，彩鞋。
丫　鬟　丑扮。大头、亮头面，绣花裤袄、短坎肩、腰巾子，彩鞋。
孙　氏　丑扮。大头、亮头面，绣花裙袄，彩鞋。
刘　氏　俊扮。白发髻，老斗衣、墨绿腰包、白腰巾，福字履。
王　恢　俊扮。将巾，月色褶子，月色彩裤，厚底靴。
八蓝兵　俊扮。蓝兵服。
八黄兵　俊扮。黄兵服。

道具

桌　子	一张	棍	一根
椅　子	两把	绣花桌围椅披	一份
刀	数把	追光、干冰、枯树、布条	各一
枪	数杆（白色、黑色）	酒盘、酒壶、酒杯	各一

第一场

〔【一锤锣·四击头】八兵士举枪“站门”引杨威上,“九龙口”亮相后至中台口。【归位】

杨 威 （念）旌旗耀日影，
　　刁斗肃秋声。
俺，（仓）杨威。【住头】奉了公孙瓒元帅将令，大战刘虞。众将官！

众 有。（仓）

杨 威 迎敌者！

众 啊。

〔【急急风】八兵士举枪“插门”，李信尾随引杨威左转至“大边”与刘虞的八兵士“二龙出水”归两边，刘虞尾随上，杨威与刘虞举枪台里亮相。转【一锤锣】二人涮枪走至台口举枪架住。

刘 虞 来将通名！

杨 威 杨威在此。

刘 虞 【大锣叫头】杨威，【五锤】如今大兵压境，还不下马投降。

杨 威 一派胡言，看枪！

〔杨威刺刘虞“腰封”。【四击头】亮相。

刘 虞 杀！

〔二人扬手。【急急风】双方兵士举枪“钻烟筒”两边下场。杨威左转缓枪站“大边”“九龙口”处与刘虞（站“小边”台口）对峙，李信由“下场门”拖枪偷偷摸摸从“上场门”溜下。杨、刘二人走至中场涮枪“过合”，对打毕刘虞“小边”台口亮相，杨威“九龙口”斜背枪右握拳、抬右腿亮相，“下场门”败下。刘虞挥手，八兵士过场追下。刘虞耍“枪下场”。【四击头】“大边”台口亮相，【急急风】右转圆场“下场门”下。

〔【乱锤】李信“上场门”上站中台口。

李 信 哎哟我的妈呀！（台）这两军阵前真刀、真枪、真玩命呀。我哪儿见过这个呀，我眼瞧着赵克奴在战场上阵亡了，那个王恢身上带着箭伤，还在那拼着性命傻干哪，我瞧他呀，他也是凶多吉少哇。我呀，我才犯不上给公孙瓒卖命哪，趁着军中混乱，我给他来一个溜之乎也。这可真是啊：两军阵前逃活命，急急忙忙回家门。【水底鱼】（左转至中场台口门旁一看，轻轻拍门）家里的，（焦急地四周环顾）家里的，开门来呀！（至“大边”等待）

〔【小锣抽头】孙氏从“上场门”蹑手蹑脚至“九龙口”。

〔西皮摇板〕

孙 氏 サ（66 55 36 55 32 11 6̣5 55）i 6 36
忽 听 门

5 7 6 35 6（65 35 65 32 11 6̣5
环 敲 得 紧，

5 5) 3 6　5　6　6　5　6 5　3 ⁵3　5 (5 5　3 6　5) ‖
不　　知　何　人　又　叫　　门。

（走至台口侧耳听）

李　信　开门哪，你快着点啊。（敲门）

孙　氏　哟，我说外头是谁叫门哪？

李　信　我是你那口子回来啦！（轻叫）

孙　氏　哎哟，敢情是我们那口子回来了。

李　信　快点，快点吧。**【小锣一击】**（边敲门边紧张地四下张望）

孙　氏　（欲开门）等等吧，这年头啊，蒙事的多，要是来一个冒充字号的，我这么一开门，那么小奴家我不是上了当了吗！有了，我先扒门缝瞧瞧。（双手扒门偷看）

李　信　快点，你那儿干什么哪！（着急地敲门）**【小锣一击】**

孙　氏　哎哟，可不是他回来了吗。（开门出门，门旁右立）哎哟，你怎么回来啦？

李　信　进去快点快点关门。**【小锣一击】**（进门右转站“大边”，孙氏随后关门站“小边”）

孙　氏　我说当家的，你走了一年多呀，可把我们给想坏了。你怎么这德性就回来啦。

李　信　这德性还对不起你是怎么着，听我跟你说吧，这两军阵前死的死，亡的亡，（小声地）我是丢盔卸甲逃回来的。

孙　氏　噢，你是开小差逃回来的。

李　信　别嚷，别嚷，（用手挡孙嘴，紧张地向外看）留神让人听见，我这不都是为了你吗！

孙　氏　对，对，对，这倒是啊！看不出来啊，你还真有两下子，本来是吗，他们为了争权夺利，成天净打仗，净抓咱们老百姓给他卖命送死啊，不去吧还不成，你这回逃回来啊，真算对了。

李　信　可不是吗！我要是不溜回来呀，咱们俩这辈子还没准见不着面了。

孙　氏　得了，得了，得了，瞧你这狼狈相吧！真个的，你伤着哪没有啊？（关心地上下打量）

李　信　没伤着，就是腿老打颤，心里老扑腾着。

孙　氏　这不要紧的，到家就好了，当家的，赶快歇着去吧。

李　信　对了，歇会儿去吧，正是：逃回性命真可庆。（走至“小边”）

孙　氏　只怕二次又抓兵。（调至“大边”，李急用手挡孙嘴）

李　信　哎，别说这丧气话了，后面歇会吧。

〔**【大锣原场】**二人又喜又怕，孙搀扶李“下场门”下。

第二场

〔**【撤锣·小锣打上】**张氏单背手“上场门”上，“九龙口”亮相，抖袖，走至中台口。

张　氏　（念）夫郎一去无音信，
　　至今生死不分明。

春闺梦

闺中独自甚凄冷，

肝肠望断待征人。（搭左袖右手指出）**【小锣二击】**

是我与王恢新婚之后，他便被征从军，一去年余，杳无音信。是我朝思暮想，实在放心不下。今当春光明媚，对景伤情，更觉难以排遣。（抖袖）**【小锣一击】**我不免去往左右邻家，探听消息，若有我家官人的音信，也未可知！（一想，撤至中场，向“上场门”扬右袖）啊……丫鬟！**【小锣一击】**

〔丫鬟内白：“夫人，什么事啊？”

张　氏　我去往左右邻家，探听你家老爷的消息，你在家好生看守门户，我去去就回。

〔丫鬟内白：“是啦，您就放心吧！可想着早点回来。”**【小锣一击】**

张　氏　（左回身略思）我想赵家离此不远，我不免先到他家探问一番便了。（随“了”尾音起**【小锣夺头】**，走至台口出门，左转关门右转向左慢走）

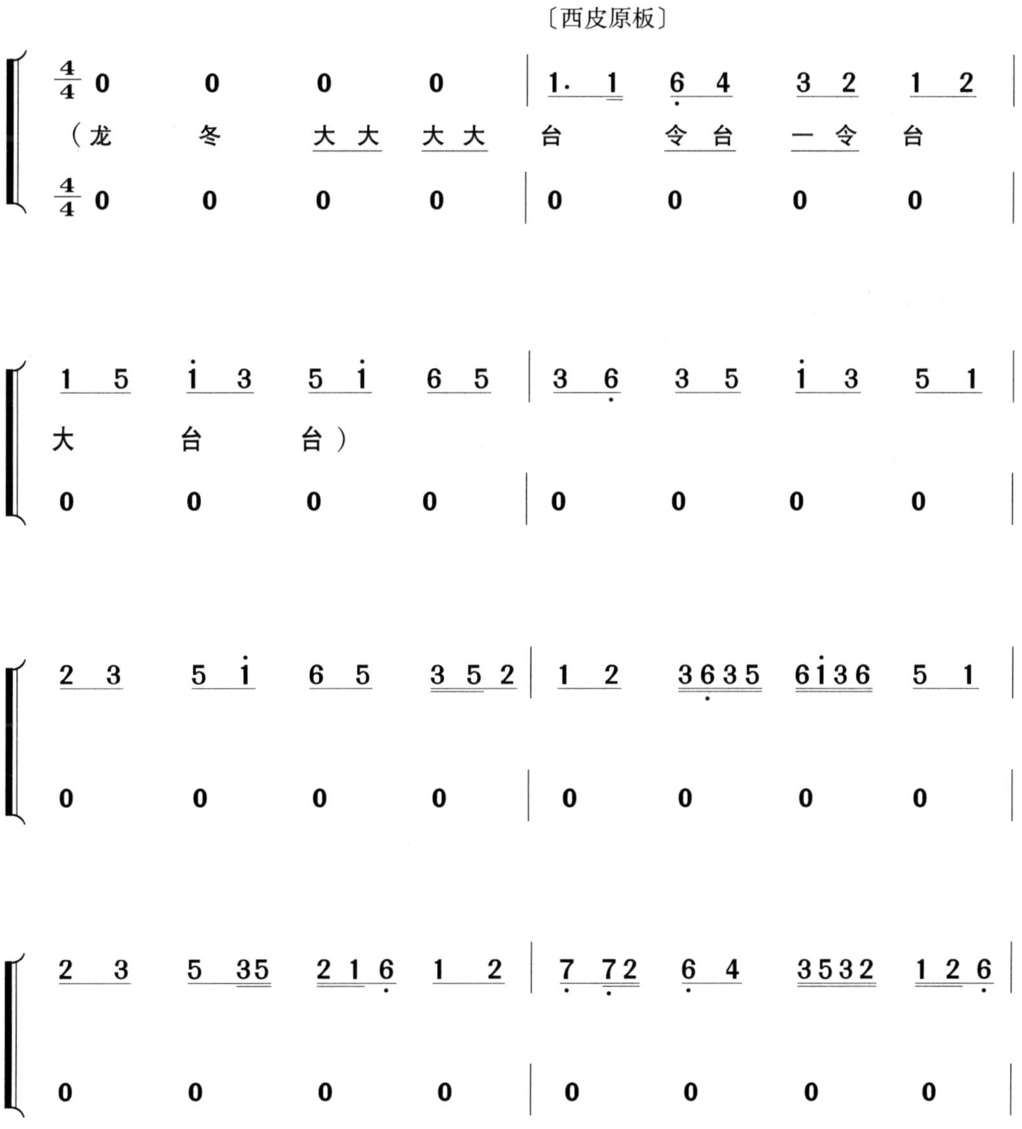

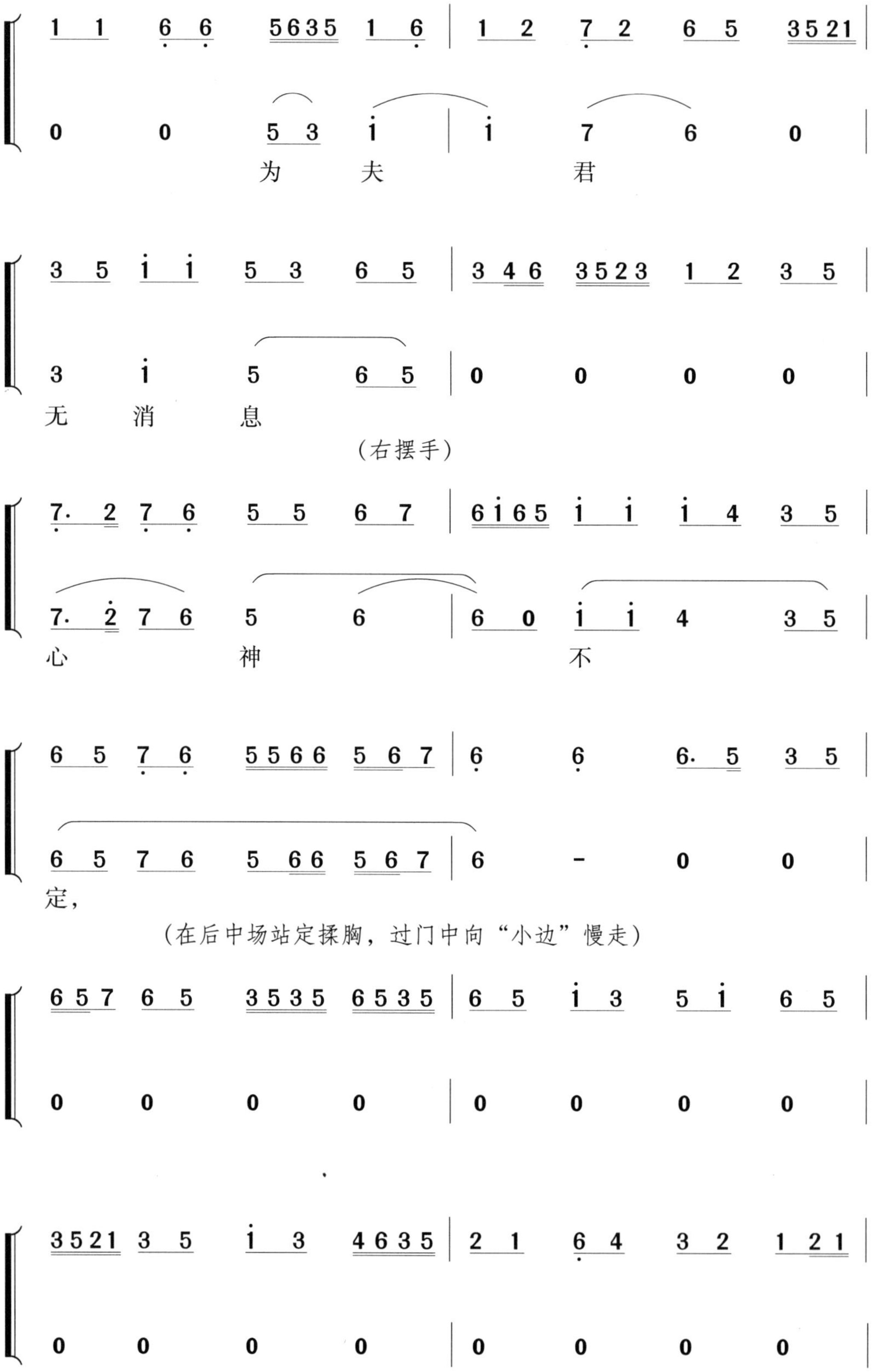
为 夫 君
无 消 息
（右摆手）
心 神 不
定，
（在后中场站定揉胸，过门中向“小边”慢走）

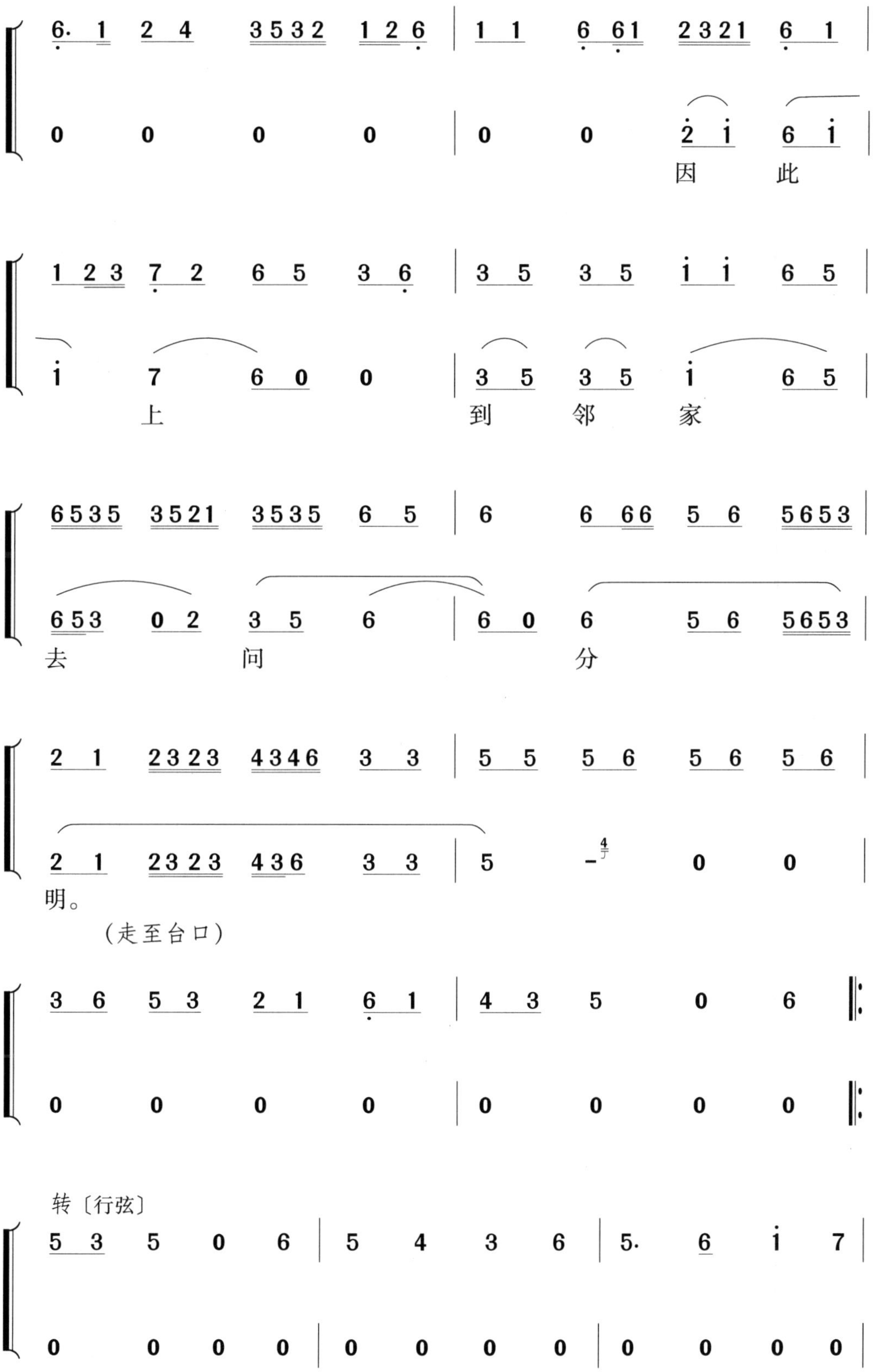

“来此已是赵家，（双指左）待我扣门。”（敲门）

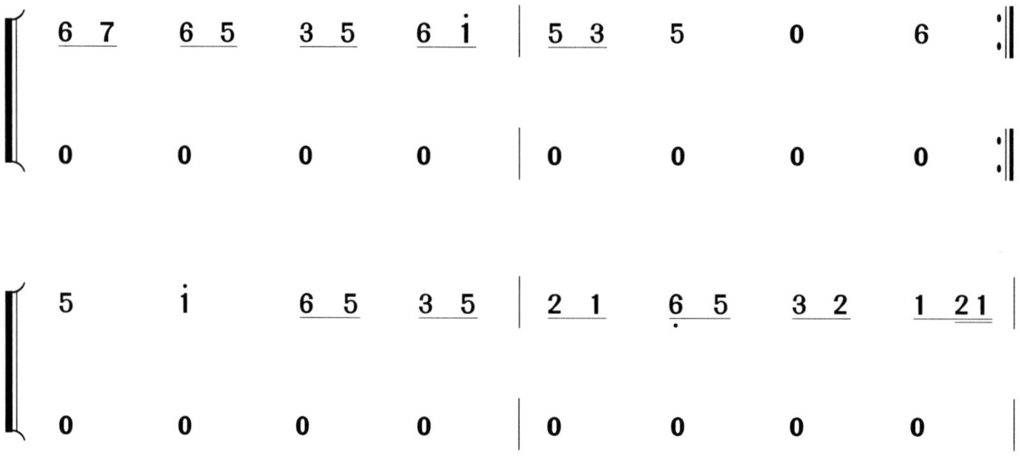

「刘氏左手拄棍“下场门”上，大边“九龙口”站立。

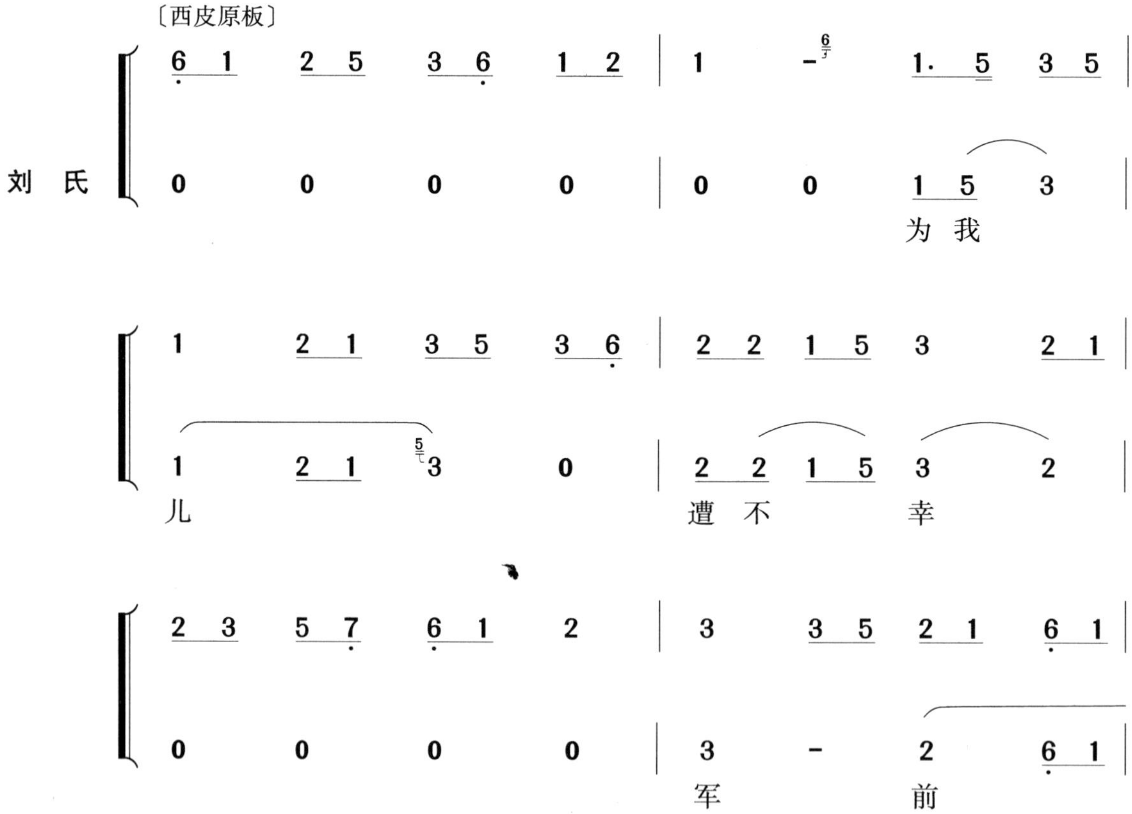

(走至“大边”中场)

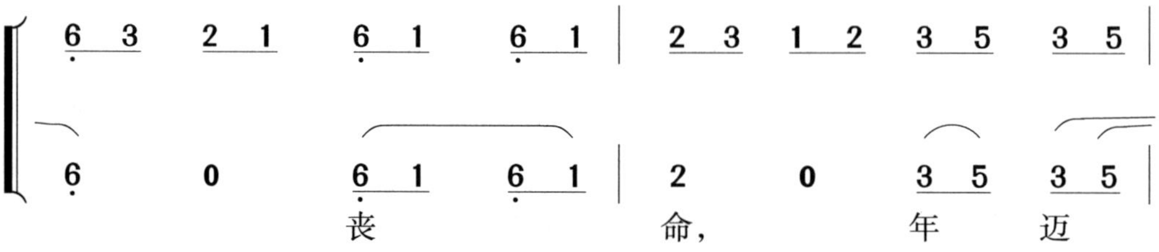

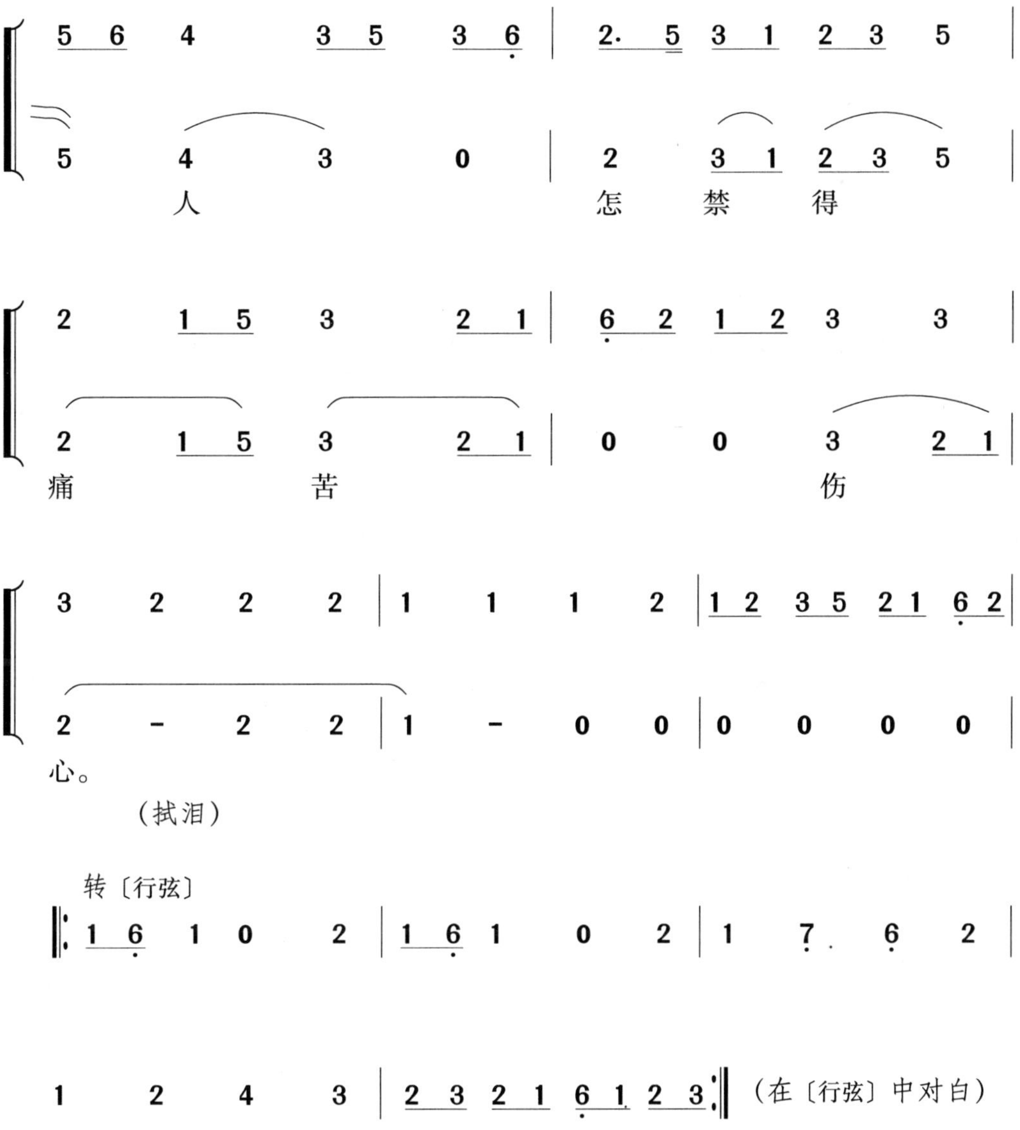

刘　氏　外面何人叫门？
张　氏　是我哇。
刘　氏　哦，王家嫂嫂来了，待我与你开门。（开门见张哭）哎儿啊！**【小锣一击】**
张　氏　啊伯母，为何满面泪痕？
刘　氏　你还不知么？
张　氏　怎么？
刘　氏　我那儿子在军前阵亡了——哇！（哭，拭泪）**【小锣一击】**
张　氏　怎么，他在军前阵亡了？
刘　氏　阵亡了——哇！（哭）
张　氏　啊伯母，你是怎么知道的？
刘　氏　是李家嫂嫂对我言讲！
张　氏　啊，（欲问又怕）他说我家官人怎么样了哇？

刘 氏 这倒不曾听见，不曾听见哪！（急忙进门关门）哎，儿啊……（左转下场）

「〔行弦〕转〔西皮原板〕张氏欲问，门已关闭。

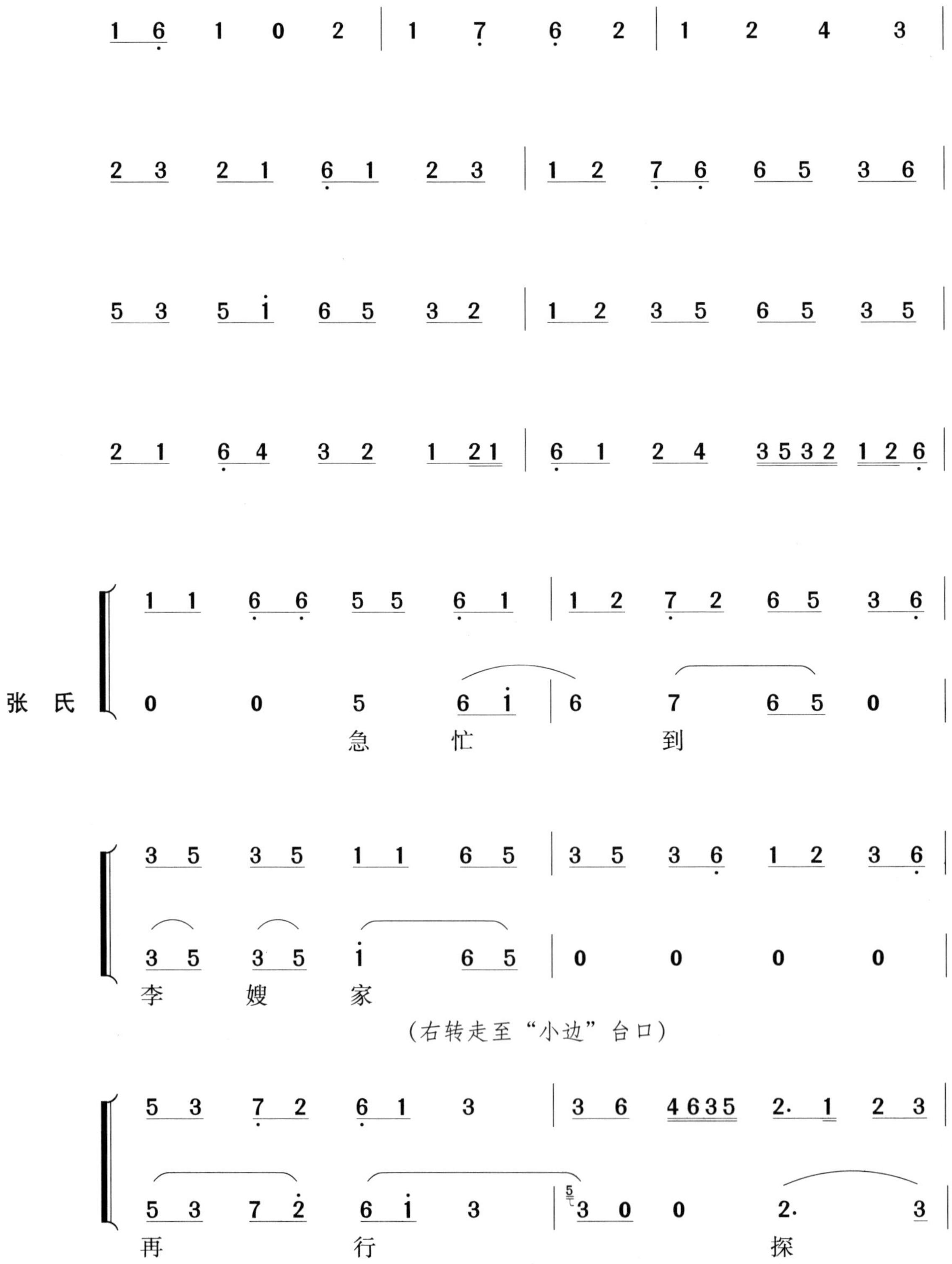

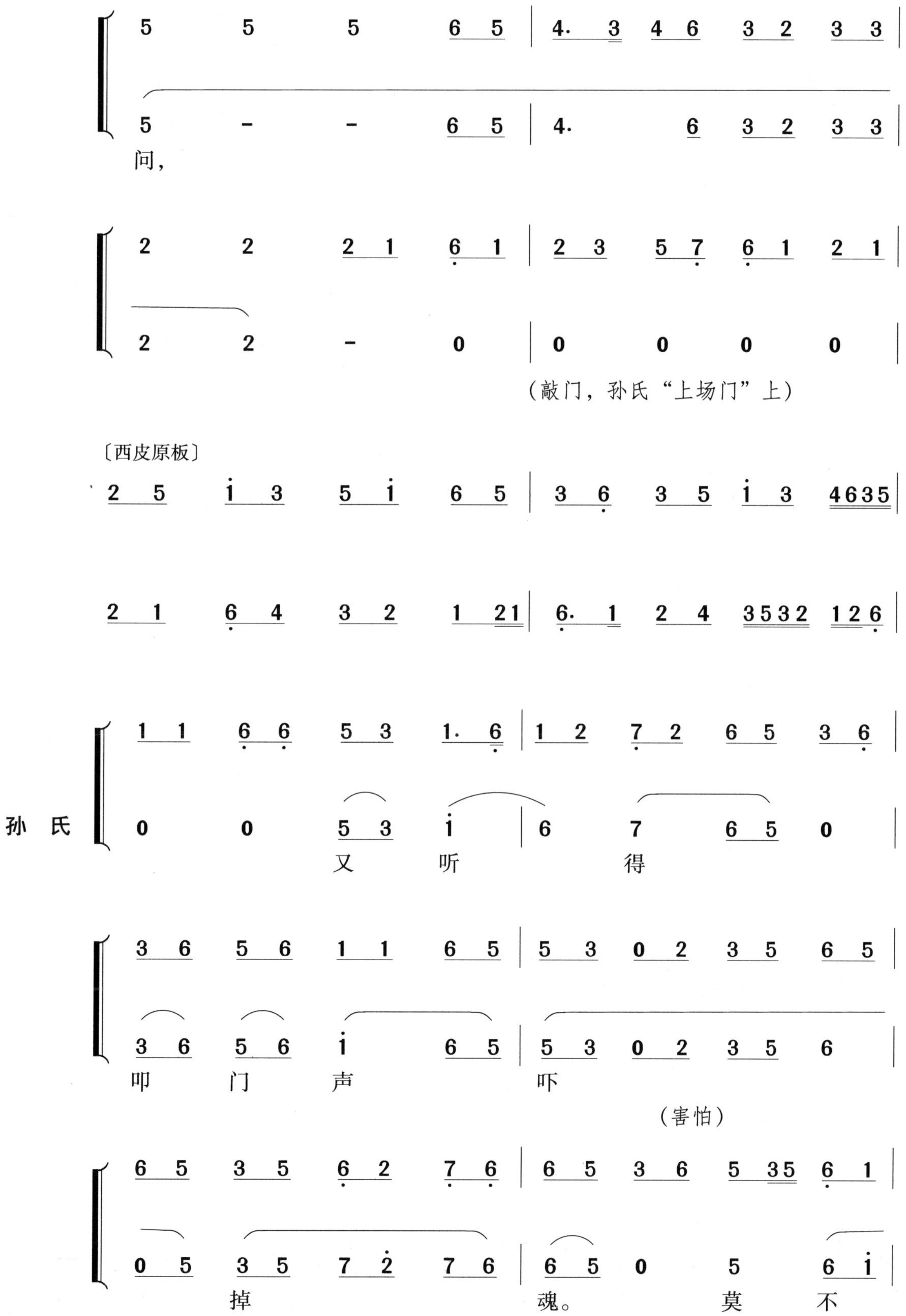
问，
（敲门，孙氏“上场门”上）
〔西皮原板〕
孙氏
又 听 得
叩 门 声 吓
（害怕）
掉 魂。 莫 不

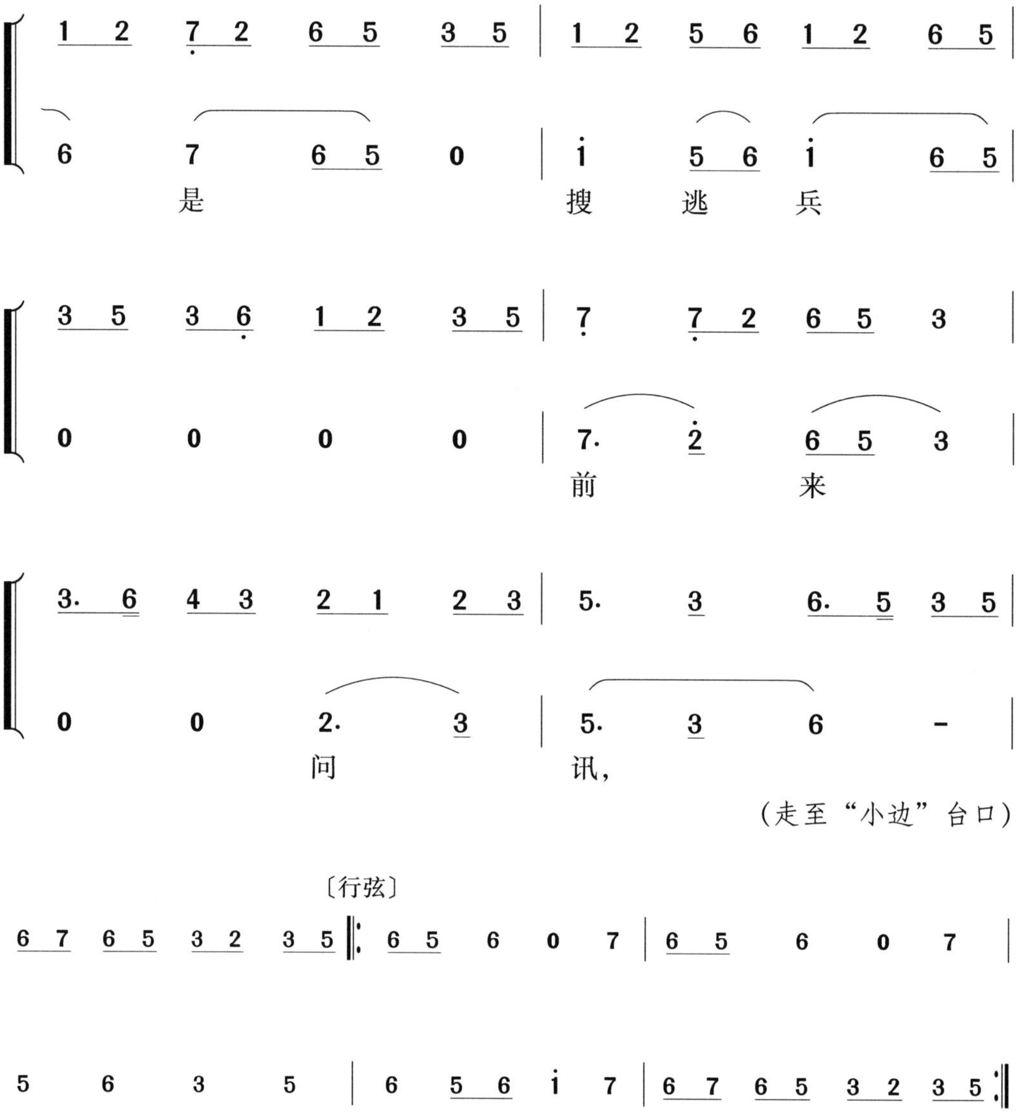

孙　氏　（独白）哎哟！外边又有人叫门，八成是搜逃兵的来了吧？有啦，我给他来个下马威。我说嗨！【小锣一击】外头是谁叫门哪？也不管人家睡晌午觉不睡晌午觉，就这么鸡猫子喊叫的？

张　氏　嫂嫂是我哇！

孙　氏　是个女子的声音，不是搜逃兵的，我瞧瞧是谁。（开门出门）哟！这不是王家嫂嫂？我当他们跟我闹着玩呢！

张　氏　敢问嫂嫂，你家官人可有书信回来？

孙　氏　啊……有书信前来，不瞒您说，还是他亲自带回来的哪！

张　氏　如此说来，他已然回来了？

孙　氏　可不是吗！我们那口子，他老惦记着我，所以就逃回来啦。

张　氏　啊，你可知我家官人怎么样了哇？

孙　氏　我们那口子说啦，赵克奴跟你家官人，跟随元帅打进敌营，那赵克奴他已然阵亡啦！

张　氏　哦，我家官人呢？

孙　氏　他说他临逃回来的时候，看见你家官人还正在那儿奋勇杀敌哪！

张　氏　哦——，（抖出右袖收回）【小锣一击】怎么，（掳袖）他还在那里（双指前）奋勇杀敌么？（抖双袖、翻袖、右袖搭左臂、反绕左袖、右缓指前亮相）【小锣一击】

孙　氏　对啦。

张　氏　啊嫂嫂，以后便怎样呢？（急切讯问）

孙　氏　啊，以后的事，我就不知道了！（边说边退进门关门，右转“上场门”下）

〖闭二幕，“下场门”摆斜桌外跨椅，中后场摆“小座”。

〔行弦〕转〔原板〕

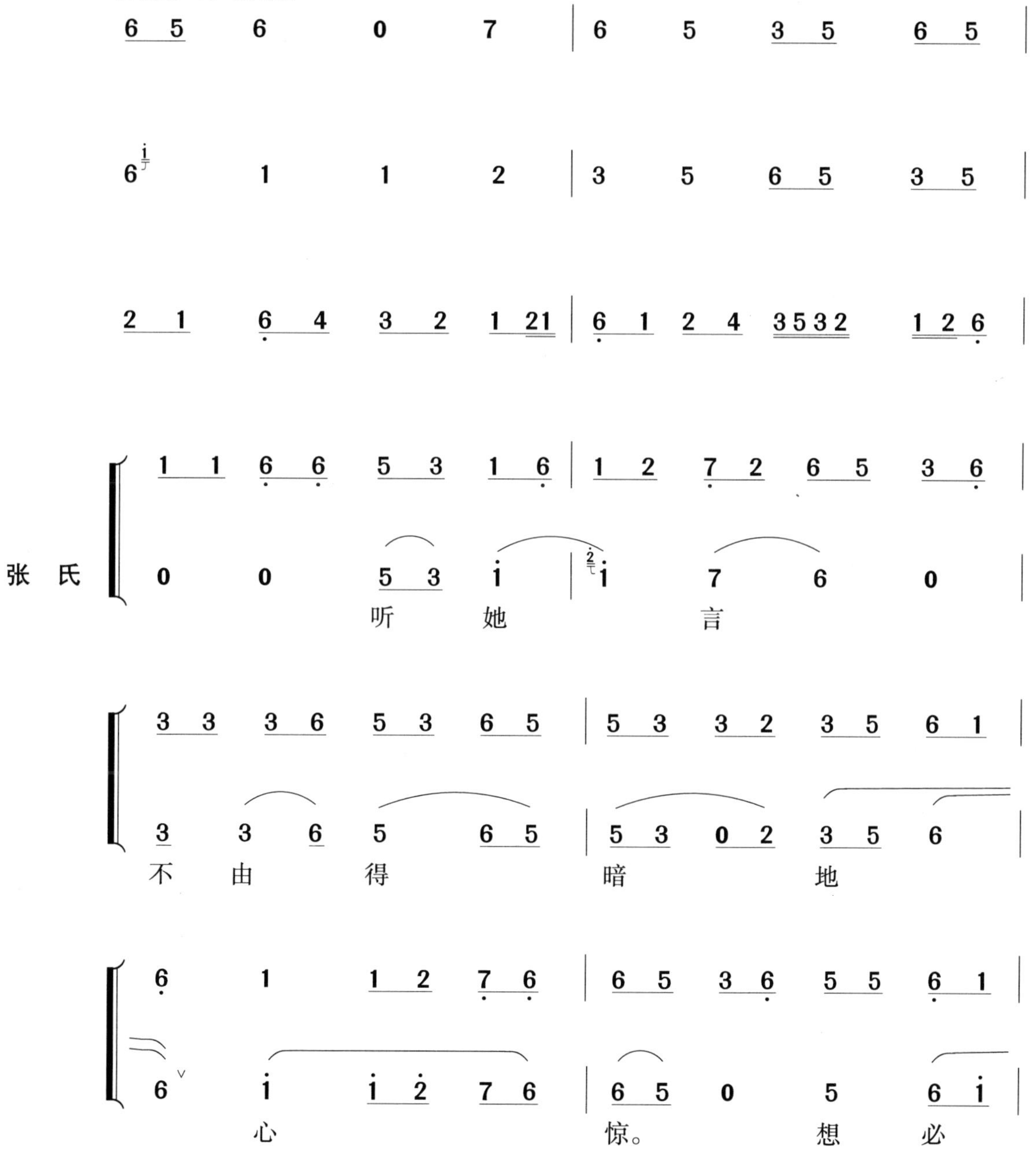

1 2 7 2 6 5 3 6 | 3 3 3 6 5 3 5 6 |

6 7 6 5 0 | 3 3 6 5 3 0 |
是 我 大 营

转散
サ 7 6 5 3 5 3 （大 大） 5 － 5 6 － ‖
输 赢 未 定，
（翻袖，垂袖左转至“大边”。右转至门口）

〔拉开二幕，丫鬟“上场门”上。**【小锣抽头】**

丫　鬟　天不早啦，夫人也该回来啦！我瞧瞧去。（开门出门站“小边”，见夫人）哟，夫人您回来啦，快进去吧！

〔张氏进门背身脱帔，左转回。轻抖右袖，提袖。丫鬟随后，接帔“上场门”送下，即返回旁立。

〔西皮摇板〕

张　氏　**【小锣凤点头】**（6 6 3 5 5 5 3 6 5 5 3 2 1 1 6 2 1 1）

サ 3 3 6 5 5 3 3 5 6 （6 5 3 5 6 6）
这 件 事 倒 叫 我

i 5 － 4 6 4 3 2 3 5 3 5 － ‖ **【小锣一击】**
真 假 难 评。
（后撤左回身坐“小座”）

丫　鬟　我说夫人，您出去了半天，打听老爷的消息怎么样了？

张　氏　是我先到赵老安人家中，她老人家正在那里伤心落泪。说她的儿子已在军前阵亡了！

丫　鬟　哎哟，那么一条汉子，怎么一下子就死了？后来呢？

张　氏　后来，我又到李嫂嫂家中，她却在那里欢天喜地说她的丈夫已由军前回来了。

丫　鬟　嘿！没想到他倒回来了！

张　氏　一家啼哭，一家欢笑。这悲喜的境遇就大大的不同了。

丫　鬟　嗨！什么境遇同不同的，还不是打仗打的，真个的，您打听老爷的消息怎么样了？

张　氏　哦！是我听李嫂嫂言道：你家老爷还在那里（双指前）奋勇杀敌！（左指前亮相）**【小锣一击】**

丫　鬟　哦，我们老爷还在那里奋勇杀敌哪？我说夫人，我想我家老爷打了胜仗一定会回来的。

张　氏　但愿如此。【小锣一击】啊丫鬟，今日我身体劳乏，就在此打睡片时，你也歇息去吧！（挥手站起）

丫　鬟　哎，对啦，您这先养养神，我也到后面打个盹，回头我再来伺候您。【小锣五击】（边念边搬椅子至“下场门”斜桌里跨椅，“上场门”下。张氏走至椅前坐下）

张　氏　【小锣一击】（念）可怜废寝忘餐久，
尽在胡思乱想中。（起乐）（靠桌沉睡，灯渐暗）

慢

サ 5 6 - - - 2 7 - - - 6 - - -

（张氏随“2”音慢慢站起走出门外，

2 7 6 5· 4 3 2 5 6 1 - - -

走至“大边”台口向“下场门”一望两望，

1 - - - 3 3 2 5 3 2 3 5 3· 2

右回身缓步至中场向“上场门”一望两望，惊，左回身背供：

渐快

3· 5 3 2 3 5 3 2 3 7 - - - 6 - - - -

“此人好像我夫王恢。”急右回身望“上场门”，扬右袖，垂左袖下场）

2 3 1 2 7 6 - - - - 5

（随“6”音右拉王恢上场，“九龙口”亮相，【小锣一击】二人翻袖互看。双进门，王右转回，张左转回，二人中场对视，

3 6 7 5 3 6 7 5 - - - -

向内缓手，先左、后右、后双手由上至下一缓，张顺势抖袖）【小锣一击】（乐停）

张　氏　（亲切温柔地）我正在思念与你，不想你就回来了。

王　恢　我是特地回来探望于你呀！

张　氏　看你形容消瘦，满面风尘，真真可怜人也！（抖袖、拭泪）

〔西皮摇板〕

【小锣凤点头】（过门同前）i 3 6 5 3 3 6 5 5 6 6 i 3 5

今 日 里 见 郎 君 形 容 瘦

6 （65 35 65 32 11 62 11） 3 i 65 53
损， 乍 相 逢 不

35 6 （65 35 6 6） i 5 65 35 3 5
由 得 珠 泪 飘 零。

（拭泪）

王 恢 娘子啊！

〔西皮摇板〕

【一小锣或凤点头】（过门同前） 3 36 5 5 57 6 5
提 起 了 一 年 事 犹

6 6i 35 6 （65 35 65 32 11 62
如 梦 （啊） 境，

11） 3 36 5 53 i 65 3. 5 6
我 与 你 且 宽 怀

（65 35 6 6） 5 6i 2 35 3 5
重 话 前 因。

【小锣一击】（撤向“小边”抖右袖）

〔二六〕

多罗 6.12 | 112 766 | 5356 3512 | 13435 643535 |

张 氏 0 0 | i i2 766 | 5 0 3 i | i35 6 0 |
可 怜 负 弩
（左手缓王右手，拉王右手

676566 5436 | 5i35 6i535 | 66765 3521 | 33523 543535 |

6. 566 5 0 | 0 6i5 | 6 0 332 | 3.523 5 0 |
充 前 阵， 历 尽
由中向“小边”上步，右前指两番） （收式，

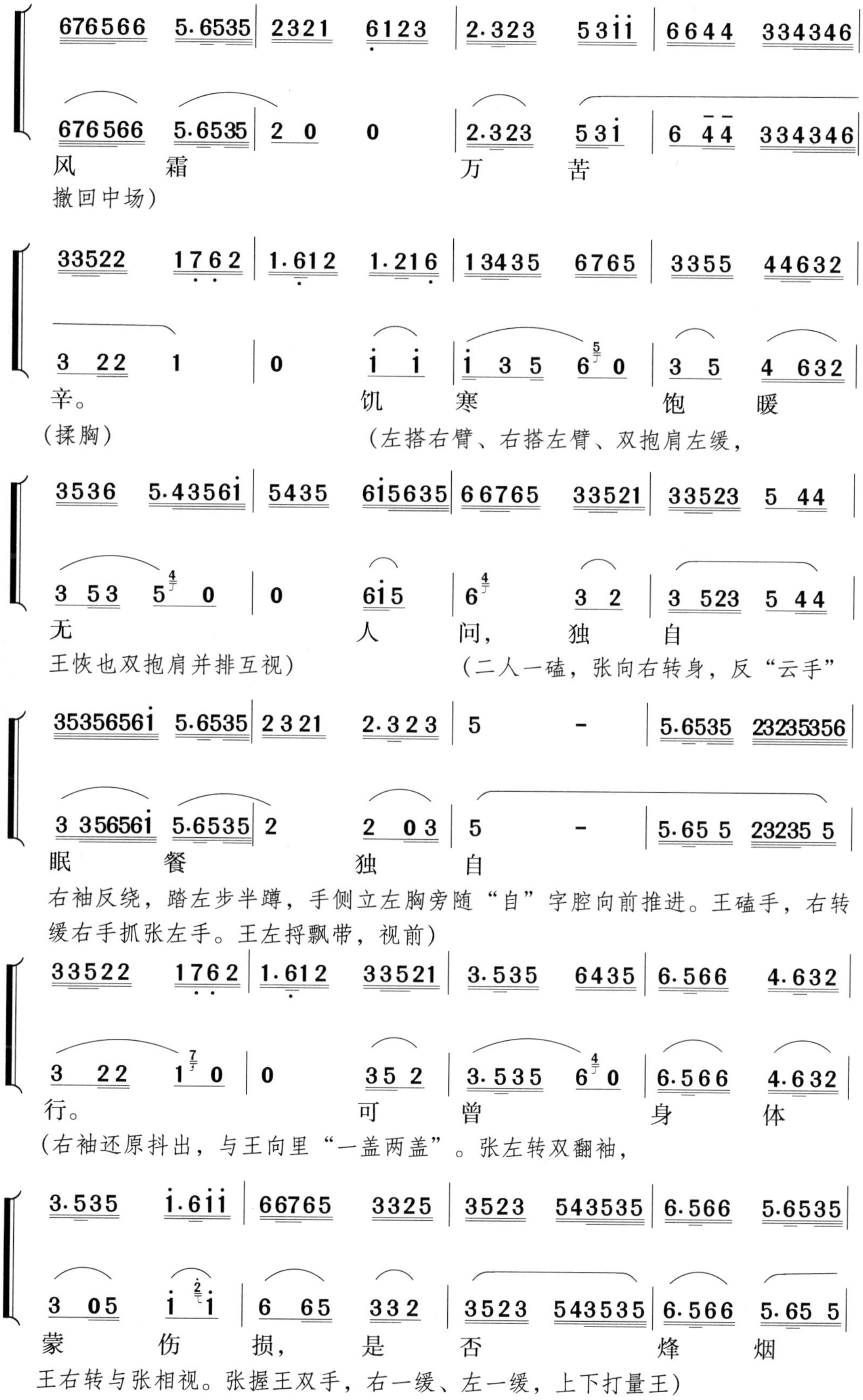
风 霜 万 苦
撤回中场）
辛。 饥 寒 饱 暖
（揉胸）
（左搭右臂、右搭左臂、双抱肩左缓，
无 人 问，独 自
王恢也双抱肩并排互视）
（二人一磕，张向右转身，反“云手”
眠 餐 独 自
右袖反绕，踏左步半蹲，手侧立左胸旁随“自”字腔向前推进。王磕手，右转
缓右手抓张左手。王左捋飘带，视前）
行。 可 曾 身 体
（右袖还原抖出，与王向里“一盖两盖”。张左转双翻袖，
蒙 伤 损，是 否 烽 烟
王右转与张相视。张握王双手，右一缓、左一缓，上下打量王）

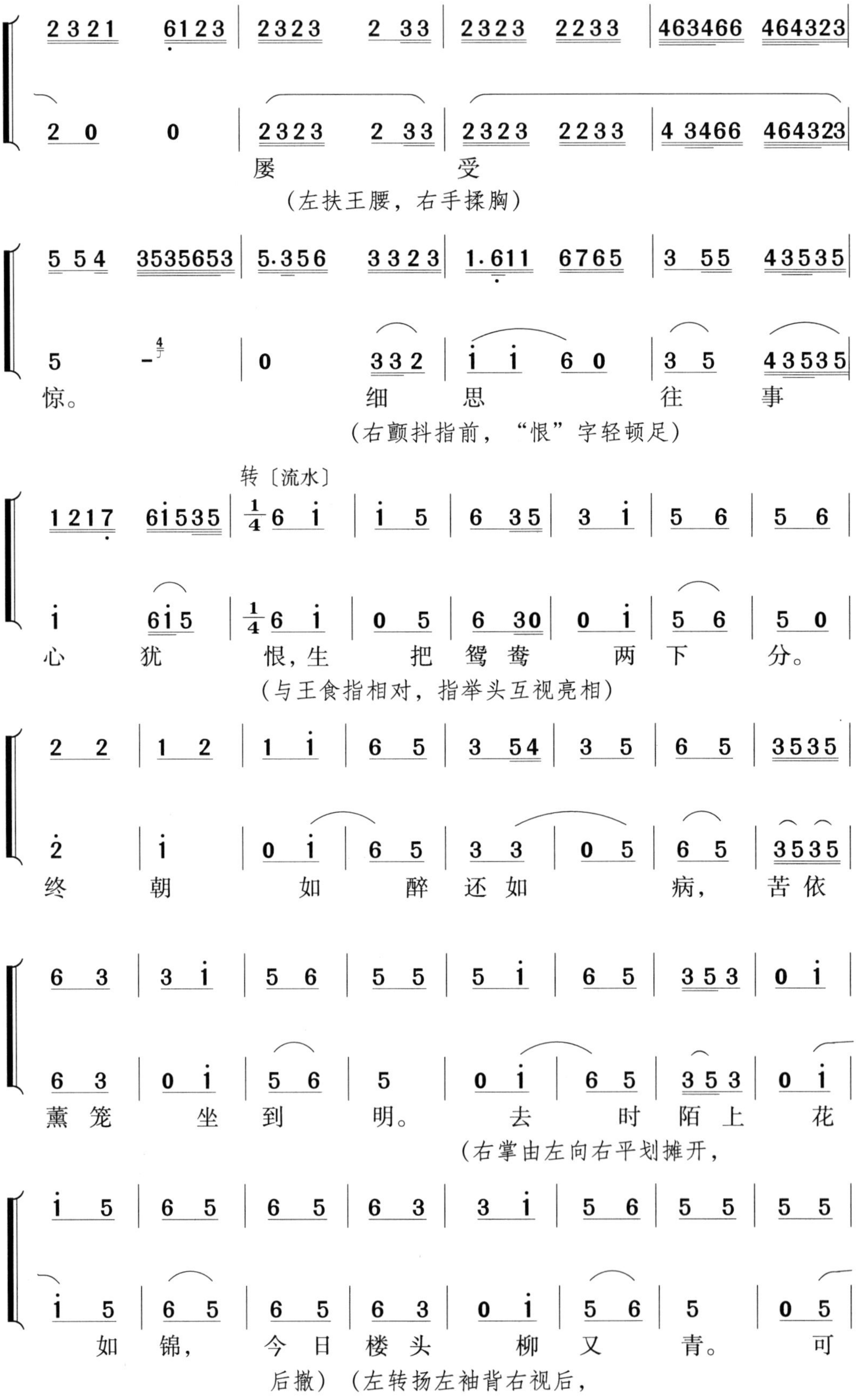
屡 受
（左扶王腰，右手揉胸）
惊。 细 思 往 事
（右颤抖指前，"恨"字轻顿足）
转〔流水〕
心 犹 恨，生 把 鸳 鸯 两 下 分。
（与王食指相对，指举头互视亮相）
终 朝 如 醉 还 如 病，苦 依
薰 笼 坐 到 明。 去 时 陌 上 花
（右掌由左向右平划摊开，
如 锦， 今 日 楼 头 柳 又 青。 可
后撤）（左转扬左袖背右视后，

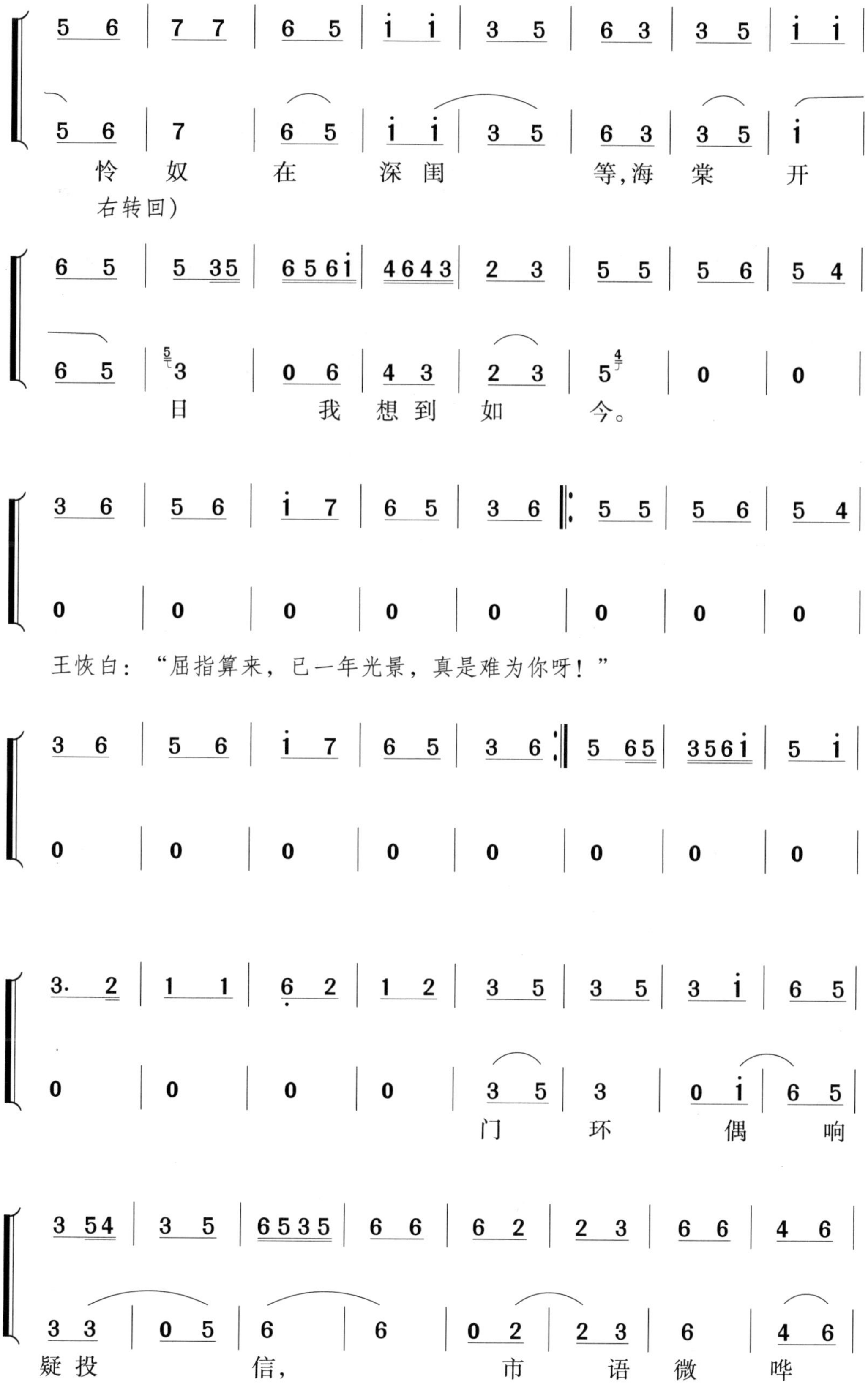
怜 奴 在 深 闺 等，海 棠 开
右转回）
日 我 想 到 如 今。
王恢白："屈指算来，已一年光景，真是难为你呀！"
门 环 偶 响
疑 投 信， 市 语 微 哗

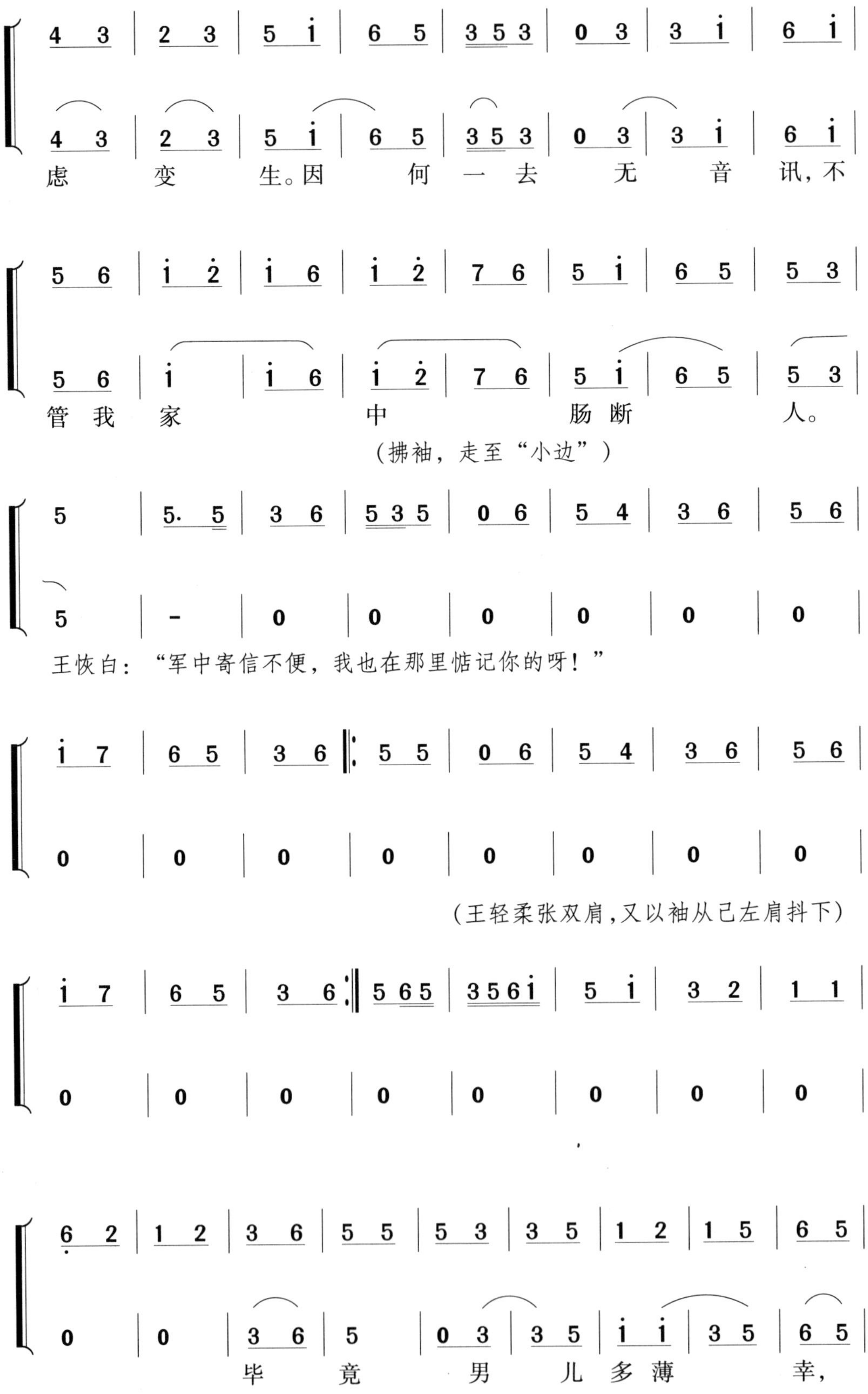
虑 变 生。因 何 一 去 无 音 讯，不
管 我 家 中 肠 断 人。
（拂袖，走至“小边”）
王恢白：“军中寄信不便，我也在那里惦记你的呀！”
（王轻柔张双肩，又以袖从己左肩抖下）
毕 竟 男 儿 多 薄 幸，

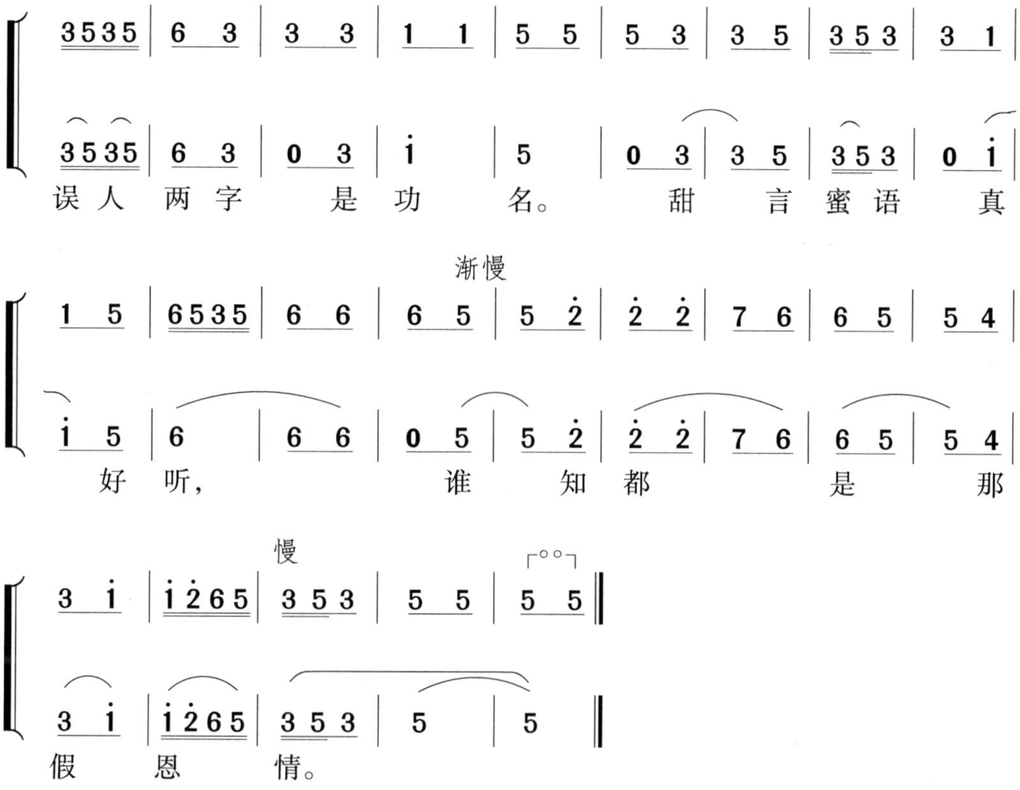

（翻右袖反绕圈向左抛袖）　　（随【小锣一击】走至“小边”，生气）

王　恢　啊！你只管埋怨于我，我在军中，也未见到你的来信，我不来怪你，你反来埋怨于我，真真是岂有此理！（假装生气抖出右袖背手站立）【小锣一击】

张　氏　（双手相击）是啊！我也不曾寄信于他，倒是把他错怪了！【小锣一击】（回首看王）他乃饱受风霜之人，不可难为于他。待我向前安慰他几句就是。（起〔行弦〕）啊官人！官人（王仍不理，张略思，轻拍王肩，使王转向自己。二人相视，王乐）官人哪！

〔西皮摇板〕

6̣ 2 1 1) i̇ 3 5 5 3 3 6 5 5 6 5 3 5 6
粗 茶 饭 还 胜 那 黄 金 斗 印，

(6 5 3 5 6 5 3 2 1 1 6̣ 2 1 1) 3 3 6 5 5 3 i̇
愿 此 生 常 相

6 - 6 - 0 4 4 6 4 3 3 5 3 5 【一小锣】〔行弦〕
守 怜 我 怜 卿。

王 恢 我从今以后，再出不出门了，你也不要旧事重提，我们还是一同饮酒吧。

〔西皮摇板〕

【小锣凤点头】（过门同前） i̇ 3 6 5 5 5 7 6 6
今 日 里 庆 团 圆 开

6 5 6 7 - 7 6 〔行弦〕
怀 畅 饮，（张手语：你要饮酒，稍等）

张 氏 啊丫鬟，快与你家老爷看酒来。（丫鬟端酒盘“上场门”上，见老爷惊喜。张示意她与老爷斟酒。丫鬟斟酒递与夫人。张接酒递与王恢。王恢接酒请夫人饮。张摆手，示意不会。王恢以袖掩面一饮而尽。张示意丫鬟斟酒。丫鬟斟后王恢一饮而尽。丫鬟接杯下场，迅速返回，“小边”而立，双指左后方，收式，朝前双按掌分开，左手盖右拳枕头，示意老爷夫人到里面休息。张见状向丫鬟抖右袖含羞左回身。丫鬟“上场门”下，王恢见状大喜，双手拍掌）

王 恢 哈……哈！

〔西皮摇板〕

i̇ 6 5 5 i̇ 5 i̇ 6 3 6 5 3 5 i̇
休 得 要 辜 负 了 尺 寸 光

5 6 - 6 5 (6 5 3 6 5 5 3 2 1 1 6̣ 2 1 1) 5
阴。 见

i̇ 5 5 5 7 6 6 6 5 5 6 7 - 7 6 〔行弦〕
丫 鬟 这 举 动 将 我 提 醒，

春 闺 梦

（白）啊娘子，你我完婚多少日期就分别了？

张　氏　官人！

〔西皮摇板〕

3　3 6　5　5　3 5　6　i̇　5　6　6　5　〔行弦〕

我　与　你　原　本　是　三　日　新　婚。

（拭泪）

王　恢　哎呀呀！如此说来，你我是久别胜新婚哪……哈哈哈哈……！

〔西皮摇板〕

3　3 6　5　i̇　5 7　6　5 6　6　6 35　6（6 5

料　不　想　今　日　里　重　温　鸳　枕，

3 5　6 5　3 2　1 1　6̣ 2　1 1）5　i̇　i̇　6 5　5

喜　相　逢　又

3 i̇　6　4　4 3　2 3　5（6 5　3 6　5 5　3 2

恐　怕　是　梦　是　真。

1 1　6̣ 2　1 1）3　3 6　5　i̇　5　3 i̇　6　5

这　良　宵　真　个　是

3　3　2（3 5　2 1　6̣ 1　2 0）3 2　3　5　1 2

月　明　人

3　5　2· 1　6̣ 1　2 3　4 －　3 5　3·　2　1　2

静，

（双双指前，走至“大边”亮住，张含羞站“小边”）

〔行弦〕

（王恢手语：你我去后面休息。张以右袖向王抛去，做羞状，翻袖拱手）

张　氏　官人！

〔西皮摇板〕

【小锣凤点头】（过门同前）3 5　i̇　6 5　5　3 5　6　－（6 5　3 5

劝　痴　郎　莫　情　急

（从“且”字始，双袖相搭里绕下按，半蹲）

王 恢 要谈你谈，我是不要听的，有话么明日再讲不好么？

张 氏 看你如此情急（走近王旁）你是羞也不羞喔！（羞他后，右转至“小边”台口，左回身与王相对）

〔南梆子〕

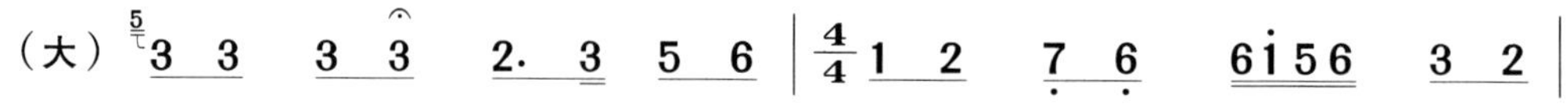

（大）起〔南梆子〕（王由中场撤至“大边”双翻袖向张扑去。张向右急转身，搭右袖扬左袖，圆场至“大边”台口与王相对。王姿势同前又向张扑

去，未成急右回身与张相对。张羞涩得向左急转身，搭左袖扬右袖圆场至“小边”双抖袖后外翻双袖托王双臂，二人台中相视，向右走三步，左走三步，送王

至“大边”外跨椅坐下） （左转至中场台口右袖搭左肘上，左手右缓指左，踏左）

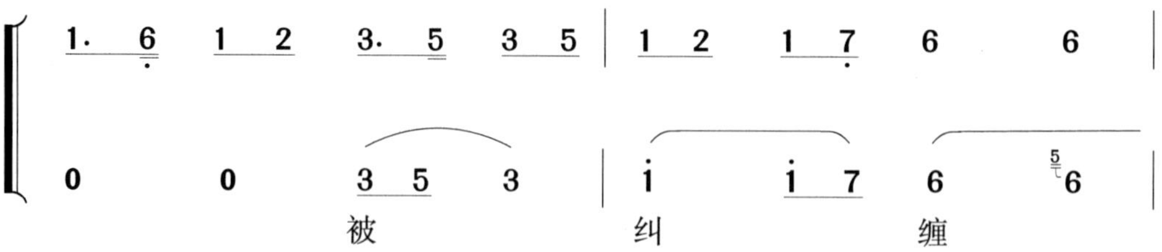

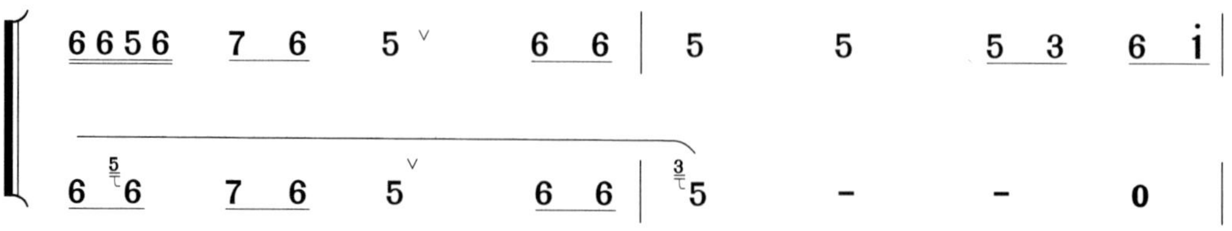

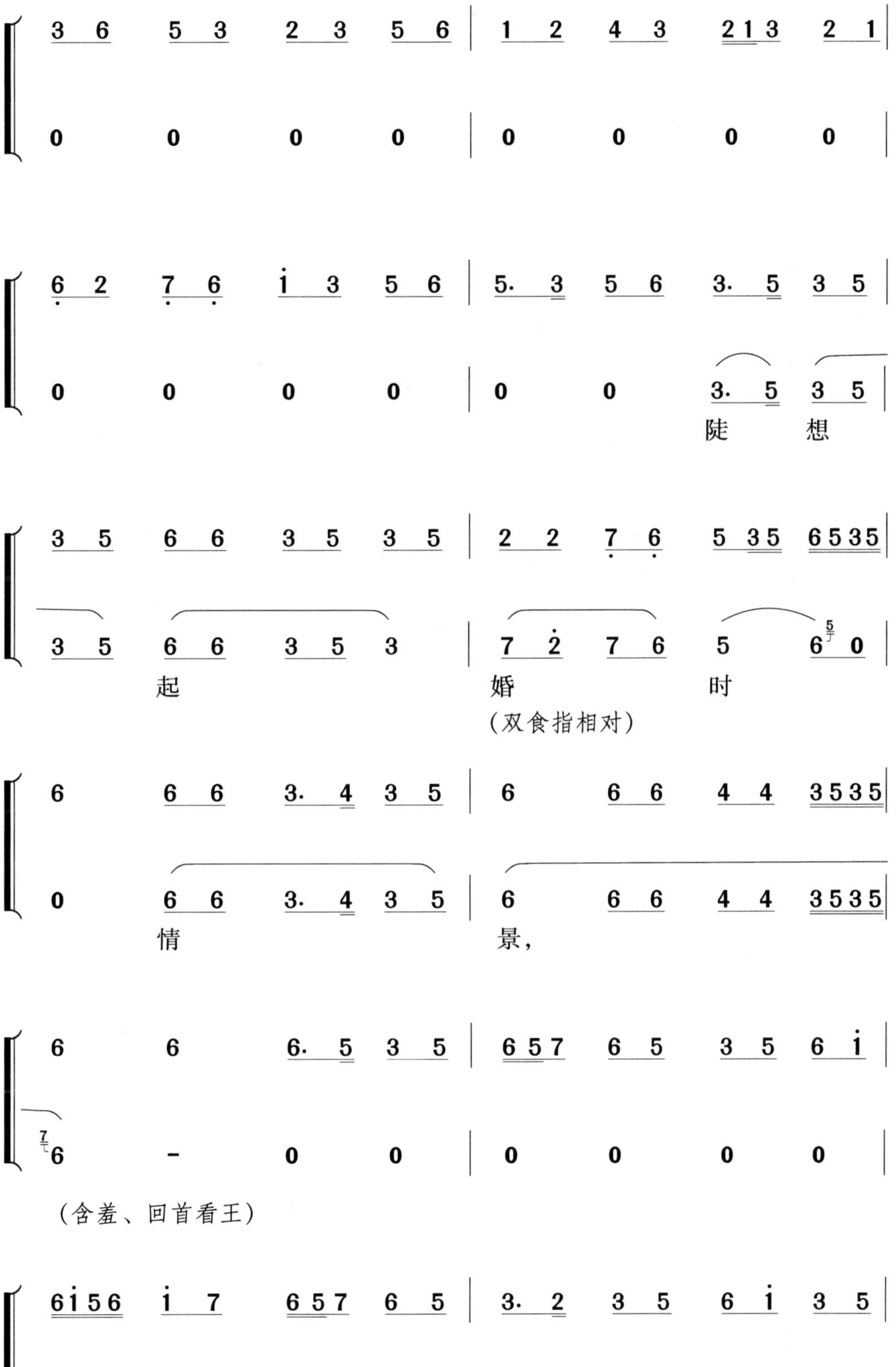
陡 想
起 婚 时
(双食指相对)
情 景,
(含羞、回首看王)

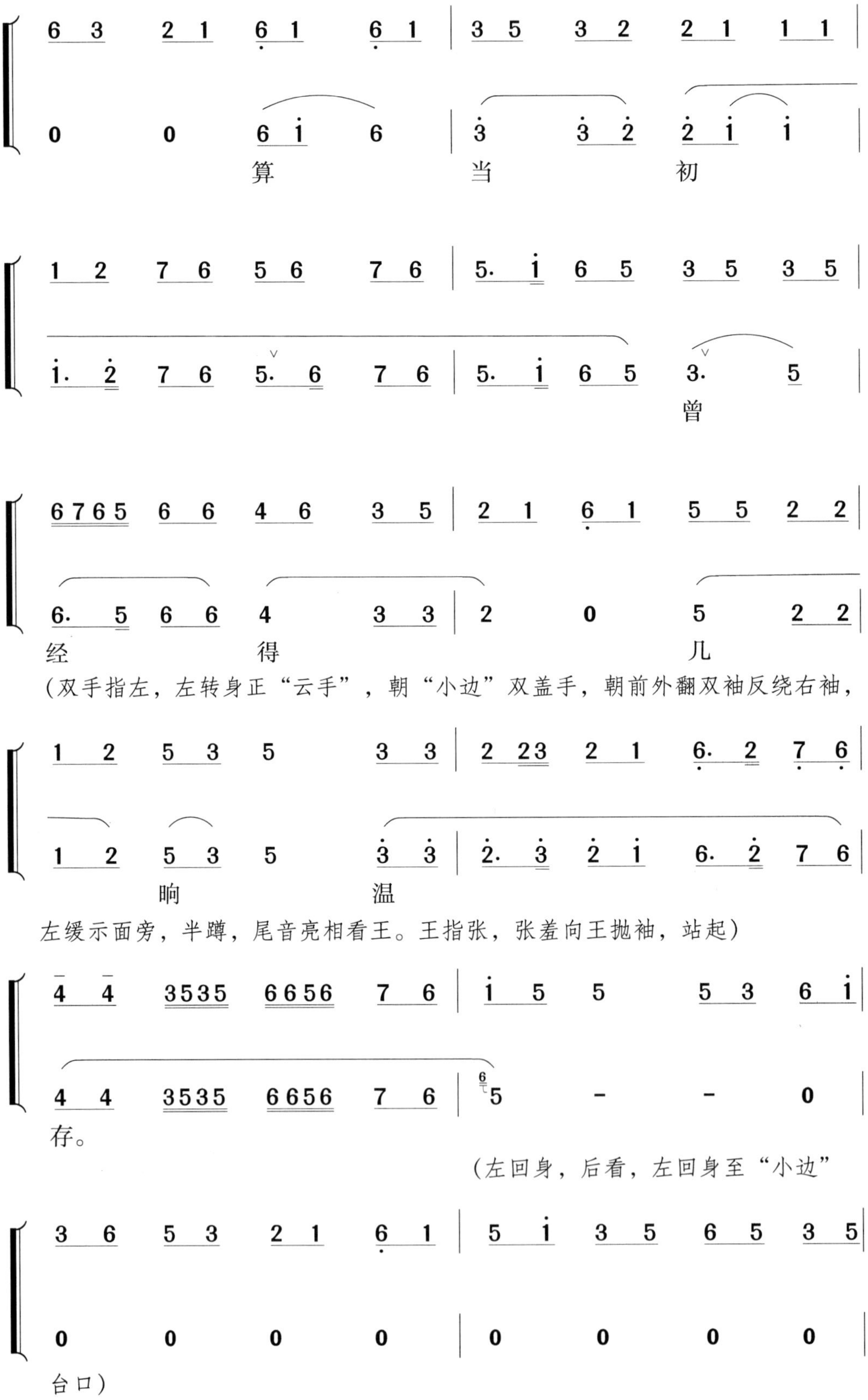
算 当 初
曾
经 得 儿
（双手指左，左转身正“云手”，朝“小边”双盖手，朝前外翻双袖反绕右袖，
响 温
左缓示面旁，半蹲，尾音亮相看王。王指张，张羞向王抛袖，站起）
存。
（左回身，后看，左回身至“小边”
台口）

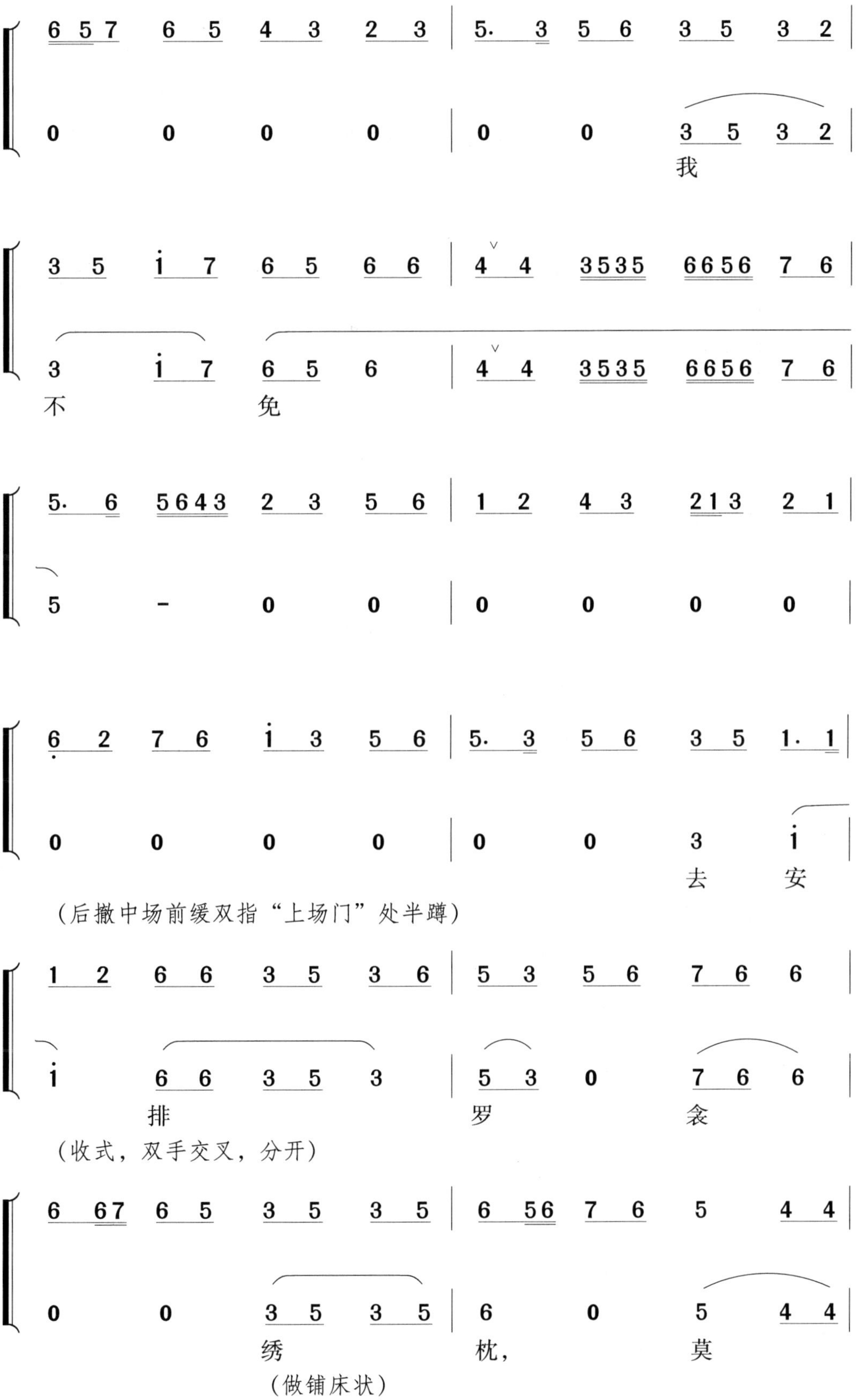
我
不
免
去
安
（后撤中场前缓双指“上场门”处半蹲）
排
罗
衾
（收式，双手交叉，分开）
绣
枕，
莫
（做铺床状）

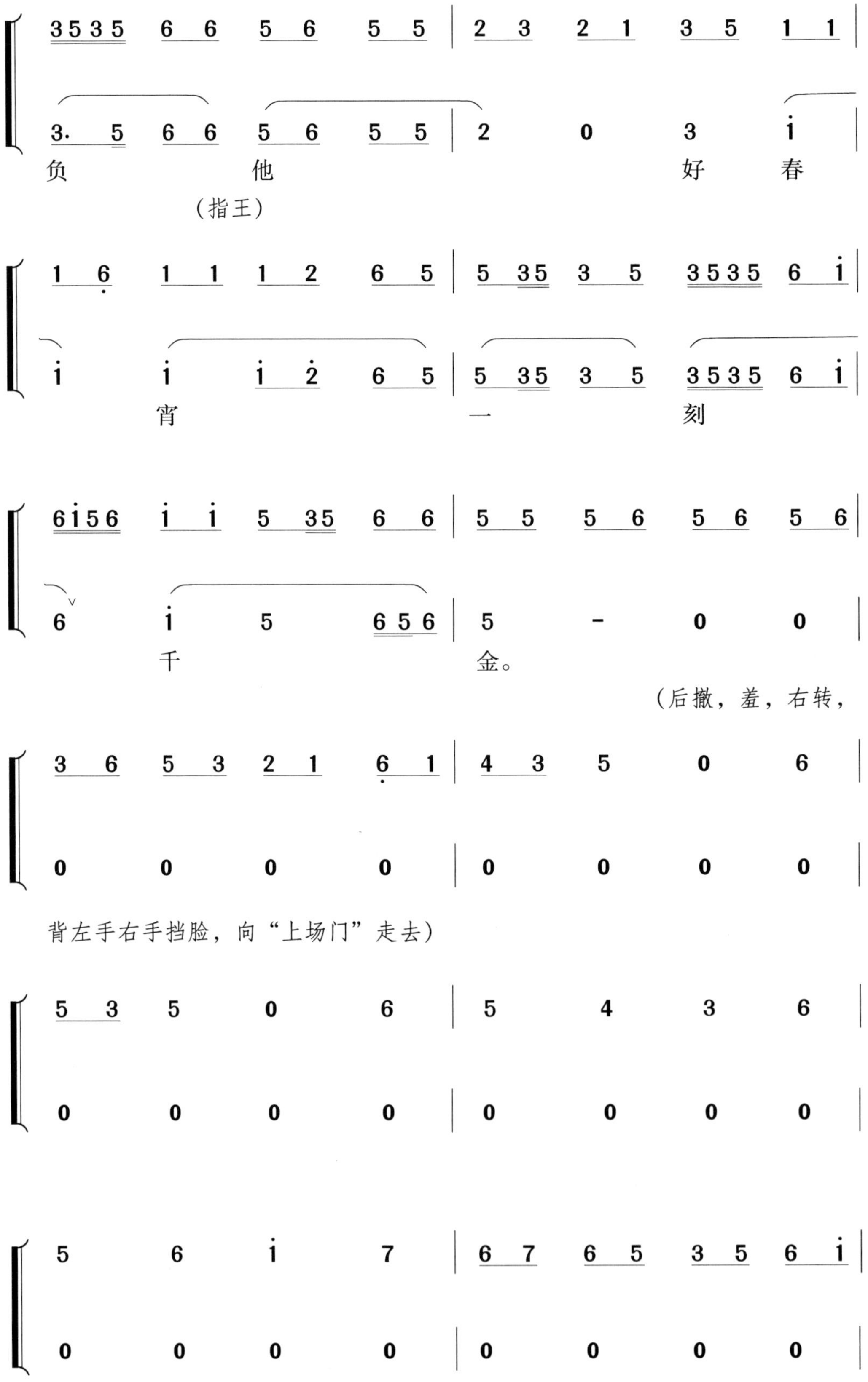
负 他 好 春
（指王）
宵 一 刻
千 金。
（后撤，羞，右转，
背左手右手挡脸，向“上场门”走去）

〔行弦〕(正欲进内,猛抬头左回身,右指左,走至王跟前,左拍王肩。王问何事?张左指:你在这儿,双手里绕下按半蹲。王重复张的动作:你让我在此坐着,干什么?张后撤步双手左缓向右指,踏左步蹲下,起立,外翻双袖交叉慢分开蹲下,回首看王;起立,两次内翻袖交叉分开蹲下,回首看王;起立袖还原,左袖盖右袖扬右袖背左手亮相看王;反绕右袖背手,右回身左翻袖看王挡脸羞笑下场。王站起走至中场双背手向“下场门”看,后撤至台口,左回身,背供,左指张,右拇指赞美,双合掌,突觉困倦,做伸懒腰状,左回身至“大边”外跨椅坐下,左肘靠椅背,右袖下垂,做睡状。张由“上场门”上,疾步走向王,至桌前扬左袖欲叫,见王沉睡,不忍,撤中场抖右袖)

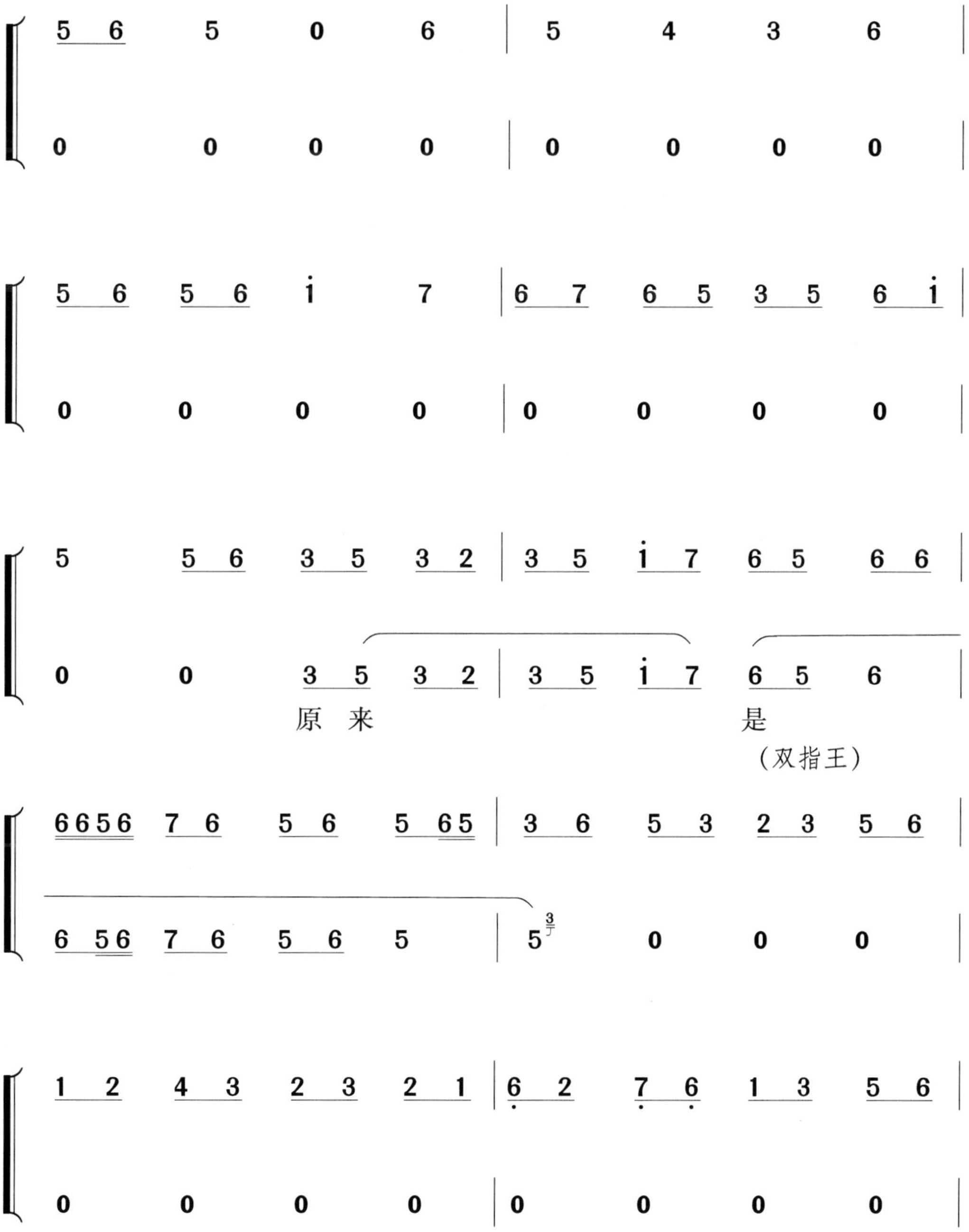

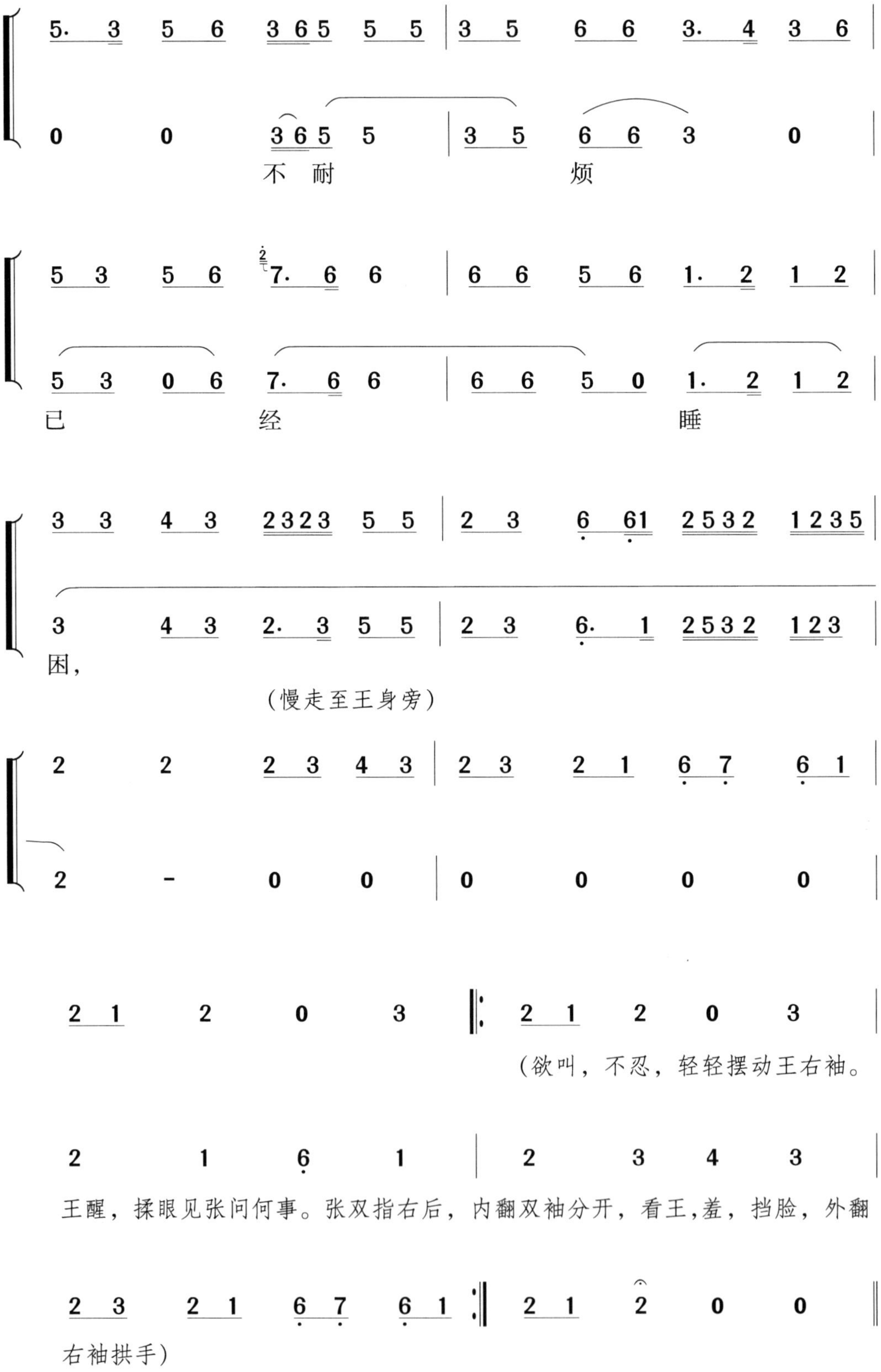
不耐烦
已经睡
困，
（慢走至王身旁）
（欲叫，不忍，轻轻摆动王右袖。王醒，揉眼见张问何事。张双指右后，内翻双袖分开，看王，羞，挡脸，外翻右袖拱手）

官人！（台）

春闺梦

〔西皮摇板〕

（过门同前） 3 36 5 5 35 6 36 5 65

待 我 来 再 与(呀) 你 重 订 鸳

35 3 5 ‖

盟。

（与王相视，羞，缓手拉王。王撩衣巾同上左步，与张互视。张羞躲，互视，张羞躲，“下场”门下）**【小锣打下】**

〖闭二幕，撤桌椅，拉二幕，空场。

〖起大堂鼓数番（**大 – 台**）张氏“上场门”上，惊，中场亮住。

张 氏 外面喧哗，莫非又是来寻找我家官人来了，啊丫鬟！（**台**）若问就说你家老爷他不曾回来。（堂鼓轻起）**【撕边】**（后撤向外张望。王恢“上场门”上）

王 恢 外面人声噪杂，待我出去看来！（王开门撩衣襟出门，张抓王右臂）放手！（王一搡，后撤步，左回身，亮相，“下场门”下）

〖随（**八大仓**）张右转反“云手”左搭右扬袖“小边”台口半蹲视左亮相。**【撕边】**慢起左“顺风旗”至“下场门”“九龙口”右搭左扬袖双立足亮相。**【一锣】**原势颤抖后撤至中场翻双袖（**八**）右穿手（**大**）视前亮相（**仓**）颤抖。

张 氏 哎呀且住，**【五锤】**（后撤抖双袖上步至台口）莫非他……他又往军中去了。（**仓**）待我将他赶上。**【撕边】**

〖张左圆场至中场。王“上场门”上圆场至“小边”台口右缓袖背后，左翻袖走太极图。张随后。两圈圆场，王恢走至中场右转身与张往里“一盖两盖”，王后撤“下场门”下。张向内以袖唤王回，未遂撤向“小边”，双翻还原，上左步双袖向右扑地坐下。（**八大仓**）于“小边”台口话筒处。切光。“九龙口”处摆枯树上搭碎布条，追光照张。

〔二黄导板〕

【大锣导板头】（03 23 54 33 33 33 22 2.1

张 氏 66 66 3 2.1 66 66 65 55）サ6 一

66 ∨ 6i i i 2.（2 12）3 2 i 6

霎 时

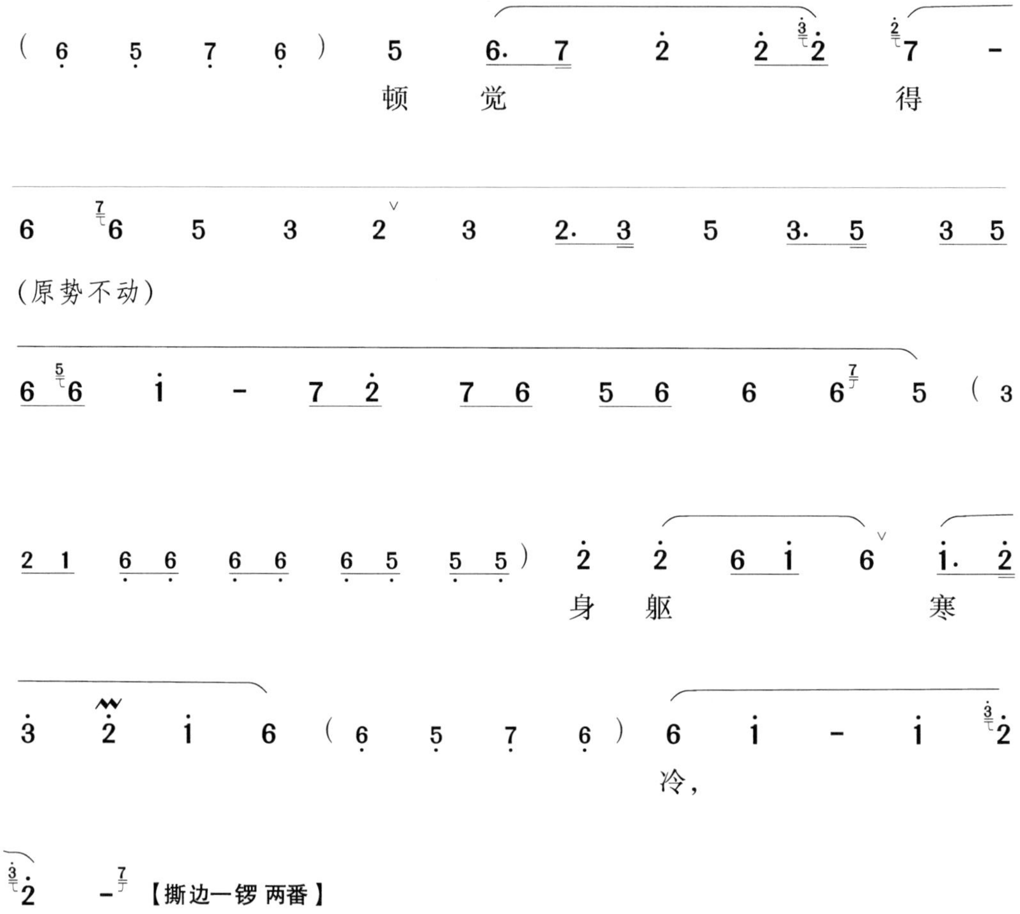

〔随尾音慢起，第一锣右手盖左手，背右手，左手示脸庞；第二锣背左手缓右手侧立左胸；（大 大 大 大 大 大 乙 仓）向后甩右袖搭左前臂。

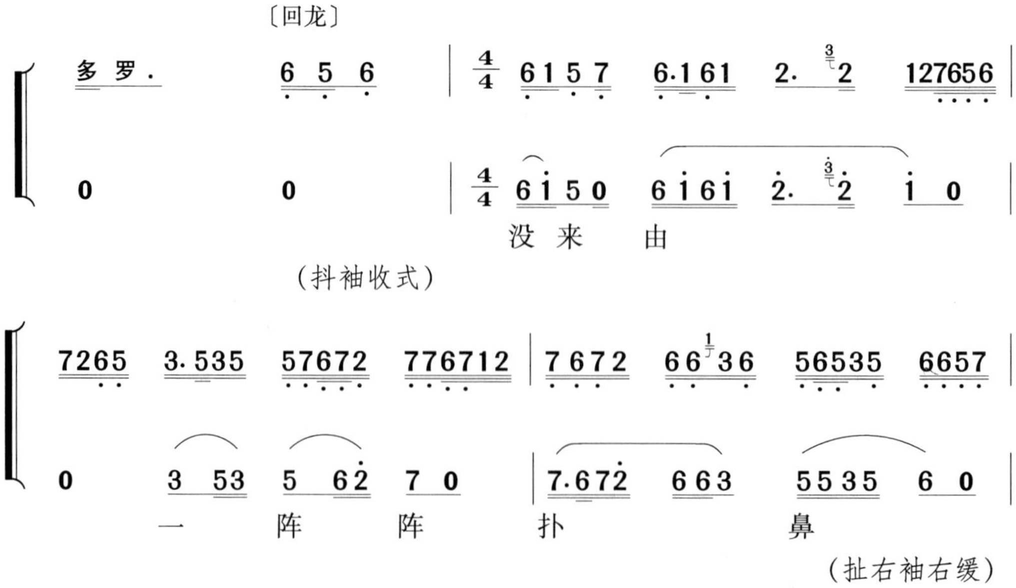

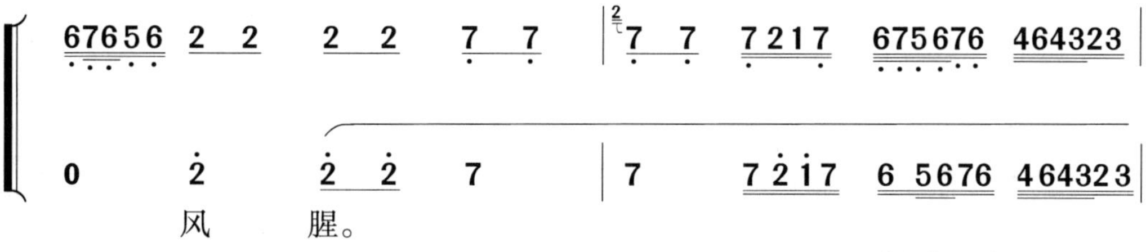

（摊手视前）

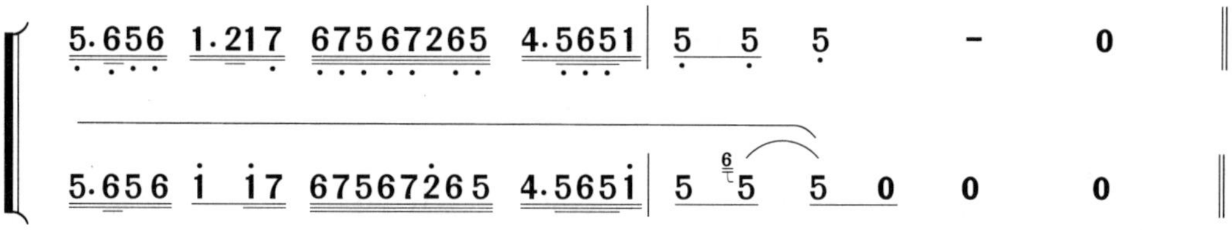

【长锤】加大堂鼓（缓袖，由中场圆场至“小边”，左“顺风旗”向左圆场至后中场，正“云手”左转，双水袖背后交叉分开抖出，上右步、别左步外扬双袖朝“上场门”亮相）（**仓**）（惊）**【撕边】**（边退边外翻袖花，斜退至“大边”台口，垫右步掏左手回视“九龙口”）（八）（左转身正“云手”，朝前右反绕袖指右）（**大**）（左扬袖坐下）（**仓**）（视右）

〔快三眼〕

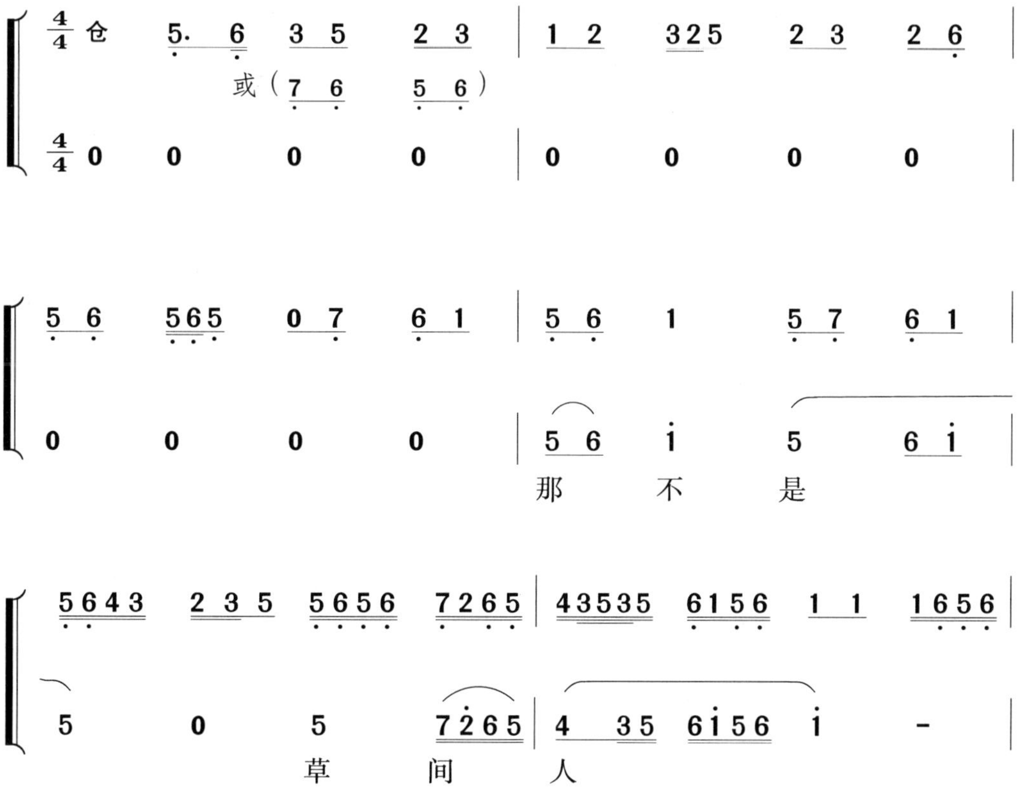

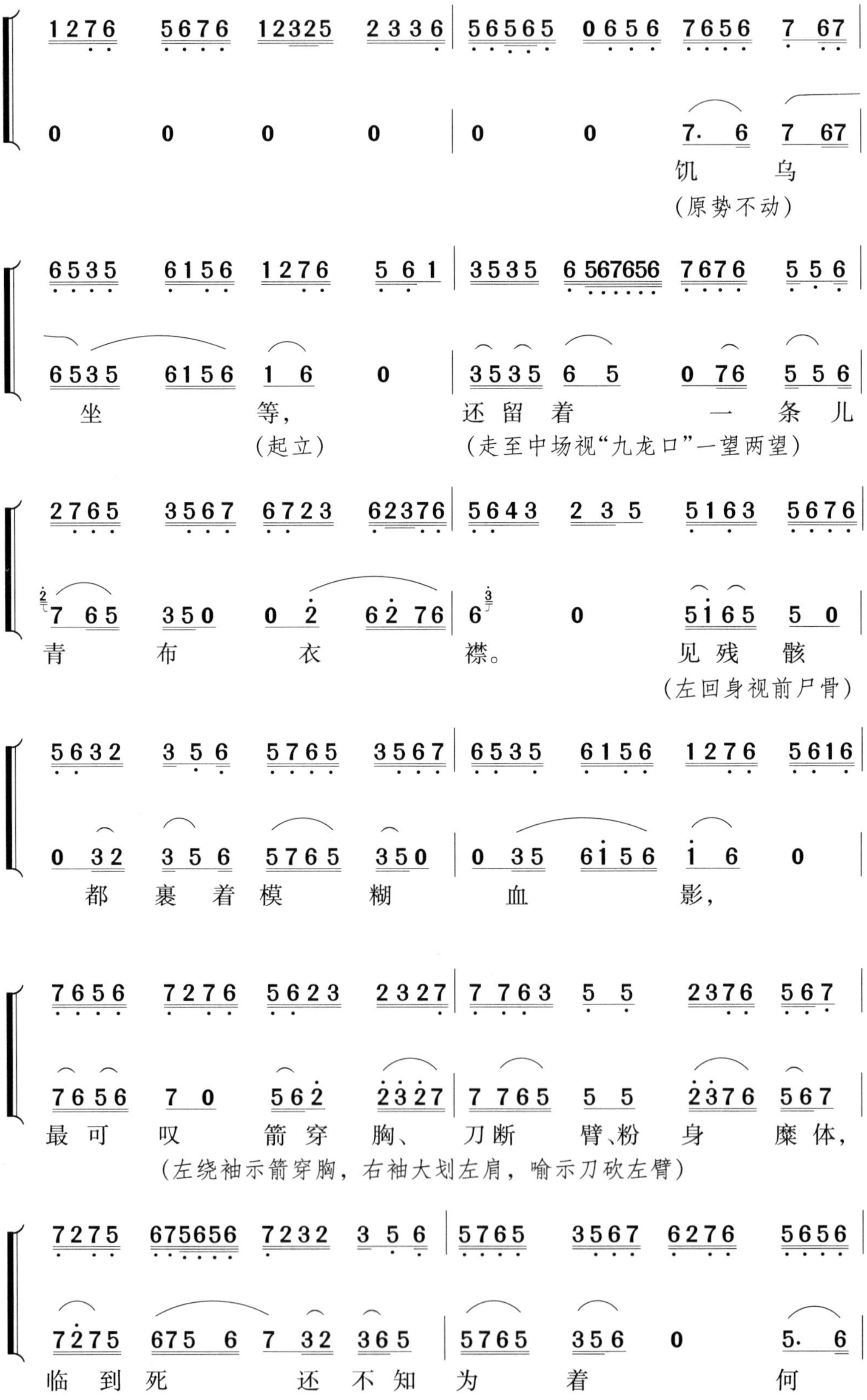
饥 乌
(原势不动)
坐 等,
(起立)
还留着 一条儿
(走至中场视“九龙口”一望两望)
青 布 衣 襟。 见残 骸
(左回身视前尸骨)
都 裹 着模 糊 血 影,
最 可 叹 箭 穿 胸、 刀断 臂、粉 身 糜 体,
(左绕袖示箭穿胸,右袖大划左肩,喻示刀砍左臂)
临 到 死 还 不 知 为 着 何

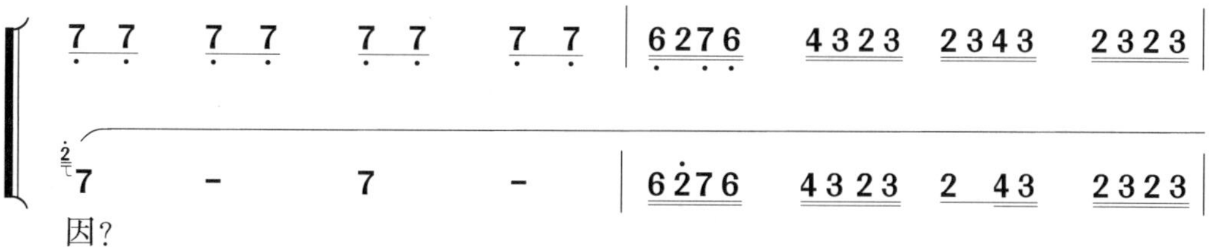

（双摊手）

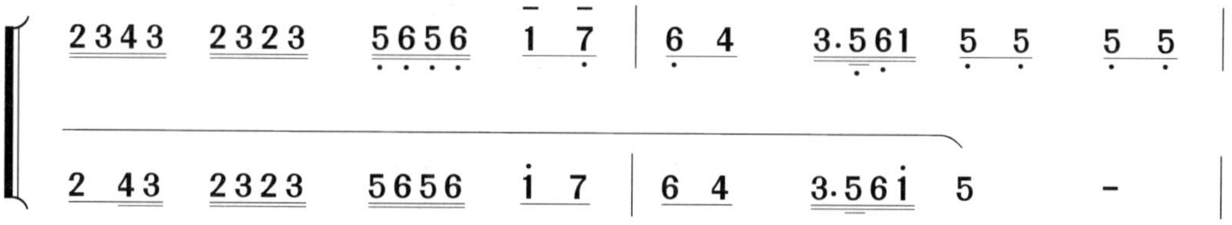

（外缓向后带甩出，左袖顺势下垂，见尸骸一惊，双袖颤抖后撤至中后场掂起水袖左圆场一圈至“大边”“九龙口”绕右袖，左袖，后背双手，视“下场门”亮相。

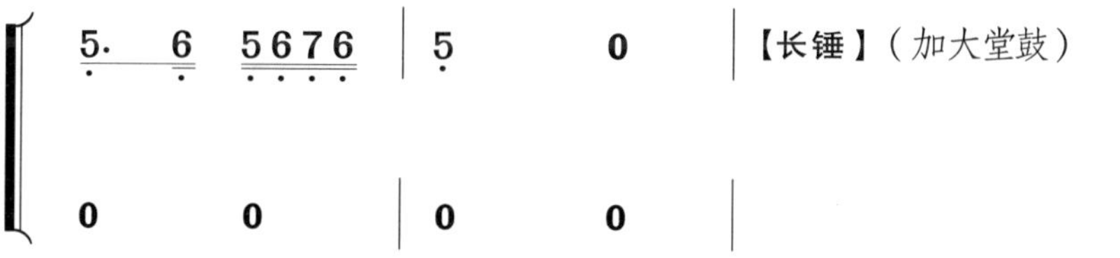

厂（仓）惊，原势颤抖，（撕边）后退数步，堂鼓切住、起【夺头】左转正“云手”上左步顺风旗左视亮相，（仓）从中场向“小边”台口斜上步，反“云手”扬左袖、背右袖、背身右视亮相，（仓）上左步、右步、踏左步正“云手”左转，（扎）上右步、别左步扬左袖翻右袖（扎）坐下视“下场门”亮相。（仓）

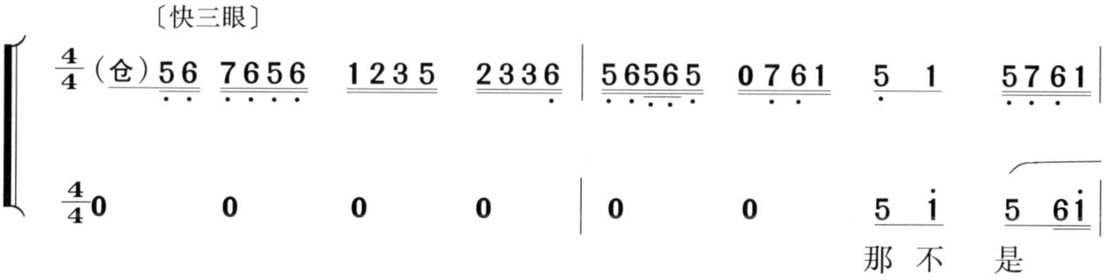

（原势不动，

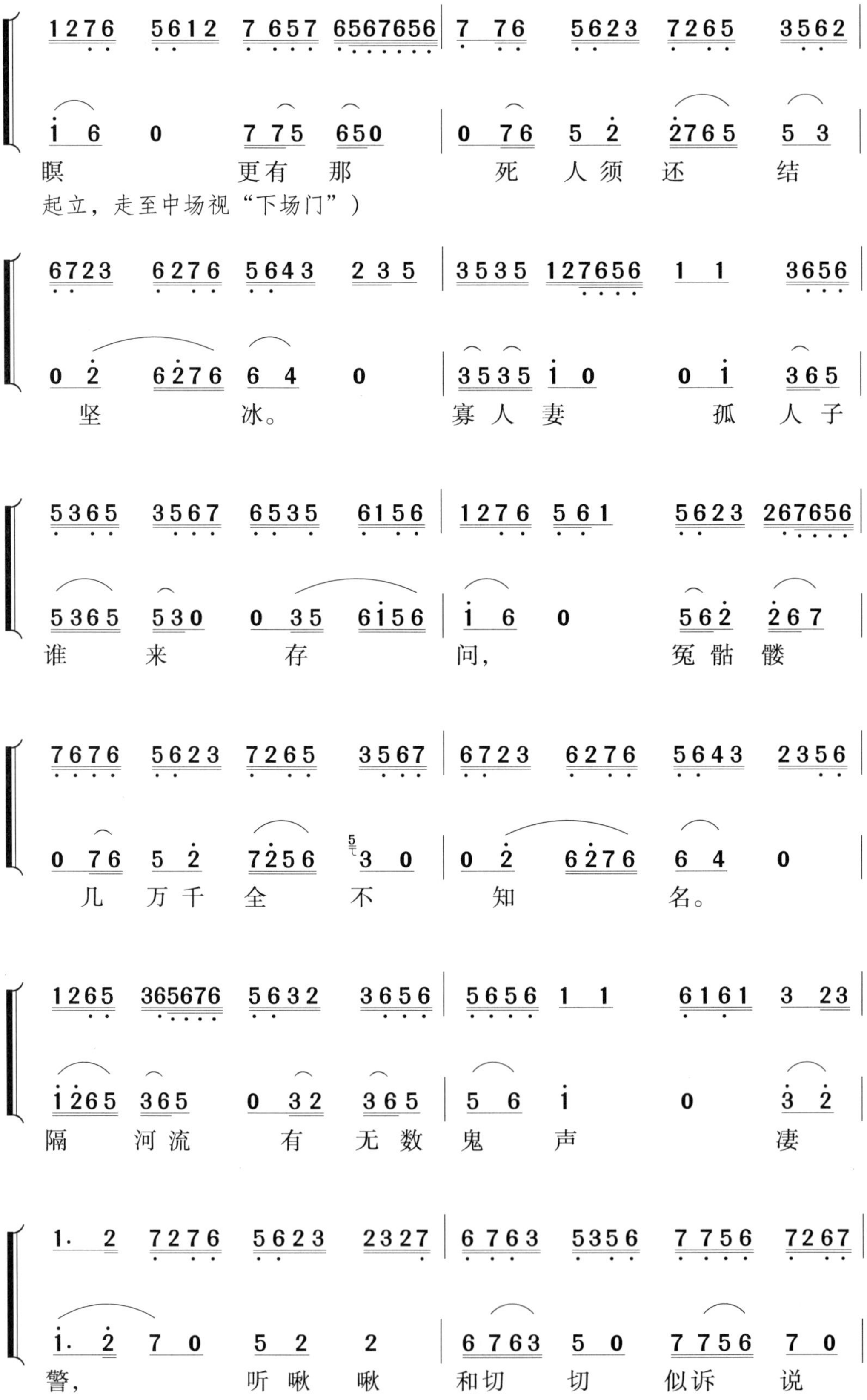
瞑 更有 那 死 人 须 还 结
起立，走至中场视“下场门”）
坚 冰。寡 人 妻 孤 人 子
谁 来 存 问， 冤 骷 髅
儿 万 千 全 不 知 名。
隔 河 流 有 无 数 鬼 声 凄
警， 听 啾 啾 和 切 切 似 诉 说

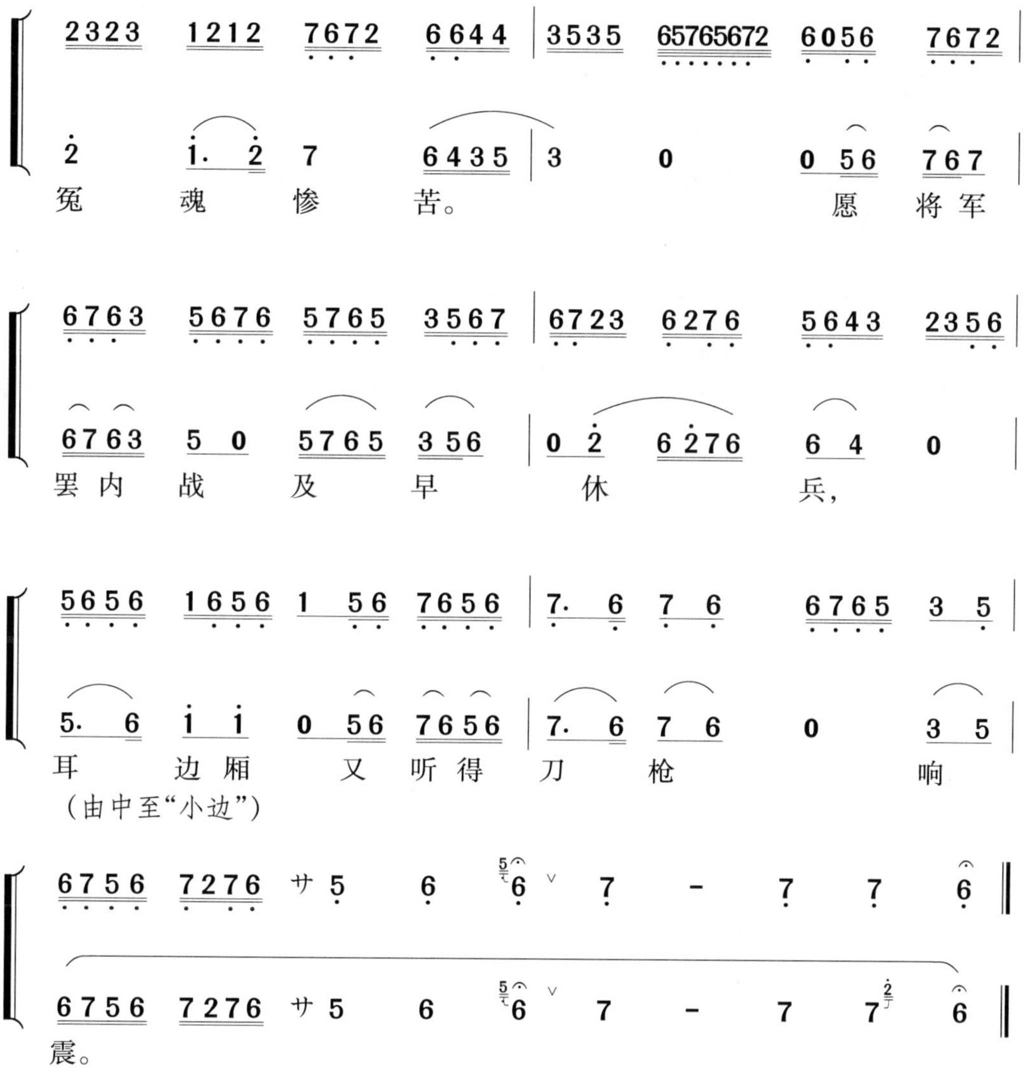

〔向左圆场“小边”“九龙口”。兵士举刀“上场门”上，“倒脱靴”引王恢上。张以袖拨弄兵士，见王恢抓其手至中场台口双进门。二人双翻袖欲相搭，被兵冲开，一冲二冲，第三番中间一兵踢张，张由中场至“小边”台口跳坐。

〔切光，“大边”摆桌内跨椅。即起，随**【扫头】**兵士从中两边分下，“小边”八兵士围绕张转一圈“上场门”下，张垂袖往右旋转数圈至“大边”内椅坐下。“大边”八兵士逼王恢“下场门”下，张归原做梦势。灯亮。丫鬟“上场门”上。

丫　鬟　**【小锣打上】**刚才我做了个好梦，我去告诉我们夫人去。（走至夫人身边）夫人，醒醒，夫人，醒醒。夫人怎么乐了？哟怎么又害怕了？（张在梦中忽喜忽怕，丫鬟仔细端详夫人）夫人怎么了？（张醒）**【小锣一击】**夫人怎么发愣啊？夫人我给您报喜信来了。

张　氏　你说些什么？（发愣地目视丫鬟）

丫　鬟　我给您报喜信来了。

张　氏　什么喜信。（仍木然注视丫鬟）

丫　鬟　我们老爷回来了！**【小锣一击】**（张氏猛然站起）

张　氏　怎么你家老爷回来了？（仿佛忆起与老爷相见情景）

丫　鬟　啊，可不真的回来了吗！还是我给端的酒呢，你们俩又是喝又是乐，对了还把我给撵出去啦，后来怎么着我就不知道了。**【小锣一击】**（张四下环顾）

张　氏　如今你家老爷往哪里去了哇？

丫　鬟　往哪去啦？咳！夫人我说的是个梦！（张惊）**【小锣一击】**虽说是个梦，还没准真的就回来啦！

张　氏　**【小锣一击】**只怕未必。

丫　鬟　我想我们老爷打了胜仗一定会回来的。

张　氏　丫鬟，你说你家老爷就要回来，怎么连一些儿音信都无有哇？

丫　鬟　音信啊，夫人，我倒有个最好的法子，您哪，还是接茬儿做梦吧！**【小锣一击·撞金钟】**

（张氏垂袖沉思）〔亮弦〕（7 6 2 1）

〔西皮散板〕

张　氏　**【凤点头】** サ（7 6 65 i3 21 76 2 1 －）i
今

3 36 5 5 6.i 35 6 （4 3 5 6）
日 等 来 明 日 等， （仓）

（随过门缓步至中场）

3 i i 6 56 43 23 5 （2 3 6
那 堪 消 息 更 沉 沉。

5）i i 65 36 5 5 6.i 35 6
（仓）明 知 梦 境 无 定 准，

（4 3 5 6）36 5 5 3i 5 6 －
（仓） 无 聊 还 向

4.3 3 3 2 （7 6 1 2）5 35 3
（顷 仓） 梦

（翻袖）

5 i 676 5 2 33 2 33 2.3
中 寻。

2 3　4. 6　4 3　3　^{5}3　5（延长）【大锣收头】末锣接【大锣原场】（中加乐）

6 - - - 4 - - - 3 - - -

(仓 七 七 七 台 七 七 七 仓 七 七 七

（寻梦，二人和扇。渐渐幕闭）

2 - - - 5（延长） - - - ‖ （转快）

台 七 七 七 仓 七 台 七）

—— 剧 终

钟　荣　　　　　　　　　　整理

文姬归汉

根据程砚秋 1925 年首演本整理

《文姬归汉》演的是蔡文姬的故事，由金仲荪编剧。剧情梗概如下：东汉末年，中原战乱，南匈奴单于呼厨泉令左贤王乘机侵汉。蔡邕之女蔡琰（字文姬）精通文史，熟知音律，在逃难中被左贤王掳入匈奴，纳为王妃，生有二子。汉丞相曹操与蔡邕乃挚友，得知文姬被掳，便遣特使周近持重金赴匈奴，赎其回国。蔡文姬托付侍琴留下照顾二子，只身离开胡地，途中哭拜昭君墓，后随周近归汉。

《文姬归汉》与《梅妃》、《红拂传》并称为程砚秋早期的三大名剧。《文姬归汉》自首演至今已80多年了，之所以久唱不衰，是因为这出戏有着独特、鲜明的程派艺术特色。程砚秋那宽厚圆润、深沉含蓄的声腔，刚柔相济、绵里藏针的演唱艺术，唱出了蔡文姬的气度、心声，唱出了她的爱国情怀，而这些唱又是紧紧围绕一个“情”字展开的。比如，唱到“日日思归归又怨”的去留两难之情，“宁弃胡儿归故园”的骨肉分别之情，“可怜你留青冢独向黄昏”拜昭君墓时感叹各自命运遭遇的同命相怜之情等，感人肺腑。

特别值得一提的是，程砚秋为了塑造好这个人物，果断大胆地将蔡文姬原著《胡笳十八拍》中第十四拍的十句原词一字不改地谱成〔二黄慢板〕，使之成为该剧的一大亮点。众所周知，京剧唱词一般为二二三或三三四的句式，而原词是长短句式，尤其是每一句词中都有一个“兮”字，这就为唱腔的设计加大了难度。“兮”乃入声字，程砚秋根据吴韵入声字的吐字方法，采取了先吐字后行腔或出口即逝的不同设计，巧妙地避免了文中十个“兮”字唱法的雷同。这一独具匠心的创作，使这段唱腔既新颖动听，把蔡文姬弃子归汉去留两难的矛盾心情，刻画得淋漓尽致。

剧中的〔西皮慢板〕“整归鞭”，〔二黄慢板〕“身归国兮”，〔反二黄慢板〕“见坟台”，是深受观众喜爱的三大经典唱段。有国际友人和专家称赞它可与西洋歌剧中的咏叹调媲美。

此剧历代程派传人争相演出，票界的“程迷”也传唱不衰。张火丁曾依据程先生1953年在上海演出的实况录音配像。

由于多数演员都是从第九场蔡文姬被掳匈奴后演起的，为使朋友们对该剧全貌和演变过程有所了解，现把王吟秋、郑大同二位老师1963年在上海共同传授给我的、程先生在1925年12月首演本整理出来供大家参考。

钟荣

人物行当

蔡文姬	青衣	大公子	娃娃生
曹　操	净	二公子	娃娃生
周　近	老生	左谷蠡王	武花脸
侍　琴	花旦	右谷蠡王	武生
李　傕	武花脸	左丞相	武老生
汉中军	老生	右骨都侯	武丑
李　成	丑	番中军	文丑或武行
张　四	丑	四番将	武行
苍　头	末	四番兵	武行
四靠将	武行	八宫女	旦
四龙套	流行	撑伞兵	杂
左贤王	小生	车　夫	杂
呼厨泉（单于）	架子花脸		

服装扮相

蔡文姬　俊扮。第二场：梳大头、点翠头面，花腰包、黑底花帔、皎月色斗篷；第三场：大包头、皎月色绸巾，皎月色彩裤，皎月色彩鞋；第五场：点翠大头，皎月色花边帔、花腰包、素褶子；第九场：小额子、白后兜、短狐尾，白护领、白底蓝孔雀图案圆领大开襟、男褶子长衫、蓝丝绦，彩裤，黑色长筒一寸厚底靴；第十一场：小额子、黑绒后兜、短狐尾，白护领、墨绿色大雁图案圆领大开襟、男褶子长衫、紫色丝绦，黑长筒靴；第十四场：小额子（额顶插三根白雀毛）、短狐尾，白护领、黄色斗篷、宝蓝色海水女蟒、黄色花腰包，湖色彩裤，长筒黑靴；第十五场：小额子（后面挂红后兜，额顶上插三根长白雀尾毛）、短狐尾，蓝色白花斗篷、白褶子、墨绿底绣金线海水圆领无袖女蟒、蓝丝绦、花腰包；第十六场：大红底金色花边斗篷、红女蟒、红腰包。

曹　操　水白脸。黑满、纱帽，白护领、大红蟒、玉带，黑厚底靴。

周　近　俊扮。黑三、黑纱帽、方翅，绛紫色官衣、玉带，红彩裤，黑厚底靴。

侍　琴　俊扮。第二场：梳大头、水钻头面，淡蓝色褶子、青莲紫色长坎肩、青莲紫色腰巾子、素花边腰包，湖色彩裤，湖色彩鞋；第三场：长黑坎肩、淡蓝褶子、素花边腰包、素腰巾子；第九场：蒙古式圆顶帽、后兜、短狐尾，青莲紫色圆领大开襟男衫、皎月长坎肩、皎月色腰巾子，长筒靴。

李　傕　揉脸。大额子，白护领、紫色大靠，红彩裤，黑厚底靴。

汉中军　俊扮。中军盔、短狐尾，红色大开襟褶子，黑彩裤，黑厚底靴。

李　成　勾豆腐块。挂单儿胡须、白兔毛边蒙古式圆顶帽，白护领、蓝布箭衣、绿卒坎、蓝大带，黑彩裤，白布袜、黑圆口布鞋。

张　四　勾白圆块。倒八字小胡子、兔毛边蒙古式圆顶帽、短狐尾，白护领、蓝布箭衣、绿坎肩、蓝大带，白布袜、黑圆口布鞋。

苍　头　淡妆。毡帽，白护领、米白色褶子、土黄色大带，黑彩裤，白袜子、黑朝方靴。

四靠将　俊扮。改良软额子，软靠，黑厚底靴。

四龙套　俊扮。红龙套衣帽，黑彩裤，黑薄底靴。

左贤王　俊扮。紫金盔、翎子、狐尾、粉红色后兜，白护领、粉红色蟒、软靠，湖色彩裤，黑厚底靴。

呼厨泉　勾紫三块瓦。草王盔、翎子、狐尾，白护领、黄蟒、红玉带，黑彩裤，黑厚底靴。

大公子　俊扮。兔毛边蒙古式圆顶帽、狐尾，白护领、红色大开襟长衫，红彩裤，红长筒靴。

二公子　俊扮。兔毛边蒙古式圆顶帽、狐尾，白护领、黄色大开襟长衫，黄彩裤，黄长筒靴。

左谷蠡王　揉脸。蒙古式圆顶帽、黑纱牵巾、短狐尾，短斗篷、白护领、黑花箭衣、黑马褂、大带，黑彩裤，改良虎头靴。

右谷蠡王　揉脸。蒙古式圆顶帽、黑纱牵巾、短狐尾，短斗篷、白护领、黑花箭衣、白马褂、大带，红彩裤，改良虎头靴。

左丞相　揉红脸。蒙古式圆顶帽、黑纱牵巾、短狐尾，黑花箭衣、绿马褂、大带，红彩裤，改良虎头靴。

右骨都侯　勾白圆脸。蒙古圆顶帽、短狐尾、黑纱牵巾，白护领、黑花箭衣、红马褂、大带，红彩裤，改良虎头靴。

番中军　俊扮。番中军帽、狐尾，白护领、紫箭衣、绿卒坎，黑彩裤，黑薄底靴。

四番将　揉灰红脸。蒙古式圆顶帽、后兜，白护领、改良靠，黑彩裤，黑薄底靴。

四番兵　俊扮。鞑帽（插翎），白护领、黑云肩、绛紫色箭衣、腰箍，黑彩裤，黑薄底靴。

八宫女　俊扮。蓝底白兔毛边蒙古式圆顶帽、后兜，白护领、淡蓝色圆领大开襟长衫、粉红色短坎肩，湖色彩裤，黑薄底长筒靴。

撑伞兵　俊扮。鞑帽，白护领、蓝布箭衣、大带，黑彩裤，黑薄底靴。

车　夫　俊扮。鞑帽，白护领、蓝布箭衣、大带，黑彩裤，黑薄底靴。

道具

红龙套旗	四面	**短　刀**	十二把
白单枪	四杆	**古　琴**	一张
花杆单长枪	一杆	**圣　旨**	一份
白杆单长枪	一杆	**大　印**	一方

笔　砚	一份	粉红宝剑	一把
白马鞭	一根	普通宝剑	四把
粉马鞭	一根	红布银包	一个
黄马鞭	一根	銮　驾	一副
车　辇	一份	长把刀	四杆
圆凤伞	一个	酒　盘	一个
长　棍	一根	酒　杯	三只
礼　盒	一个	酒　壶	一个
手　绢	一个	昭君墓和墓碑	一份
红罩桌灯	一个	宣　纸	一卷

第一场

〔场上设大帐，帐下一桌，桌后放一大座椅。

〔【冲头】【大锣原场】四番兵“上场门”上，“站门”。中军随上，站台口左侧。【回头】呼厨泉“上场门”上，“九龙口”略停，走至正中台口。

呼厨泉 〔引子〕塞北雄酋【小锣二击】号单于，（大大）威震遐陬[①]。

〔【大锣原场】呼厨泉左右一望，右转身归里，进帐坐“大座”。四番兵、中军“往里归”“站八字”形。

呼厨泉 （诗）天朝历代许和亲，
字号单于镇北庭。【小锣二击】
今日南风多不竞，
正将牧马叩长城。【大锣归位】

【撕边】孤——，【一锣】匈奴国王呼厨泉。【住头】

自我即位以来，与汉家天子屡战屡和。昨日，白波帅有书信前来，李傕、郭汜与那董承争夺乘舆，汉室内乱，正好用兵。左右，唤左贤王进帐。

中　军 遵命。（走至台口正中）大王有令，传左贤王进帐！（回原位）

〔左贤王内白：“领旨——。”

〔【慢五锤】左贤王“上场门”上，至右台口。

左贤王 数载不闻笳鼓竞，
近来髀肉又重生。

〔【大锣原场】左贤王“挖门”至正中，朝里。

左贤王 参见大王！（行礼）

〔左侧一番兵“下场门”下，搬椅复上，将椅摆放在“大边”位置。

呼厨泉 少礼，坐下。

左贤王 谢大王。

〔【住头】左贤王礼毕，走至左侧椅前，右转身坐下。

左贤王 唤臣进帐，有何吩咐？

呼厨泉 只因白波帅有书信到来，言道汉室内乱，正好进兵。为此，命你带领人马，兵进河内，听我吩咐！

〔西皮摇板〕

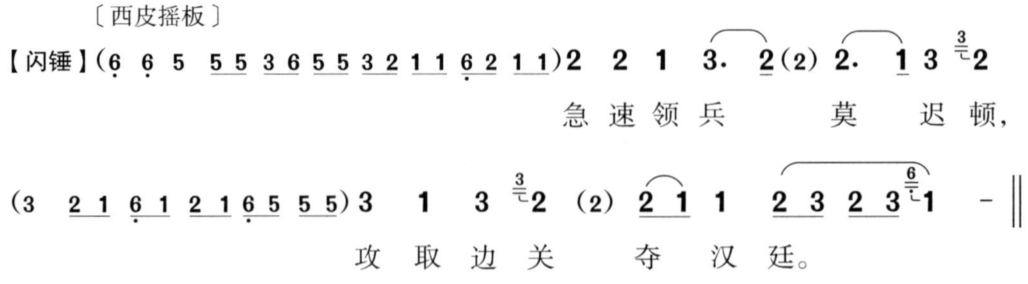

〔（大大 大大 乙大 大0 仓 ）左贤王起立走至正中，脸朝里拜礼。

---

① 遐陬：遐（音 xiá，读如侠）：远，长久之意；陬（音 zōu，读如邹）：角落、山脚。遐陬：指边远地区。

左贤王 得令!

〔【闪锤】左贤王左转身，右手“拉山膀”。左侧一番兵速搬椅“下场门”下，复上站原位。

〔西皮摇板〕

廿(6 6 5 55 36 55 32 11 62 11) i 6 3. 6 5 5 7

出 虎 帐 统 雄

6 (6) i 6 63 5 6 (65 35 65 32 11) 3 3 5 55

兵 钦 承 王 (啊)命, 平 汉 乱 难道

3 i 6 (6) i 65 53 i 6 35 3 5 (65 35 65 32 11

(哇)我 出 师 无 (哇) 名。

62) i 65 5 5 7 6 (6) 6 6 56 7 - 6 6 -

约 同 那白波帅 轻 装 前 往,

〔【快长锤】左贤王出帐，走至左侧右回身至左台口。

〔西皮摇板〕

【凤点头】(过门同前) 3 3 5 (5) 5 5 3i 6 (65 35 6)

指 日 间 教 胡 马

3 5 353 5 6 6 6 - 5 - (大大 大大 乙大 大 仓)‖

破 汉 家 营。

(左回身亮相)

〔【快长锤】左贤王“下场门”下。

〔西皮摇板〕

呼厨泉 【大锣凤点头】(过门同前) 2 1 2 3 2 2 (3 21

愿 贤 王 此 一 去

61 2) 3 3 2 2 2 1. 2 3 2 -

旗 开 得 胜,

〔【闪锤】呼厨泉从桌内左侧走出，至舞台正中。

（过门同前）3 2 ⁵3 2 1 1 ²³2（3 2 1 6 1 2）6. 2 1 2 ³2 1 - ‖
教汉室惧 怕我 马 壮兵 精。

（白）退班。

〔【大锣原场】四番兵两边下，中军"下场门"下，呼厨泉左转身"下场门"下。
〔闭二幕，撤去大帐。

第 二 场

〔【撤锣】拉开二幕，场上两侧边幕挂淡湖色蝴蝶纱幕，后场正中摆设一架六扇折叠屏风。屏风前摆设一桌、一"小座"。舞台左侧斜设一桌，桌内设一座椅。淡湖色桌围椅披。

〔【小锣旦上场】蔡文姬"上场门"上。走至"九龙口"略停，抖水袖缓步走至台口正中。

蔡文姬 〔引子〕才华空把青春误，薄命难禁

サ 1 - 2 ᵛ3 - - ⁵3 ⁵3 ⁵3 ³2 ³2 ³2 2 - ᵛ 6. 2 7 6 ⁷⁶ᵛ5 - ⁶5 ⁶5 5 ⁷6 - ‖
白 首 吟。

〔【小锣原场】【小锣归位】蔡文姬左转身，朝里走至"小座"，右转身坐下。

蔡文姬 （诗）镜鸾孤掩已成尘，
念乱忧家更痛心。
自古文章难赎命，
可怜身作未亡人。（**扎**）

〔侍琴"下场门"暗上，站文姬左侧。

蔡文姬 奴家蔡琰字文姬。陈留郡人氏①。母亲早已去世，我父在日，官拜左中郎将，封高阳乡侯。奴家幼适卫仲道。只因夫亡无子，只得归宁在家。幸有我父，留下满架图书，堪以日常消遣。（**大……台**）今日，闲暇无事，我不免将焦尾琴抚弄一回，也好解除烦闷。侍琴，

侍 琴 有。

蔡文姬 取焦尾琴前来。

侍 琴 是啦。【**小锣五击**】（"下场门"下）

蔡文姬 （**大……台**）（念）心中无限伤心事，尽在琴弦一曲中。

〔【小锣慢五击】侍琴双手捧琴复上，走至斜桌里面，将琴横放在桌面上。

---

① 1963年王吟秋把程先生1925年首演本《文姬归汉》赠我抄写。文姬台词是："陈留郡人氏，母亲早已去世。……"为尊重程本首创，现仍按原本念"陈留郡"。

侍　琴　小姐，瑶琴给您安放好了。（边说边回原位）

蔡文姬　（感叹地）想这瑶琴，乃是卫郎心爱之物，如今，琴在人亡，怎不令人痛心喏！

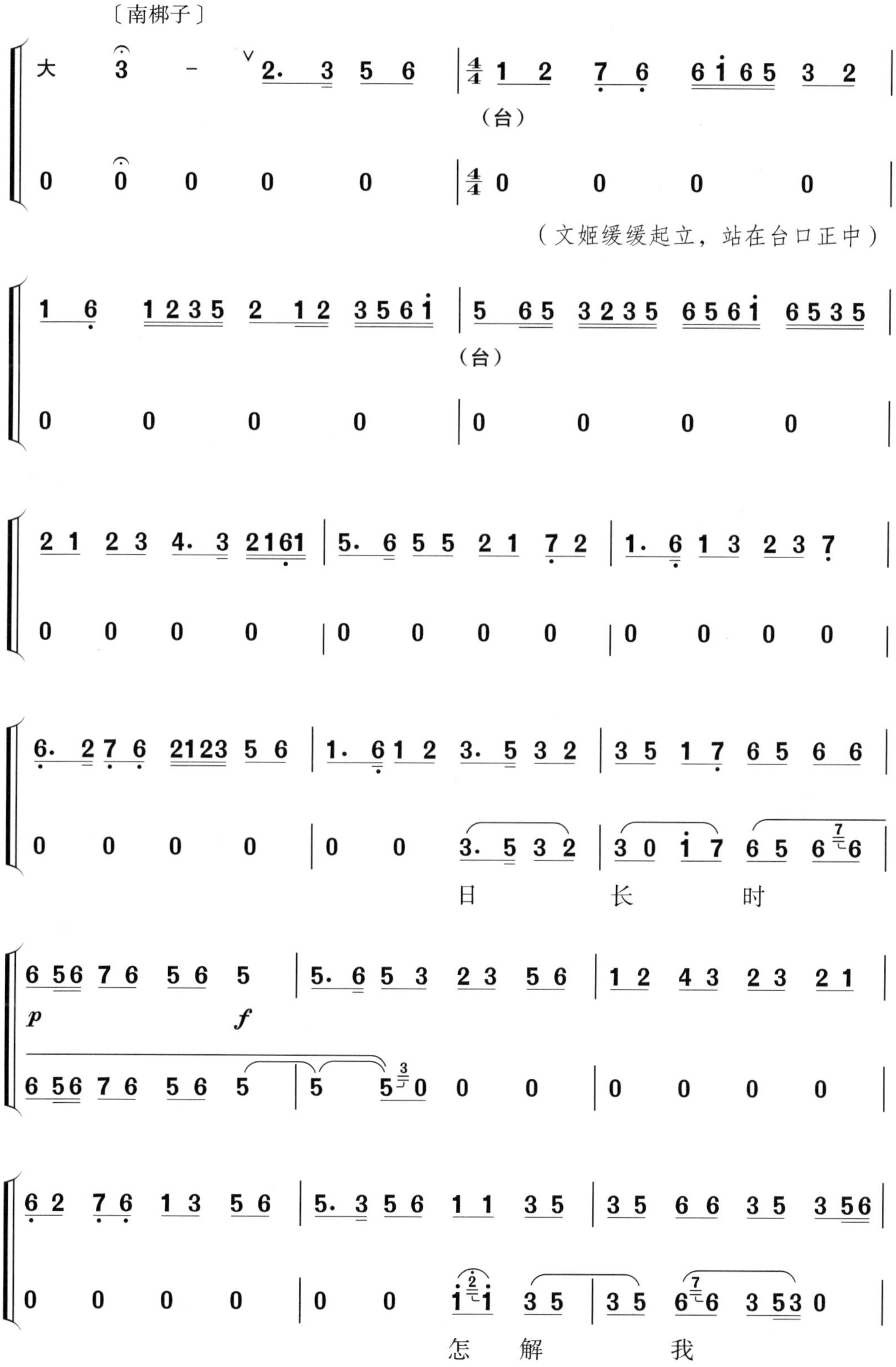

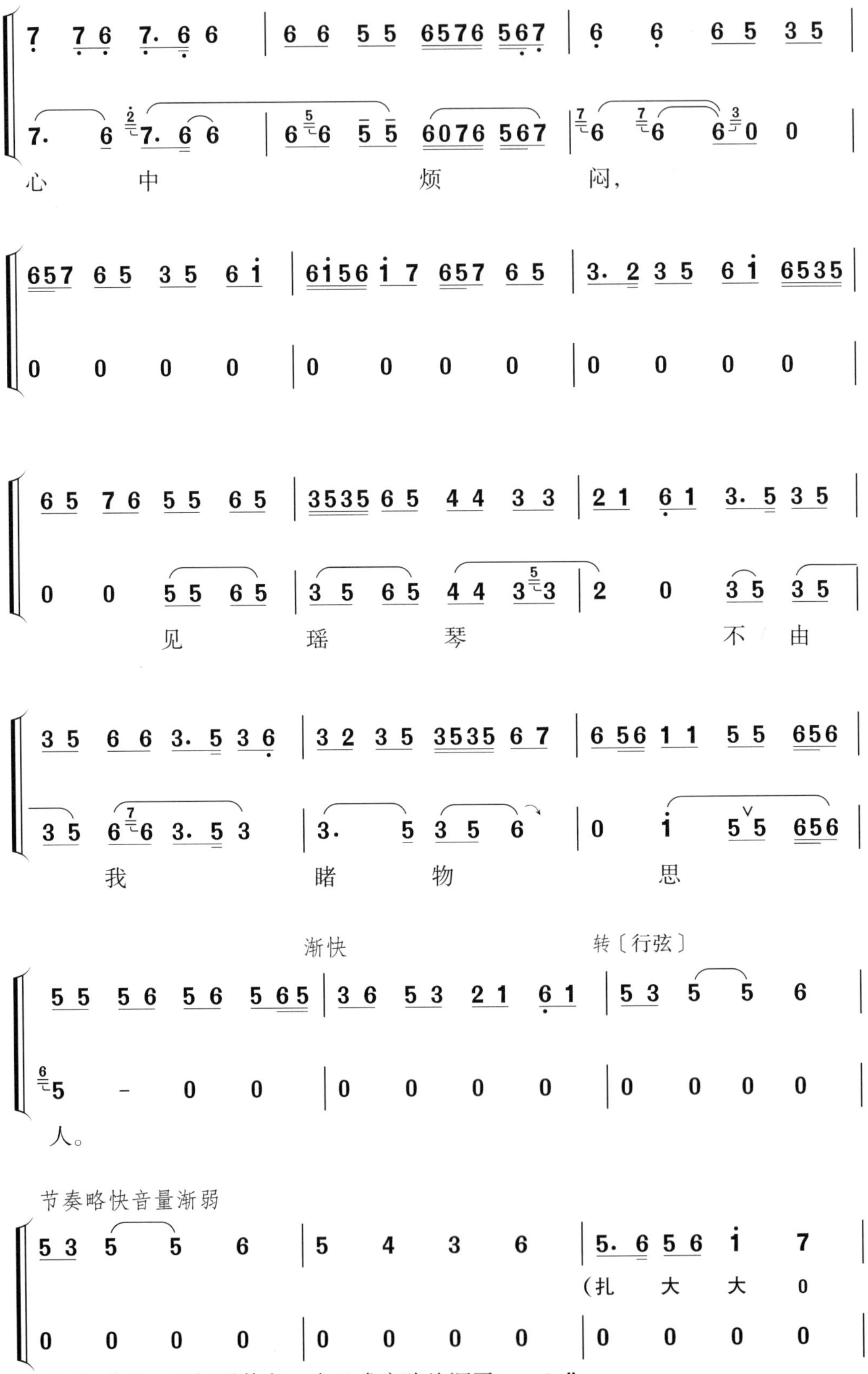

(白)“想我父，以抚弄传名，今已成广陵绝调了——！”

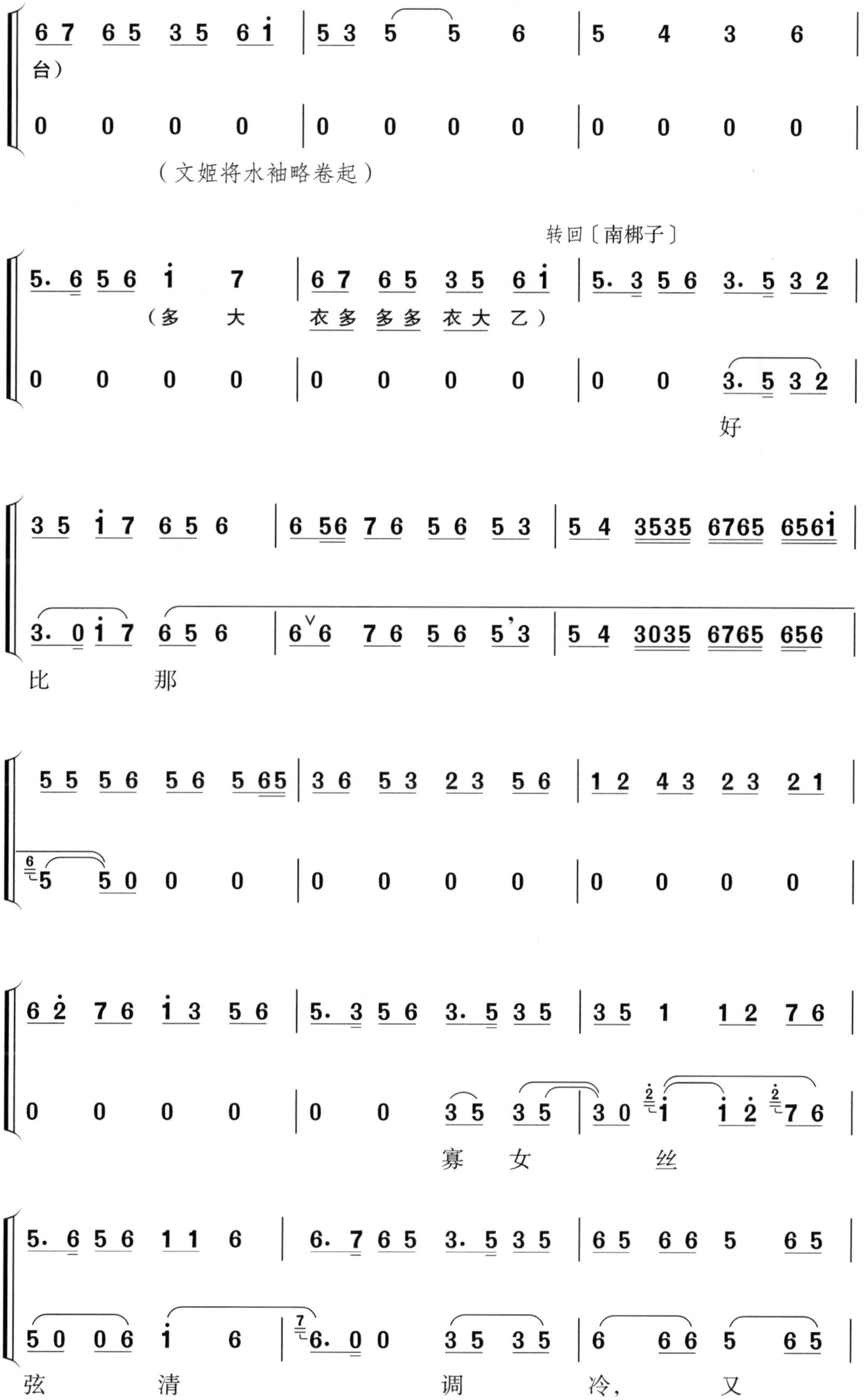
台）
（文姬将水袖略卷起）
转回〔南梆子〕
（多 大 衣多 多多 衣大 乙）
好
比 那
寡 女 丝
弦 清 调 冷，又

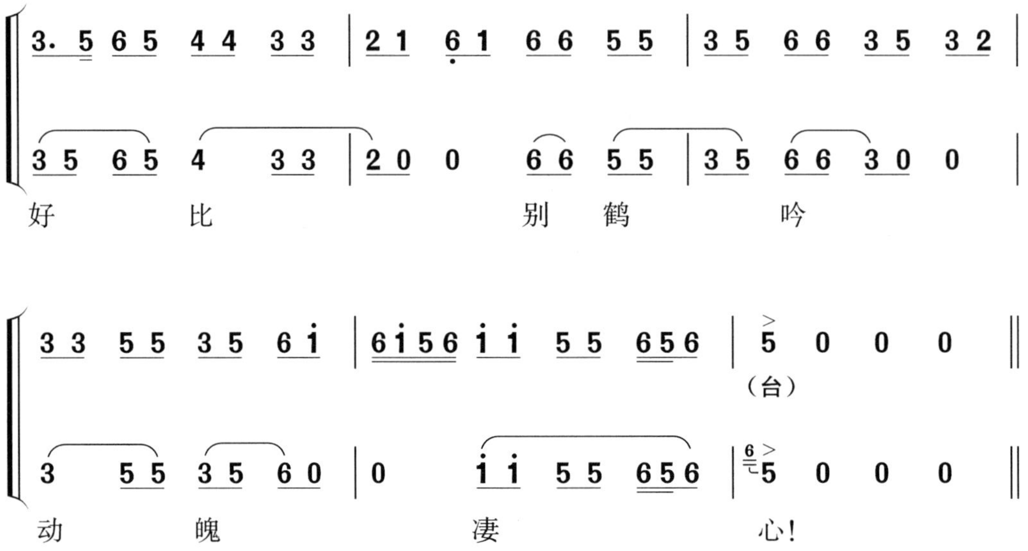

〔乐声戛然而止，文姬见琴弦断，惊奇地愣坐在椅上。（**大……乙大大仓**）乐队笛手吹奏鸟鸣声。

〔亮弦〕

（4 3 ⁷6 ⁶5 －）

蔡文姬 呀！

〔西皮摇板〕

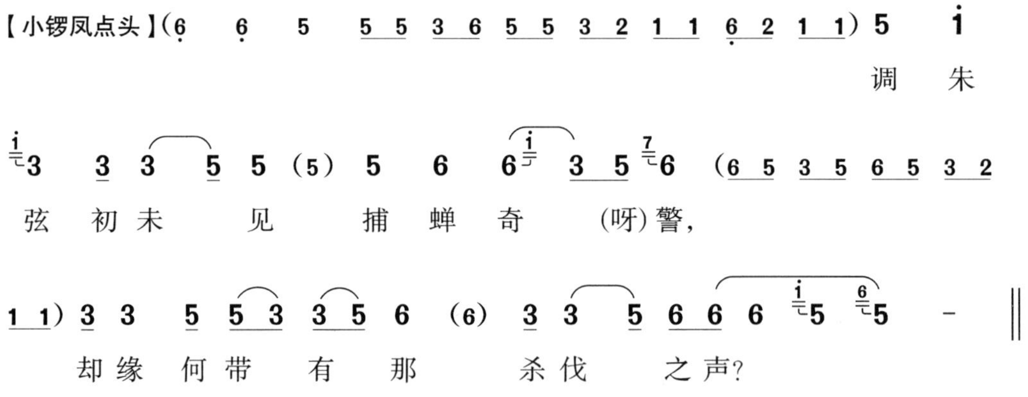

〔**【冲头】**苍头慌张从“上场门”急上，走至右侧偏中。文姬见苍头神态慌张，不解。

苍　头 小姐，大事不好了！**【撕边一锣】**

蔡文姬 何事惊慌？（起身）

苍　头 今有匈奴国造反，逢州抢州，遇县夺县，眼看就要杀到我们这里来了哇！**【撕边一锣】**

蔡文姬 这如何是好哇？（从桌内走出，至台口偏中）

苍　头 就该寻个安全所在躲避、躲避！

蔡文姬 事已至此，也只好暂且逃生。苍头！

苍　头 老奴在。

蔡文姬 你在我家多年，家中之事，只有奉托与你。别的物件都不要紧，唯有老爷留下满架图书，你须要小心保护！

苍　头　遵命。

蔡文姬　侍琴，将焦尾琴带好，同我逃生去吧！

侍　琴　是啦。（“下场门”速下）

〔西皮散板〕

蔡文姬【快纽丝】卄（6　5　5 3　2. 1　6 2　1）i　3　5　3 3　5 5

没奈何我只得

（侍琴背琴拿斗篷“下场门”急上）

7　6　6. i　3 5　6（4　3　5　6）3 3　5 5

仓惶逃（哇）命，（仓）留下了

（为文姬披上斗篷）

5　6　5 6　i　5 i　6 5　3　5（0 2　3　6　5）i

老苍头看守门庭。（仓）家

i　3　5　3 3　5 5　7　6 5　3 5 3　5　5　6【扫头】‖【撕边一锣】

中事还望你多多地照应。

（文姬向苍头拜礼）

侍　琴　咱们快走吧！

〔侍琴在文姬左侧，搀扶文姬出门，向左侧走去。苍头紧随出门，速向文姬跪拜。文姬右回身见状，右手翻袖示意苍头请起。在【扫头】最后一击锣里，文姬右臂拽住侍琴肩膀，二人朝里亮相。【冲头】“下场门”急下。【大锣原场】苍头进门，关门，“上场门”下。

〔闭二幕。内撤屏风、桌椅及蝴蝶幕。

第　三　场

〔开二幕。场上空场。唢呐奏〈风入松·头、二段〉四龙套举龙套旗，四靠将持长枪，“上场门”上，台口两侧站门。【回头】李傕持长枪“上场门”上，“九龙口”亮相，走至台口正中。

李　傕　俺——【一锣】大司马李傕。【住头】今有探马报道，言道番邦左贤王领兵前来，岂能容他猖狂。众将官！

众　有。

李　傕　阵前去者！

众　　啊！

〔〈风入松·合头〉接**【急急风】**四龙套、四靠将正领起，李傕随后。领至“下场门”时，与“上场门”上场的四番兵（举单刀）、四番将（持双刀）、左贤王（持长枪）走“二龙出水”队形。四龙套、四靠将“下场门”速翻下。四番兵、四番将“上场门”速翻下。李傕、左贤王二人举枪“一扯两扯”、“一过合、两过合”，左贤王“上把”，李傕“下把”，“一压、两压”、“一盖、腰封”，打“上下”，**【四击头】**左贤王、李傕同时亮相，李傕“下场门”败下。左贤王在舞台正中扬左手，示意追。四番兵、四番将举刀“上场门”上，跑“过场”向“下场门”追下。左贤王随后“下场门”追下。

〔**【乱锤】**生、旦、末众男女百姓“上场门”跑上，过场，“下场门”逃跑下。

〔蔡文姬幕内唱。

〔西皮导板〕

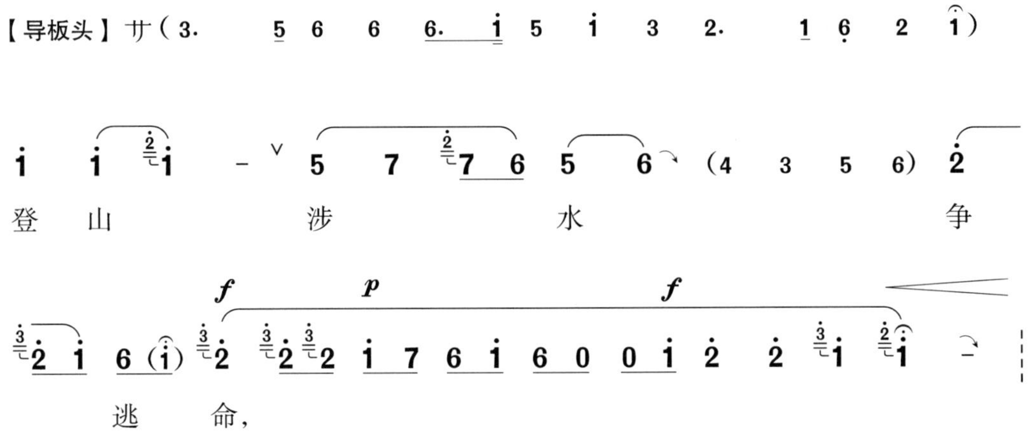

〔**【乱锤】**蔡文姬披斗篷快步“上场门”上，“九龙口”亮相。回身面朝“上场门”，斜后退蹉步，双手颤抖，退至左台口，后仰回身朝前跌坐。侍琴“上场门”急上，直奔文姬，将文姬搀起。侍琴在文姬面前跨步左转身，移到了文姬的左侧，右手拉住文姬的左手，二人在台口亮相。

〔**【望家乡】**二人向左方向跑圆场，文姬走至右台口止步，侍琴在前面继续走至“下场门”的前方位置止步，二人斜角亮相。

〔西皮快板〕

蔡文姬

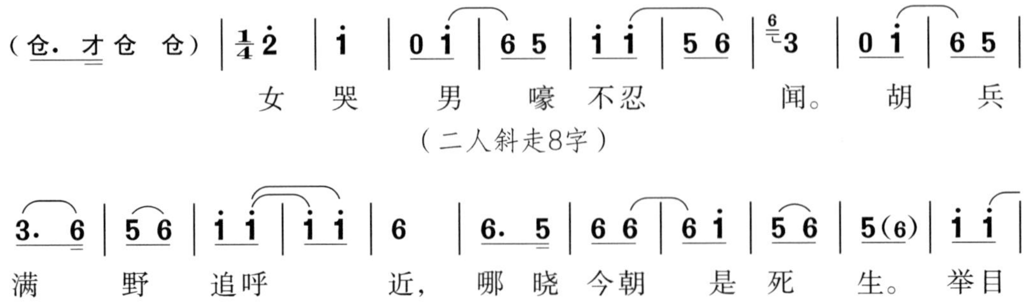

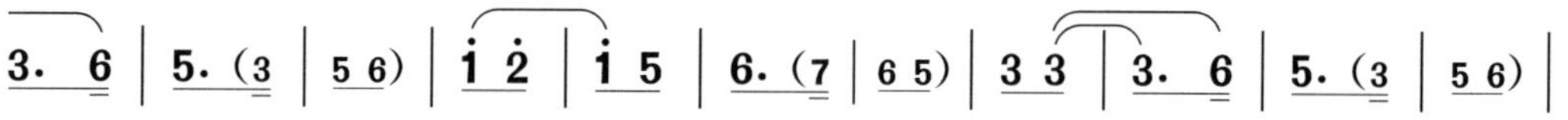

看，旌旗影，侧耳听，

（文姬站左侧，右手背在身后听介，侍琴站右侧）

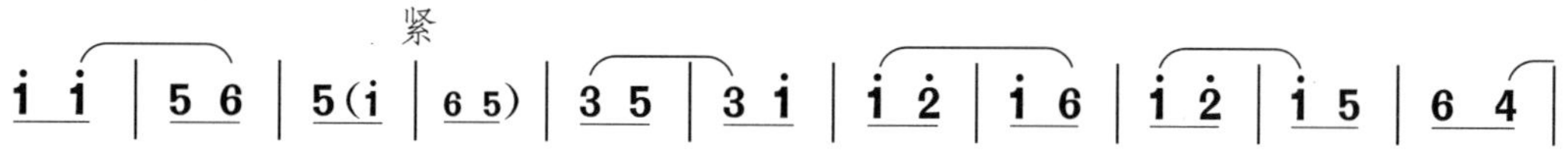

刀剑声。我呼天天不应,我

（二人在“下场门”“九龙口”位置斜站，双手指天，斜冲至左侧台口，又蹉步退回

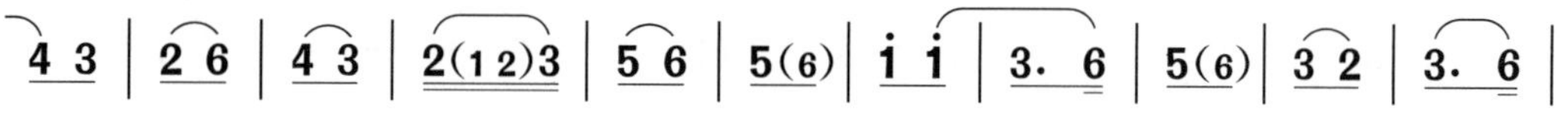

待入地地无门。没奈何我只

台正中。侍琴左臂挽住文姬左臂，“推磨”转圈，二人右台口亮相，向左方向跑大圆

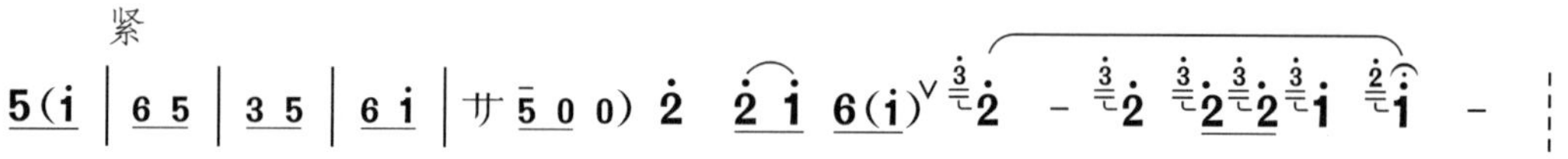

得奔波前进，

场至台前正中）

〔**【堂鼓架子】【乱锤】**文姬回身见“上场门”众番兵上，急退至左侧台口，以右手水袖遮面。侍琴站文姬左侧。

〔**【急急风】**四番兵举刀“上场门”上，在“九龙口”位置站“斜胡同”队形。一番将急上，看见文姬。**【急急风】**切住。

〔西皮散板〕

蔡文姬 **【凤点头】**

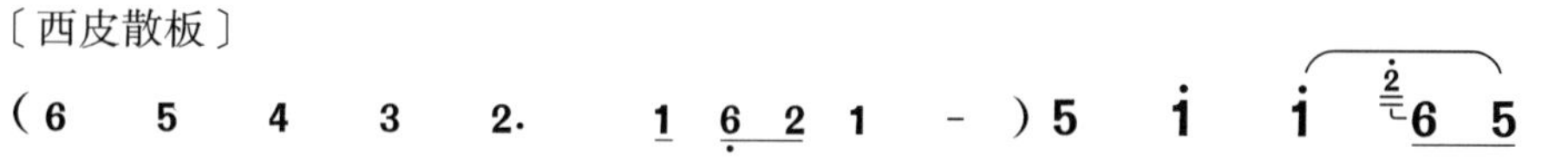

乱哄哄

（番将在右侧背供，示意文姬貌美）

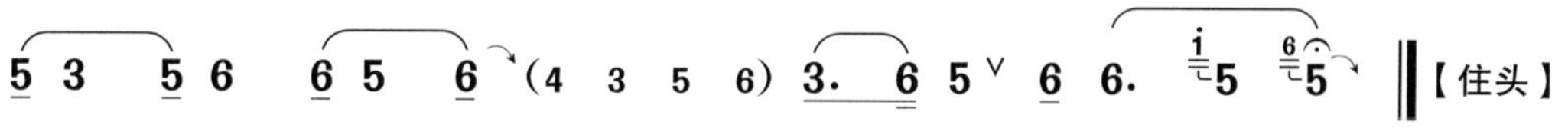

后边来万马千军。**【住头】**

番　将　你们是做什么的？！

侍　琴　我们是逃难的。

番　将　哪里是逃难的，分明是奸细，拿下了！

众番兵　啊！

〔**【大锣原场】**闭二幕。二番兵上前，将长白绸分别搭挂在文姬、侍琴二人颈上，做为绑绳。举刀押二人“下场门”下。另二番兵和一番将随后下。

第四场

〔开二幕。场上设一桌、一“小座”椅、右跨椅。

〔**【快长锤】**四番兵“上场门”上，“站门”。左贤王随上，至台口。

〔西皮摇板〕

左贤王 **【凤点头】**（6 6 5 5 5 3 6 5 5 3 2 1 1 6 2 1 1）3 5 7 6 （7 6 5 3 5 6）6 6 5 5. 3 6 － **【扫头】**

此 次 行 军 多 不 利，

〔四番兵往里归，左贤王急转身往里归，坐“小座”椅。一番将“上场门”快上，直奔左贤王左侧。

番　将　拿了奸细。

左贤王　将奸细押了上来！

番　将　（走至台口）将奸细押了上来！（回原位）

〔**【快长锤】**一番兵举短刀“上场门”上，直奔左侧台口。另一番兵也举刀随上，站右侧台口。文姬（在左边）侍琴（在右边）“上场门”上，“九龙口”略停，无奈地看颈下的白绸，**【快长锤】**收住。

〔亮弦〕

（4 3 6 5 －）

〔文姬、侍琴走至台口。

〔西皮摇板〕

蔡文姬 **【大锣凤点头】**（过门同前）3 3 5 5 3 3 5 5（5）7 6 5 3（3）5 5 6 －

听传 唤想必 是 凶多 吉 少，

〔**【闪锤】**二番兵改抱刀往里归。文姬在前、侍琴在后，“挖门”至右侧。

〔亮弦〕

（4 3 5 7 6）

〔西皮摇板〕

蔡文姬 **【大锣凤点头】**（过门同前）3 3 5 5 5 3 3 5 6（6）3 5 6 5 6 6 5 5 － **【住头】**

一霎 时怕 就 要 玉 碎香 消。

左贤王　（见文姬、侍琴）看这二人，倒像良家女子，左右！与她二人松绑。

〔**【五锤】**右侧二番兵上前，为文姬、侍琴取下白绸，放在桌上，站原位。

左贤王 你们家住哪里？姓字名谁？不要害怕，慢慢讲来。

蔡文姬 容禀——

〔西皮摇板〕

【大锣凤点头】（过门同前）3 3 5 5 5 $^{\dot{2}}$7 ^{7}6 5 6 5 5 3 5 ^{7}6

我 本 是 汉 通 儒 蔡 中 郎 女，

（过门同前）3 3 5 5 5 3 3 5 6 $\dot{1}$ 5 6 5 6 ^{5}6 $^{\dot{1}}$5 ^{6}5 ‖【住头】

奴 名 字 叫 文 姬 通 晓 诗 书。

左贤王 哦！（起身）原来是蔡中郎之女文姬小姐么？恕我失敬。（躬身作揖）来！

番 将 有。

左贤王 与蔡小姐看座。（坐回原位）

番 将 是。（右侧一番兵将右跨椅搬至右侧，回原位）

蔡文姬 谢坐。

〔【五锤】番兵搬椅“上场门”上，放右侧，回原位。文姬坐定。侍琴右侧站立。

左贤王 啊蔡小姐，我想你乃是个聪明女子，不如顺从本帅，同享荣华富贵，不知你意下如何？（大……台）

蔡文姬 我乃名父之女，岂肯充人下陈。国破家亡，我无心求活，若蒙见杀，妾之惠也！（起立）【撕边一锣】

侍 琴 您别这样说话呀！（扯文姬袖摇手示意）

左贤王 （大……台）好个烈性女子，令人敬佩。本帅决不难为与你，来！带蔡小姐到馆驿好生款待，若有怠慢，定责不贷！

番 将 遵命。

左贤王 蔡小姐安歇去吧。

侍 琴 小姐，咱们走吧。

〔【大锣原场】文姬、侍琴出帐走向左侧。

〔右侧一番兵与左侧一番兵共同站到文姬、侍琴身后。

番 将 （出帐对文姬）看我王爷，有心于你，（京白）你要是做王妃的时候，可别说我的坏话呀！（进帐站原位）

〔【冲头】文姬掩泪，与侍琴“下场门”下，二番兵随下。

左贤王 来！

番 将 有。

左贤王 将王妃冠服备好，鼓乐送到馆驿，要好言相劝，不可怠慢，违令者斩！

番 将 遵命。

左贤王 正是：

〔【住头】左贤王起立上前几步。四番兵随之往前站。（闭二幕）

左贤王 难得相逢一女子，
忙将天书呈单于。

〔【大锣原场】四番兵两边下。左贤王得意地双手背在身后，大踏步“下场门”下。

第五场

〔开二幕。场上设一桌一“小座”椅。紫罗兰色桌围椅披。

〔**【纽丝】**侍琴“上场门”上，站在左侧台口。文姬随后上，走至台口正中。

〔西皮散板〕

蔡文姬

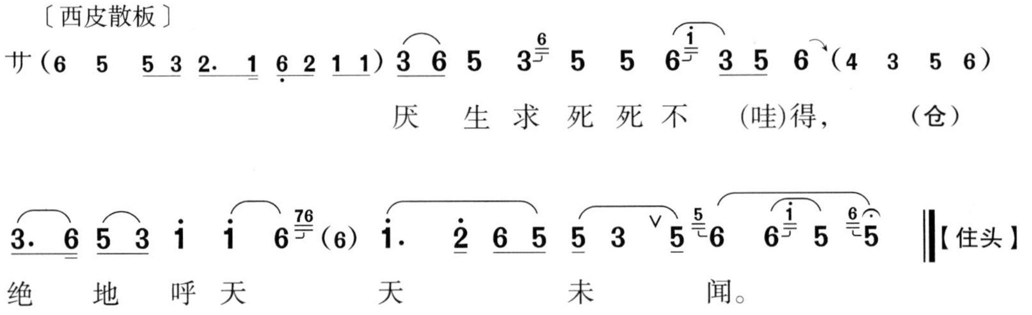

〔文姬左转身往里归再右转身坐下。

侍　琴　（走近文姬）小姐，我听您昨天晚上，哭了一夜，未曾安眠。依我看哪，您还是保重身体。倘有机会，咱们也好回国呀。

蔡文姬　（**大……台**）唉！那是痴心妄想了。

〔唢呐奏〈小傍妆台〉四番将“上场门”上，站“一条鞭”。前两名番将手托王妃冠服和珍珠彩缎礼盘，中军随后上，“挖门”进，四番将两边分“站八字”形。中军“挖”至左侧。侍琴先走至左侧，从番将手中接过王妃冠服礼盘走向文姬左侧，给文姬看，曲牌止。

侍　琴　小姐您看这王妃冠服，多好看呐！

〔文姬不理不看。侍琴将冠服礼盘放在桌上。（**大……台**）又走至右侧接过番将手中珍珠彩缎礼盘走向文姬右侧身旁给文姬看。

侍　琴　小姐，您看这珍珠够多么大呀！（左手拿珍珠给文姬看）这彩缎多好看呐。

蔡文姬　（不看）侍琴，将这些赃物，抛在门外，不要在此胡吵。（**大……台**）

〔侍琴以手势示意众番将退下。**【大锣五锤】**四番将、中军出帐，“下场门”下。侍琴忙将礼盘放在右侧桌上。

侍　琴　小姐，不是我多口，我看左贤王送来王妃冠服，明明是以王妃之礼相待，又不是做他的宫嫔。再一说，人家也不是用强力来逼迫您呀？

蔡文姬　胡人扰乱中原，抢掠民女，便是我国仇人一般，难道叫我甘心从贼不成？（**大台**）我是中原清白女子，岂能与那胡虏匹配？你若愿意，你就去吧！（**大台**）

侍　琴　小姐，您不是跟我说过吗，当年有个王昭君，她不是也嫁到匈奴国了吗？难道说，她就不是中国女子么？她若是在汉宫里做一妃嫔，不到外国，哪能留名万古呢？依我看呐，像小姐这样的文才，本来是要扬名中外的。

蔡文姬　啊呀呀，看你这张利口，想是，不愿回国了。你想啊，我若是一旦应允，便要埋骨他邦，那时，还有回国的日子吗？（**大……台**）

侍　琴　哟小姐，您也不想想，要是像您这样轻轻一死，难道说，就有日子回国了吗？（走至左侧）我看那左贤王面貌和善，只要你们二人十分和睦，以后商量回国一行，难道他还能不答应吗？再者说啦，太老爷又无子嗣，只生小姐一人，若日后回国，将老太爷后事料理清楚，才对得起先人呀，这岂不比轻轻一死强得多吗？

蔡文姬 呀！

〔亮弦〕

(4 3 6 5 －)

（缓缓起身，站正中）

〔西皮散板〕

【凤点头】廿（6 5 4 3 2. 1 6 2 1） i i 3 5 3
听 她 言 不

3 5 (5) 7 6 6 3 5 6 (4 3 5 6) 3
由 人 心 中 惨 然，（仓） 好

3 5 5 3 3 5 6 (6) i 5 i 6 5 3 5 (2 3 6
教 我 蔡 文 姬 左 右 为 难。（仓）

5) i i 3 5 3 5 6 7. 6 5 6 (6) 5
思 想 起 一 门 中 又

6 6 3 5 3 5 5 4 3 3 2 － （仓 大）
无 同 产，

〔行弦〕

(0 3 | 2/4 2 1 6 1 2 3 | 2 1 6 1 2. 3 | 2 1 6 1 2 3 | 2 1 6 1 2 |)

（犹豫）

侍　琴 小姐，您答应了吧。

〔西皮散板〕

蔡文姬 **【凤点头】**（过门同前）3 3 5 5 3 5 6 6 (6) 3 5 6 5 3 5 3 5 － ‖**【住头】**
这 时 节 暂 偷 生 再 回 天 南。

蔡文姬 （自言自语）事已至此，但凭于他！（转向侍琴）侍琴，我家既无兄弟，蔡氏门中只我一人，许多后事要我担承料理。你的言语，何尝不是。（沉吟）事到如今，也只好忍辱偷生，再寻机会回国便了。（**大……台**）（感叹地）难道蔡文姬就如此下场么？（又想）罢了，罢了！
青天白日有如此，
万恨千愁说向谁？

〔**【大锣原场】**文姬无奈缓缓左转身，右手背在身后，左手略揉胸，“下场门”下。

侍琴目送小姐走下，回身向外，站正中。

侍　琴　要不是我一番言语，我们小姐也不能答应啊。（面向“上场门”）哎，军官快来呀！

中　军　（“上场门”上）来了。（在侍琴右侧）（**大……台**）

侍　琴　刚才要不是我苦言相劝，我们就活不成啦！你快去回禀大王，说此事有八成希望了，让他不要着急，急则生变，那就不关我的事了。

中　军　晓得，晓得，有劳姑娘。

〔中军“上场门”下。

侍　琴　正是：（**扎**）（边说边走向左侧）

不将苦心衷言告，

焉得回心转意来。

〔【**冲头**】侍琴“下场门”下。

〔闭二幕。【**五锤**】左贤王在二幕外“上场门”上，至正中偏右位置。中军从“下场门”上，站左侧偏台口。

中　军　启禀王爷，王妃冠服收下了。

左贤王　（惊喜万分）收下了？！【**撕边一锣**】

中　军　正是。

左贤王　（高兴地拍手）哈哈……！趁我心愿也，趁我心愿也——！哈哈……（边说边伸展双臂，“下场门”下）

〔【**大锣原场**】中军随后“下场门”下。

第　六　场

〔开二幕。场上设大帐，一桌、一“大座”椅。桌上摆放大印、笔砚、令箭。

〔奏唢呐曲牌〈水龙吟〉四龙套（持长把刀）、四大铠（持长戟）、四靠将“上场门”上。台口略停，分左、右侧“站八字”形。中军随上，站左侧。

〔【**四击头**】曹操上场亮相，【**大锣原场**】至“九龙口”抖袖、整冠、捋髯，走至正中台口。

曹　操　〔引子〕扫荡群雄，【**小锣二击**】辅汉家，【**帽子头**】职掌三公。①

〔【**冲头**】奏〈水龙吟·合头〉右转身向里走，继之左转至大帐内坐定。四龙套、四大铠、四靠将顺序往里归“站八字”形，中军随之站大帐左前。

曹　操　（念诗）东征西讨尽成功，

访旧飘零惜蔡邕。【**小锣二击**】

忍令知交为馁鬼，

颇闻有女落胡中。【**大锣归位**】

老夫，【**撕边一锣**】曹操。【**住头**】讨灭群雄，迁都许昌，自为丞相。这且不言。近来故旧凋零，腹痛桥公之墓②。最可叹者，蔡中郎伯喈与我十分交好，又无子嗣，

---

① 东汉时的“三公”是指太尉、司徒、司空。

② “桥公”乃东汉太尉桥玄。其墓在谯县（今安徽亳县）。桥公生前对曹操戏言：“吾死后，你若路经吾墓，不以鸡酒祭之，腹痛也。”故曹操曰“腹痛桥公之墓”。

闻他小女文姬，流落南匈奴，为左贤王匹配。此女才学颇有父风。老夫准备厚礼，赎她回国。也好使中郎有后，接续香烟。【住头】想那周近熟悉胡情，不免命他前往。来！

中　军　有。

曹　操　唤周大夫进帐。

中　军　是。（走至正中）周大夫进帐。（移至曹操右侧站立）

〔周近内白："来也——。"

〔周近"上场门"【小锣打上】至右侧台口。

周　近　平生素识边夷信，
怕是曹公命远行。

〔【小锣】周近"挖门"进帐，至左侧躬拜。左侧一龙套捋长刀交与身旁龙套，"下场门"速下，搬椅复上，放左侧，回原位接过长把刀。

周　近　参见丞相。

曹　操　一旁坐下。

周　近　谢座。【小锣二击】（至左侧椅坐下）传唤下官，有何吩咐？

曹　操　老夫今日想起一事。有蔡中郎与老夫交好，又无子嗣，闻得其女文姬，流落南匈奴，为左贤王妃，命你去往胡国将她赎回国来，准备黄金千两，彩缎百匹，送与那单于。我想此事旁人焉能办到？只是，有劳大夫远行了。

周　近　区区远行，何劳之有。待小官收拾起行便了。

曹　操　有劳大夫了——！

〔西皮摇板〕

【闪锤】（6 6 5 55 36 55 32 11 62 11）3 2
想 此

3 12 3 3. 2（3 21 61 2）1 3 21 1 2
事 表 人 情 一 番 举 动，

（3 21 65 55）1 25 3 3 21 1 - 2（3 21
准 备 着 金 聘 礼

61 2）2. 1 6 1 2 1 -（大 大 大 大 衣大 大 仓）‖
送 到 胡 中。

周　近　遵命。（起立）

〔西皮摇板〕

【大锣凤点头】（过门同前）2 1 2 1. 3 21 1 2
别 丞 相 此 远 行
（向丞相施礼）

（3　2 1 6 1 2 1 6 5 5 5）1. 3 2 2. 1 1 － 2 －

亦　非　劳　顿，

〔【闪锤】再向丞相躬拜一下，出帐至左侧。

（过门同前）3 3. 2 1 6 3 2 1 1 2（3 2 1 6 1 2）3. 2 1 1 2 2 2 1 －‖

表一表朋友情　五伦之中。

〔【闪锤】周近“下场门”下。左方一龙套撤下座椅，复站原位。

曹　操　（过门同前）1 2 2 1 3 3. 2（3 2 1 6 1 2）1 3 2 2. 1 1 2 －

想当初拜桥公　过世腹痛，

曹　操　掩门——（双手向两边一摆示意）

〔【快长锤】四龙套、四靠将、中军两边分下。曹操起身由桌内左侧走出，至台中。

〔西皮摇板〕

【凤点头】（过门同前）3 2 3 2 1 1 2（3 2 1 6 1 2）2 1 6 1 1 2 2 2 1 －‖

喜此番赎文姬　定庆成　功。

（右手伸大拇指表示赞叹）

〔【大锣抽头】走大四方步“下场门”下。

〔闭二幕。撤去大帐、桌椅。

第七场

〔二幕外。场上空场。【小锣打上】侍琴携二胡儿“上场门”上，走至台口正中。

侍　琴　胡中岁月无皇历，

但见草枯又一年。（扎）

我，侍琴。自从我家小姐，听我劝告，嫁了左贤王。左贤王倒也十分喜爱，怎奈我家小姐，终日愁眉苦脸，闷闷不乐，想念家乡。唉！这也难怪，就是连我，将来也不知如何打算呐！计算起来也有十二年了。且喜我们小姐，生下二子，我家小姐的意思，要我教公子汉朝的文字，将来也好回国。唉！这也是小姐一片痴心妄想，人家的孩子，哪能跟着你回国呢？看，——今日天气晴和，不免带他们俩外边游玩便了。

胡中衣食两不惯，

误劝小姐进衷言。①

---

① 据程先生1953年演出本，侍琴上、下场，都是唱〔西皮摇板〕。

〔【小锣打下】侍琴携二公子“下场门”下。

第八场

〔二幕外。空场【快长锤】四龙套“上场门”上，“站门”，二旗牌挑礼盒随上，站左侧。周近持马鞭上，站“九龙口”偏中。

〔西皮摇板〕

周　近　【凤点头】(过门同前) 2 1 2 2 3. 5 1 2 (3 21 61 2) 6 1 1. 3 2 -
奉朝命不辞劳　远行万(呐)里，

〔【闪锤】至台口正中。

(过门同前) 3 3. 2 1 6 1 3 2 (3 2 1 6 1 2) 6
都只为怜才(呀)女　赎

1. 3 2 6 1 (3 2 1 6 2 1) 3 2 1 2 3 6 1 2
那文姬。满目中蔽尘

3 - 3 2 1 1. 6 3 2 (3 2 1 6 1 2) 1 6 2 1
沙已到胡(哇)地，要与那

3 2 1 1 2 (3 2 1 6 1 2) 7 7 2 5 6 6 1 - ‖【住头】
匈奴国　说明是非。

周　近　周(哇)近。(仓 大0) 奉曹丞相之命，去到南匈奴，赎回蔡文姬。看看离胡地不远。左右！

众　有。

周　近　趱行者——！(勒马)

众　啊！

〔西皮摇板〕

周　近　【大锣凤点头】(过门同前) 2 1 2 2 3 3 2
数月间在鞍马

(3 2 1 6 1 2) 1 3 2 2 2. 1 1 2 -
程(呐)途难　计，

〔【快长锤】周近左手扬起，示意龙套领路。龙套领起“下场门”下。周近至左侧回身。

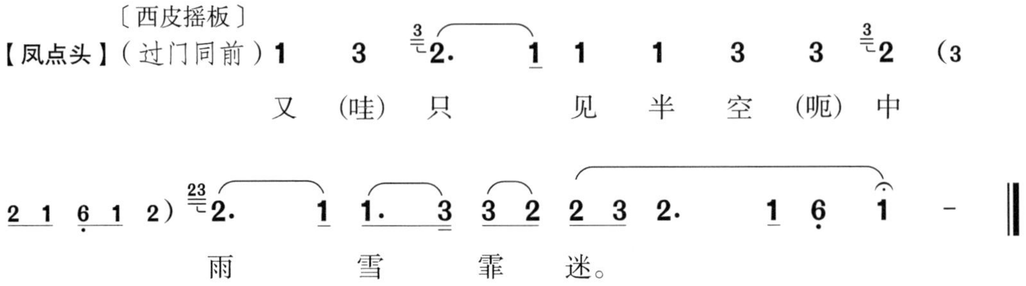

〔【大锣原场】周近打马“下场门”下。

第九场

〔开二幕。里场正中一桌二跨椅。淡粉红色桌围椅披。两侧边幕挂粉红色蝴蝶纱幕。

〔【慢长锤】八宫女“上场门”上，台口略停，双分，站八字形。侍琴随上站左侧。

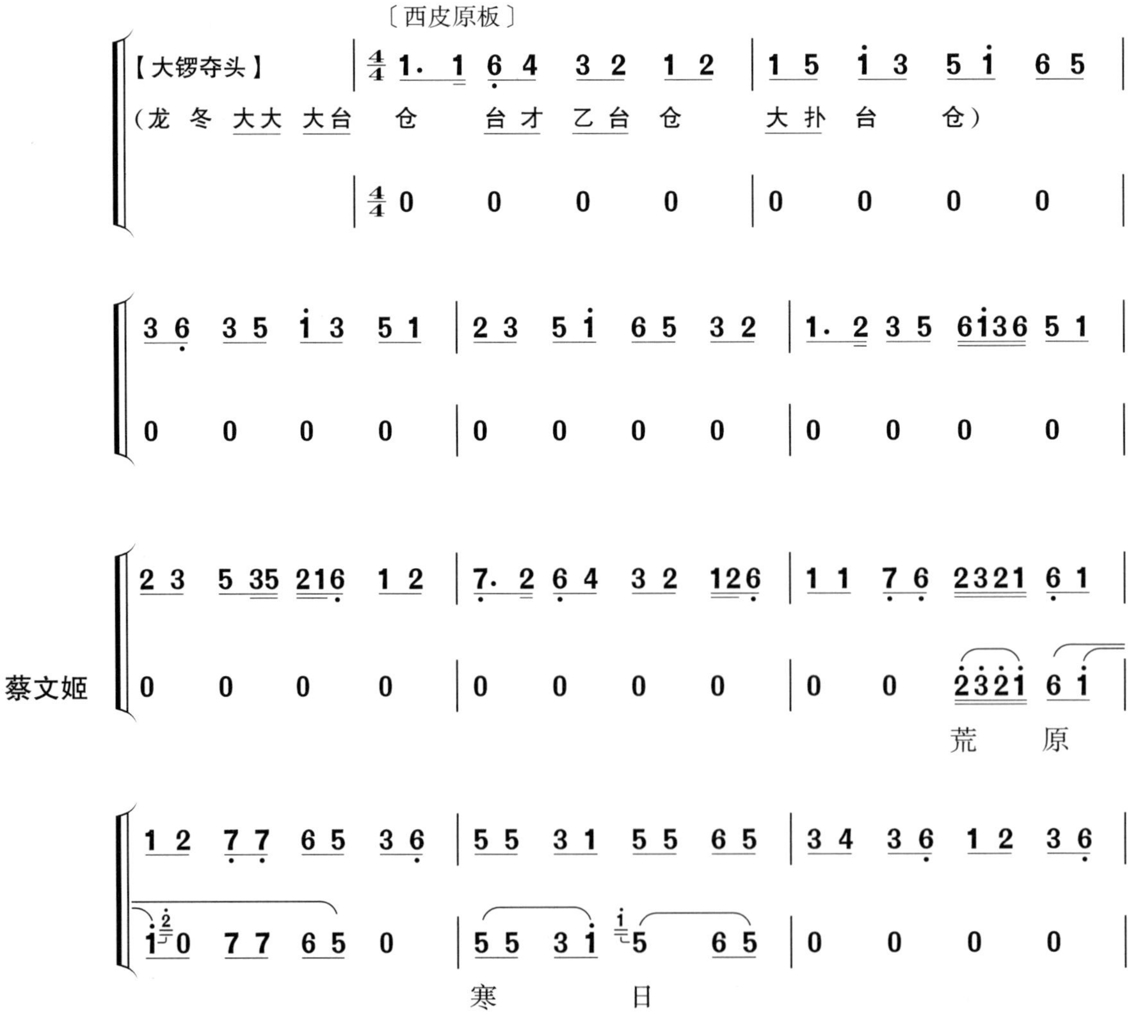

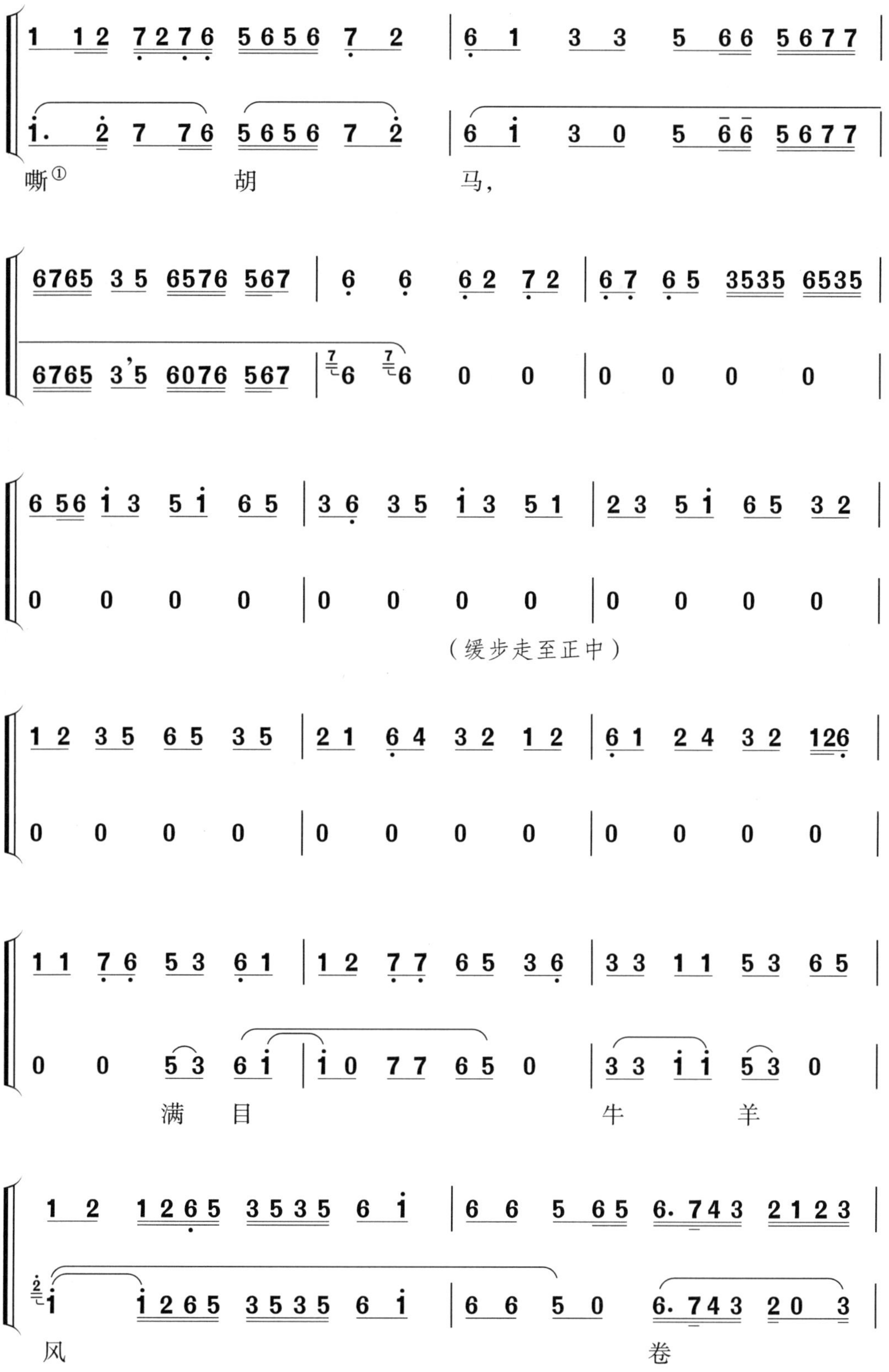

① 〔西皮原板〕第一句唱词“荒原寒日嘶胡马”的“嘶”字，剧中读 xī 。

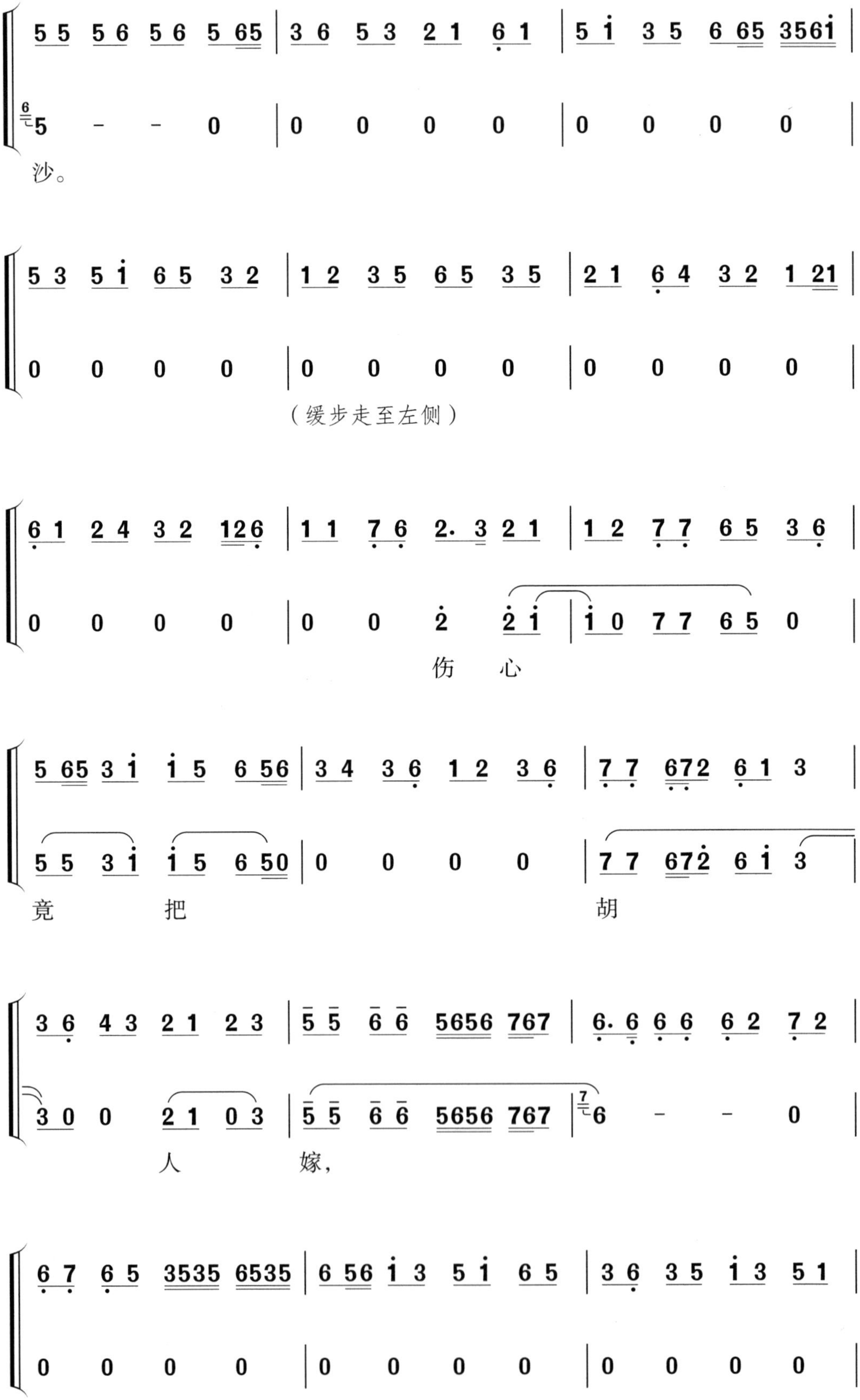
沙。
（缓步走至左侧）
伤 心
竟 把 胡
人 嫁，

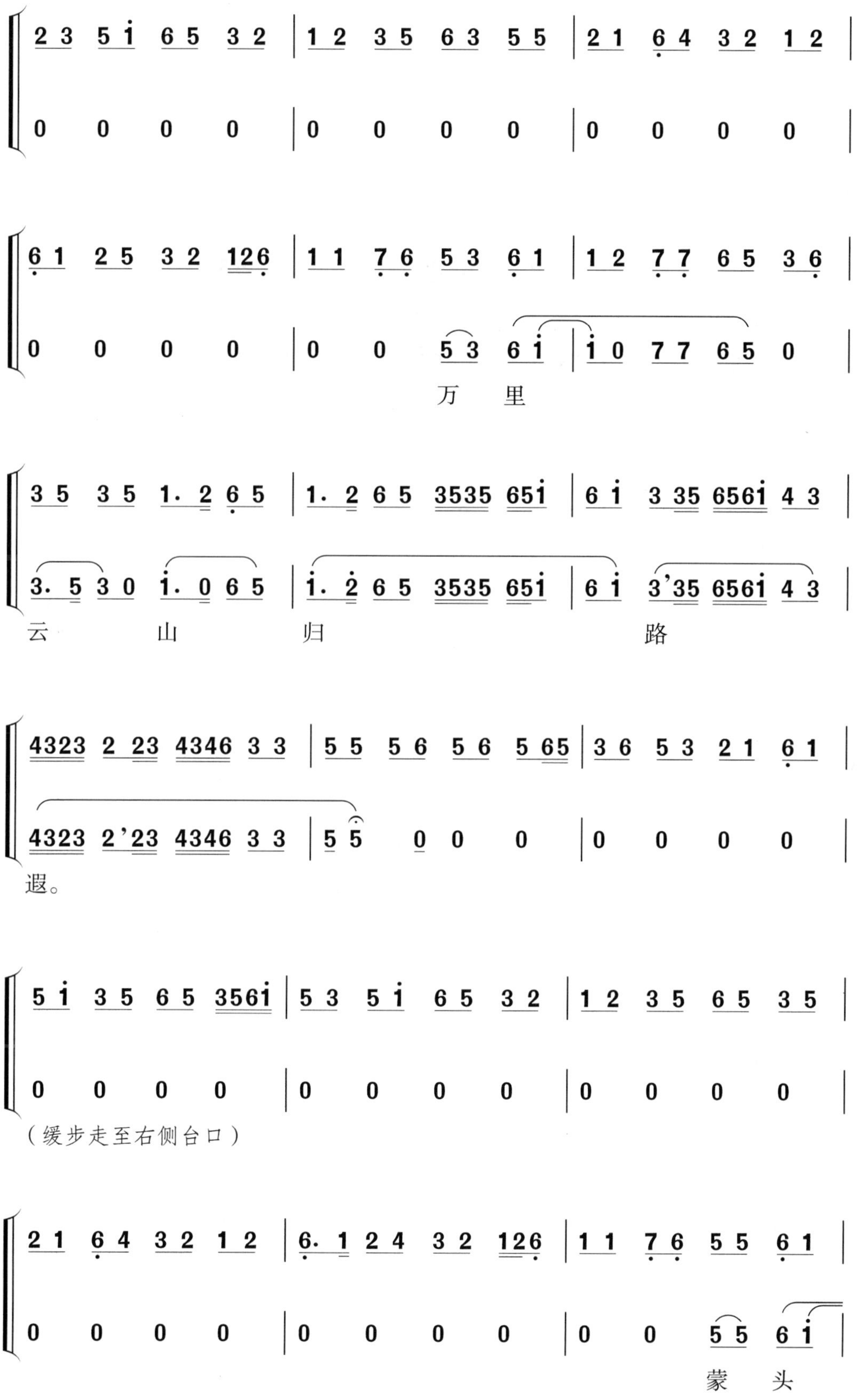
万 里
云 山 归 路
遐。
（缓步走至右侧台口）
蒙 头

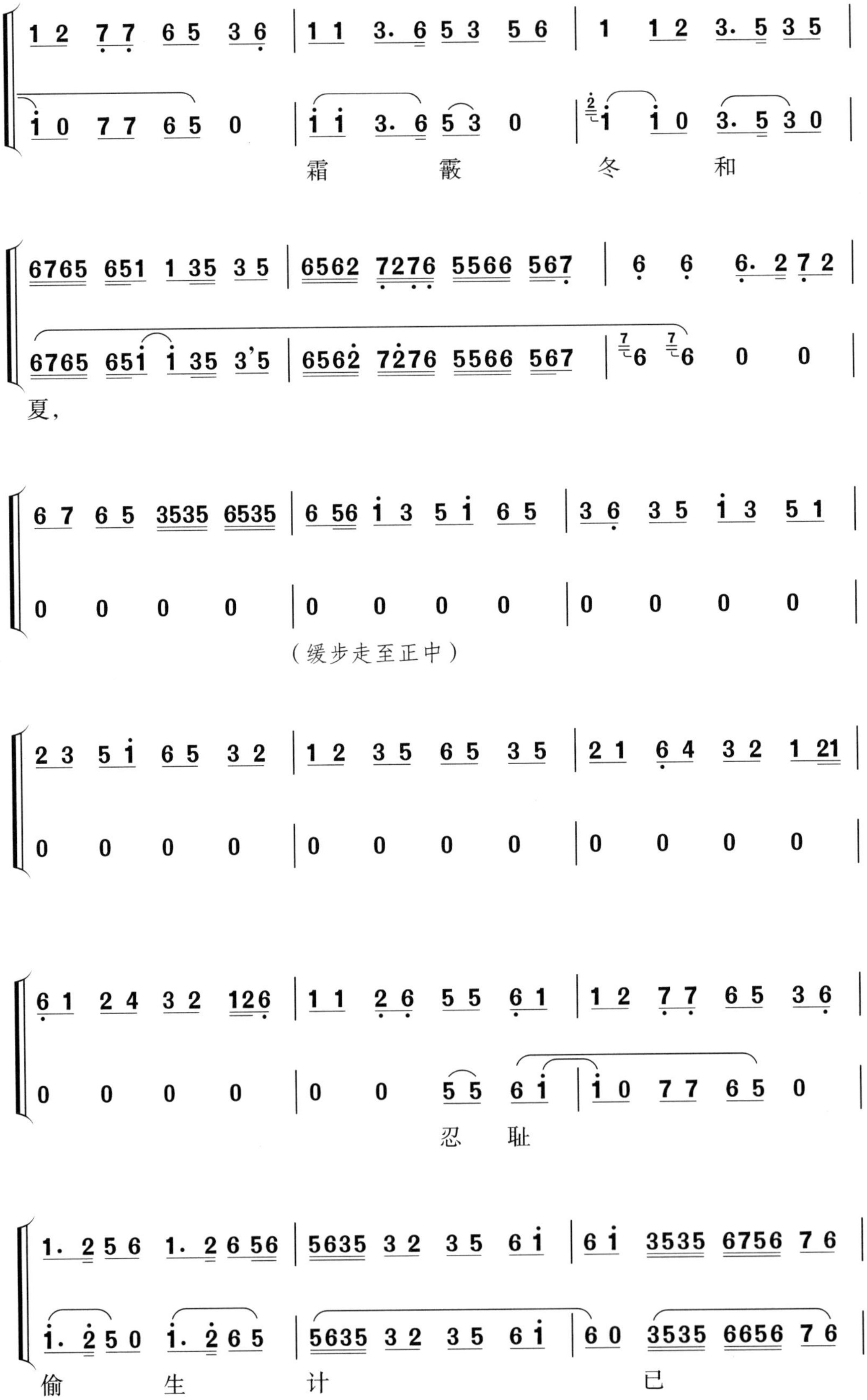
霜 霰 冬 和
夏，
（缓步走至正中）
忍 耻
偷 生 计 已

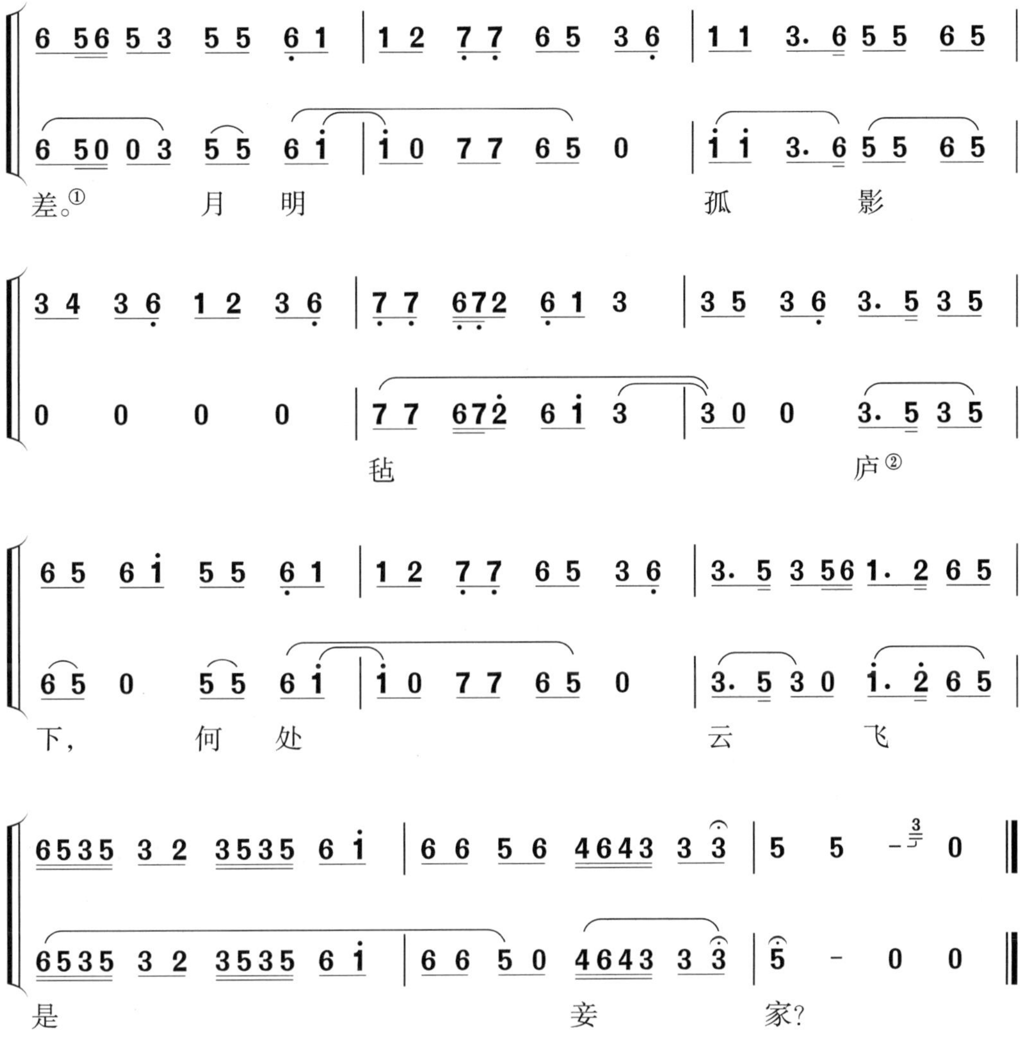

〔【纽丝】文姬左转身往里归，至右跨椅坐下。宫女、侍琴往里归“站八字”。

〔四番兵“上场门”上，站“一条鞭”。左贤王持马鞭“上场门”上至“九龙口”亮相，走至台口勒马。

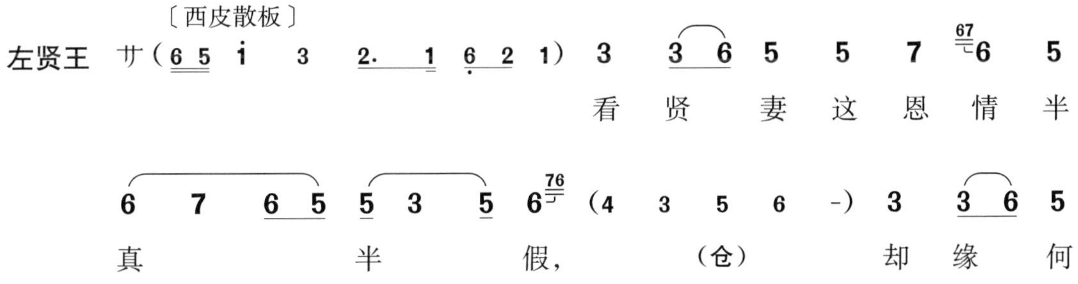

---

① 程先生也唱作：

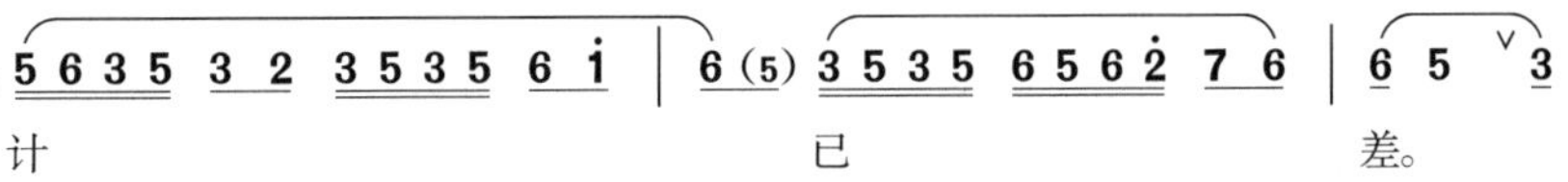

② 此处“庐”读如驴，程先生借鉴了昆曲读音。

5 5 3 i 6 3 6 5 i 5 6 5 (2 3 6 5 -)
每日 (呀)里 泪 落 如 (呃)麻。 (仓)

3 3 6 5 5 7 6 3 6 5 5 6 7 7 6 6 -
我 只 得进 宫院 挑 她 情 话, 【撕边一锣】

〔【纽丝】一宫女出帐,至台口,向左贤王蹲拜迎接,左贤王勒马见宫女。

宫　女　殿下回来了。

〔左贤王回身至右侧下马。一番兵接马鞭,四番兵"上场门"同下。宫女回原位。左贤王进帐"挖门"至左侧。侍琴搀文姬起身朝前走至右侧,与左贤王见面。二人拱手。

左贤王　妃子。

蔡文姬　王爷。

〔亮弦〕

(4 32 57 6 -)(文姬抬左手,背供)

〔西皮散板〕

蔡文姬　【凤点头】(6 5 5 3 2. 1 6 2 1 -) 3 3 6 5 5 3 5 6
原 来 是 上 早

5 6 6 6 6 4 6 4 3 3 5 3 5 - 【住头】(拭泪、强笑)
朝 走马 还 家。

〔二人同时往里归坐下。

左贤王　啊?——(大……台)我看妃子面带泪痕,为了何事?

蔡文姬　我并未落泪呀。

左贤王　明明泪痕未干,怎说无有!你何必隐瞒于我?莫非嫌我胡人粗鲁不成?你还有什么不满意之事么?

蔡文姬　王爷待我恩情甚好,我还有什么不满意之事么?王爷不要多疑。

左贤王　既然如此,我从不曾见你一开笑口。你我既为夫妻,有话就该明言,也好替妃子你分忧解愁。

侍　琴　小姐,您有什么话就跟王爷说说吧。

蔡文姬　王爷再三询问,妾也不敢隐瞒。自古道"狐死尚要首丘",何况我们人乎。是我每日思念家乡,故而伤心落泪。(拭泪)(大……台)

左贤王　我当为了何事,此事不难。

蔡文姬　(面露笑容)此事不难么?不知何日可以回国呢?

左贤王　待我发兵,夺取汉朝天下。那时还要封你做个王后。你道好是不好哇?哈哈……

蔡文姬　【撕边一罗】(怒,起身)王爷,你要夺取那汉室天下,便是我国仇人,觍颜事仇,妾所不愿,唯有一死而已!(大台)

〔文姬右手翻水袖高举,以示一死。左贤王急忙起身左手翻水袖阻拦。

左贤王 一句戏言何必如此，你我饮酒取乐吧。

蔡文姬 （勉强地）侍奉王爷。（拱手）

左贤王 来，将酒宴摆上。

宫　女 是。

〔唢呐奏〈小傍妆台〉左侧一宫女“下场门”急下。复上，端酒盘放桌上，将盘中二酒杯放在文姬、左贤王面前，斟酒，速站回原位。文姬、左贤王面朝前，抖袖，合式转身，“往里归”坐下。曲牌止。

左贤王 （举杯）妃子请。（饮酒）（**大……台**）

蔡文姬 请。（刚端起酒杯，思念家乡，又将酒杯放下）

左贤王 啊？（**大……台**）你为何又伤心落泪呀？

蔡文姬 （强笑）我并未落泪呀？（抬左手遮脸，右手沾泪）

左贤王 （起身，右手拿酒壶，左手拿酒杯）来来来，待我与妃子把盏。（斟酒）

蔡文姬 （起身）妾是不会饮酒的，王爷你多吃几杯吧。（双手推杯坐下）

左贤王 （将酒壶、酒杯放桌上）妃子既然不愿饮酒，你我去到郊外行围射猎，消遣一回，你看如何哇？

蔡文姬 胡人欢喜骑[①]射，妾身是不惯的。

左贤王 这又不好，那又不好，这倒难了。（坐下）

〔**【冲头】**一番将“上场门”上，至右侧向左贤王躬身。

番　将 大王宣召，速速进宫。

左贤王 知道了。（向番将不耐烦地，右手抖袖。番将暗下）

左贤王 （起身）啊妃子，你宽饮几杯，我去去就来。带马！

〔**【扫头】**左贤王急出帐，左转身站正中。“上场门”四番兵急上过场，“下场门”急下。文姬随后出帐右侧蹲拜。留最后一番兵为左贤王带马，“下场门”速下。左贤王上马，走至左侧，回身与文姬拱手告别。

蔡文姬 送王爷——

〔左贤王打马，（**八仓**）**【冲头】**“下场门”急下。同时，蔡文姬起立，目送左贤王走远，缓步走至正中。（**大……大 0 台**）

蔡文姬 看他这样殷勤，他哪知我的苦心喏。

〔**【撕边】**接**【纽丝】**抖水袖走至左侧台口。侍琴随之出帐，站右侧台口。

〔西皮散板〕

蔡文姬 （过门同前）i̇ 3 5 5 7 5 6（5 3 5 6 –）5 6 6 353 5 5 6 –

终日里对胡人　笑啼都　假，

〔**【纽丝】**文姬、侍琴同时走到正中，进帐。八宫女扯至“上场门”站成“斜胡同”。文姬至正中回身向外，侍琴站文姬右侧。

蔡文姬 （过门同前）3 i̇ 65 53 35 6. 5（4 3 5 6 –）4 4. 64 3 3. 53 5 – ‖

献殷勤又何必　埋怨　于　他。

---

① “胡人欢喜骑射”的“骑”字此处读“寄”音。

〔【滚头子】文姬心烦意乱地双手背身后，侍琴从“上场门”下。文姬随后下。宫女从“上场门”一对一对地在文姬后面护送下。

第十场

〔开二幕。场上设一桌、一小座椅，一左跨椅。老黄色桌围椅披。
〔【快长锤】四番兵、四番将“上场门”上。台口“站门”。
〔呼厨泉“上场门”上，直至正中台口，抖袖。

〔西皮摇板〕
呼厨泉　【大锣凤点头】(过门同前) 2 1 3. 2 2 2 1 3 2 -【扫头】‖(左转身归里坐外座)
满朝识　平单　于贵。

〔四番兵、四番将往里归。一中军“上场门”上，进帐“挖”至左侧，向单于恭拜。
中　军　南朝周大夫到。
呼厨泉　有请。(拱手)
中　军　(原地) 有请。(拱手)
〔唢呐奏〈小傍妆台〉呼厨泉起身，出帐，站左侧台口，中军在呼厨泉身后移至其右侧站立。周近“上场门”上，至右台口，与呼厨泉拱手。
呼厨泉　(上一步) 啊大夫——！(右手让请)
〔周近进帐，“挖门”至左侧。呼厨泉待周近进帐后，再进帐“挖门”至右侧。左侧一番兵，搬左跨椅，放左侧，归原位。呼厨泉、周近二人“往里归”，同时坐下。呼厨泉坐正中小座，周近坐左侧旁座。曲牌止。
呼厨泉　不知周大夫驾到，孤有失远迎，当面恕罪。
周　近　岂敢，周某来得鲁莽，单于海涵。
呼厨泉　岂敢。大夫到此，有何见教？
周　近　只因我国有一女子，名叫蔡文姬，乃我国通儒蔡中郎之女。我家丞相，特命下官，前来赎她回国，请单于做主。
呼厨泉　虽有此人，现配左贤王为妻，在此多年，何必教她回去？
周　近　只因她父只生此女，我家丞相特备黄金千两，彩缎百匹，送与单于，望求大王笑纳。来！将礼物抬上来。
〔【冲头】二汉兵用长扁担抬礼物盒“上场门”上，至正中放下，二汉兵分站两边。
呼厨泉　呜呼呀！【撕边一锣】(起身背供) 这些礼物，孤家焉能不收？嗯，我自有道理。【五锤】(回身就座) 啊大夫，那左贤王乃是我国大臣，若将他夫妻拆散，如之奈何？
周　近　啊单于，想今日中原，俱都是曹丞相势力之下，破乌桓，斩蹋顿，殆亡异心。我想，若为一女子，开罪天朝，未免有些不便。
呼厨泉　大夫所言极是。礼物焉敢不收。来，将礼物搭下去。
〔【冲头】二汉兵抬了礼物，“下场门”下。
呼厨泉　大夫暂居馆驿歇息。孤家自有主张。

周　近　周某静听大王佳音。（起身，向单于拱拜）告辞。

呼厨泉　奉送。

〔【**五锤**】周近出帐，至左侧，“下场门”下。

呼厨泉　中军！传左贤王进帐，有要事相商。

中　军　是。（“上场门”下）

〔【**大锣原场**】四番兵、四番将两边分下。

〔呼厨泉起身立正中，以手势在胸前划一小圈，示意自己的主张定能成功。左转身“下场门”下。

〔闭二幕。撤去桌椅。

第十一场

〔二幕外。【**水底鱼**】左贤王右手持圣旨“上场门”上，走至右台口偏中。同时侍琴“下场门”上，至左台口偏中，向左贤王蹲拜。

左贤王　（对侍琴）将这圣旨交与你家小姐，（将圣旨交到左手）叫她即刻回国便了。（左手将圣旨交与侍琴手上）

侍　琴　是啦。（双手接圣旨，站起）

〔左贤王右转身，左手抓袖背身后，抬右腿右手提蟒，（**八　仓**）【**冲头**】“上场门”下。侍琴目送左贤王下，快走至台前。

侍　琴　这下可好啦，我们小姐要回国了，我得赶快给我们小姐送个信儿去。

〔开二幕。场上正中设一桌二跨椅。淡粉红色桌围椅披。粉红色蝴蝶纱幕。【**小锣五击**】侍琴左转身进帐，“挖门”至右侧，脸朝“下场门”蹲。

侍　琴　有请小姐。（起立）

〔【**大锣五锤**】文姬“下场门”携领二子上，至台右偏里。

蔡文姬　极目胡天空咏叹，不知何处是长安？！（**大……台**）（走至台中）何事？

侍　琴　小姐您大喜啦！（将圣旨打开给文姬看）您看看这上面都写的什么？

〔【**撕边一锣**】文姬接过圣旨，先看圣旨二字，再打开看文字，（**大……台**）再合起圣旨。高兴万分。

蔡文姬　好了！待我谢天谢地！（**大……台**）

〔将圣旨合起交与侍琴，文姬脸朝外双膝跪拜，【**大锣五锤**】起身。

蔡文姬　侍琴！

侍　琴　有。

蔡文姬　你可晓得几时可以起程？

侍　琴　那我可不知道哇。

蔡文姬　你去传话周大夫，要急速启程才好。

侍　琴　嗳，是啦。

〔侍琴走至台中刚要出帐，站在文姬左侧的两个孩子同时上前。

二　子　妈呀！您上哪去呀？

〔侍琴退回原位。（**大……台**）站在左边的一个儿子从文姬身后移至文姬右侧。文姬搂抱二子左右望着儿子。

蔡文姬 （大……台）无端生此两儿，我一旦回国，他二人岂不成无母之人么？

〔二子移至左侧，文姬缓步走向侍琴，用右手拉住侍琴左手。

蔡文姬 侍琴，你替我想来，如今，我倒是去留两难了。

侍　琴 这叫我也没有主意呀！

蔡文姬 （对着侍琴说）我一心想念家乡，适逢机会，难道为这两个孽障，就永远葬身此地不成？机缘错过，后悔难追。还是硬着心肠回国便了。【撕边一锣】（右手翻水袖高抬，左手指向左前方）

二　子 妈呀！你回去可要带着我呀！

〔二子在文姬左右两边跪下，文姬搂住二子。（大……仓）

二　子 您带着我，您带着我。（大……仓）

〔文姬原地转身脸朝里搂住二子拭泪。

侍　琴 我说小姐，这父母疼子可都是一样的。（拭泪）

〔【撕边一锣】文姬扶起二子。（大……仓）

蔡文姬 是啊，父母爱子，人皆有情。想我父在日，是何等疼爱于我。如今，三尺孤坟，连一杯麦饭都无人祭扫。我若是牵连私情，把祖宗丘墓弃之不顾，我怎对得起先人，又怎对得起曹丞相啊？（大……仓）（扎　扎……）也罢！【五锤】你与我收拾行装，就此启程便了。

二　子 （二子上前）您带着我，（大……仓）（文姬向左上前一步左手搂住一子）您带着我，（大……仓）（文姬站正中用右手搂住从身后走过来的儿子）您带着我！（大……仓）（文姬痛苦地左右顾盼两个儿子）

蔡文姬 （大……台）好好好，你二人不要啼哭，跟随侍琴去换衣服，我带你们回去就是。

〔文姬对侍琴使个眼色，示意把孩子带走。文姬向后退了几步。侍琴从文姬前面抢上一步，拉住二子。

侍　琴 对啦，咱们去换衣裳。【小锣长丝头】（三人同时出帐，边往左侧走边说）走吧，走吧，咱们换衣裳去。

蔡文姬 （随三人后面出帐，站右侧台口）侍琴。

侍　琴 （侍琴回头见文姬有话要说，便对二位公子）你们俩先去吧。（文姬进帐站右侧）

二　子 你来呀，你来呀！（一边说一边招手，【小锣五击】“下场门”下）

〔侍琴走至正中进帐，站左侧。

侍　琴 小姐，您叫我什么事啊？

蔡文姬 你看他二人如此可爱，教我怎生舍得？！

侍　琴 不用说您舍不得，就是连我也舍不得他们哪！（双手指“下场门”）

蔡文姬 怎么？你也是舍不得他们么？

侍　琴 是啊。

蔡文姬 这就好了。我本想带你回国。看此情形，只好烦你抚养他们。待他们成人之后，我多备金银赎你回国。你不要推辞，我这里拜托了。（右手翻水袖拱手，上前一步蹲拜。侍琴也忙上一步蹲扶文姬，二人拥抱同哭，同时站起）【大锣五锤】

侍　琴 我说小姐，事到如今，我也不好推辞。可是一样儿，小姐此番回得国去，可不要忘了我……（哭，用手帕擦泪）（大……台）

蔡文姬 侍琴，我焉能忘你的大恩。你去哄住他二人，不要与我见面。免得临行之时，悲痛难熬也！

侍　琴 知道了。【小锣五击】（出帐，至左侧，文姬随后出帐站右侧目送。侍琴往“下场门”走几步，忽回身见文姬泪眼相送，忍不住快步（大……台）至正中，握住文姬双手，二人哭泣，侍琴难舍难分退至左台口扭身拭泪，快步“下场门”下）【小锣打下】

蔡文姬 （大……仓）（伤感地）唉！生离不如死别了！【软丝边】【纽丝】（进帐、抖袖）

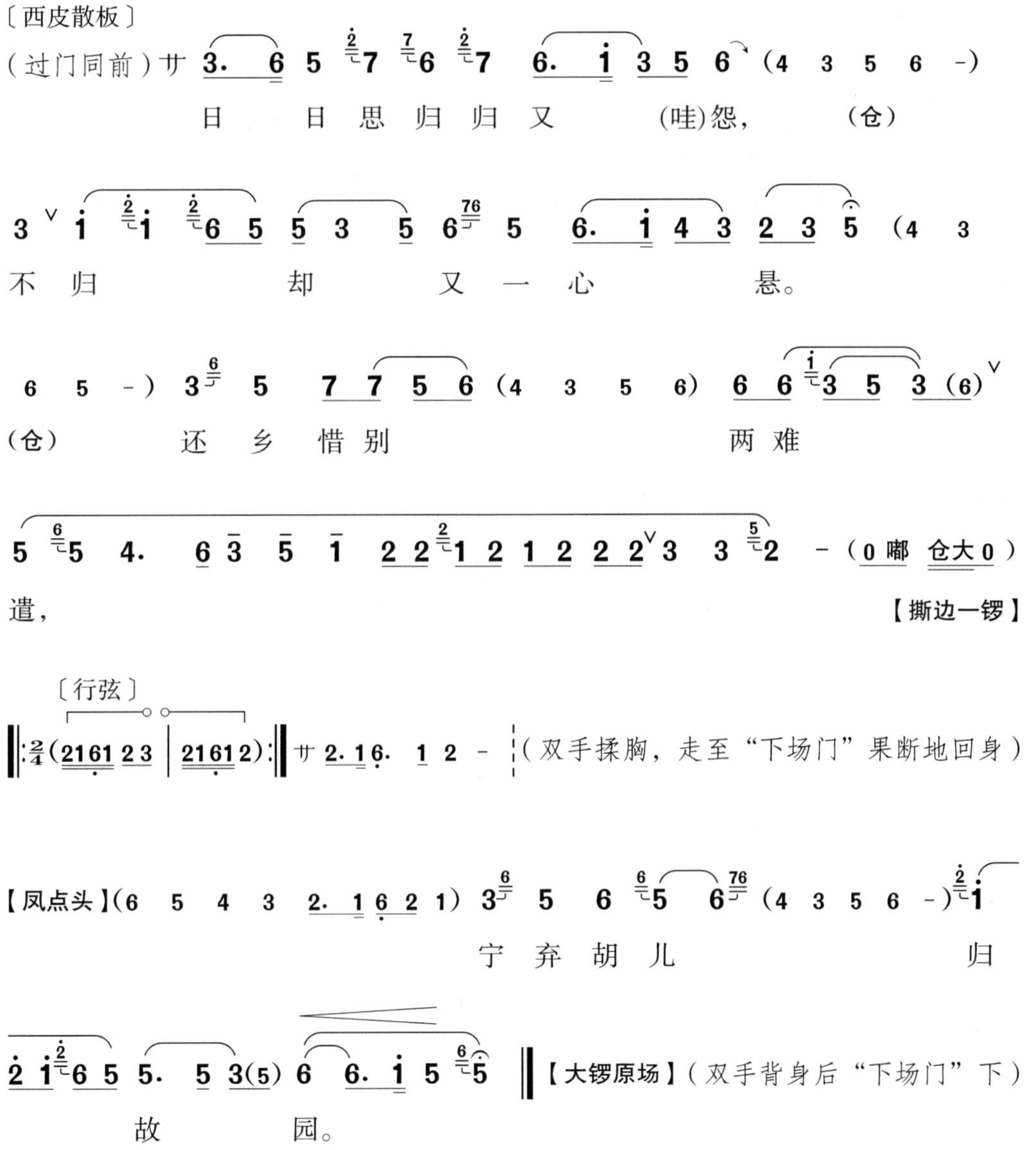

〔闭二幕。撤去一桌二椅和纱幕。

第十二场

〔开二幕。场上空场。

〔唢呐奏〈小朱奴〉。四番兵、四番将“上场门”上，“站门”。左谷蠡王、右谷蠡王、左丞相、右骨都侯，持马鞭“上场门”上，“站门”。

〔呼厨泉持马鞭上，至正中台口。

呼厨泉 今当文姬小姐回国之期，孤家备下全副仗仪，相送于他。左右，随孤前往！

众 啊——。

〔**【冲头】**转**【半水底鱼】**番兵、番将“反领”，各王侯随之走反圆场，至左侧“斜一字”站定。各王站前排。呼厨泉至左侧，右手反绕马鞭，朝“上场门”方向一望。

〔唢呐奏〈香柳娘〉接〈小傍妆台〉龙套、宫女“上场门”上，站“一条鞭”，一侧站定，周近持马鞭随上。文姬乘车上。至右侧台口下车。

蔡文姬 叩谢单于大恩！（蹲拜）

呼厨泉 酒宴伺候。

〔后排一番兵“下场门”急下，端酒盘复上（酒盘上有三只酒杯），至正中。呼厨泉取酒杯，文姬取酒杯，周近取酒杯，三人互敬，一饮而尽。三人将酒杯放回盘中，番兵急下，放下酒具复上站原位。曲牌止。

呼厨泉 孤家多有怠慢了！

〔西皮摇板〕

【闪锤】（过门同前）2 1 2 25 31 2 （3 21 61 2） 6·2 12 3 ^{3}2 – |

周大夫回国去 好言相劝，

周　近 5 62 1 3 21 12 （3 21 61 2） 6·2 1 2· 1 6 76 1 – ‖

在胡中多谢你 款待殷勤。

〔奏唢呐曲牌〈小傍妆台〉文姬上车。四龙套、四宫女领起，斜往“下场门”下。文姬坐车辇随下。周近与呼厨泉拱手，打马下。曲牌止。

〔呼厨泉至台正中。

呼厨泉 带马回营！

〔**【急急风】**一番兵带马，呼上马。四番兵、四番将、左谷蠡王、右谷蠡王、左丞相、右骨都侯由左台口斜奔“上场门”下。**【四击头】**呼厨泉台口亮相后“上场门”下。

第十三场

〔场上空场。汉朝老军李成上。

〔李成内白：“啊哈——！”

〔【小锣五击】李成“上场门”上。至“九龙口”。

李　成　我本——

（念数板）我本中原人，不幸被胡掳。

记得那一年，匈奴来打我。

胡人来得凶，杀人又放火。

我一边跑来一边藏，趴到死人堆里躲一躲。

偏偏肚子不争气，叽里咕噜直叫饿。

我刚把头一露，胡兵看见就来抓我。

掳到他国不当人，把我当个牛马做。

如今看起来，是国别亡、家别破。

给人家外国当奴隶，实在真难过、真难过。

在下李成。我也是中原人，只因那年匈奴侵汉，把我掳到胡国。还算好，没伤害我的性命，叫我在这儿看守昭君墓。这且不言。听说十二年前被掳来的蔡文姬小姐，奉曹丞相旨意要回国了，我打算求她把我也一同带回汉朝去。这么办，我把伙伴叫出来商量商量。我说伙计，伙计！

〔张四内白：“啊哈——”【小锣五击】“上场门”上，至右侧台口。

张　四　（念）中原人不能说中原话，

要说一里稀里哗啦。

（走向李成）什么事呀？

李　成　蔡小姐奉曹丞相旨意要回汉朝去了。可惜不路过此地，我想赶上几站，求她把咱们一块儿带回去，你瞧好不好？

张　四　那敢情好哇！咱们这就去。（欲走）

李　成　（拦住）瞧你这个长相，又笨嘴瓜舌的，万一说砸了，不带着咱们了！

张　四　你怕我说砸了，那么你去说，这不结了。

李　成　你在这儿等着，我去“运动运动”。要是“运动”好了，把咱俩一块儿带回去，到那时候，咱们还能吹吹呐！

张　四　怎么吹呀？

李　成　咱们就说呀，新近游历外洋回来的。

张　四　别胡吹了，走吧。（“上场门”下）

李　成　你听我的信儿吧。（“下场门”下）

第十四场

〔空场。【大锣原场】（大缓锣鼓）

〔蔡文姬内唱。

〔西皮导板〕

【导板头】廿（6 6 6 6 3.5 6 6 6 6 6 5 5 5 1̇ 1̇ 3 3 1 2 2· 7̣ 6̣ 2 2 2 1 –）

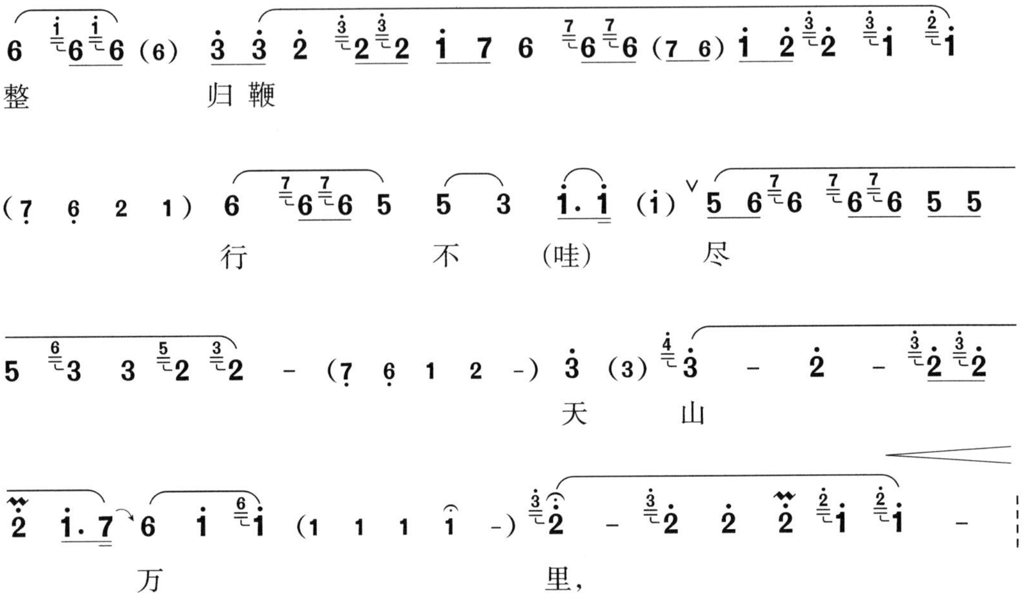

〔【慢长锤】八宫女在前，四龙套在后，全副銮驾。两人一排，“上场门”上。至“九龙口”停，双翻分开两边，站成“斜胡同”队形。宫女站在队前，龙套站在队后。周近持马鞭随上，站在左侧。

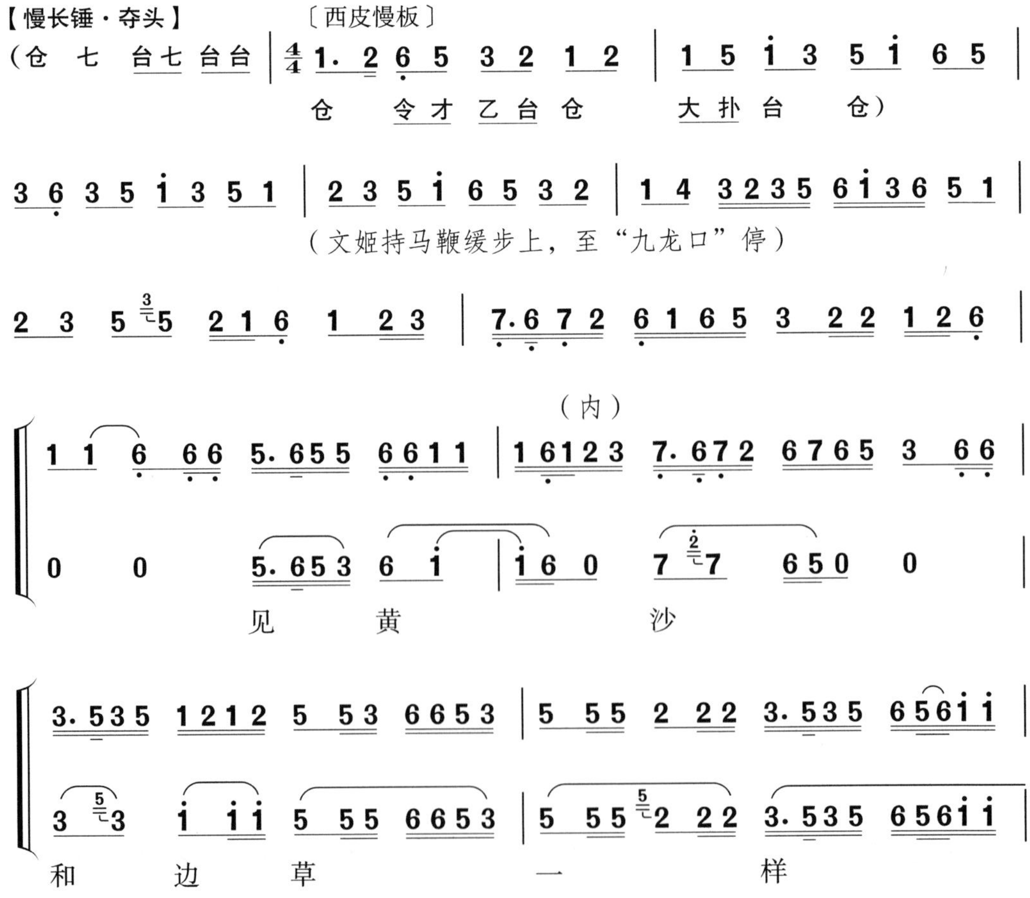

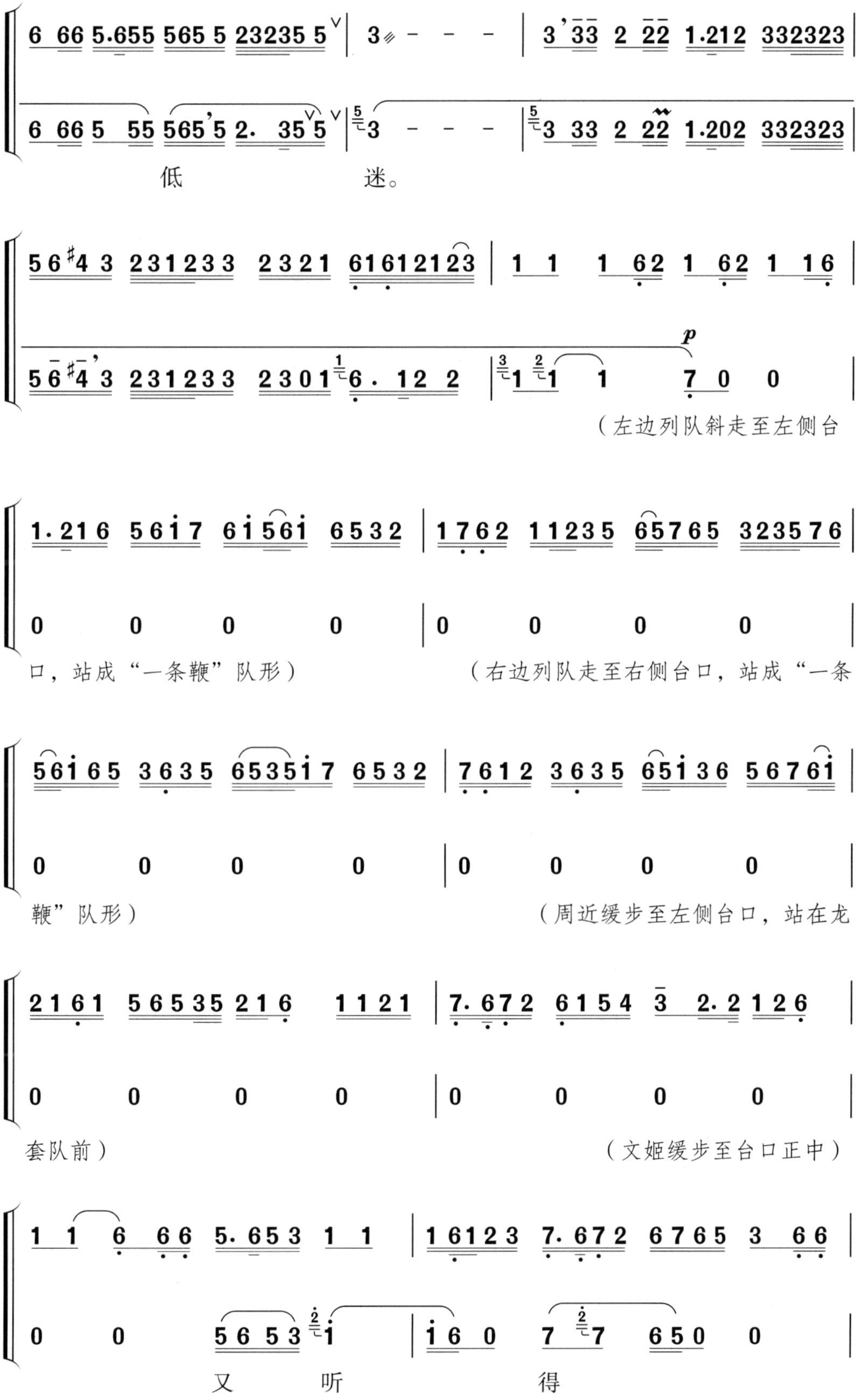
低
迷。
（左边列队斜走至左侧台
口，站成“一条鞭”队形）
（右边列队走至右侧台口，站成“一条
鞭”队形）
（周近缓步至左侧台口，站在龙
套队前）
（文姬缓步至台口正中）
又
听
得

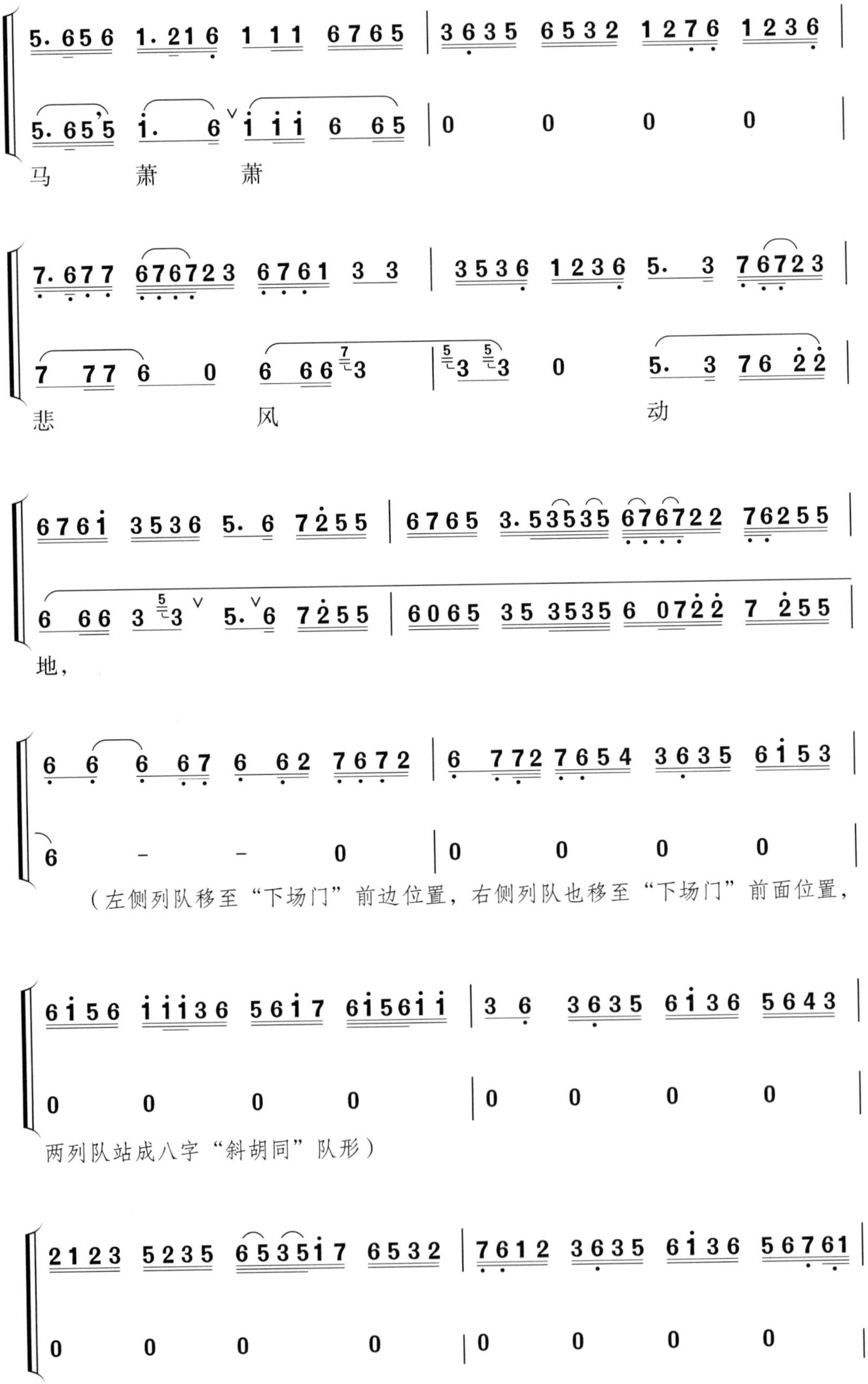
马 萧 萧
悲 风 动
地，
（左侧列队移至“下场门”前边位置，右侧列队也移至“下场门”前面位置，
两列队站成八字“斜胡同”队形）

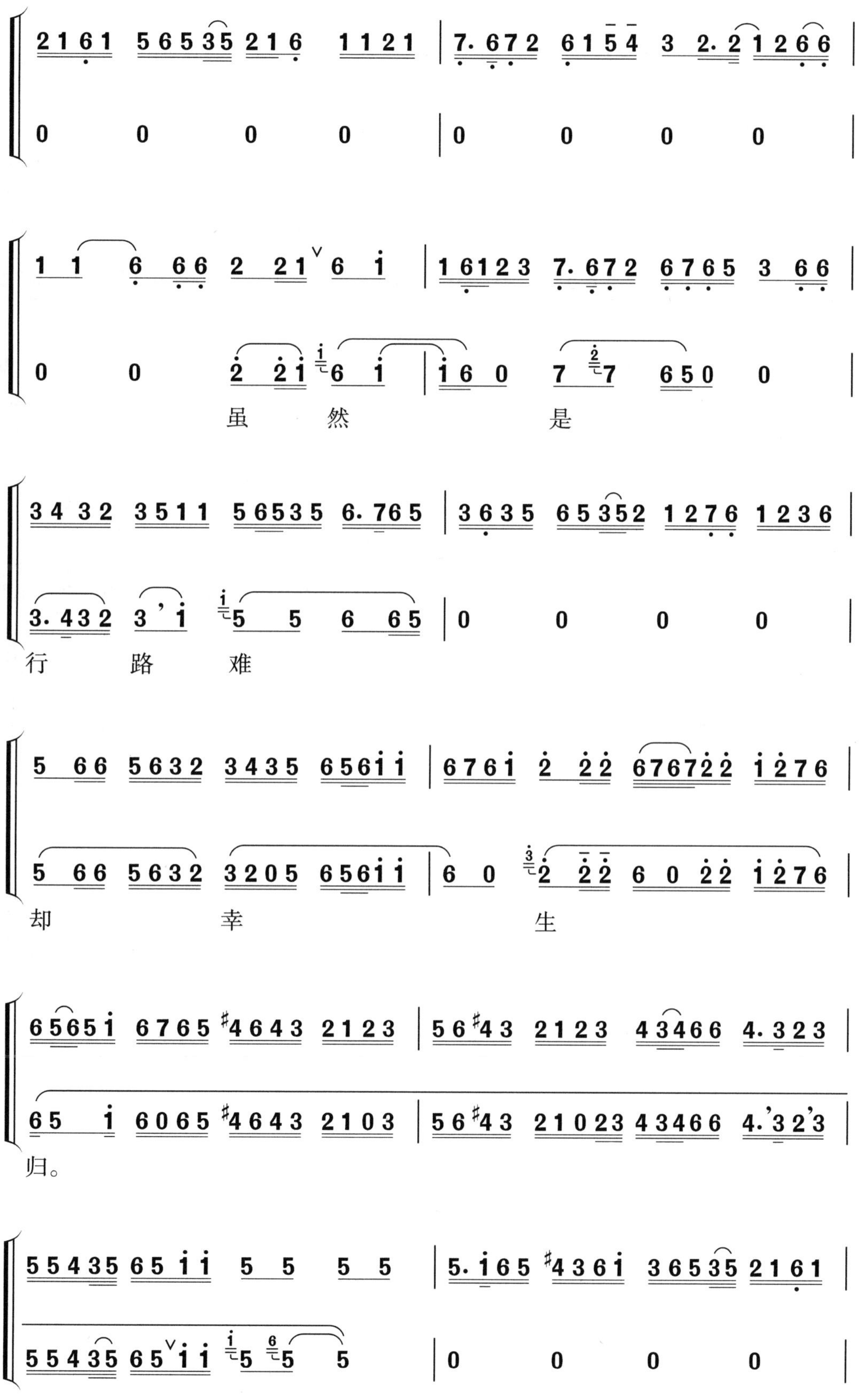

虽 然 是
行 路 难
却 幸 生
归。

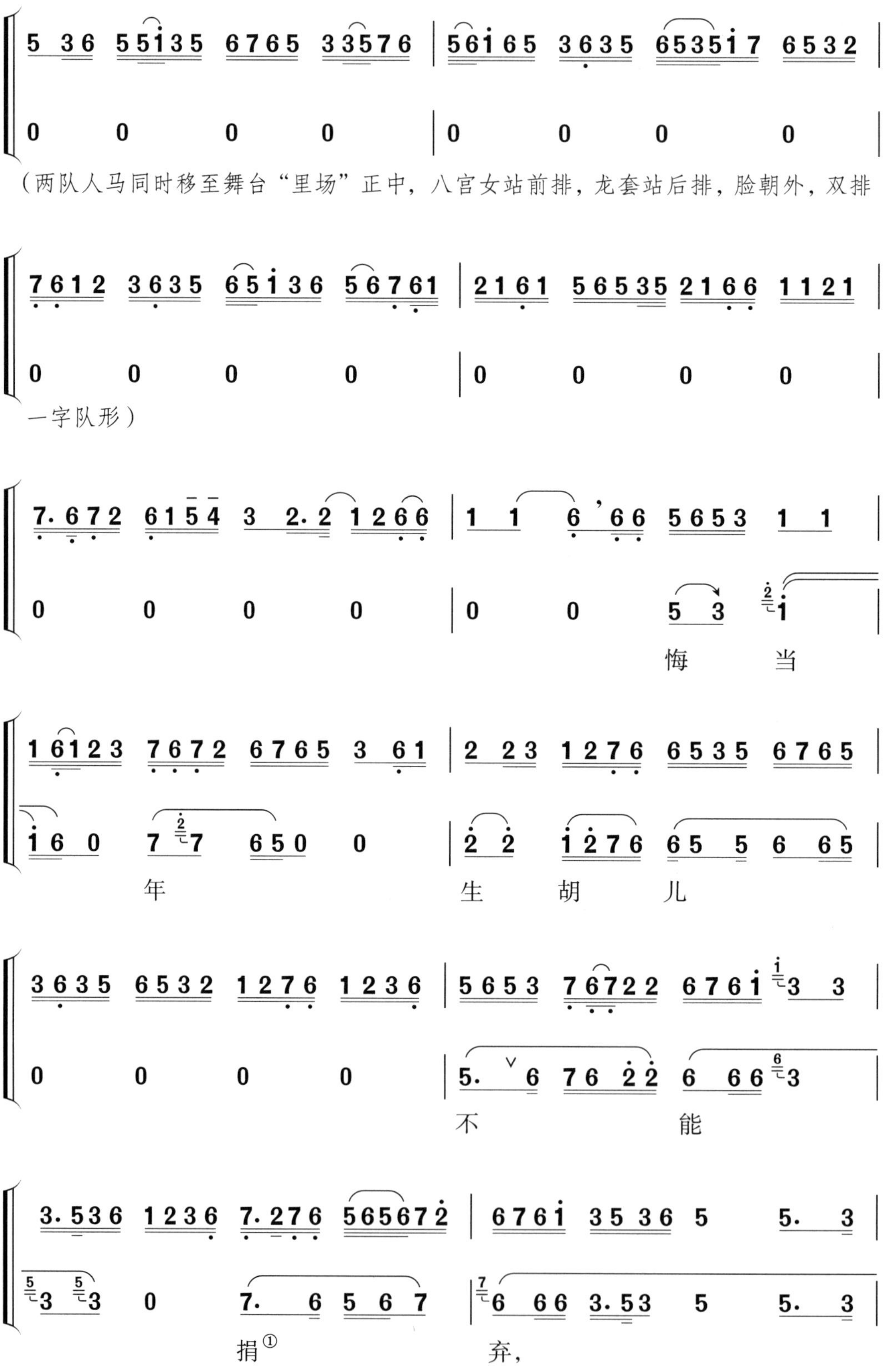

① “捐”字程砚秋在此剧中按照古音读如“元”。

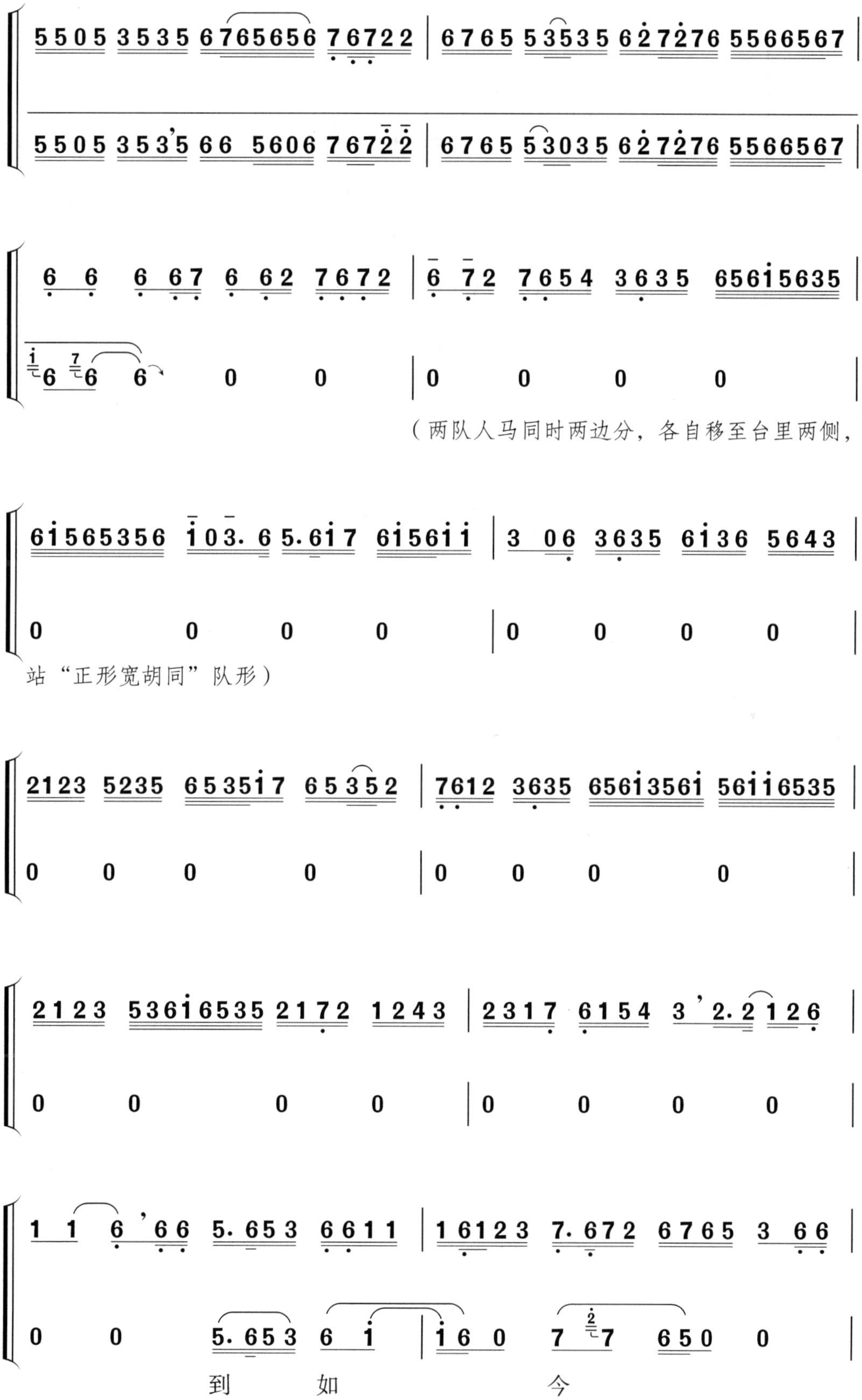
（两队人马同时两边分，各自移至台里两侧，
站“正形宽胡同”队形）
到
如
今

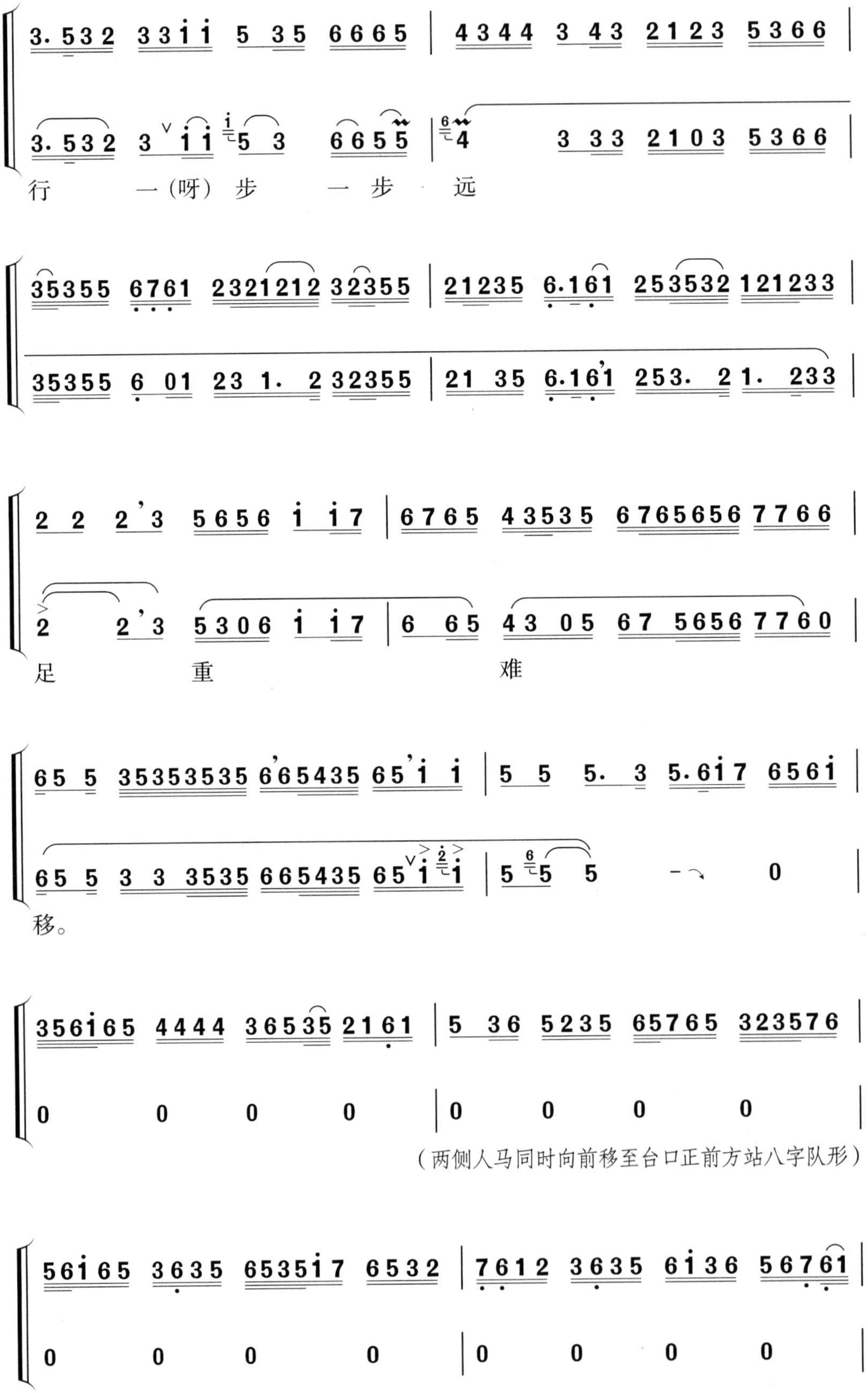
行 一（呀）步 一 步 远
足 重 难
移。
（两侧人马同时向前移至台口正前方站八字队形）

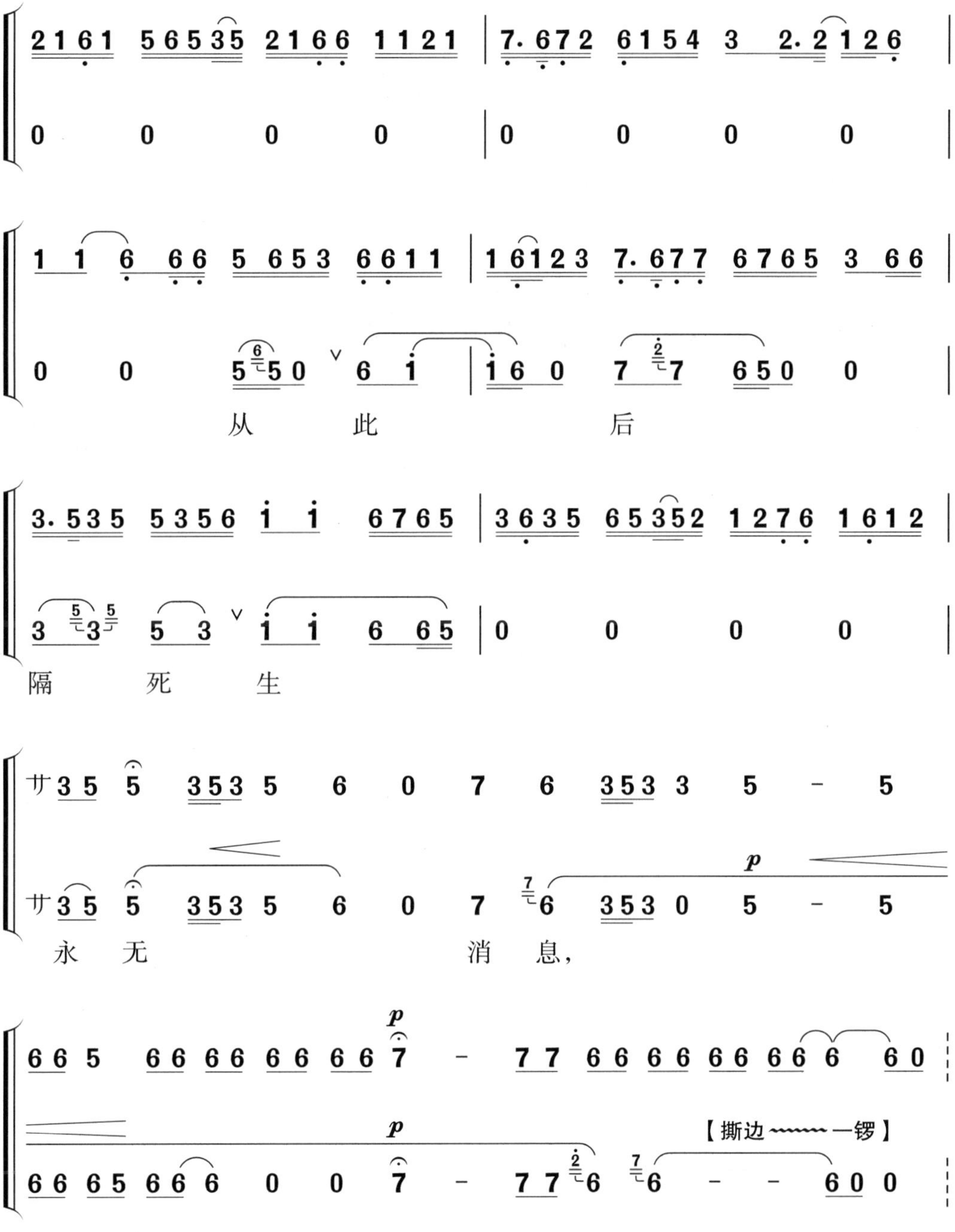

周　近　趱行者——！

〔【纽丝】四龙套领起“下场门”下。周近挥鞭至台口左转身“下场门”下。

〔左侧宫女扯至“上场门”合并“一条鞭”。文姬走至正中。锣鼓切住。

〔亮弦〕

(4 3 5 7 6)

〔【撕边】蔡文姬遥望远方依依不舍，痛苦万分。

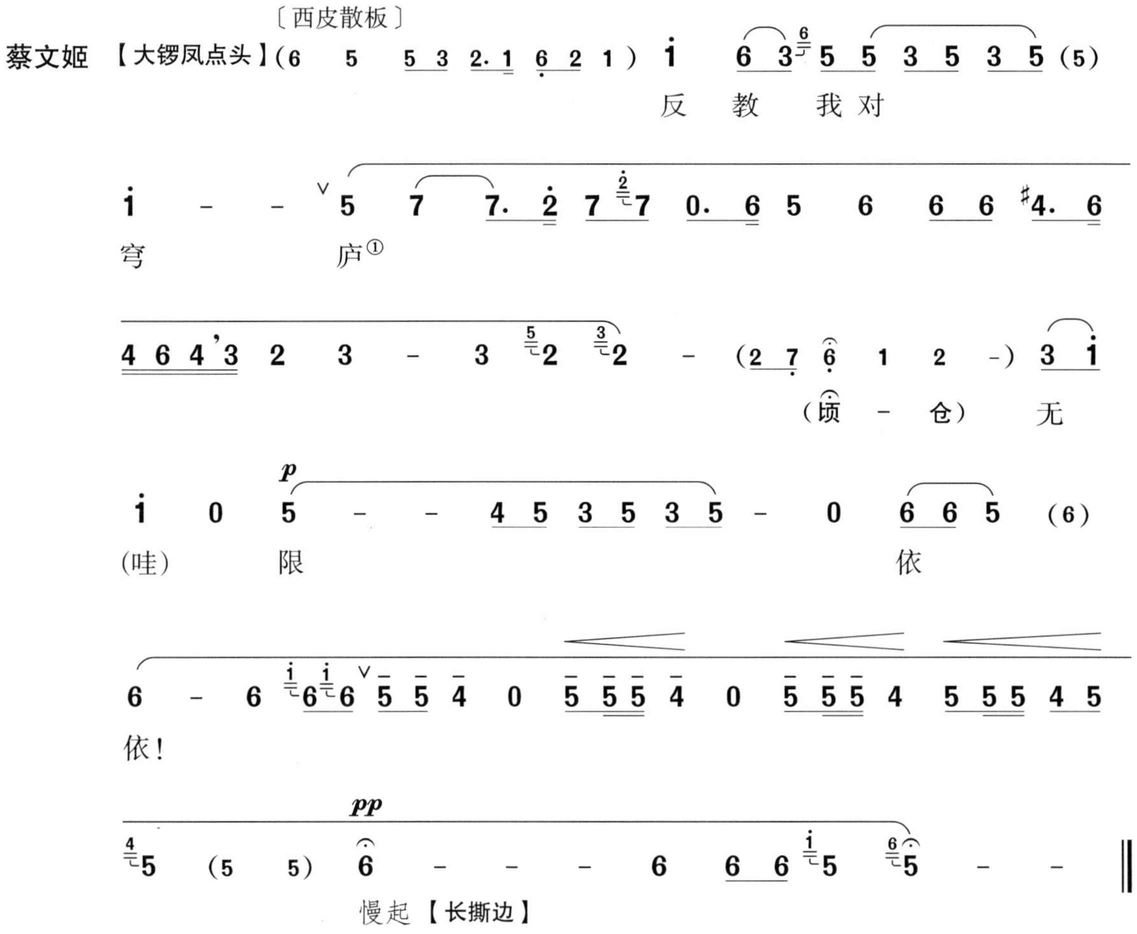

〈接【滚头子】文姬缓步上前，远望北方穹庐痛心地向左转身“下场门”下。宫女随后从中间分开“抽芯”，“下场门”一对一对下。

第十五场

〈空场。【快长锤】四龙套“上场门”上，台口“站门”。周近持马鞭“上场门”上，至台口正中勒马。

① “庐”字程先生按照昆曲的读音读为“驴”。

一路行来，天色将晚，不免到馆驿去住一宵，明日再行。（朝“上场门”远望）（**大……仓**）远远望见小姐来也！

〔**【冲头】**在场上的左、右侧龙套同时移至“下场门”的“九龙口”位置，合并成“斜一字”一排。周近至龙套前下马，龙套接马鞭。

〔唢呐吹奏〈急三枪〉八宫女两人一排“上场门”上，在“九龙口”位置，分站“八字斜胡同”。**【大锣原场】**文姬持马鞭上。“九龙口”亮相，缓步前走。左侧宫女和右侧宫女“双翻”向“下场门”走，再回到“九龙口”位置，两队合拢成横队斜一排，与“下场门”龙套斜一排对称。文姬在台口右侧偏中止步，周近上前作揖行礼。

周　近　小姐，天色已晚，且到馆驿安住一宵，特来请命。

〔“上场门”的宫女向左侧台口移至双排“一条鞭”。“下场门”的龙套向左侧台口移至“一条鞭”。

蔡文姬　但凭大夫。（回身脸朝里站）

周　近　馆驿去者！

〔闭二幕。唢呐奏〈风入松〉。四龙套“下场门”翻领下，周近随龙套后面下。八宫女“抽芯”两人一排“下场门”直下。文姬走至右侧台口持鞭“下场门”下。**【大锣原场】**

〔开二幕。**【冲头】**场上设大屏风、一桌一大座椅。桌上右角放笔、砚、笔架、卷纸，左桌角放红罩桌灯。菊黄色蝴蝶纱幕。周近“上场门”上，直奔左侧。八宫女“上场门”上，横走至台中“双挖门”分开至桌旁“站八字”队形。文姬“上场门”上，进门“挖”至右侧巡视。

蔡文姬　大夫鞍马劳乏，请歇息去吧！

周　近　遵命。（“下场门”下）

〔**【冲头】**文姬左转身“往里归”。左侧第一名宫女，走上前为文姬脱下斗篷，托在手上，“下场门”下。其他宫女两边分下。文姬回身向外，摆手示意让宫女下。（**大　大　大 0　台**）**【一更鼓】**

蔡文姬　（感叹内心矛盾）

爱胡儿又恨胡乡，

旧怨初平新怨长。

〔夜深人静。鼓声、胡笳声倍添凄凉。文姬寻声，左转身走一弧形，至桌边，左手扶桌，右手背在身后，脸朝里听**【二更鼓】**，缓步至桌里坐下。看灯。（**大　大　大大　乙　台**）

蔡文姬　看如此荒郊，月光暗淡，朔风四起，孤灯不明，教我这伤心人，如何得以安睡？（胡笳声四起，听“下场门”（**大　大　大大　乙　台**），听“上场门”（**大……台**），起身走出桌外，站正中，背手听帐外）（**大　大　大大　乙　台**）

蔡文姬　驿亭外，胡笳远鸣，声声哀怨，似代我诉说离愁，我蔡文姬柔肠寸断矣——！

〔缓步双手揉胸，绕一小圈，（**大　大　大大　乙　台**）**【三更鼓】**听后，拭泪（**大　大　大大　乙　台**）。

蔡文姬　想我在胡中多年，感胡笳之声用琴写之，曾制有胡笳第十三拍。今夜千愁万恨，并在心头！我不免再制成胡笳第十四拍，也好少抒幽愤——。

〔文姬在舞台正中，背手侧听帐外胡笳声，（**大　大　大大　乙　仓**）巡视四周，回头见孤灯。**【四更鼓】**（**大　大　大大　乙　台**）思儿拭泪，（**大　大　大大　乙　仓**）感到极为痛苦。

蔡文姬 人生到此，怎不凄凉人也——！（音乐奏胡笳声）

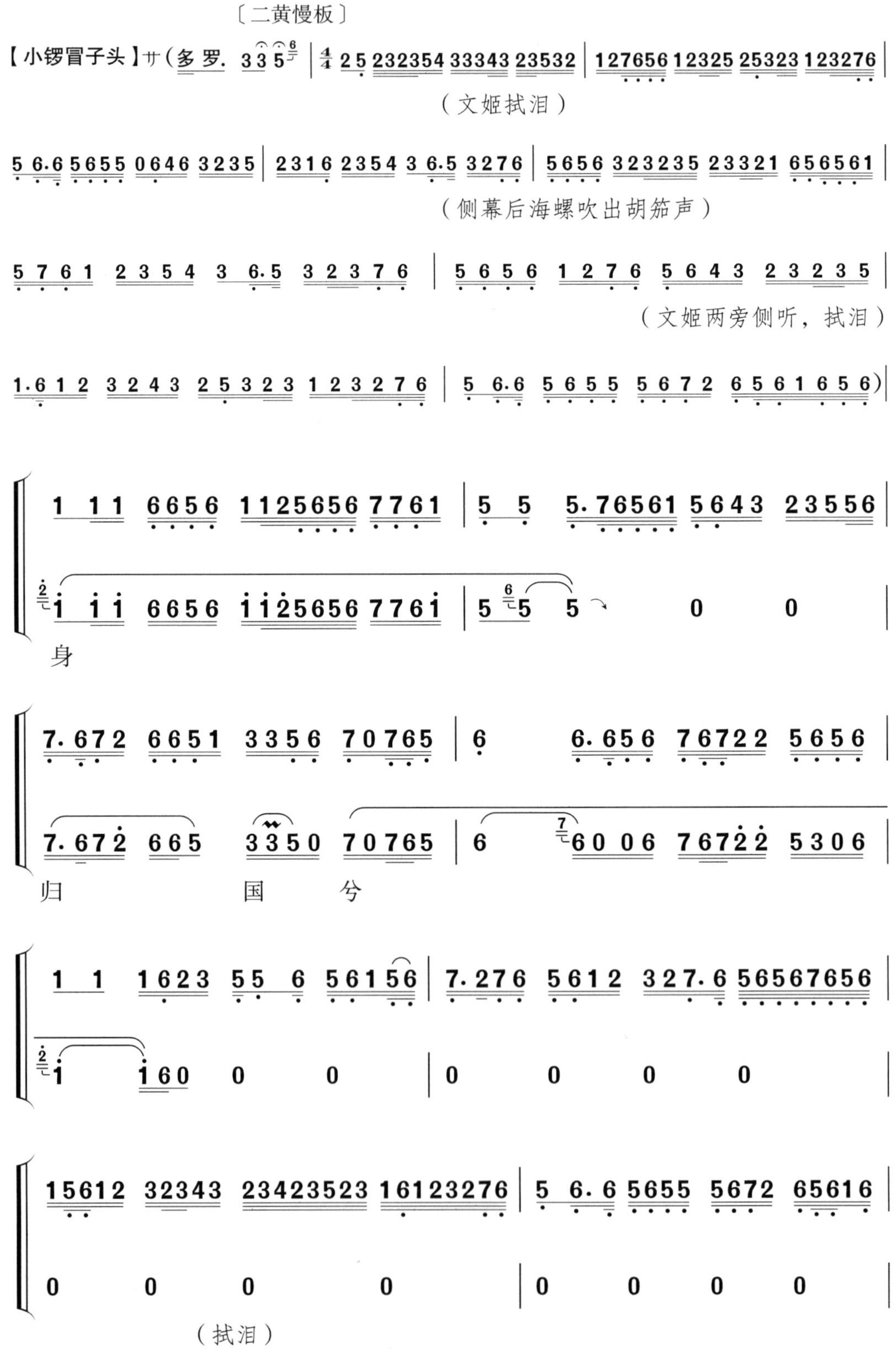

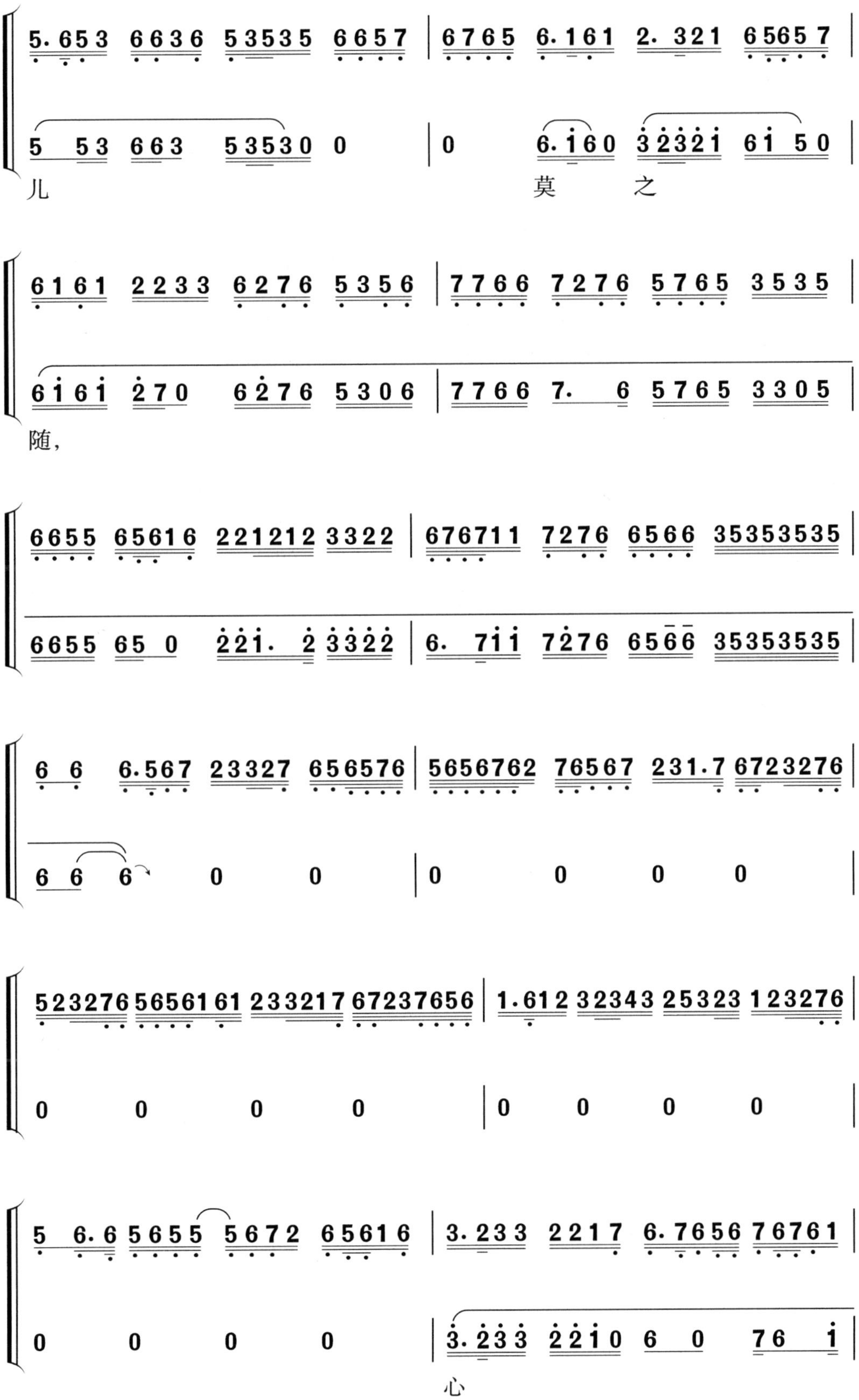
儿
莫
之
随，
心

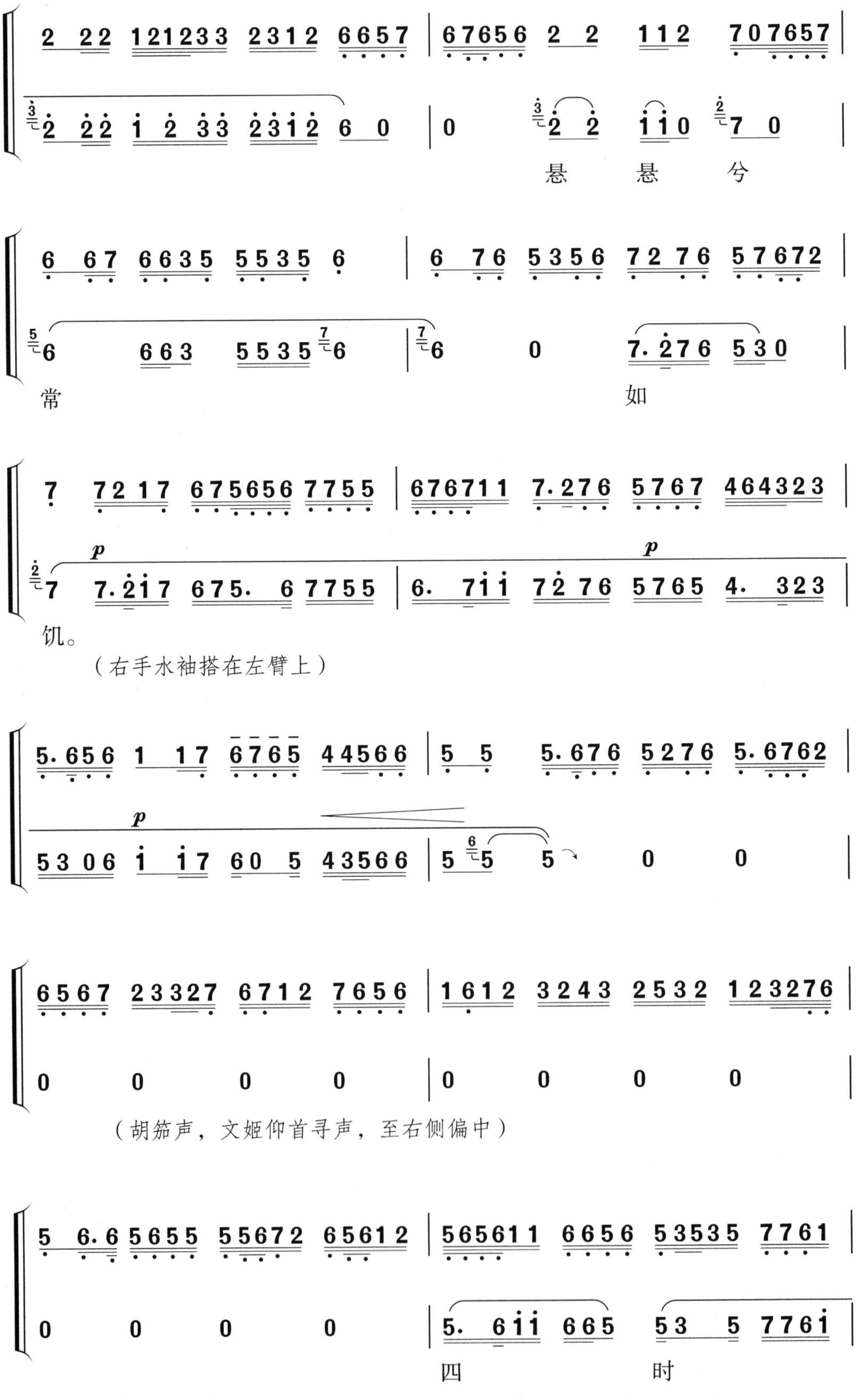
悬 悬 兮
常
如
饥。
（右手水袖搭在左臂上）
（胡笳声，文姬仰首寻声，至右侧偏中）
四
时

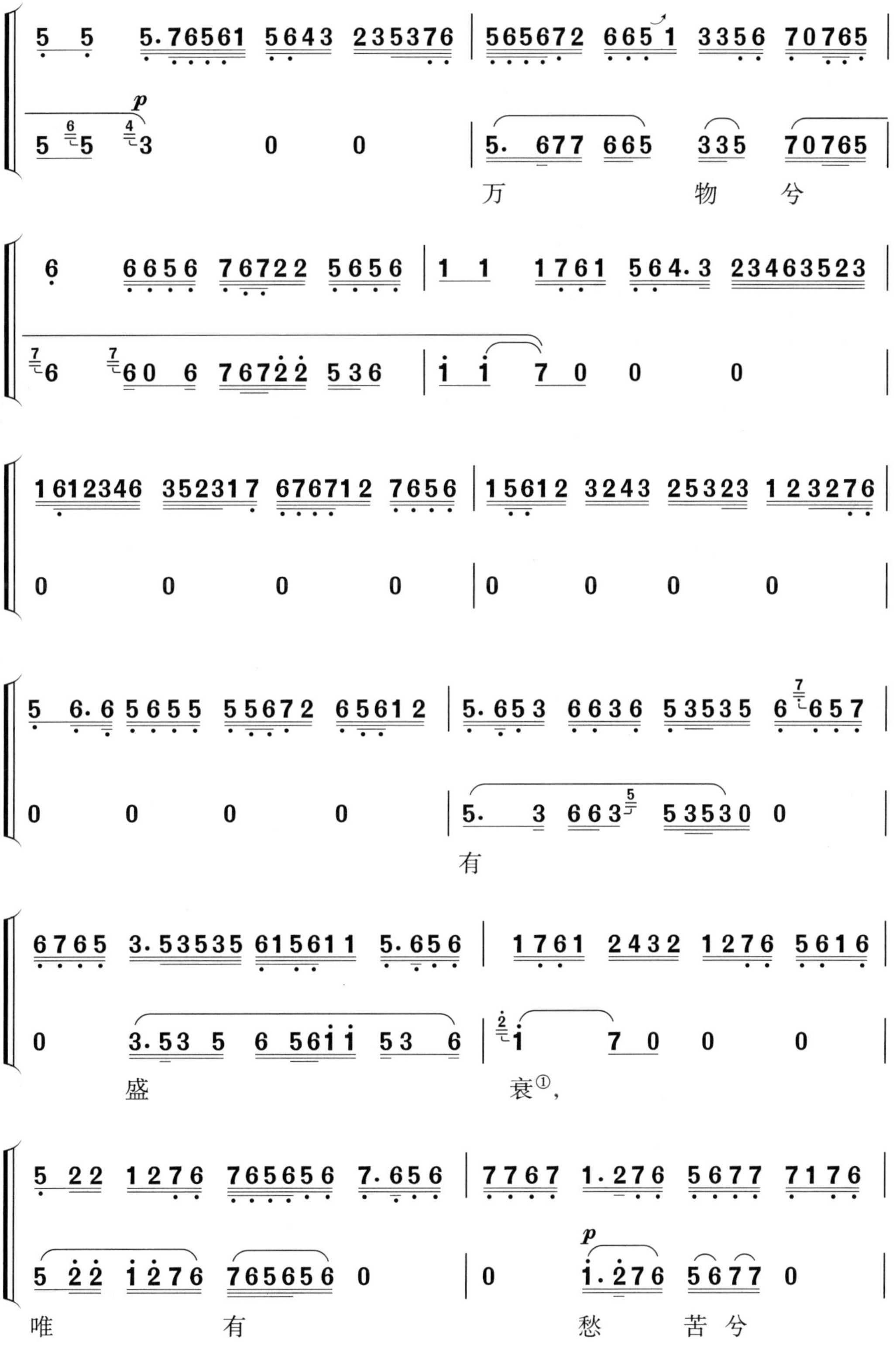

① “衰”字此处读 cuī（崔）。

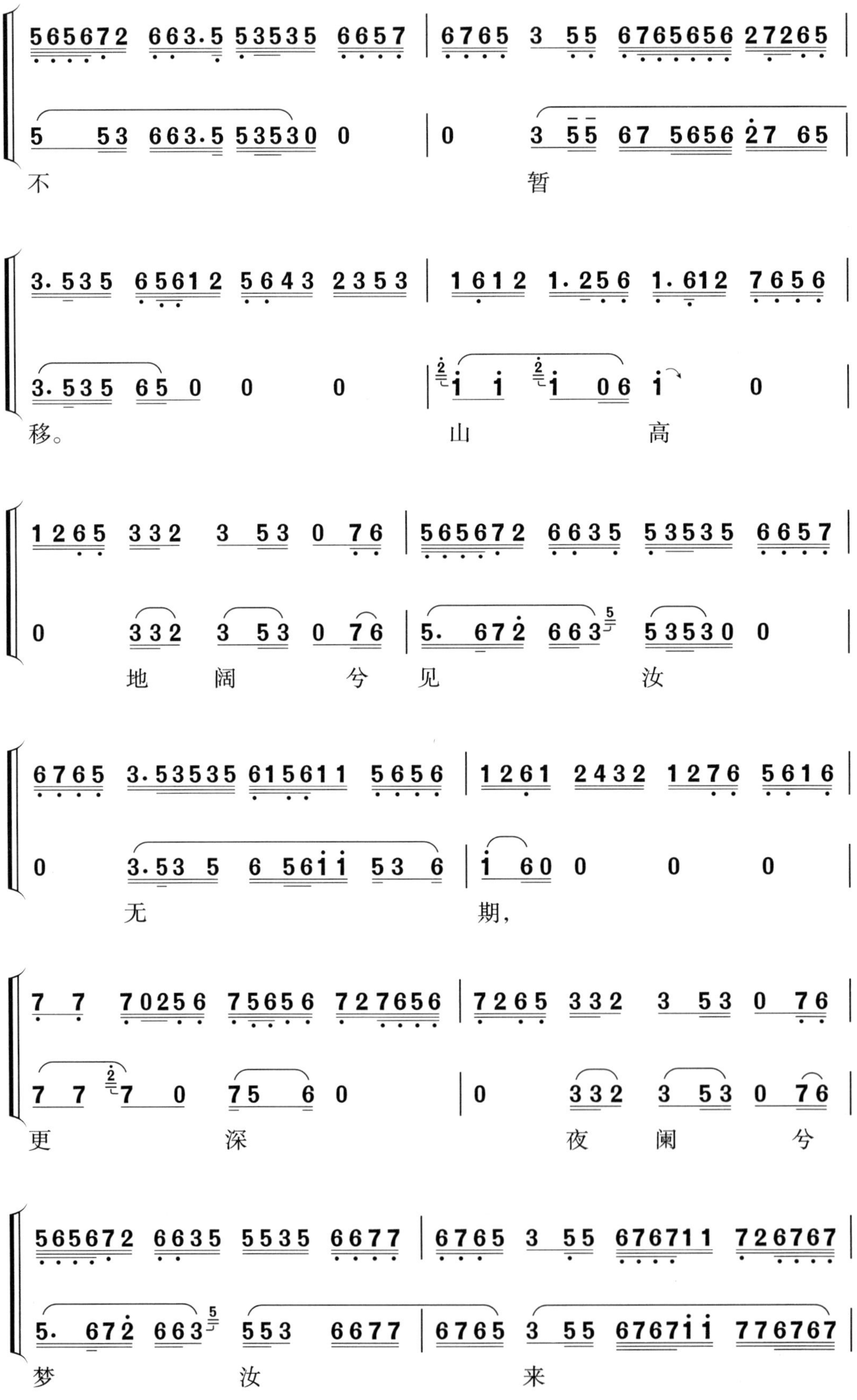
不 暂
移。 山 高
地 阔 兮 见 汝
无 期，
更 深 夜 阑 兮
梦 汝 来

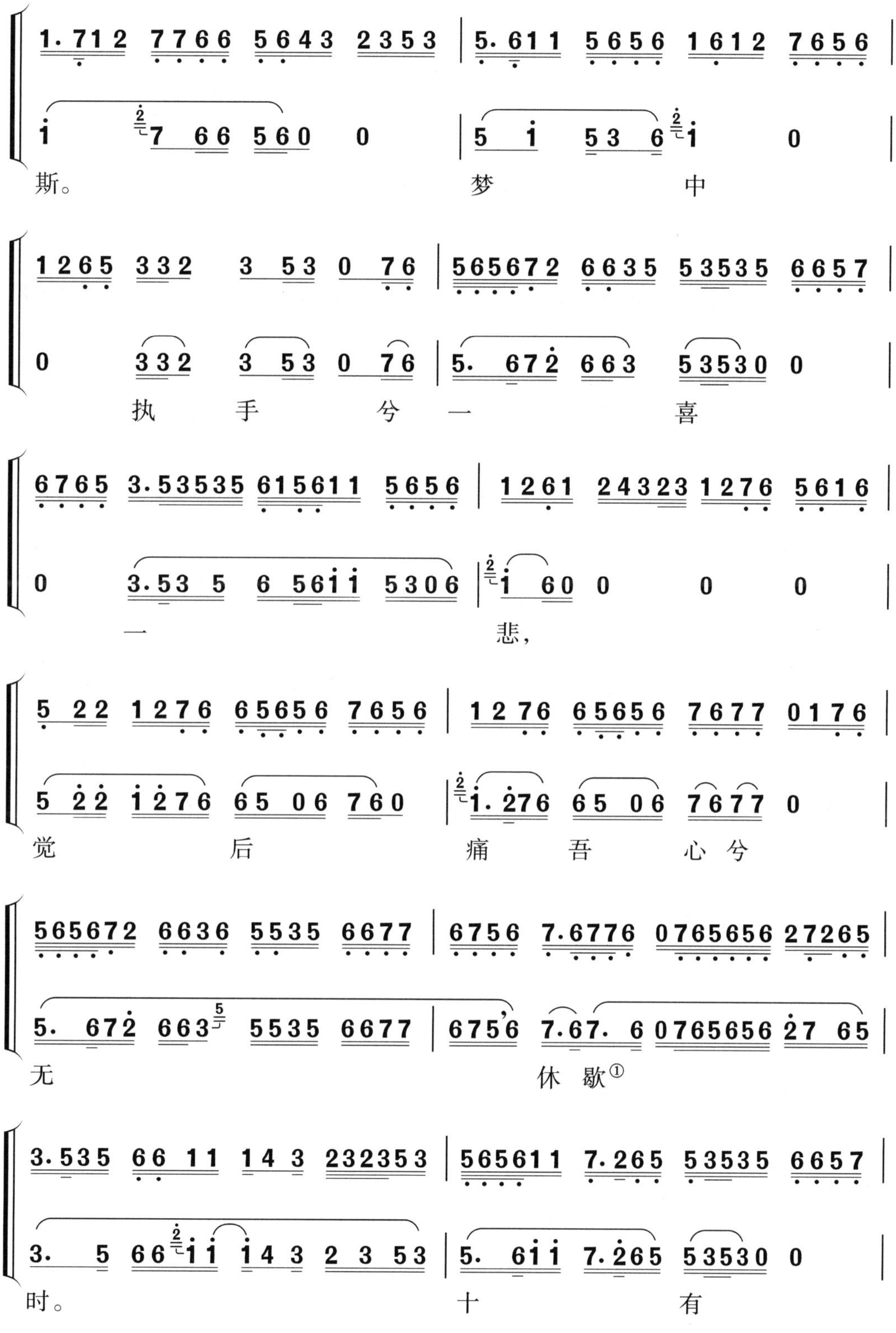

① 程先生有时也唱 7·677 605656 2765|。
休 歇

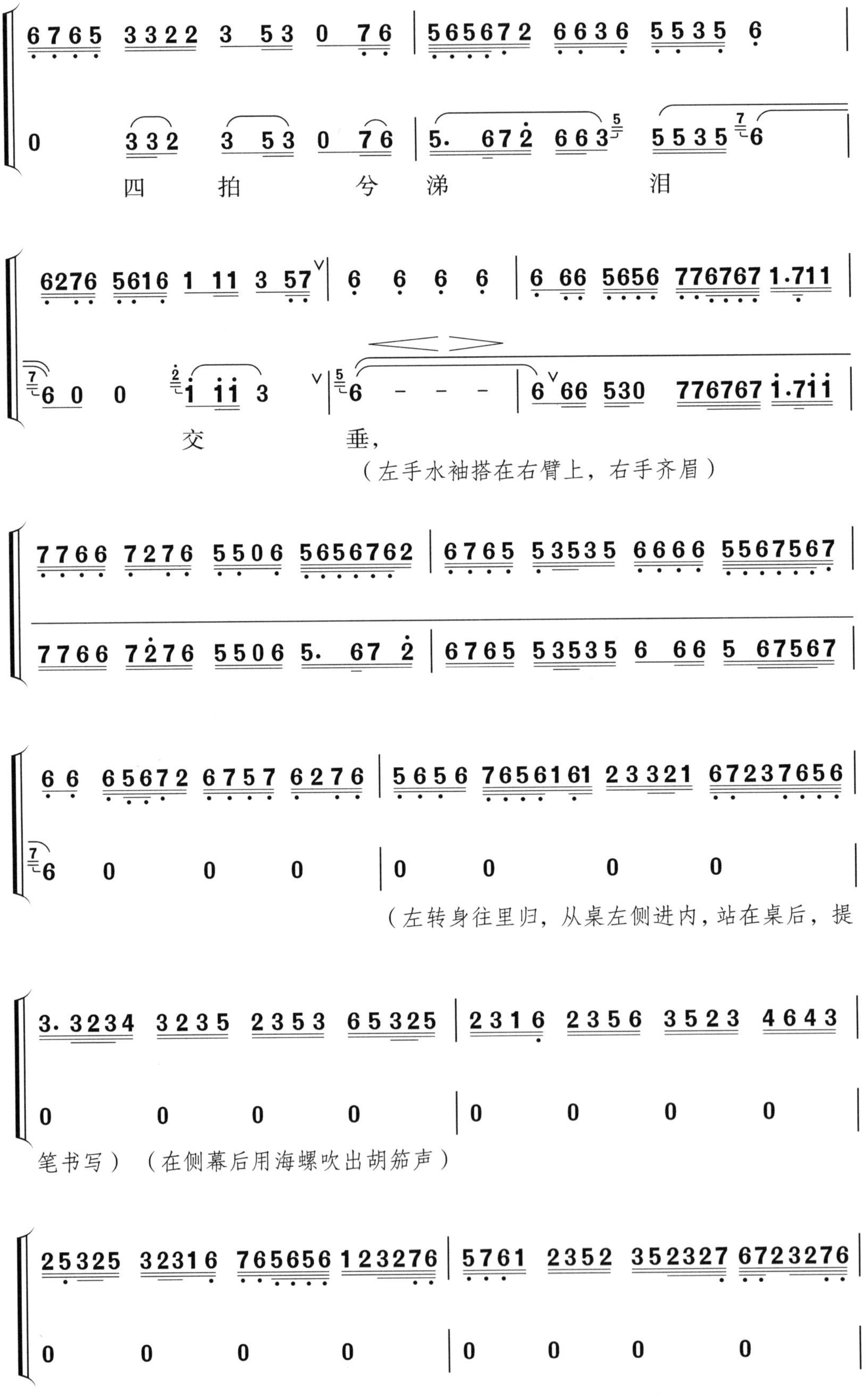
四 拍 兮 涕 泪
交 垂，
（左手水袖搭在右臂上，右手齐眉）
（左转身往里归，从桌左侧进内，站在桌后，提
笔书写）（在侧幕后用海螺吹出胡笳声）

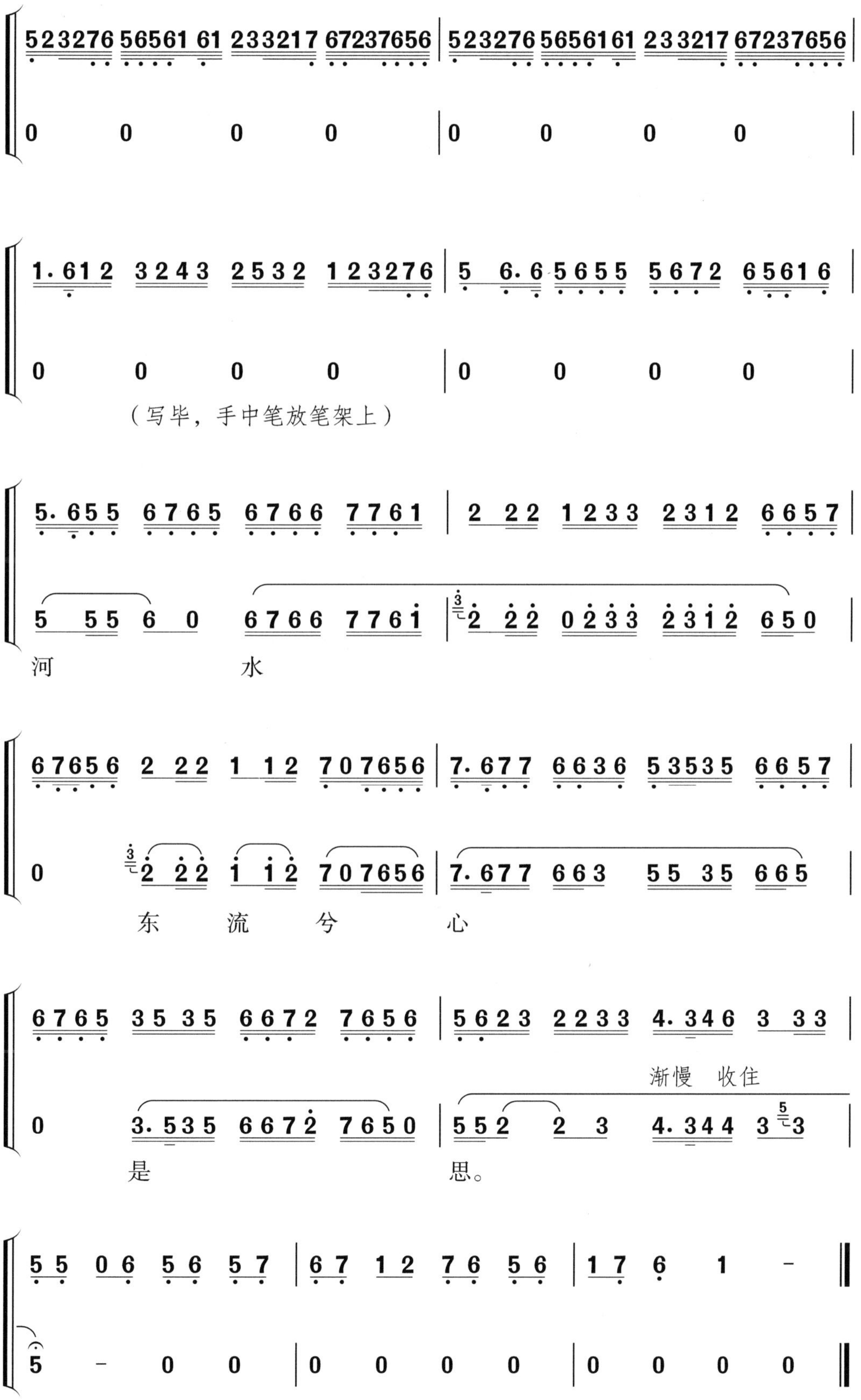
（写毕，手中笔放笔架上）
河
水
东
流
兮
心
渐慢 收住
是
思。

〔【五更鼓】"下场门"一宫女上，站文姬左侧。

宫　女　天色已明，周大夫前来传话，请小姐即刻登程。

蔡文姬　唉！一夜未眠，就此起程吧！正是：(扎)(从桌子左侧走出)

星河寥落胡天晓，

关塞萧条白日长！

〔【大锣原场】文姬、宫女在"九龙口"合式往里转身，宫女在右侧搀扶文姬，缓步"下场门"下。

第十六场

〔闭二幕。撤去二幕内的一桌一椅、屏风、蝴蝶纱幕。

〔二幕外。【撤锣】

〔李成内白："啊哈——！"

〔【小锣五击】李成"上场门"上，至台口正中。

李　成　(念)连日赶路真辛苦，

大风如刀削屁股。

今日蔡小姐奉旨回国，我不免在这大路旁边等候小姐。(朝"上场门"观望)看那黄尘起处，想必是小姐来也！("下场门"下)

〔开二幕。空场。

〔唢呐奏〈一江风〉曲牌。八宫女两人一排"上场门"上，"一条鞭"，紧接着至正中往右"挖"半个圆场，至"上场门"处停，脸朝外横站一排。周近持马鞭"上场门"上，站宫女队形前面。文姬坐车"上场门"上，至右侧偏中。曲牌止。【大锣原场】宫女由文姬身后往前移至"九龙口"，站成"斜一字"一排，周近随宫女前移至文姬右侧。

李　成　("下场门"暗上，上前跪拜)迎接小姐。

蔡文姬　你是什么人？到此做甚？

李　成　小人是看守昭君墓的老军，我也是中原人，听说您要回国了，求您把我也带回去吧。

蔡文姬　周大夫，我想昭君可怜得很，我要前去祭奠一番。不知你意如何？

周　近　但凭小姐。

蔡文姬　那昭君墓离此还有多少路程？(面向李成说)

李　成　还有一箭多地。

蔡文姬　你叫什么名字？

李　成　小人名叫李成。

蔡文姬　李成。

李　成　有。(鞠躬)

蔡文姬　带路前往。

李　成　是。诸位随我来。

〔唢呐奏〈一江风·合头〉闭二幕。李成在二幕外，领走正圆场。宫女两人一排，四龙套随后，周近持马鞭随之。文姬坐车在正中跟圆场。

〔**【大锣原场】**开二幕。场上后场正中摆设昭君墓。墓碑上书写“宁胡阏氏王昭君墓”。李成在队伍前先走至昭君墓左侧。宫女，龙套“挖门”站右侧“一条鞭”。后排一名龙套“上场门”下，复上手托酒杯盘，站文姬右侧。

蔡文姬 可有香烛？

李　成 外国不兴那个。（站回到墓左侧）

蔡文姬 待我潦草祭奠一番。

〔胡琴奏〈哭皇天〉曲牌。文姬下车，车夫“上场门”下。文姬取酒杯，对天一敬，回身对昭君墓施礼，右手端酒杯，将酒泼洒在墓前。右转身，将酒杯放回盘上。龙套端酒盘“上场门”下，放下酒盘复上，站原位。周近在昭君墓右侧。曲牌收住。文姬面对昭君墓右手翻水袖。

蔡文姬 **【叫头】**明妃呀！我与你境遇相同，这伤心一样。我今日祭奠于你，不知你在地下阴灵，可能知晓否？！

〔二黄导板〕

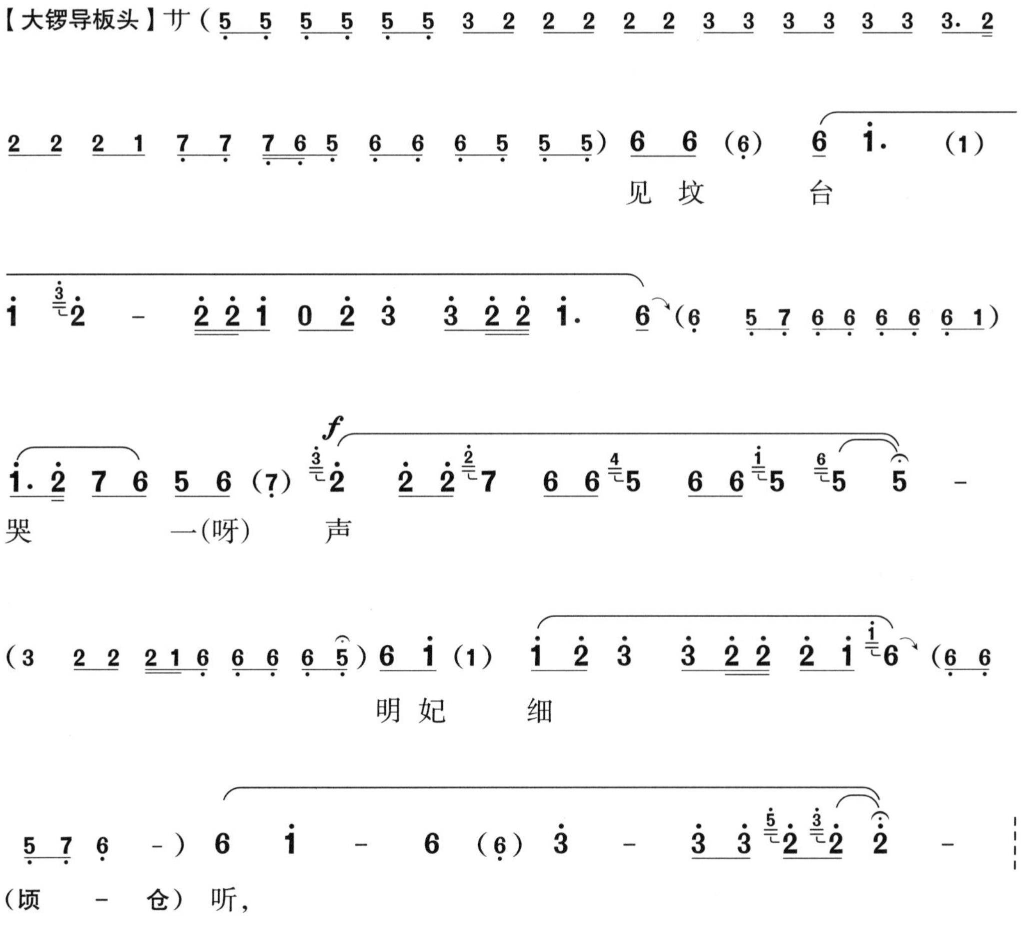

周　近 席地而坐。

〔周近、龙套、宫女“上场门”下，李成“下场门”下。

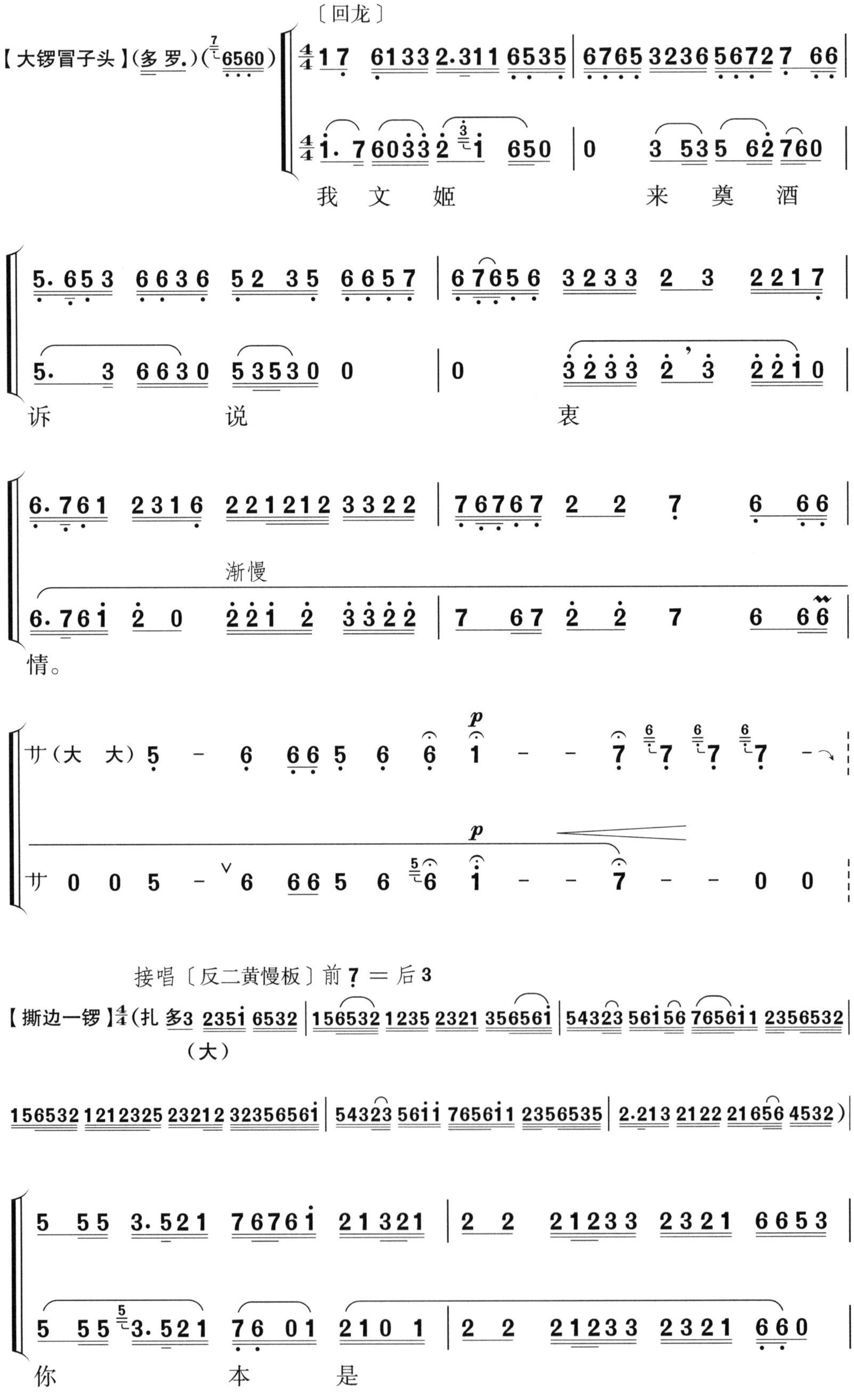
〔回龙〕
【大锣冒子头】(多 罗.)
我文姬 来奠酒
诉说 衷
渐慢
情。
廿(大 大)
廿
接唱〔反二黄慢板〕前7＝后3
【撕边一锣】(扎 多
(大)
你 本 是

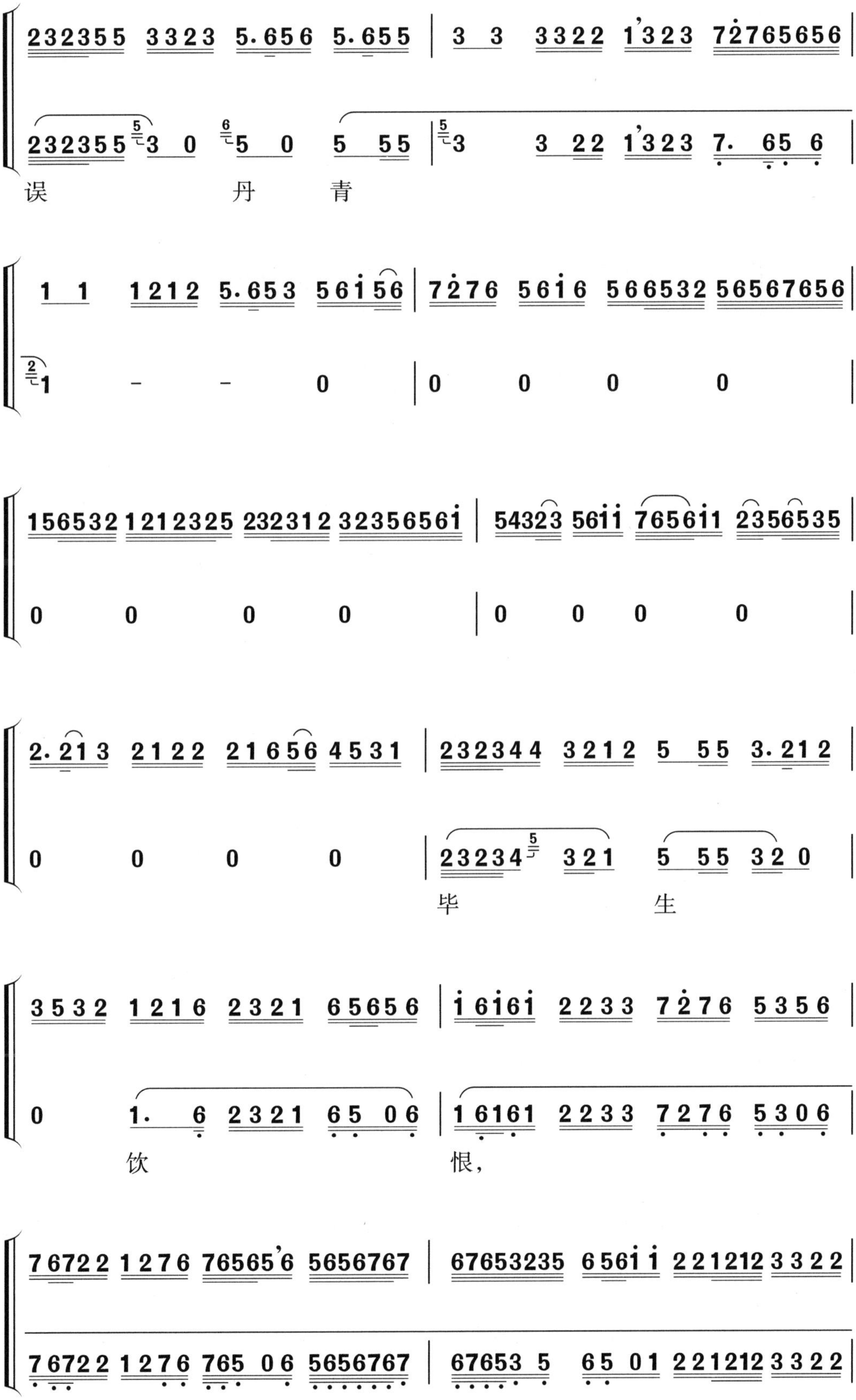
误
丹
青
毕
生
饮
恨,

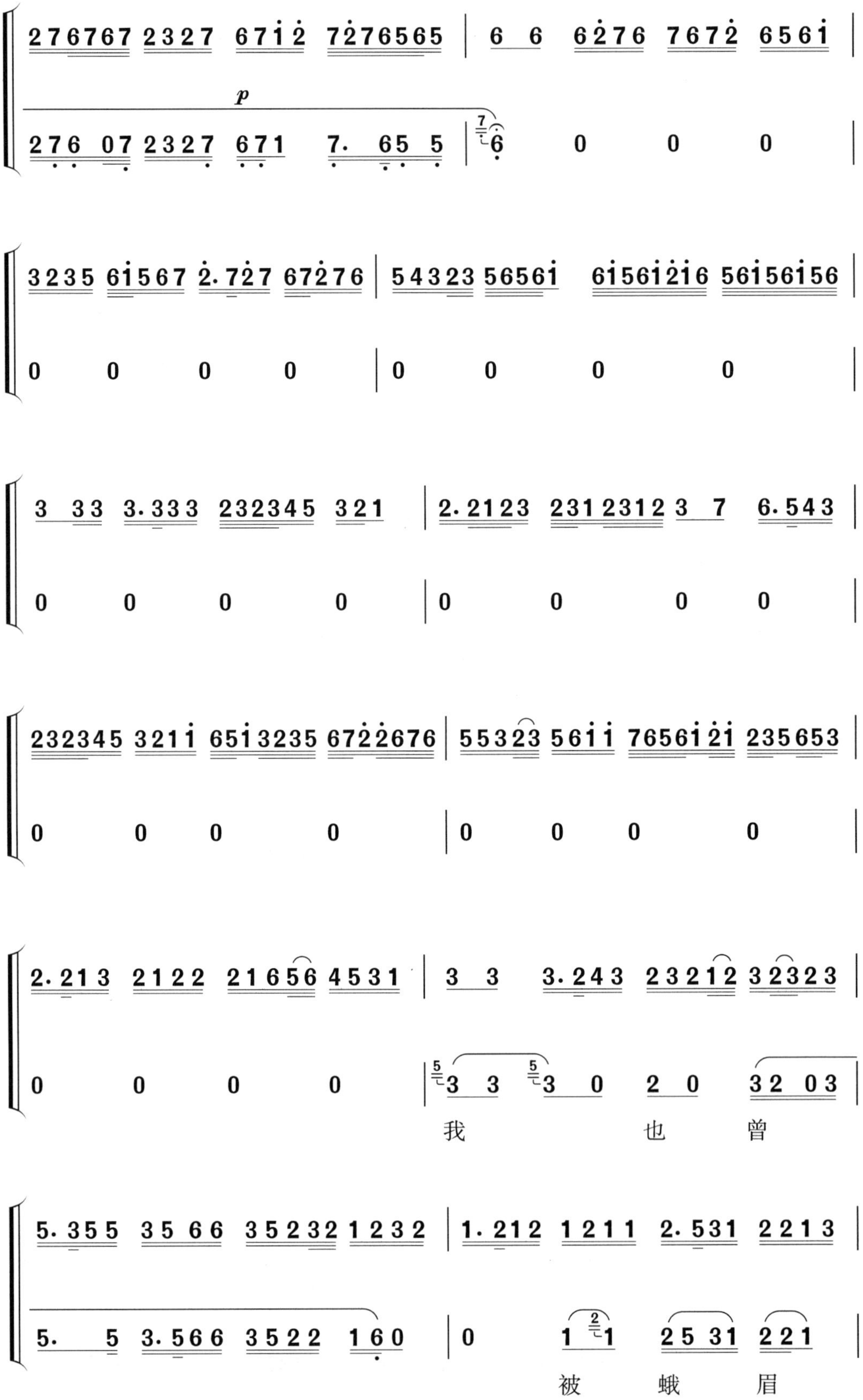

我 也 曾
被 蛾 眉

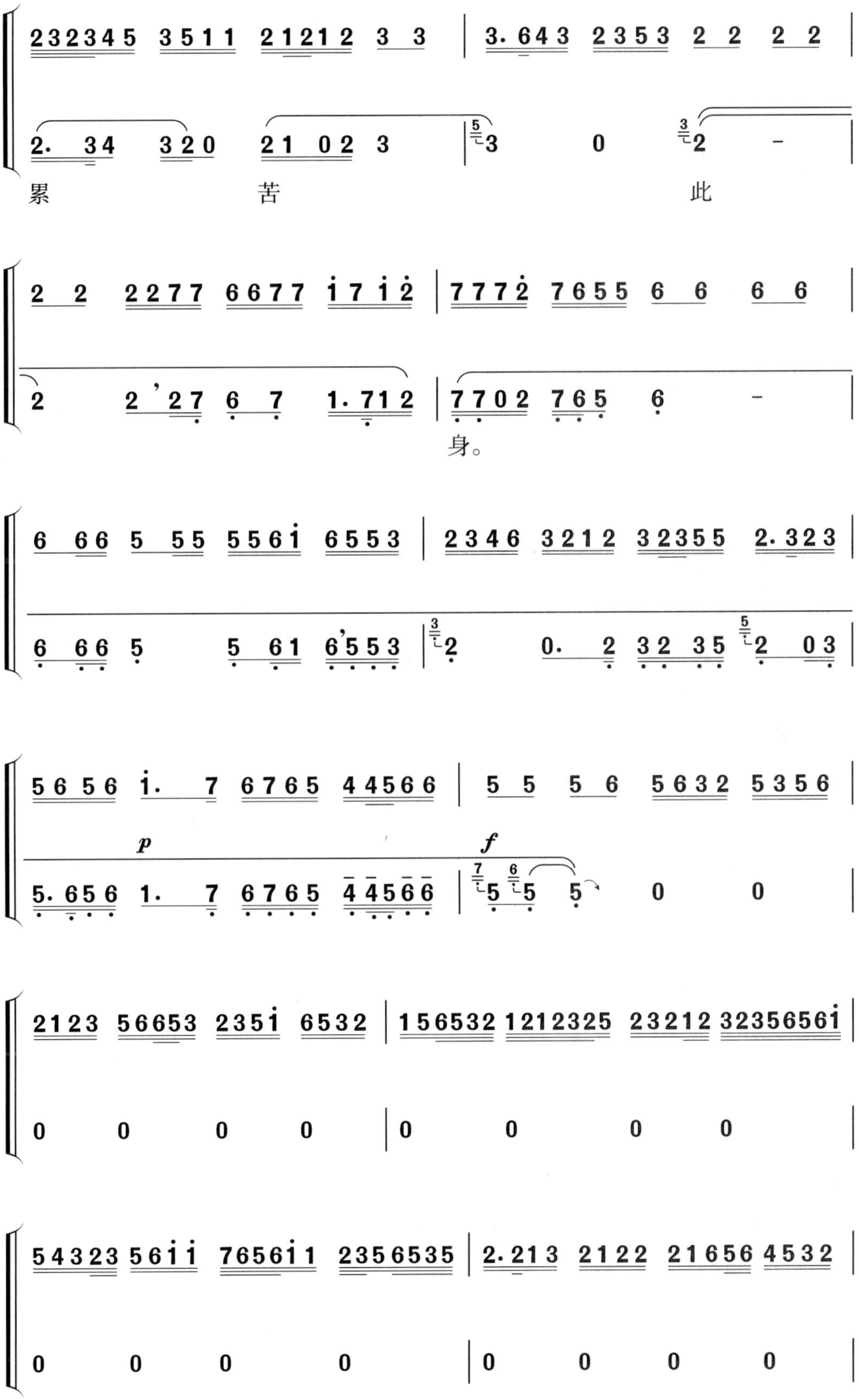
累
苦
此
身。

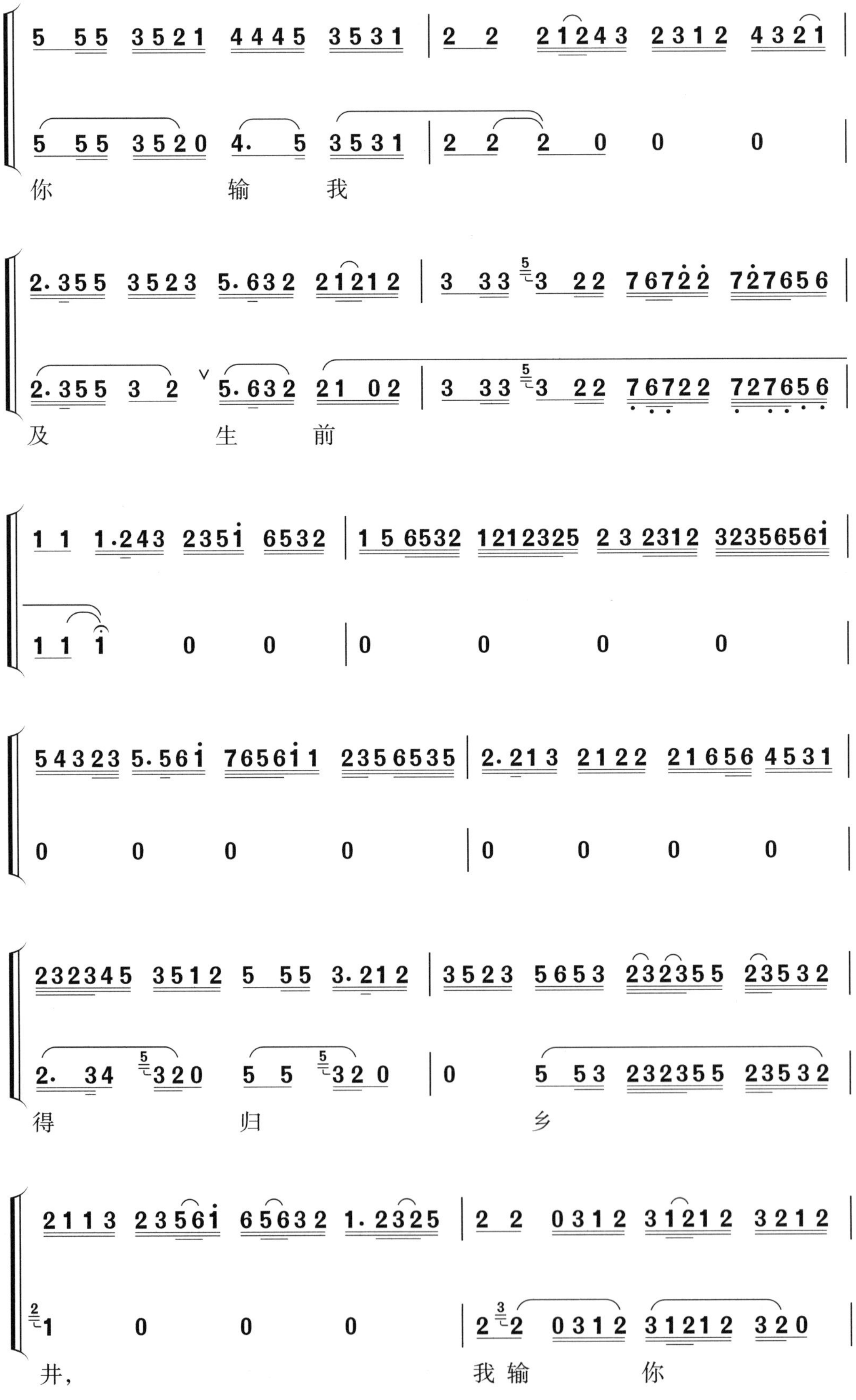
你 输 我
及 生 前
得 归 乡
井，我 输 你

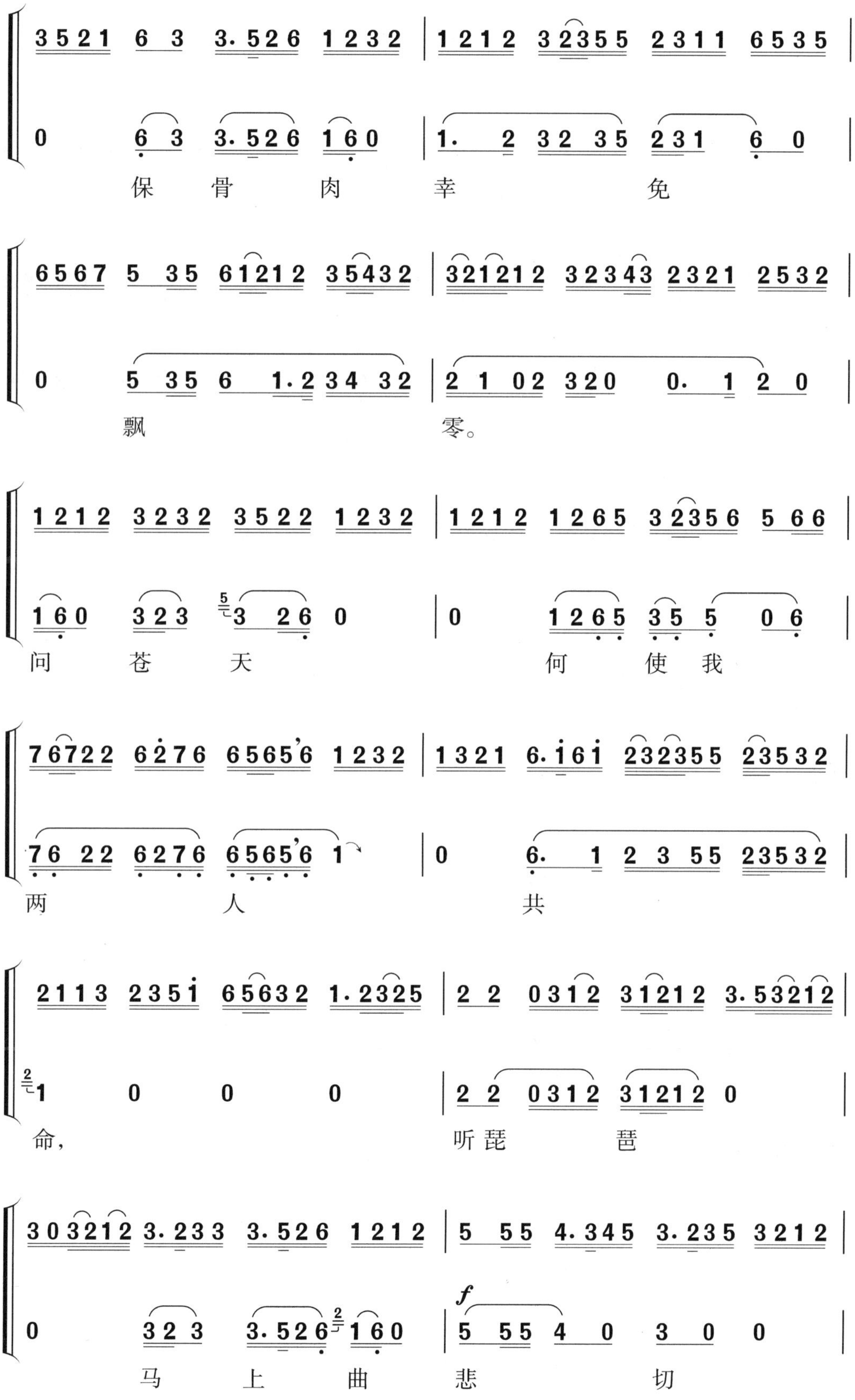
保 骨 肉 幸 免
飘 零。
问 苍 天 何 使 我
两 人 共
命，听琵 琶
马 上 曲 悲 切

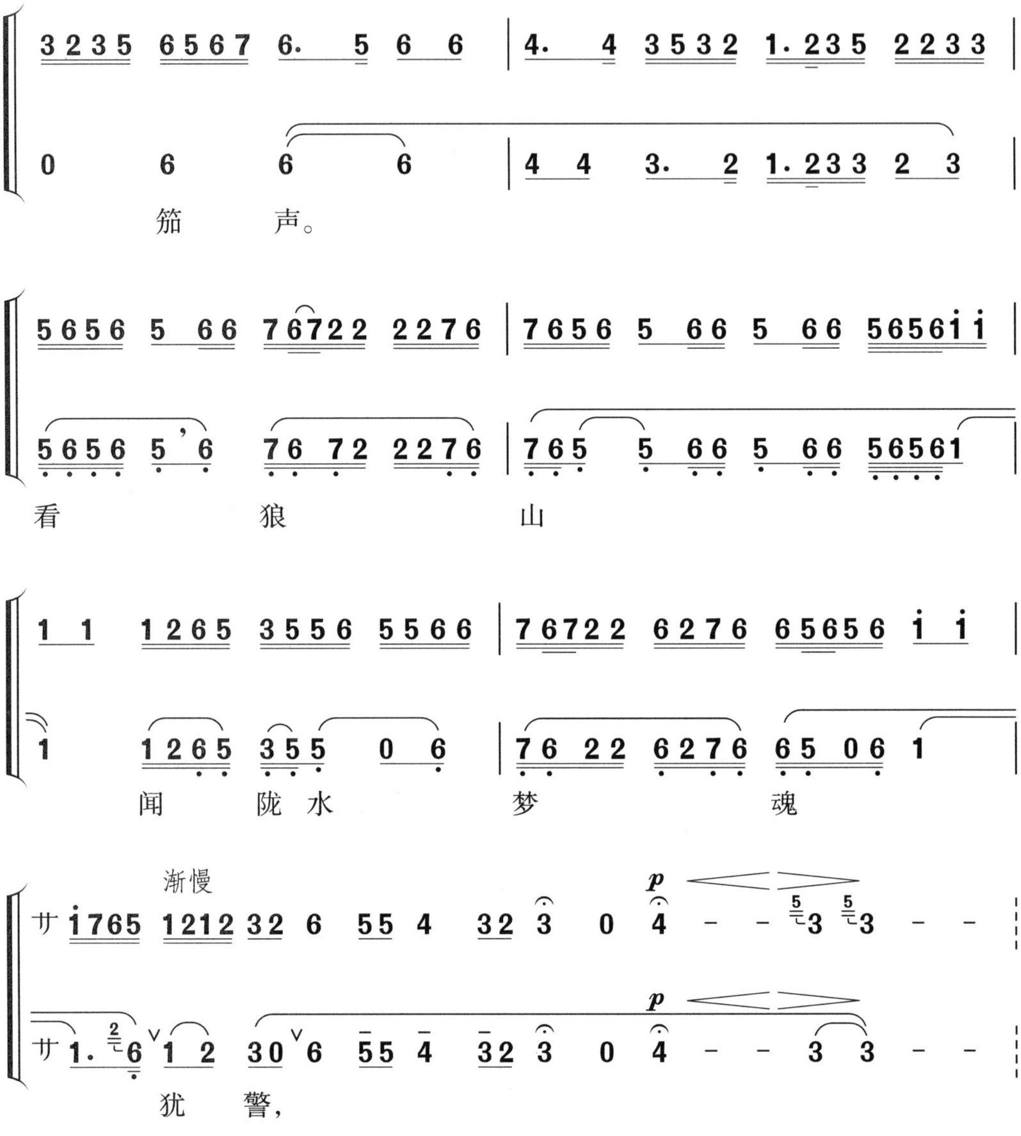

〔【撕边一锣】胡琴奏〈反二黄哭皇天〉曲牌。蔡文姬向昭君墓跪拜，站起。曲牌止。

〔【凤点头】八宫女、四龙套“上场门”上，站“一条鞭”。同时李成、张四“下场门”暗上，站在昭君墓左侧。周近持马鞭由“上场门”上，站在文姬右侧。锣鼓收住。

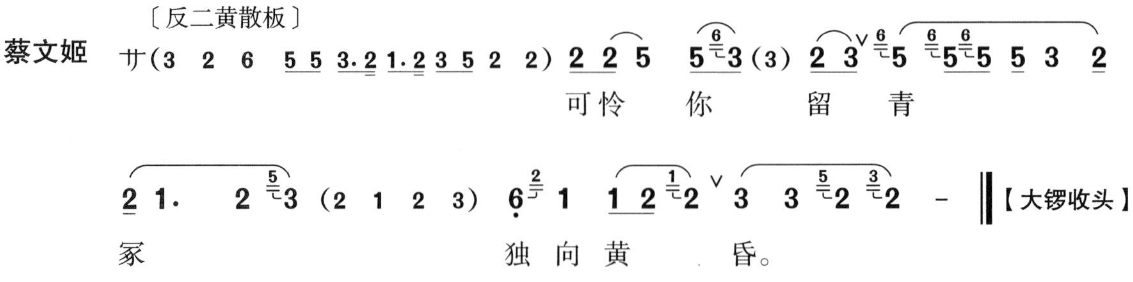

〔【住头】张四上前在偏右位置向文姬跪下。

张　四　参见小姐，我名叫张四，我也是中原人。听说您回国，恳求小姐把我们也一同带回去得了。

李　成　（忙上前，站张四右边）小姐，他还年轻哪，让他在这儿看着，您把我带回去得了！

张　四　（起立）别价、别价，您把我带回去得了。

蔡文姬　你二人既是中原人，可晓得这墓中人也是中原人呐，烦你们多看守几年，待有机会，再回国去吧。

李　成　是。

蔡文姬　看赏。

宫　女　是。（将红布包的银子递与李成，回原位。李成双手接过银子）

李　成
张　四　（同）多谢小姐。（李左手指张）你呀，净跟着搅嘛你！

张　四　（对李）你净跟我吵嘛你！

李　成　得，谁也不带了，快走吧！

〔二人“下场门”同下。（**一小锣**）

蔡文姬　我们就此启程吧。

〔**【纽丝】**一车夫“上场门”上至昭君墓右侧，文姬上车。

〔反二黄散板〕

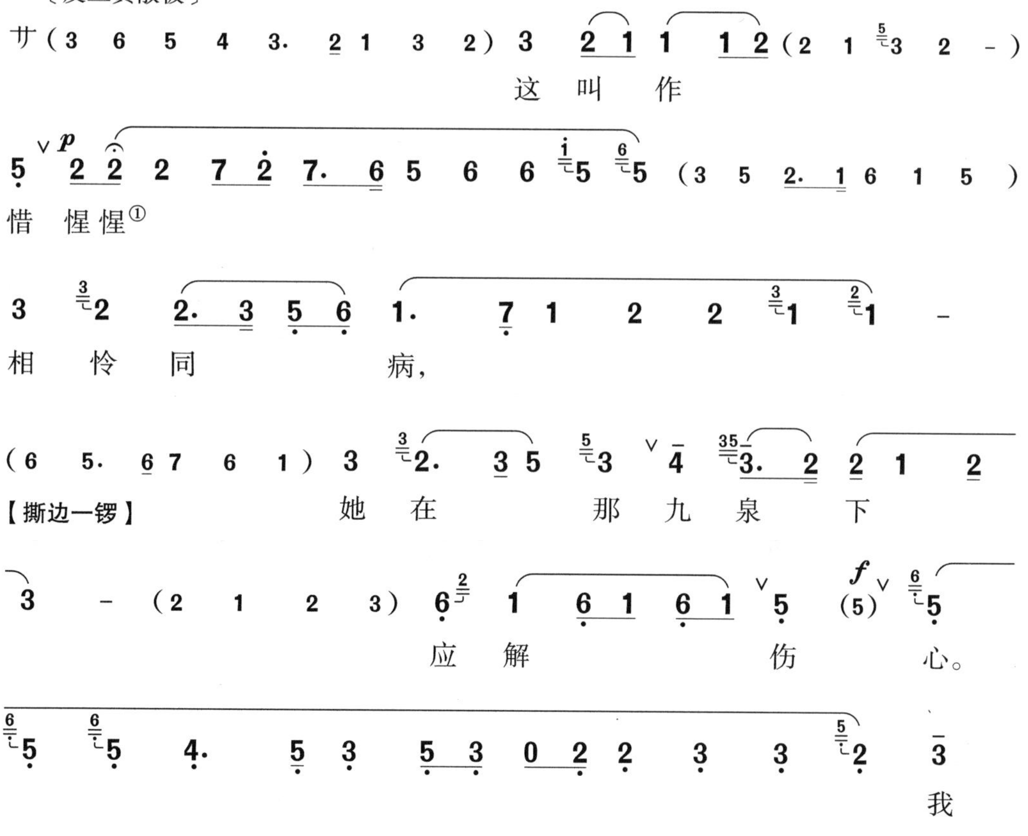

① 程先生有时也唱 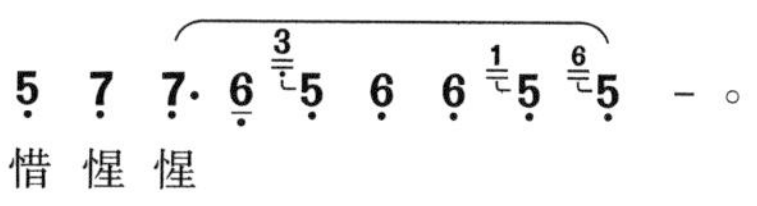

。

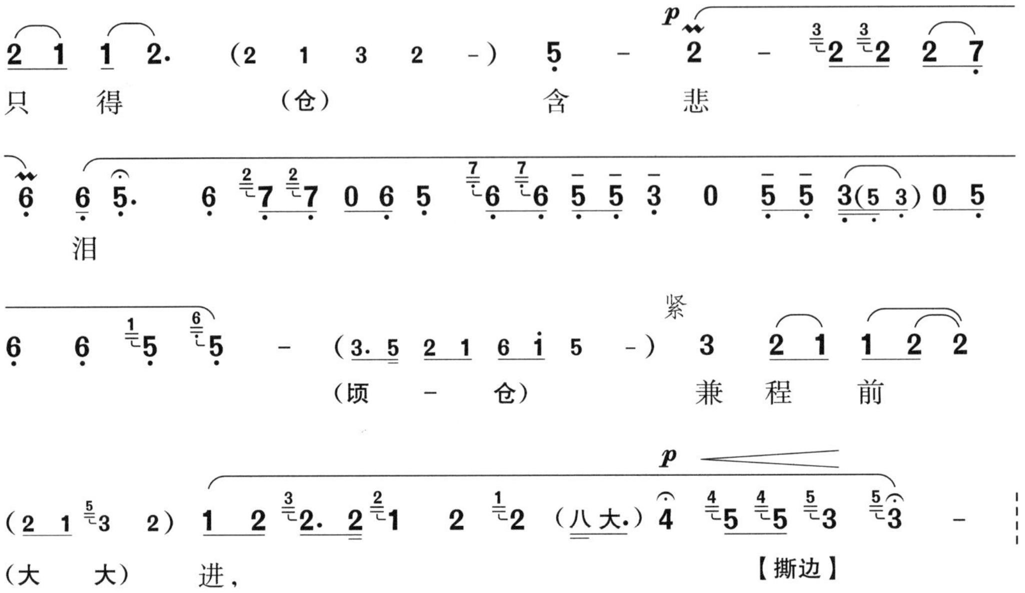

〔【纽丝】八宫女、四龙套两人一排，直线往“下场门”下。周近持马鞭随下。
〔文姬坐车行至正中，面对昭君墓示意告别。

〔亮弦〕
（6 5. 6 7 ⁷6 －）

〔【凤点头】文姬走到“下场门”靠前处。

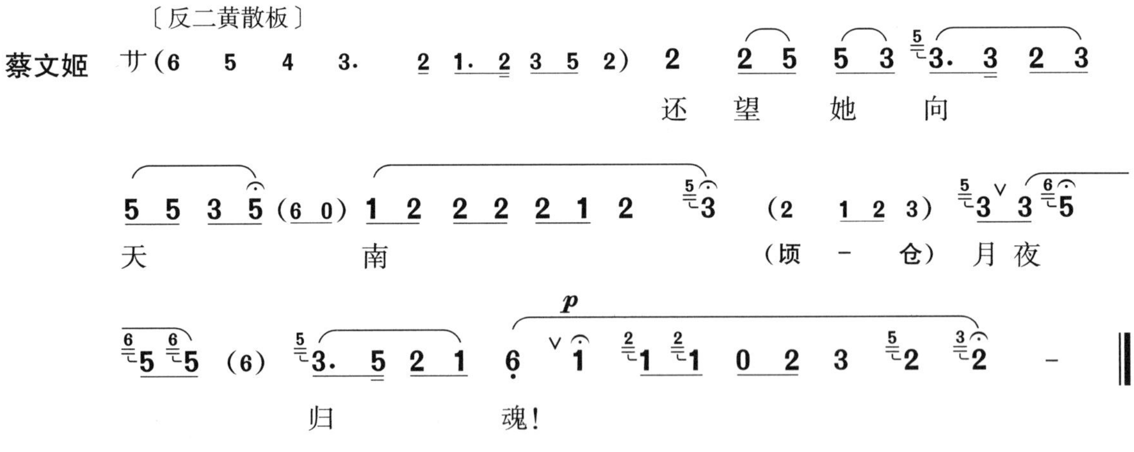

〔【大锣原场】文姬上车，极为伤感地左转身，“下场门”下。
〔闭二幕。撤去昭君墓布景。

第十七场

〔开二幕。空场。唢呐奏〈小傍妆台〉。四大铠、四靠将“下场门”上，站成“斜胡同”。曹操“下场门”上，至台左偏中位置。身后跟随一撑伞兵。周近“上场门”上，直奔台左侧。曹操走至正中。周近向曹操行礼。

曹　操　大夫歇息去吧。

〔周近礼毕，“下场门”下。蔡文姬“上场门”上，居中台右，八宫女随后上，在“九龙口”斜站前后两排一字形。

蔡文姬　叩见伯父。（蹲拜）

曹　操　免礼，快快请起。（文姬起）侄儿一路劳乏，回府歇息去吧。

蔡文姬　容侄女回家探视，再来叩谢丞相。

曹　操　好，回府歇息去吧。

〔唢呐奏〈吹打〉。四大铠、四靠将走“推磨”，走到“上场门”的“九龙口”，“站八字斜胡同”。撑伞兵居中，八宫女同时走至“下场门”前面站“斜一字”一排。曹操走到台右侧，文姬扯到台左侧，右转身往外，向正中跪拜曹操，曹操伸出左手示意请起。曲牌止。

蔡文姬　正是：【大锣住头】

我生不辰逢世乱，

竟教生入玉门关。

曹　操　回府。

〔唢呐吹奏〈尾声·合头〉。四大铠、四靠将、撑伞兵左右转身向“上场门”“窝下”。曹操“上场门”随下。

〔【大锣原场】同时，八宫女“抽心”，一对一对“下场门”下。蔡文姬居正中亮相。

——剧　终

钟　荣　　整理　　　李蔷华　　校阅

亡蜀鉴

程砚秋演出本

《亡蜀鉴》又名《江油关》、《李氏殉节》，取材于《三国演义》第一百一十七回《邓士载偷渡阴平，诸葛瞻战死绵竹》，由吴菊痴根据川剧剧本改编。1935年10月28日，程砚秋首演于北京中和园。程饰李氏，侯喜瑞饰邓艾，曹二庚饰马邈。

该剧剧情梗概如下：三国末年，魏将邓艾袭蜀，偷渡阴平，直奔江油城。江油守将马邈，见兵败国危，意欲投降。其妻李氏晓以大义，苦口劝谏。马邈佯为允诺，暗地降魏。李氏愤而自刎。魏人闻之赞曰："可怜巴蜀名将多，不及江油李氏贤。"

该剧是一出颂扬爱国主义的好戏。它的特点是主题鲜明、结构严谨、短小精悍、矛盾集中，且唱、做、念、舞并重，是习程者打基础的首选剧目。剧中李氏，是一位具有强烈爱国主义思想的女性，她与卖国求荣的江油守将马邈之间的矛盾，构成了戏剧冲突的主线。剧情的发展是通过李氏"三劝一别"展开的。一劝，是在马邈闻报魏兵杀奔江油而来，感到蜀国大势已去，失去抗敌信心的情况下进行的。李氏认为江油尚有五千人马，粮草可支一年，完全可以战胜孤军深入的邓艾，她接连唱了两段〔流水〕，劝夫"坚壁清野制穷寇，管叫邓艾指日休"。二劝，是当马邈吐露出降魏之意时，李氏强忍愤怒，并苦口婆心相劝，唱了一段〔二六〕，痛斥了马邈卖国求荣之念，劝其应该军民一心守江油。三劝，是当马邈捧着印信打开城门去投魏的路上，马邈在前面跑，李氏在后面紧追，此刻李氏边跑圆场边唱〔快板〕，在唱到"快回首——"的尾腔处被马邈踢了一个"屁股坐子"，紧接着又走"跪蹉"，竭尽全力地拦阻马邈降魏。这段戏虽然只有两分多钟，却把戏剧矛盾推向了高潮，而且很见功力。演员如果没有较好的幼功，是很难胜任这场戏的。李氏的三次劝说，可以说是仁至义尽，但仍未使马邈回心转意，她绝望了，决定告别人世以洗耻羞。她在自刎前唱的那段〔二黄慢板〕，充满激情地倾诉了不堪亡国之辱的愤懑。特别是给娇儿哺乳后诀别时所唱的"我那苦命的儿啊"这句无伴奏的"干哭头"，如泣如诉地述说了生死离别的母子之情，感人肺腑，催人泪下。由于李氏性格刚强，所以在演唱风格上，内在力度要大些，要多注意刚的一面，但是"别子"时的唱段，要注意柔一些，有刚有柔，刚柔相济。只要抓住"三劝一别"这条主线，唱出层次和情感，就能把李氏这个人物塑造好。

该剧首演之时，正值日寇侵华，国民政府采取不抵抗政策，程砚秋在北京演此剧抒发公愤。由于此剧切中时弊，只演两场即被迫停演。1959年，程砚秋的入室弟子王吟秋、江新蓉在北京、天津上演了此戏。1962年李蔷华也在多地演出了此戏，并把它传给钟荣。钟荣除在江南演出多场外，又于2003－2006年在北京和上海戏曲学院任教期间，把此戏传授给多名学生。她的学生曾在北京、上海公演过此戏，并受到好评。

该剧的整理与记谱者钟荣为江苏省京剧院国家一级演员，同时也是江苏省非物质文化遗产传承人。她10岁考入华东戏曲研究院实验京剧学校，受到了良好的教育，打下了扎实的基础。她从1956年起向程派著名琴师方昌达学戏，1960年起师从程派名家新艳秋学习程派剧目，后又得到程玉菁、芙蓉草、姜凤山、贾世珍、王传蕖、尤彩云、郑大同、王吟秋、赵荣琛、李玉茹、李蔷华、李世济、陈宝贤、熊承旭以及李丹林等名家亲授，艺术造诣日深。1963年她在上海演出《荒山泪》、《金锁记》、《锁麟囊》，得到毛泽东、周恩来等伟人的赞赏和广大观众的好评。她专攻程派艺术已达半个世纪，根据自己嗓音宽厚圆润的特点，在保持刚柔相济、低回委婉的程派唱腔艺术特点的同时又形成了字清腔稳、味浓韵准、寓声于情、声情并茂，令人耳目一新的演唱风格。自上个世纪50年代中期起，她曾先后主演过《春香闹学》、《游园惊梦》、《宇宙锋》、《贵妃醉酒》、《孔雀东南飞》；60年代以后专演程派戏，如《窦娥冤》、《王宝钏》、《荒山泪》、《锁麟囊》、《玉堂春》、《亡蜀鉴》、《朱痕记》、《红拂传》、《文姬归汉》、《青霜剑》、《春闺梦》、《贺后骂殿》、《碧玉簪》、《祝英台抗婚》、《陈三两爬堂》等，还在《红灯记》、《沙家浜》、《江姐》、《六号门》、《平原作战》等现代京剧中扮演过主要角色。改革开放以来，她先后赴北京、天津、东北、上海、山东各地巡演，在全国10余个大中城市举办了180多场程派专场演出，受到广大观众和专家的一致好评。她曾加工整理30多个剧本，发表20多篇学术论文，在中央电视台11频道录制并播放过19出戏的31个唱段。她90年代创演了英语《六月雪·坐监》，并曾赴港台和美国讲学、演出，被誉为“能演、能教、能戏颇多的程派佼佼者”、“优秀的正宗程派传人”。

此《亡蜀鉴》剧本，以程砚秋先生的演出本为主要依据，并参照了王吟秋、李蔷华二位老师的有关资料，再加上钟荣本人的舞台实践综合整理而成。例如最后一场，程本锣鼓原来用的是【纽丝】，李氏上唱〔二黄散板〕“国破家亡何处走……乱中无计洗耻羞”。根据剧情的发展，当时江油城杀声四起，魏兵逼进城池，危在旦夕。李氏因无力阻止马邈降魏，自觉无颜面对城中父老而欲自尽，但娇儿在家等她哺乳，便急奔家中寻找，准备哺乳之后再寻自尽。李氏怀着这种心情上场，应该是紧张而又急迫的，故改用【水底鱼】，由李氏和仆妇同时两边急上，在【乱锤】中相互寻找。最后，李氏与儿诀别前唱的“干哭头”，是参照了李蔷华老师的处理方法，同时，将〔二黄慢板〕一句唱词“贼兵到不投降便要逃走”改为“贼兵到不抵抗便要逃走”。至于邓艾是用武老生还是架子花脸，马邈是用文丑还是架子花脸扮演，各剧团可根据本单位演员的阵容而定。

杨秋生

人物行当

李　氏	青衣	仆　妇	老旦（或花旦）
马　邈	文丑	四蜀兵	杂
邓　艾	架子花	四魏兵	杂
家　院	老生	众百姓	杂
蜀　探	武丑	四靠将	杂
魏　探	俊扮武行		

服装扮相

李　氏　俊扮。梳大头、点翠头面，宝蓝团花帔、花腰包，彩鞋。（第四场卸去顶花，脱帔穿素褶子，戴茨菰叶、甩发）

马　邈　勾大方豆腐块。狮子盔、小黑扎（有耳毛），护领、红褶子、绿蟒，朝方靴。（第四场卸头盔、露甩发，脱蟒，穿软靠）

邓　艾　勾蓝三块瓦。帅盔、黑满，蓝靠，厚底靴。

家　院　俊扮。黑罗帽、黪三，青褶子、大带，黑厚底靴。

蜀　探　丑扮。毡帽（毡帽边系蓝布条），深灰布箭衣、大带、卒坎儿（胸前后贴蜀字），黑彩裤，黑薄底靴。

魏　探　俊扮。毡帽（毡帽边系蓝布条），蓝布箭衣、大带、卒坎儿（胸前后贴魏字），黑彩裤，黑薄底靴。

仆　妇　俊扮。老旦黪抓鬏，白老斗衣、长黑坎肩，绿腰包、白腰巾，老旦鞋。

四蜀兵　俊扮。打衣、打裤，黑薄底靴。

四魏兵　俊扮。穿与蜀兵不同颜色的打衣、打裤，黑薄底靴。

众百姓　老生扮相。道士巾、黑三，青褶子，黑薄底靴。
老旦扮相。白抓鬏头，白老斗衣，绿腰包、白腰巾，老旦彩鞋。
小生扮相。道士巾，青褶子，薄底靴。
青衣扮相。梳大头（外扎皎月色长绸），青褶子、白腰包，彩鞋。

四靠将　生、净杂扮。扇盔、大额子，黑、绿、红、白等色软靠，彩裤，厚底靴。（穿黑、绿靠者挂黑扎、黑满，穿红、白靠者武生俊扮）

道具

大印	一方	布娃	一个
马鞭	两根	宝剑	一把
令旗	两面	酒盘	一个
酒壶	一个	酒杯	两个
短刀	四把	单长枪	六杆
大枪	一杆	长桌	一张
椅子	两把	大帐	一个
匕首	一把		

第 一 场

「舞台上空场。【冲头】切住。

「邓艾内：“军士们！”众内：“有！”（仓）邓艾内：“趱行者！”众内:“啊!”

「奏唢呐曲牌<风入松>一、二段。四魏兵抱刀，二靠将举单枪从“上场门”上“站门”。【四击头】邓艾持大枪上场，“九龙口”亮相，【一锤锣】中速缓步至台口。【归位】

邓 艾 本帅——【撕边一击】邓艾。【住头】奉魏主将令，夺取西川。且喜将士忠勇，渡过阴平。军士们！（仓）前面就是江油。此番攻城，孤军深入，无有接济，这前进则生！【住头】(捋枪向前一指）后退则亡！【住头】（撤枪一按）尔等必须奋勇当先，夺取江油！【撕边一击】

众 我等自然奋勇当先!

邓 艾 好——哇!【五锤】(向前两步)尔等饱餐战饭，安歇一宵，明日五鼓，杀奔江油去者!

众 啊！（仓）

「奏唢呐曲牌<风入松>末段。魏兵、魏将领起，奔“下场门”下【快原场】。邓艾至右台口【四击头】亮相。【急急风】“下场门”下。转【冲头】

第 二 场

「闭二幕。幕外空场，蜀探子左手执令旗、右手拿马鞭，【撕边】“上场门”快步上（八大仓）“九龙口”亮相。【水底鱼】快步至台口“勒马”止步。

蜀 探 （念)邓艾渡阴平,兵发江油城；【小锣二击】不辞登程路，飞马报军情！【大锣半夺头】俺，（仓）江油关探子是也！（0嘟 仓 匝0）探得魏国大将邓艾，带领数千精兵，偷渡阴平，好似从天而降，不分昼夜杀奔江油而来。不免速报太守知道。就此马上加鞭！【撕边】（八大仓）（亮相）【大锣快原场】（“下场门”下）

第 三 场

「开二幕。场上设一桌，一“小座椅”，一“右跨椅”。

「【快长锤】四蜀兵、二家将从“上场门”上。“站门”。

「马邈佩剑上。“九龙口”亮相抖袖。

〔西皮摇板〕

马 邈 【凤点头】（6 6 35 55 36 55 32 12 65 55）2
闻

亡蜀鉴

2　1　3　－　2　－　2　6 1　6 1ˇ　3　－　2　－
言　汉　中　　　　已　　　　失　守，

【闪锤】(过门同前)　2　1　2　1　2　2　3　1　(3　2 1
(上步至台口)　　怕　的　是　魏　兵　袭　江　油。

7 2　1 1　6 5　5 5　3 6　5 5　3 2　1 1　6 2　1 1)　2　2
　　　　　　　　　　　　　　　　　　将　身

1 2　1　2　(3　2 1　6 1　2)　2.　1　1.　3　2　－
且　坐　　　　　　　　二　　堂　　口，

〔【闪锤】四蜀兵、二家将往里归分站左右。家院从“下场门”暗上，马邈归里入“小座”。

(过门同前)6. 2　1　1　3　2(3　2 1　6 1　2)3　2 1　1　6　1　－‖【住头】
坐　　卧不(哇)宁　　　　　　　心　　内　　忧。

下官马邈，(仓 大.)汉室为臣，镇守江油。不想连日接得边报，魏兵入寇，姜维兵败剑阁，蒋舒献了阳平关，傅佥战死沙场，看来我这江油也保不住了！幸有阴平险要，量那魏兵定难飞渡也！

〔蜀探内：“报！”——【冲头】蜀探“上场门”快步上，至“小边”台口单腿跪。

蜀　探　启禀太守，今有邓艾偷渡阴平，杀奔江油而来！

马　邈　再探！

蜀　探　得令！【大锣五击】(从“上场门”下)

马　邈　【撕边】哎呀且住！(仓)(离座，至台口)探马报道，邓艾偷渡阴平，杀奔江油而来，啊呀这、这……(搓手、抖袖)哎！【撕边一击】我想，兴是兴他刘家的江山，灭是灭他刘家的社稷！国家兴亡与我什么相干？魏兵不来便罢，来则降之！(仓)这叫做“在王驾下愿王兴，王不兴来我变心”。我的降意已决！【撕边】哎呀不好！(仓)想夫人，性情刚强，我若归降，她怎能应允呢？【撕边一击】嗯！我自有道理。【五锤】(转身归里入“小座”)——来！

家　院　有。

马　邈　请夫人出堂。

家　院　(走至台口)请夫人出堂。(回原位)

〔【小锣旦上场】仆妇抱娃娃从“上场门”上，站在右台口边。李氏上场，在“九龙口”站定，抖袖缓步走至右台口。

李　氏　（引）恨作女儿身，空负了，

1 2 3 1 2 3 2 3 2 2 1 - 6 7 2 7 2 7 6 76 5 6 5 6 5 4 6 - ‖
义 气 凌 云。

〔【大锣原场】马邈离座走至台口，家院将“小座”椅搬至左边，成为“大边”椅。

马　邈　（相互拱手）啊夫人！
李　氏　将军！
马　邈　夫人请坐。（往里归坐“大边”椅）
李　氏　有座。（往里归坐“小边”椅，仆妇随之）将军唤我何事？
马　邈　啊夫人，今日天气寒冷，我有意与夫人围炉饮酒。
李　氏　今乃操演之期，将军理应先去校场，待阅操完毕，再饮酒不迟呀？
马　邈　你看这大雪寒天，如何操练？我已下令免操了！【小锣一击】
李　氏　这国家多事之秋，为何轻易免操哇？
马　邈　只因有一事儿，比操演更为紧要。
李　氏　（惊疑地问）不知你们做武将的，还有何事比操演更为紧要？
马　邈　这个……（不答）【软撕边一击】（示意家院）将酒摆上。
家　院　是。

〔奏笛子、二胡曲牌<傍妆台>。李氏注意着马邈，马邈环视左右。家院“下场门”下，端酒盘复上，至桌前，将盘中酒壶、酒杯放在桌上，回原位。马邈解下宝剑放在桌上。曲牌止。

马　邈　尔等退下。（双手略示意两家将下）

〔【小锣五击】四蜀兵、二家将两边分下，家院“下场门”下，仆妇“上场门”下。

李　氏　将军有何要事？快快请讲。
马　邈　请夫人先饮三杯再讲。
李　氏　妾身性急，请将军讲了再饮吧。
马　邈　还是请夫人先饮。

〔李氏不解。（大大 大大 乙大 大 仓）（4 3 7 6 5 -）

李　氏　呀？！（起身，抬左手水袖，“背供”，缓步走至右台口）

〔西皮摇板〕

【凤点头】（6 6 3 6 5 5 3 6 5 5 3 2 1 1 6 2 1 1）3 6 5 -
闻 言

亡蜀鉴

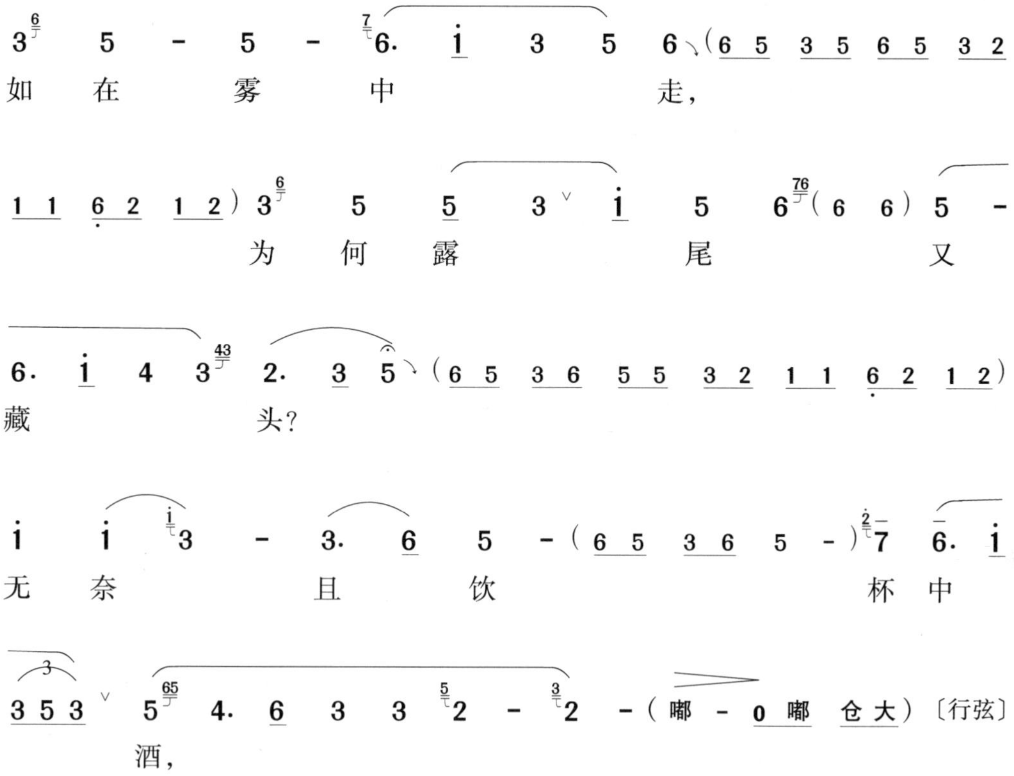

（稳步后退至“小边”椅，坐下）

马　邈　（为李氏斟酒）请来饮酒。

李　氏　（举杯拱手）将军请！

马　邈　夫人请！（李氏一饮而尽）**【小锣一击】**夫人请来饮酒。（为李氏二次斟酒，李氏又一饮而尽）**【小锣一击】**请来饮酒，请来饮酒。

〔又为李氏斟酒，随着李氏接过第三杯酒时，〔行弦〕速度加快。李氏又一饮而尽。（大 大大 乙 仓）〔行弦〕止。

李　氏　**【大锣凤点头】**（过门同前）

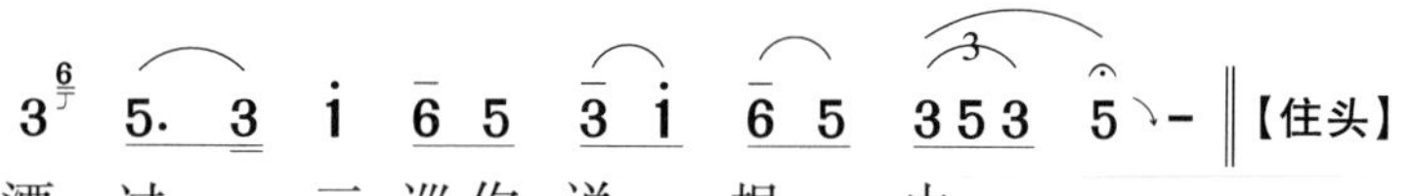

（将酒杯放桌上）酒过三巡你说根由。

将军，妾身已饮过三杯，快快请道其详。

马　邈　这个……**【撕边一击】**待我对你实说了吧。**【快五锤】**适才探马报道，魏兵入寇，姜维兵败剑阁，邓艾偷渡阴平，杀奔江油而来，眼看大势去矣！**【撕边一击】**

李　氏　不知江油还有多少人马？

马　邈　五千人马。

李　氏　粮草如何？

马　邈　可支一年。

李　氏　却又来！**【大锣五锤】**（离位，边念边走至台口）既有五千人马，粮草可支一年，

你还怕那魏兵做甚？【撕边一击】

马 邈 啊夫人，（离位走至左台口）你可晓得镇守阳平关的蒋舒、傅佥么？

李 氏 蒋舒、傅佥便怎样？

马 邈 那蒋舒知天命，献了阳平关，归顺魏邦，不失将军之位；那傅佥执意不降，被魏兵杀死！（改京白）你想想，谁给他们偿命啊？！【撕边一击】

李 氏 这叫做：一日抒忠愤，千秋仰义名。

宁为傅佥死，不做蒋——舒——生！

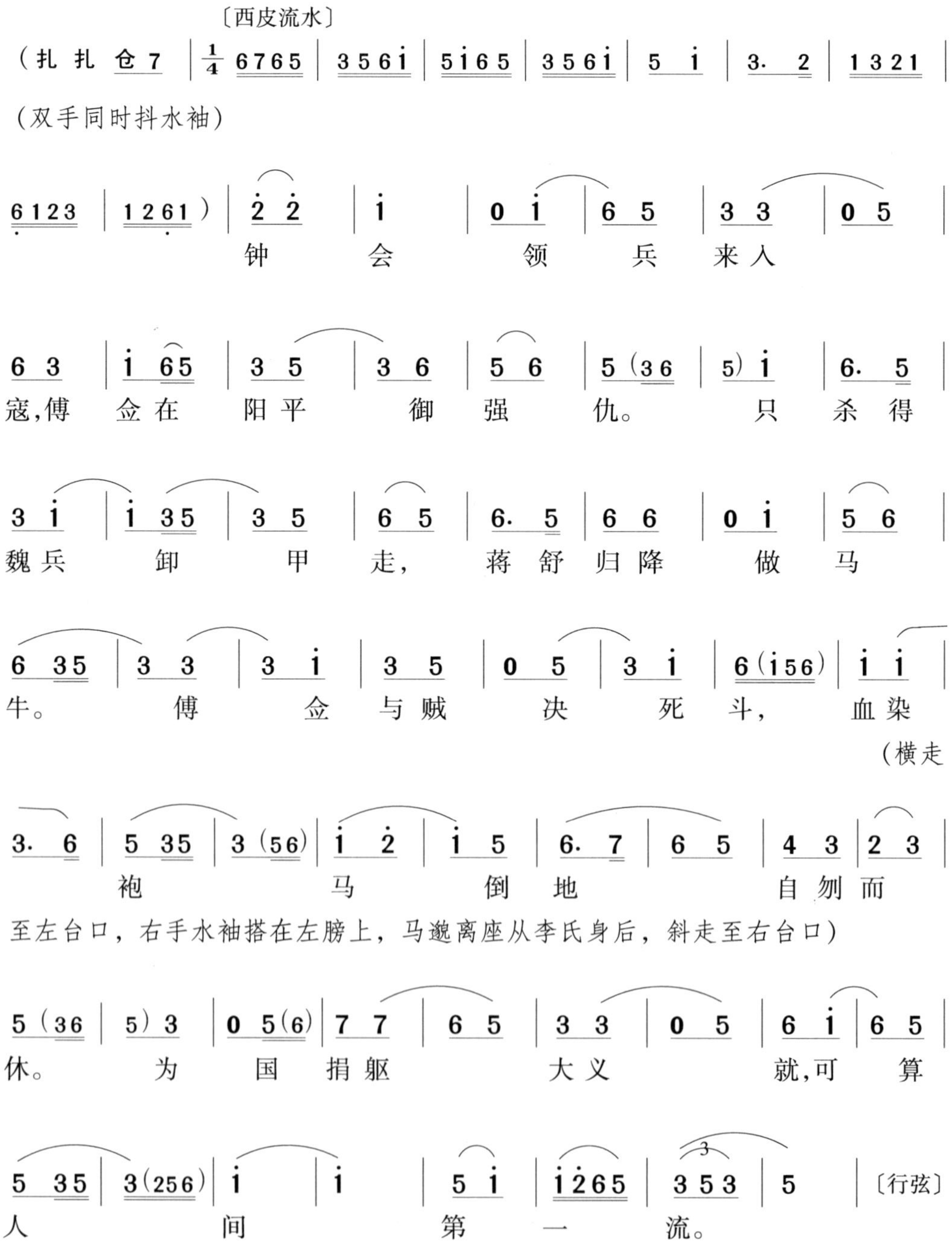

| 亡 蜀 鉴 |

马 邈 那傅佥不降，被魏兵杀死；那蒋舒降魏，依我看来识时务者乃是俊杰，那蒋舒么是个好的，是个好的呀，哈…… （回身走至“大边”椅坐下）

李 氏 将军！（从左台口走至右台口）

（由〔行弦〕中转）〔西皮流水〕中速

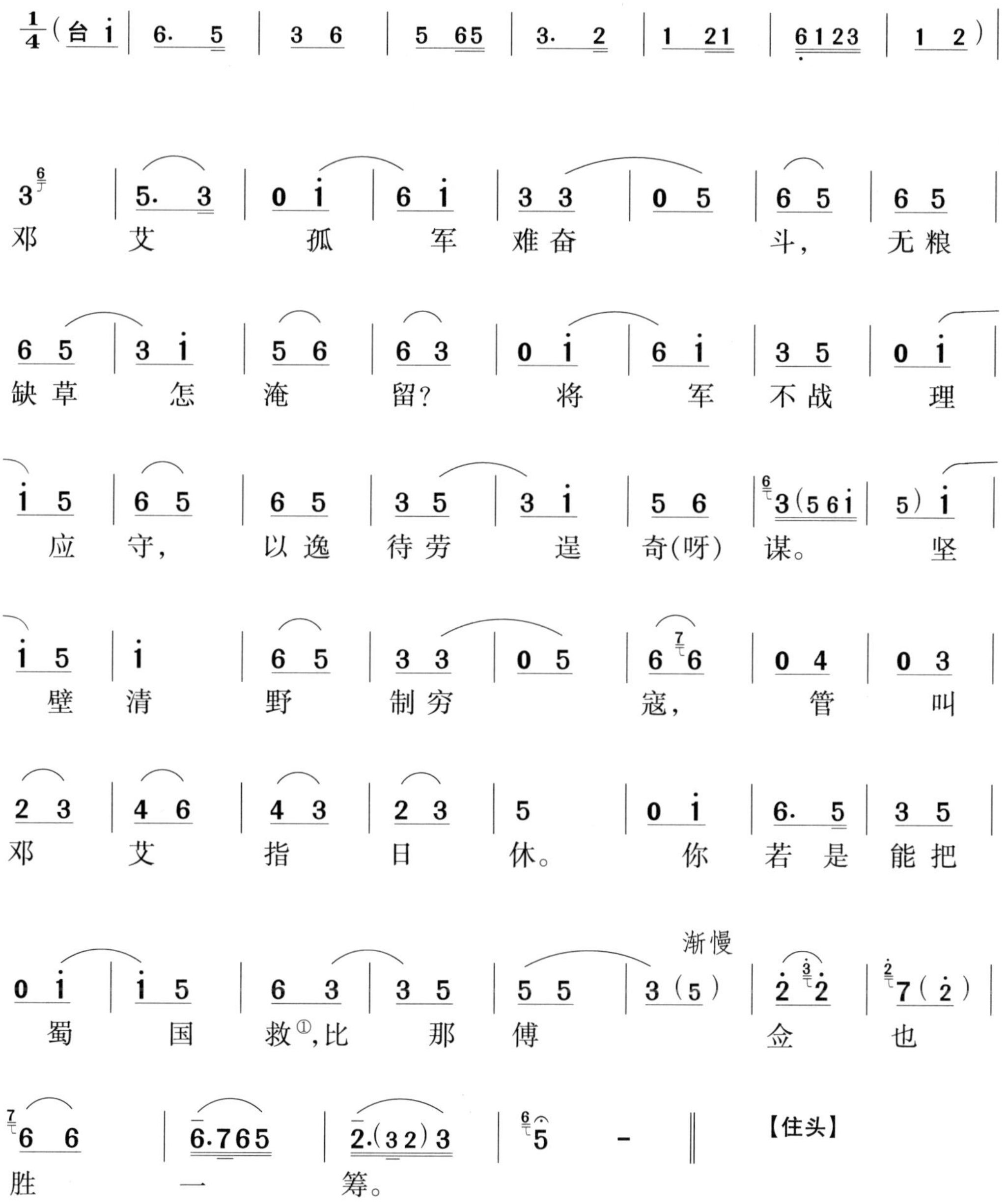

马 邈 那傅佥当年大战长城岭，活捉王真，杀得司马昭丧胆亡魂，如今都被魏兵杀死！想

---

① 程剧本原词是“你若是能把亡国救”，因当时蜀国尚未亡，故改蜀。

我武艺平常，怎能抵挡魏兵强敌呀？【撕边一锣】

〔李氏思索着，转过身来对着马邈。

李　氏　依我看来，那魏兵孤军深入，料难持久。不如坚守城池，他军不战自乱矣！

马　邈　那邓艾既已渡过阴平，这小小的江油，如同弹丸之地，我兵弱将寡，你叫我怎能守得住呢？！

李　氏　（严肃，急切）将军！【撕边一击】魏兵到来，你就该出战！既不出战就该守城！如今你不战不守，意欲何为？

马　邈　一个字。

李　氏　敢莫是——战？

马　邈　降——【大锣一击】

李　氏　（惊）哦？【撕边一击】（用手指着马邈）你、你、你要降魏么？

马　邈　嗯——（决心已定，不理睬李氏）

李　氏　【叫头】哎呀将军哪！想蜀中立国并非容易，你若归降，恐怕这四百年的汉室江山就要灭亡。那时将军你，你……岂不落个千载的骂名！【大锣一击】

马　邈　哼！想天下非一人之天下，他主上昏庸，不理国事，蜀国灭亡与我什么相干！我今日，是降——定——了！（往里归坐“大边”椅。右手拍桌）【大锣一击】

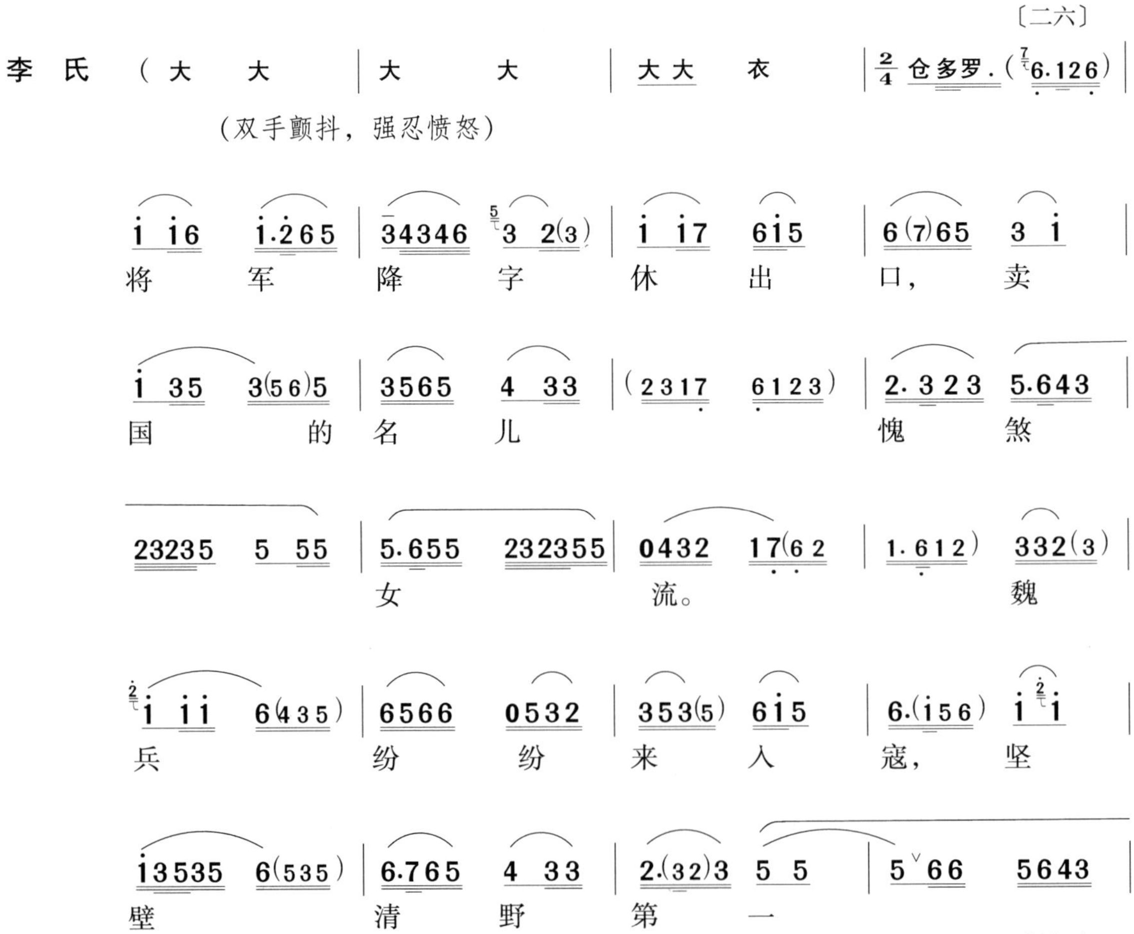

（从右台口

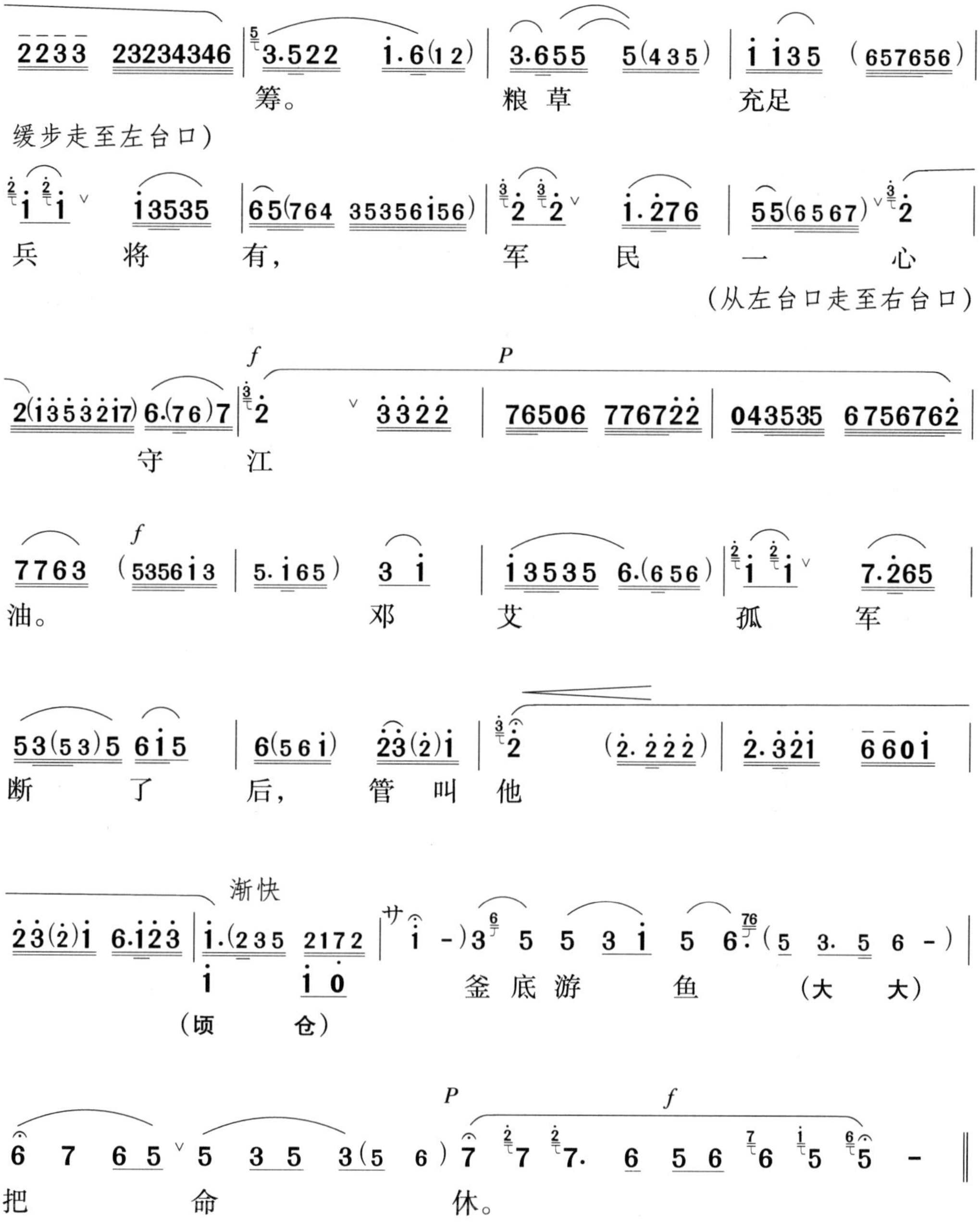

〔蜀探内：“报！——”

〔【冲头】蜀探“上场门”急上，至右台口单腿跪。

家　将　启禀太守，邓艾带领人马杀奔江油而来！【大锣一击】

马　邈　起过了！【冲头】（蜀探“上场门”急下）

李　氏　【叫头】将军哪！想那魏兵远道而来，孤军深入，粮草不继，定然不战自乱；将军坚守城池，那时，便是将军建功立业之日了！

马　邈　【撕边一击】这个……　（想）夫人好言相劝，我如梦方醒。待我传齐众将，商议破敌之策！

李　氏　这便才是。
马　邈　夫人请至后面歇息。
李　氏　正是：**【住头】**忠臣义妇各千秋，
马　邈　（“背供”）心中自有巧计谋。**【小锣两击】**
李　氏　但愿魏兵早授首，
马　邈　识时务者定封侯。
　　　　〔**【大锣原场】**（李氏用手势示意不可降魏，“上场门”下）
马　邈　**【撕边】**（向李氏背影）呸！（仓）妇道人家懂得什么？险些误了我的大事！看四下无人，我不免带着印信，速速出城迎接魏兵便了！**【阴锣】**（蹑手蹑脚地从“下场门”下）
　　　　〔闭二幕，内撤桌椅。马邈慌张地、匆忙捧印从“下场门”快步复上，出门。家院从“上场门”上，与马邈在台口巧撞见。
家　院　啊老爷！**【撕边一击】**魏兵已然兵临城下，老爷快快点将出城迎敌！
马　邈　迎敌之事，何必点动人马，待某独自抵挡！**【撕边一击】**
家　院　啊老爷！既然独自抵挡，你怀抱印信却是为何哇？！
马　邈　大胆！**【大锣一击】**下站！**【大锣一击】**还不滚了下去！
　　　　〔逼家院后退，甩袖，**【冲头】**“下场门”急下。
家　院　（从右台口速走至偏左台口）**【叫头】**且住！老爷他手捧印信，直奔城门。待我报与夫人知道便了！
　　　　〔**【水底鱼】**开二幕，空场。家院反圆场至左台口，脸朝“上场门”方向，拱手。
家　院　有请夫人！
　　　　〔**【大锣慢五击】**李氏“上场门”上，至台中。
李　氏　何事？
家　院　启禀夫人，我家老爷，手捧印信，独自一人直奔城门去了！
李　氏　（惊）**【大锣一击】**怎么他！他、他手捧印信直奔城门而去？！**【撕边一击】**（摆左手，示意家院离去）我知道了！
　　　　〔**【冲头】**家院“下场门”下。
李　氏　（向外怒指）好贼子！——（朝前方甩袖）

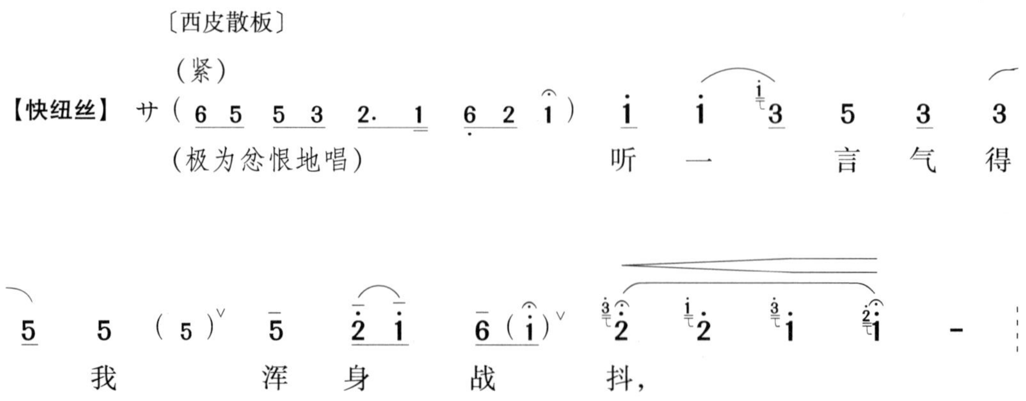

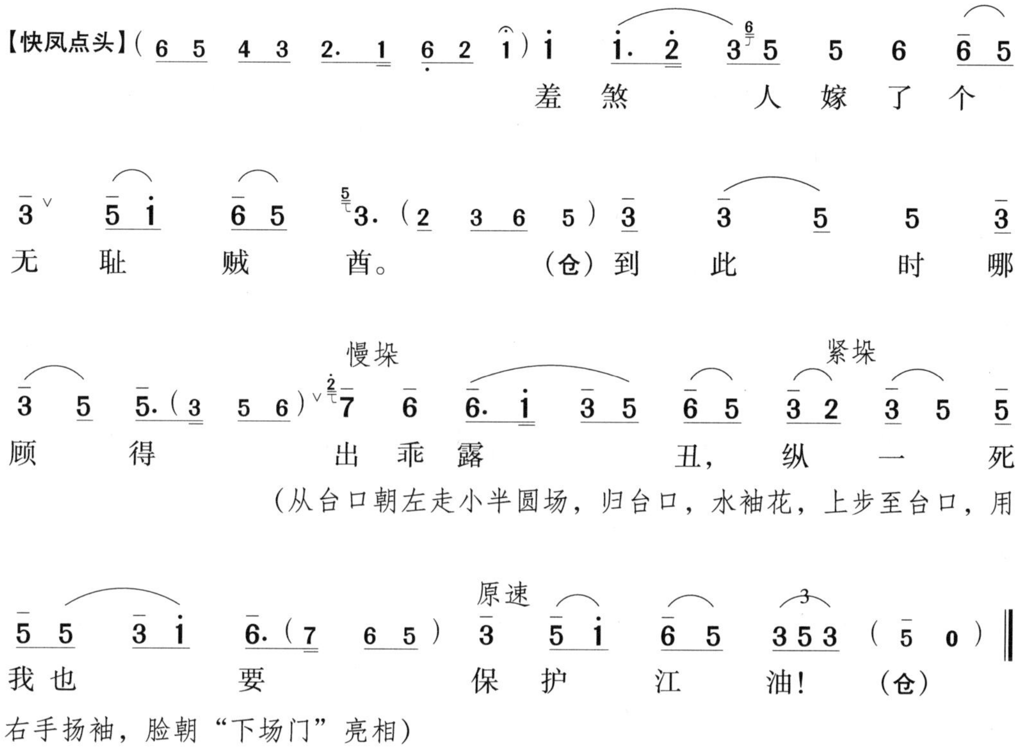

〱【大锣快原场】李氏“下场门”急下。

第四场

〱空场。【大锣抽头】马邈脱去蟒，卸去头盔，露出甩发，从“上场门”狼狈地退步上，退至台口转身面朝外。

马　邈　（念【扑灯娥】）

闻听 邓艾 渡阴 平，渡 0阴 平，（走正圆场，至台中）

吓得 马邈 魂魄 惊，魂 0魄 惊！（走反圆场，至台中）

我妻 之言 不可 信，

我 抱着 印信 出城 门。

大难 临头 命要紧！【收头】（踉跄跌倒在左台口）

〱李氏内：“将军！【大锣一击】慢走！——”
〱李氏快步从“上场门”上，至“九龙口”，右手扬袖亮相。
〱【望家乡】马邈惊怕地速起身，正圆场至右台口，李氏追马邈正圆场至“下场门”里“大边”前，二人对面亮相。

① 程本缺失快板唱词，这是王吟秋老师后来补的一段，原为“言前”辙，为了全剧统一后改成“由求”辙。

5. 6 | i i | 5 6 | 5 | 5 3 | 3 5 | 6 (56 | i i |
守 在江 油。快 回 首，（大 大大
（马邈右膀用力甩开李氏，二人亮相）

略慢
6 5 | 3 5 | 6 0) サ 6 3 2 i 6 (i) 2 2 i i –（仓）
大大 乙 仓） 快 回 首，
（马邈速领走正圆场）

「李氏在后紧追，二人至台中，李氏急抓住马邈右手腕，两番快速（八 大八 仓 仓 另 仓）二人“一字形”往“下场门”快步左右斜走，（**嘟－八大仓**）马邈右脚踢李氏“屁股座子”在右台口，**【撕边】**二人朝“下场门”，马邈走蹉步，李氏跪蹉，高喊“将军！……”

马 邈 我顾不了你喽！（八 0 仓）（甩手，“下场门”急下）（李氏站起，怒视马背影）

〔西皮散板〕

李 氏 **【快纽丝】**サ（6 5 5 3 2. 1 6 2 i）5 3. 6 5 5 3 i i 6 5 3 i 6 5 353 5 ‖
他无 耻无 羞 卖 国 酋！

【叫头】且住！可恨他口是心非，甘心卖国，竟手捧印信降魏去了！真不知羞耻二字！我岂能与他生同室？死同穴？（**仓**）他甘为亡国之奴，我不做降臣之妻！待我碰死了吧！（**八仓**）（撞头，又止。轻念）且——慢。**【慢大锣五锤】**想我那娇儿，尚在襁褓，他正在家中，等待为娘为他哺乳，我不免速速赶回家中，哺乳一回，再寻自尽便了！

「闭二幕。

〔西皮散板〕

李 氏 **【快纽丝】**サ（6 5 5 3 2. 1 6 2 i）3 5 3. 5 5 7
嫁 夫 如 此 伤

6. i 3 5 6.（4 3 5 6 –）3 5. 3 i i 6 (5) 4 3
非 （呀）偶，（仓） 眼 见 江 油 一
（左转身，走一大圆场，边走边唱）

2 3 5.（4 3 6 5 –）i 5 7 6 7 6. i
旦 休。（仓） 他 把 娇 儿 抛 虎
（跸坐地） （站起，至偏右）

中速垛

3 5 6 5 i 6 5 5 6 (i) 6 5 5 3 5 ‖

(哇) 口， 恩 情 从 此 一 笔 勾！

(八 大 仓)

〔台正中亮相，【大锣原场】"上场门"急下。

第五场

〔开二幕。场上设大帐，一桌、一"小座椅"。

〔【快长锤】四魏兵、二靠将"上场门"上，"站门"。邓艾上，"九龙口"停步。

〔西皮摇板〕

邓 艾 【凤点头】(6 6 5 5 5 3 6 5 5 3 2 1 1 6 2 1 2 6 5 5 5)

3 3 3 2 2 (3 2 1 6 1 2 2) 2 6 1 6 1 2 - 2 - |

旌 旗 浩 荡 笼 星 斗，

〔【闪锤】缓步至台口。

〔西皮流水板〕

1/4 (3. 5 | 6 i | 5 i | 3 2 | 1 21 | 6 2 | 1 2) | 1 2 | 1 2 |

人 马

0 3 | 3 1 | 2 | 3 | 1 | 3 | 3 | 3 | 1 2 |

纷 纷 奔 江 油。 三 军 戮

2 | (3 | 2 1 | 6 1 | 2 0) サ 2 6 1 6 1 2 2 - |

力 莫 滞 后，

〔【闪锤】四魏兵、二靠将往里归，邓艾往里归坐"小座"。

亡 蜀 鉴

〔摇板〕

（过门同前）6. 2　1　1 3　2（2　2）2 1　6 1 6　1̇　－ ‖

管　叫　此　城　一　旦　休。

〔魏探内："报——"【冲头】"上场门"上，右台口单腿跪。

魏　探　启禀都督：今有江油太守马邈，手捧印信前来归降！

邓　艾　再探！

魏　探　啊！【撕边一击】（"上场门"速下）

邓　艾　来，将马邈带上帐来！

兵　士　带马邈！

〔【大锣原场】二魏兵"上场门"上，"九龙口"站"小八字"。马邈捧印上，走至台口。

马　邈　（念）只为富贵能长久，手捧印信献江油。

〔【大锣五击】"小挖门"至"小边"向邓艾跪拜。二魏兵随后"挖门"两边站。

马　邈　参拜都督！【撕边一击】

邓　艾　下跪何人？

马　邈　小官乃原江油太守马邈，弃暗投明，前来献印归降来了！（双手向上托印示降）

邓　艾　【撕边一击】啊？既是归降，为何一人前来？莫非后有伏兵诈降不成？

马　邈　启禀都督，小官本当带领人马出城降魏。怎奈江油兵将，思念死鬼刘备与诸葛亮，不愿归降。依小人之见，都督不如杀进城去焚烧民房，江油岂不唾手而得？

邓　艾　呀呀呸！【快五击】自古用兵，岂能残害百姓，焚烧民房？真乃匹夫之辈，你也不怕被天下笑骂！纵然城中有变，本帅自有计谋。

马　邈　如此就请都督随小官进诚。

邓　艾　我来问你，江油城内现有多少人马？

马　邈　五千人马。

邓　艾　粮草如何？

马　邈　可支一年。

邓　艾　既然有兵有粮，你为何不战而降？

马　邈　小官颇知顺逆，岂敢背天行事啊？这叫做识时务者俊杰也！

邓　艾　好个识时务者！待本督进城，就在你的家中歇马！

马　邈　这个……【撕边一击】小官家中尚有妻儿老小，恐有不便。

邓　艾　住了！【快五击】你既做了亡国之奴，岂容你顾全家眷。来！将他的印信收下，随本督杀进城去，不准他回家。待本帅安民已毕，再抄查他的家财，犒赏三军！去吧！

〔【大锣一击】魏兵收印。

马　邈　谢都督。（起身，至左台口"背供"，改念京白）哎哟！连损带羞辱，罚跪带抄家。这滋味真不是人受的！

〔【冲头】二魏兵押着垂头丧气的马邈从"下场门"下。

邓　艾　众将官！

众　有！【大锣一击】

邓　艾　兵发江油！

众　　啊！

〔【急急风】魏兵、魏将走至台口。闭二幕。内撤去大帐，桌椅。

〔一魏兵给邓艾带枪，“下场门”领下。

〔邓艾至右台口【四击头】亮相【急急风】下，转【冲头】。

第六场

〔开二幕，空场。

〔李氏内：“走哇！”【水底鱼】李氏从“下场门”上，快步至左台口。仆妇抱着娃娃从“上场门”上，快步至右台口。二人又同向台中走，突然碰面，【乱锤】“推磨”，李氏扯至“大边”，仆妇扯至“小边”。

〔二黄散板〕

李　氏　【快纽丝】 サ（3　2. 1　6　6 5　5）3　2 － 7　6（7）

夫　君　无　耻

6 3　5 6　1　2　2　2　2　7　6　5 6　7（2）6

降　敌　寇，有　何　颜　面　对

6 5　3 5　6 5　7　7　6　5　6　6　5　5 －‖（掩面哭泣）

江　油。

仆　妇　【叫头】啊呀夫人哪！魏兵已然杀进城池，少时就要杀进府来，你母子快快逃命去吧！【撕边一击】

李　氏　我岂是卖国求荣之辈！【撕边一击】

仆　妇　啊夫人！老爷降魏，不知他是真降啊还是诈降？

李　氏　他，他不是诈降。

仆　妇　怎么！【大锣一击】老爷他！他他当真降魏了么？【撕边一击】哼！不想老爷，贪生怕死，连这羞耻二字都不顾了！我乃蜀国百姓，不是魏国之民。如今江油失守，我也不伺候你们了！这是你们的逆种，抱过去吧！（八仓）（将娃娃扔向李氏怀中，李氏接住）李氏啊，李氏！马邈降魏，就是国贼！你就是国贼之妻！（八仓）真真气死我也！

〔【冲头】仆妇气冲冲地由“上场门”下。

李　氏　（呆愣，羞愧地）国贼之妻？国贼之……妻！

亡蜀鉴

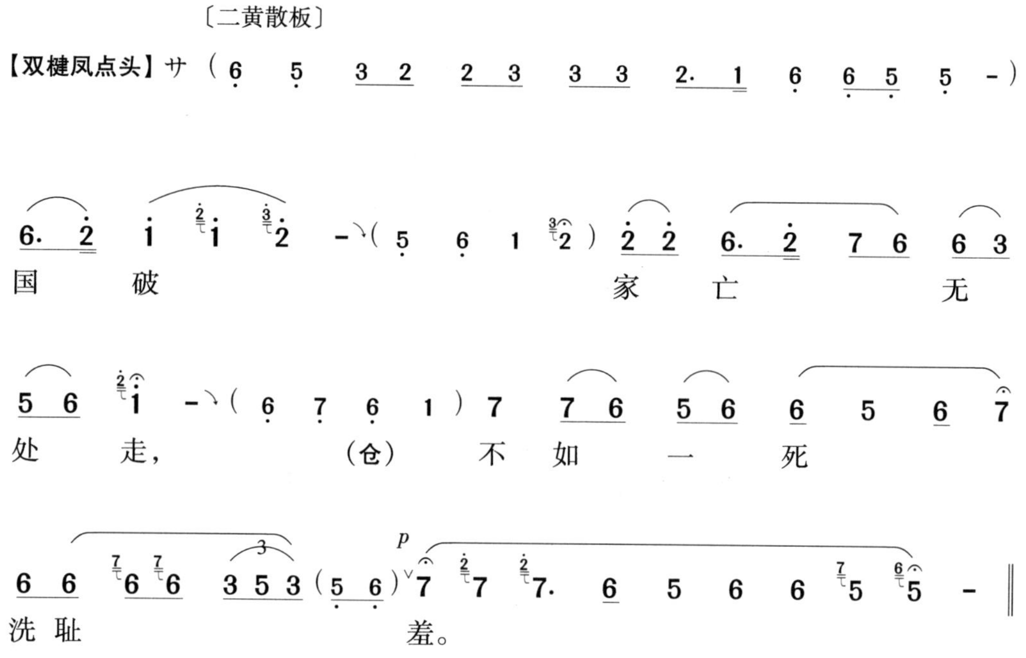

【慢叫头】娇儿啊！——可怜你生不逢时，尚在襁褓，就要离开娘怀。为娘死后，你长大成人，定要报仇雪恨，一洗父羞，也不负我自刎江油。今日，为娘我——【撕边一击】再为你哺乳一回…… （哭）

「【大锣原场】（李氏抱儿回身脸朝里坐地）

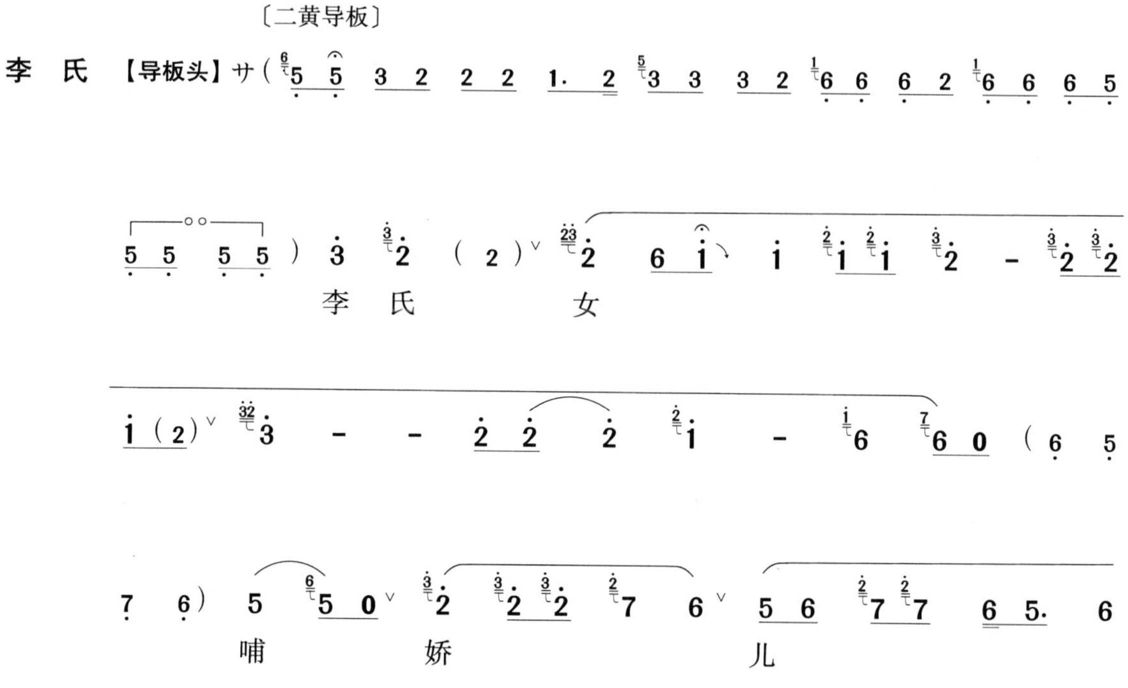

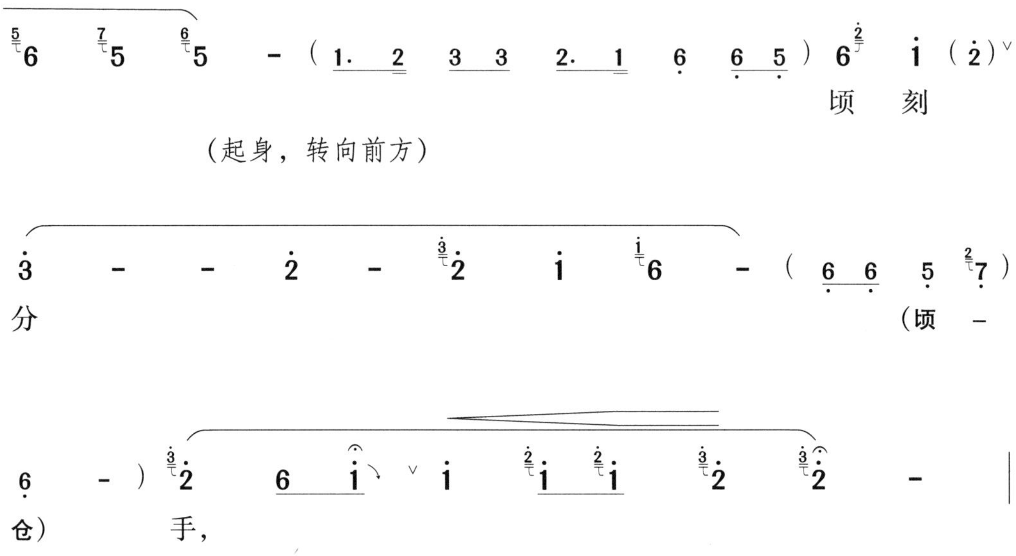

〔【大锣回头】走至台中。

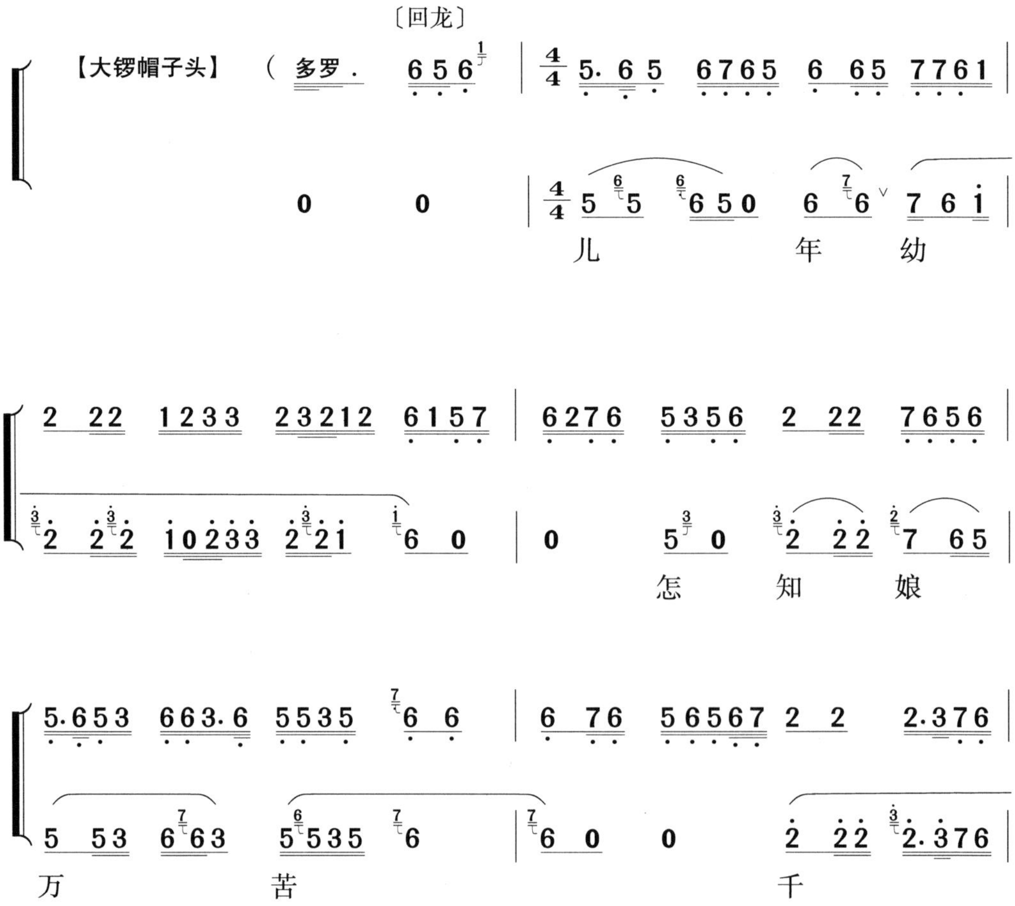

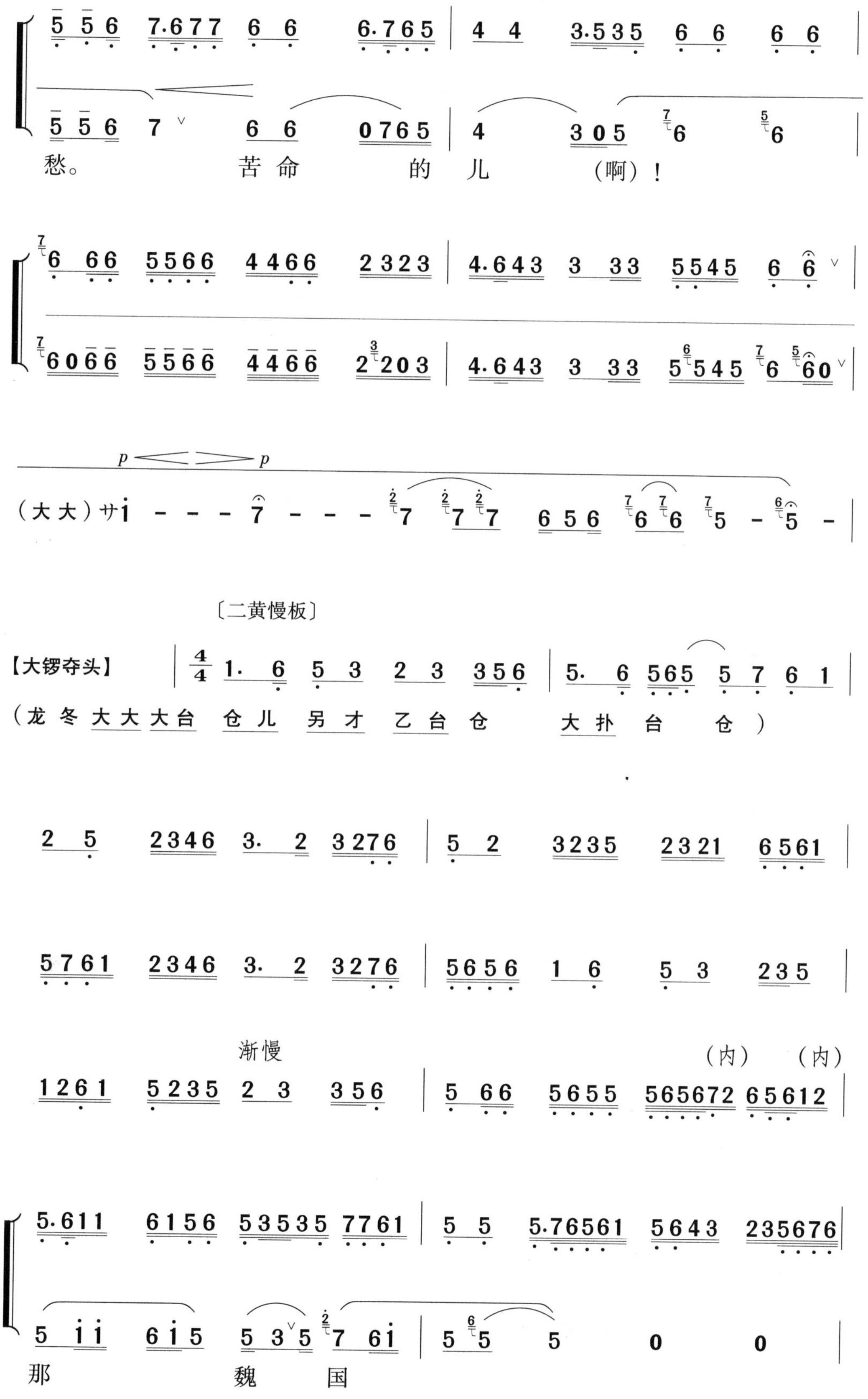
愁。苦命的儿（啊）！
（大大）
〔二黄慢板〕
【大锣夺头】
（龙冬大大大台仓儿另才乙台仓 大扑台仓）
渐慢
（内）（内）
那魏国

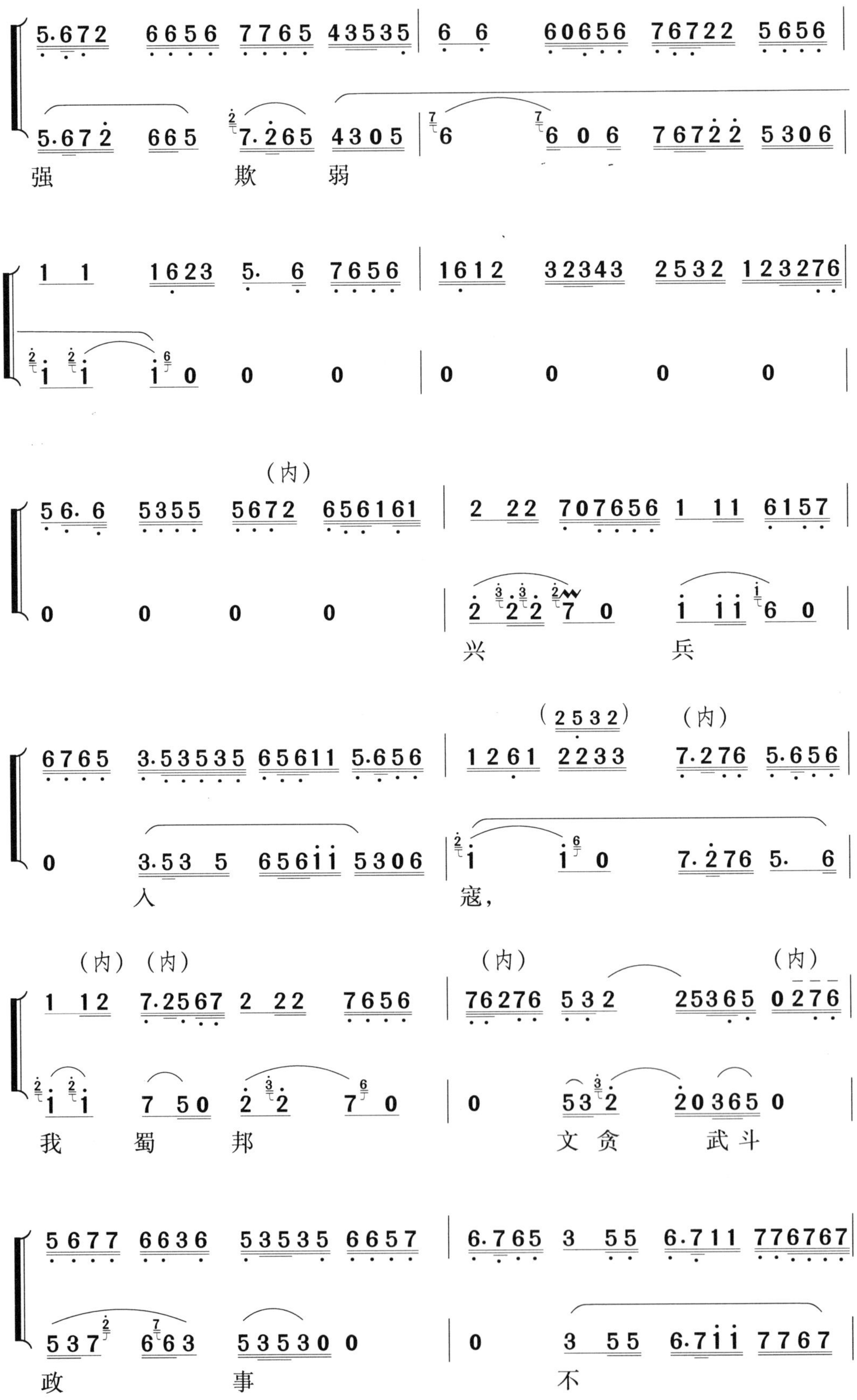
强 欺 弱
（内）
兴 兵
（2532）（内）
入 寇，
（内）（内） （内） （内）
我 蜀 邦 文 贪 武 斗
政 事 不

亡蜀鉴

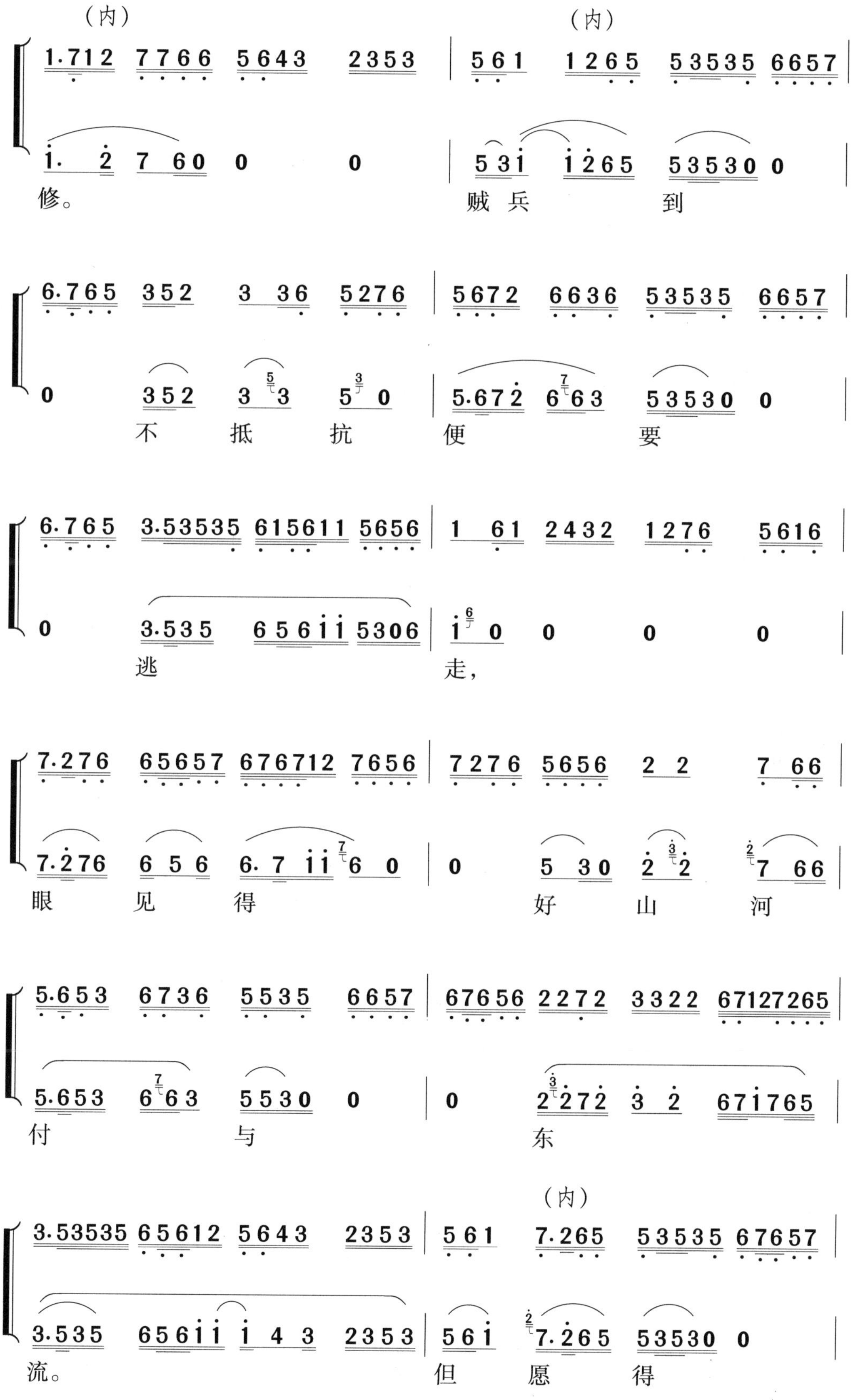

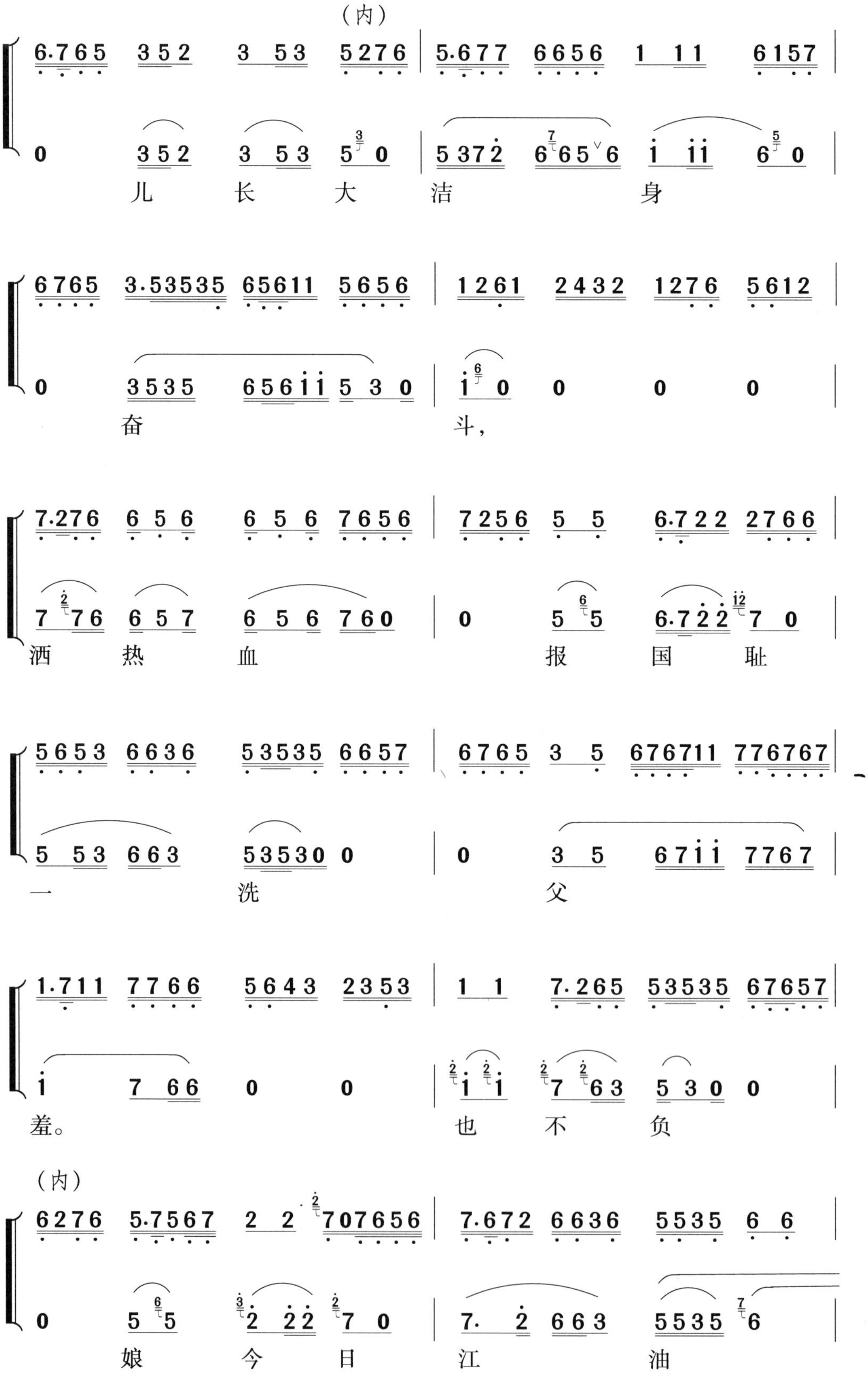

（内）
儿 长 大 洁 身
奋 斗，
洒 热 血 报 国 耻
一 洗 父
羞。也 不 负
（内）
娘 今 日 江 油

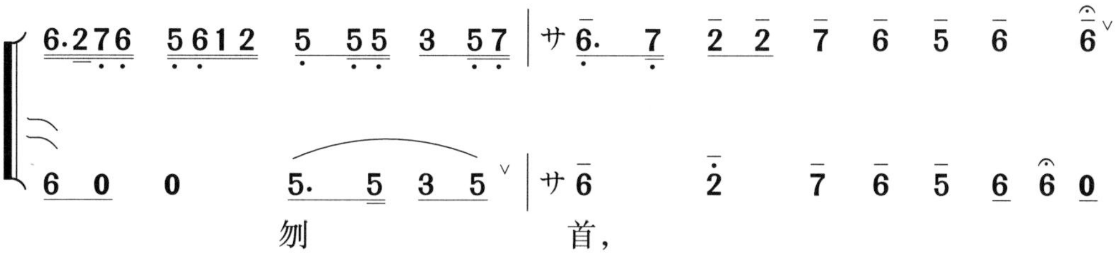

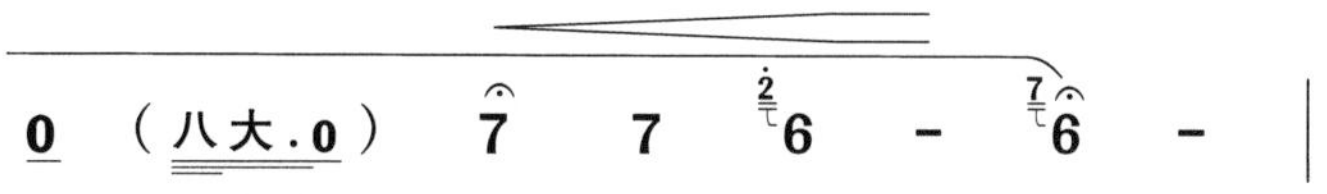

〔【战鼓声】【乱锤】众百姓“上场门”上，跑“过场”“下场门”下。家院混在人群中上，往“下场门”欲下，李氏尾随，突然认出家院。

李 氏 院公！【长撕边】

家 院 （猛回头见李氏）夫人！（二人左右扯开，李氏奔向“大边”，家院走向“小边”）

〔二黄散板〕

李 氏 【凤点头】

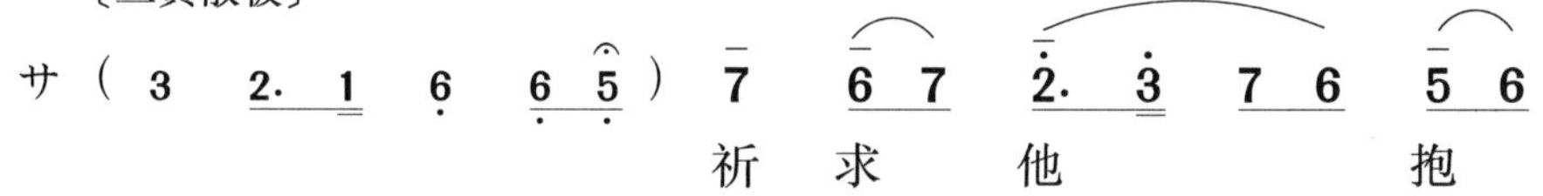

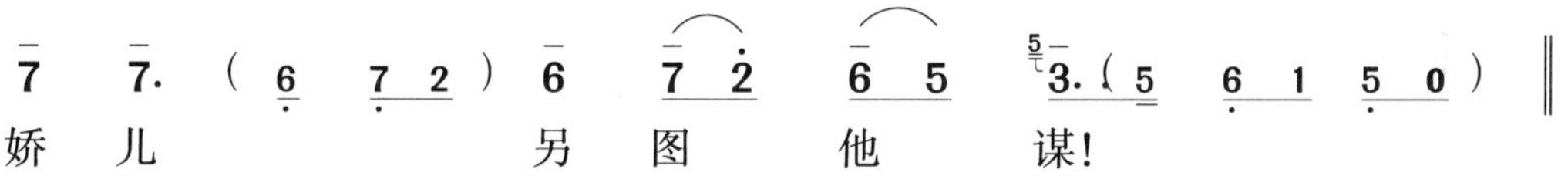

【叫头】院公啊！事到如今，只好将娇儿托付与你，望你将他抚养成人，报效国家。话已讲完，请上，受我一拜！

〔李氏侧身向家院行一礼，家院向李氏跪拜①。

〔二黄散板〕

李 氏 【快纽丝】

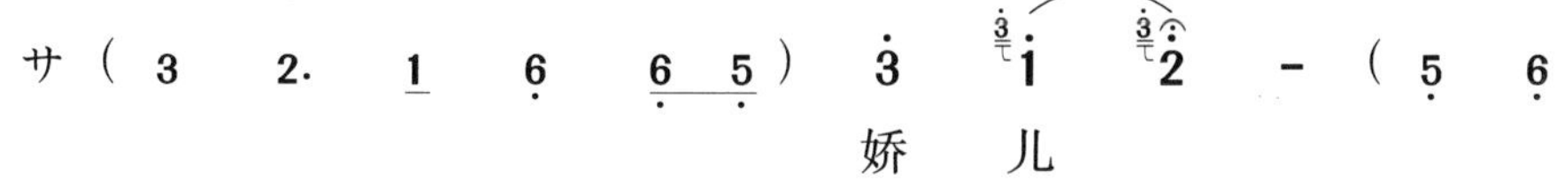

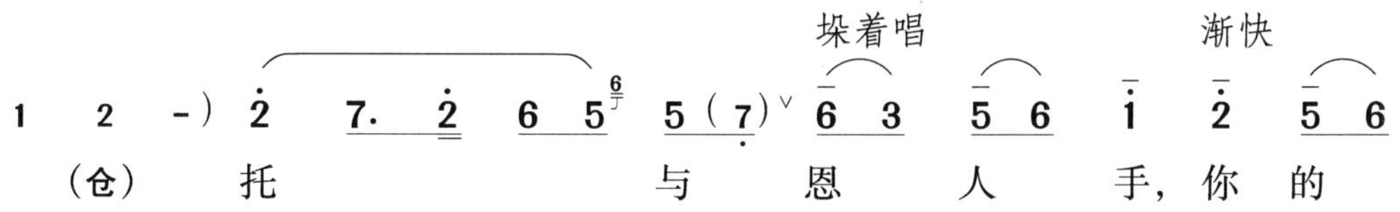

---

① 程本原处理为李氏在昏迷中不慎失手将孩子摔在地上致死。今参照了李蔷华老师的演法。

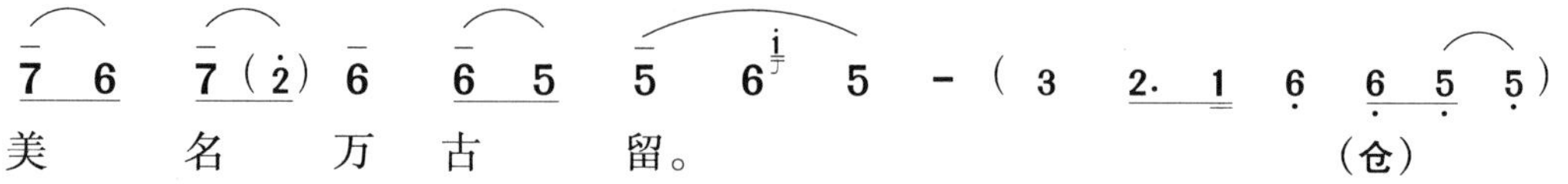

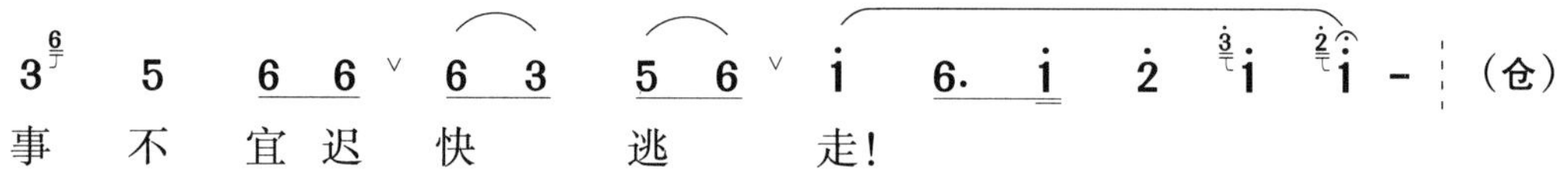

〔家院抱娃娃欲从“下场门”下，李氏在“上场门”欲下，（唢呐吹娃娃哭声）家院速返回左台口，单腿跪，双手托起娃娃，（八仓）李氏回身从“上场门”“九龙口”【撕边】蹉步至左台口叫“我儿！——”弦乐配合【撕边】同时演奏了一个抖弓（$\overset{f\frown}{\dot{2}}$）长音符。

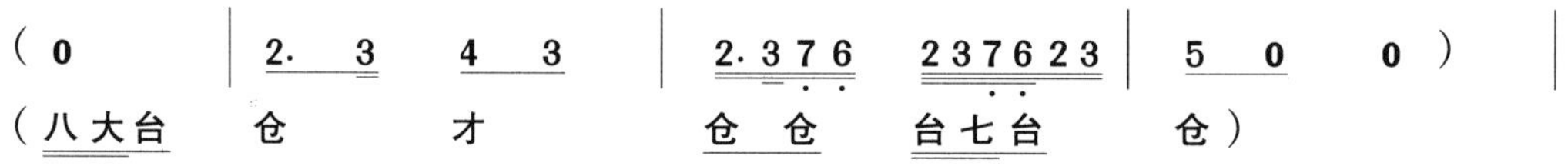

（李氏从家院手中抱过小孩，至正中台口）

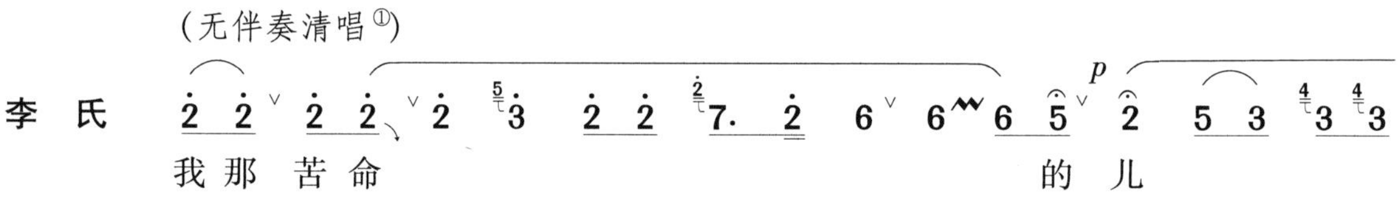

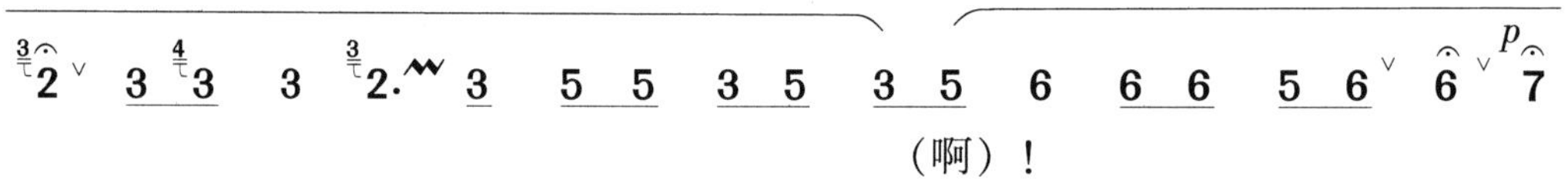

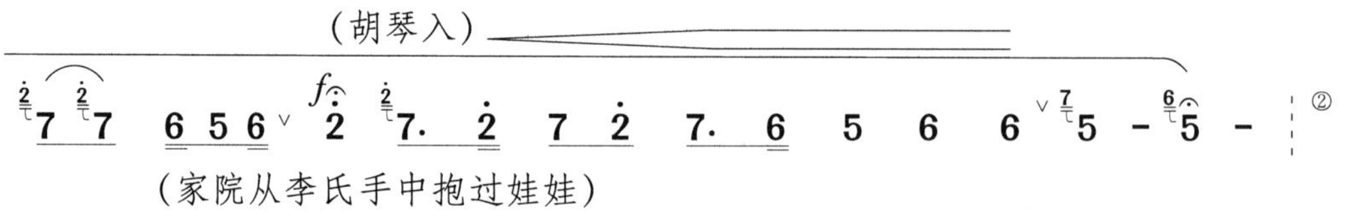

① 此处采用的是李蔷华老师的唱法。

② 程本原唱是有伴奏的哭腔，并且糅进了反二黄唱腔曲调：

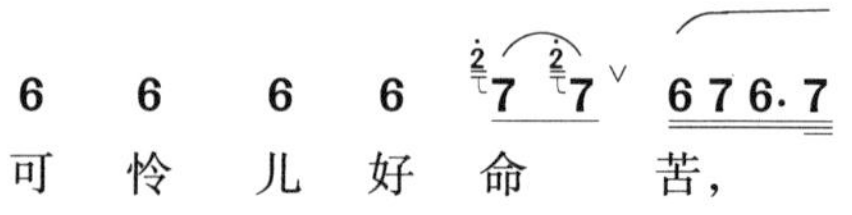

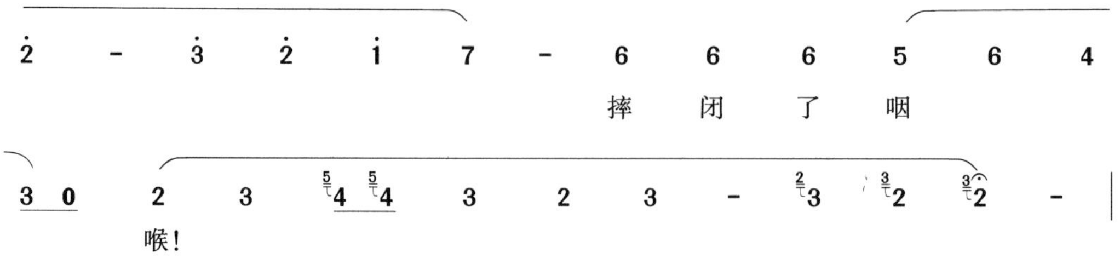

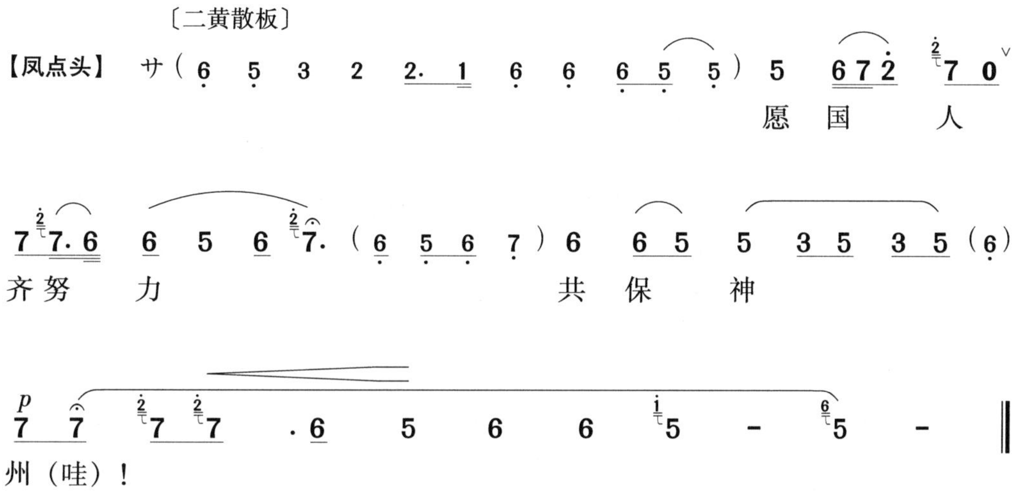

〔【大锣软四击】李氏从腰中取出匕首自刎，倒地而亡。家院单腿跪，【撕边】蹉步至李氏身边（仓）白：“夫人！”（嘟 大大仓）“夫人！”（嘟 大大仓）

〔众魏兵内:“杀！”【撕边一击】【扫头】家院见魏兵杀来，抱娃娃从“下场门”急下。

〔【急急风】魏兵魏将从“上场门”上，“挖门”，站两边。马邈在前、邓艾在后上，邓艾正中，马邈“小边”。

邓　艾　【撕边一击】这一妇人因何自尽？

马　邈　（看李氏）哎呀元帅，她乃是小官之妻李氏。只因她不愿归降，故而以死报国！

邓　艾　真乃是忠烈妇人，令人可敬。将尸首好生埋葬，本帅要亲自祭奠！

马　邈　啊元帅！下官只为归降贵国，却落得个家败人亡，可算一个忠臣了。

邓　艾　哦？你是忠臣？

马　貌　大大的忠臣！

邓　艾　好，待本帅成全与你。左右！将这贪生怕死之徒推出斩了！（八仓）

马　邈　（走至左台口）马邈啊马邈！这是你卖国求荣的下场头！

〔 唢呐奏<尾声·末段>，二魏兵上前押马邈“下场门”下。邓艾亮相，【急急风】幕落。

——剧终

附 录

1961年，在周信芳的倡导下，武汉京剧团排演了全部《亡蜀恨》。高盛麟演《渡阴平》，倪海天演《取绵阳》，李蔷华演《江油关》，高百岁演《哭祖庙》。该剧在武汉、上海、南京、南昌、青岛等各大、中城市演出颇受欢迎。其中李蔷华《江油关》一折，荣获湖北省戏曲汇演一等奖，并由中国唱片公司灌制唱片。现将李蔷华老师在《江油关》中的主要唱段记录成曲谱，以供广大京剧爱好者学习参考。

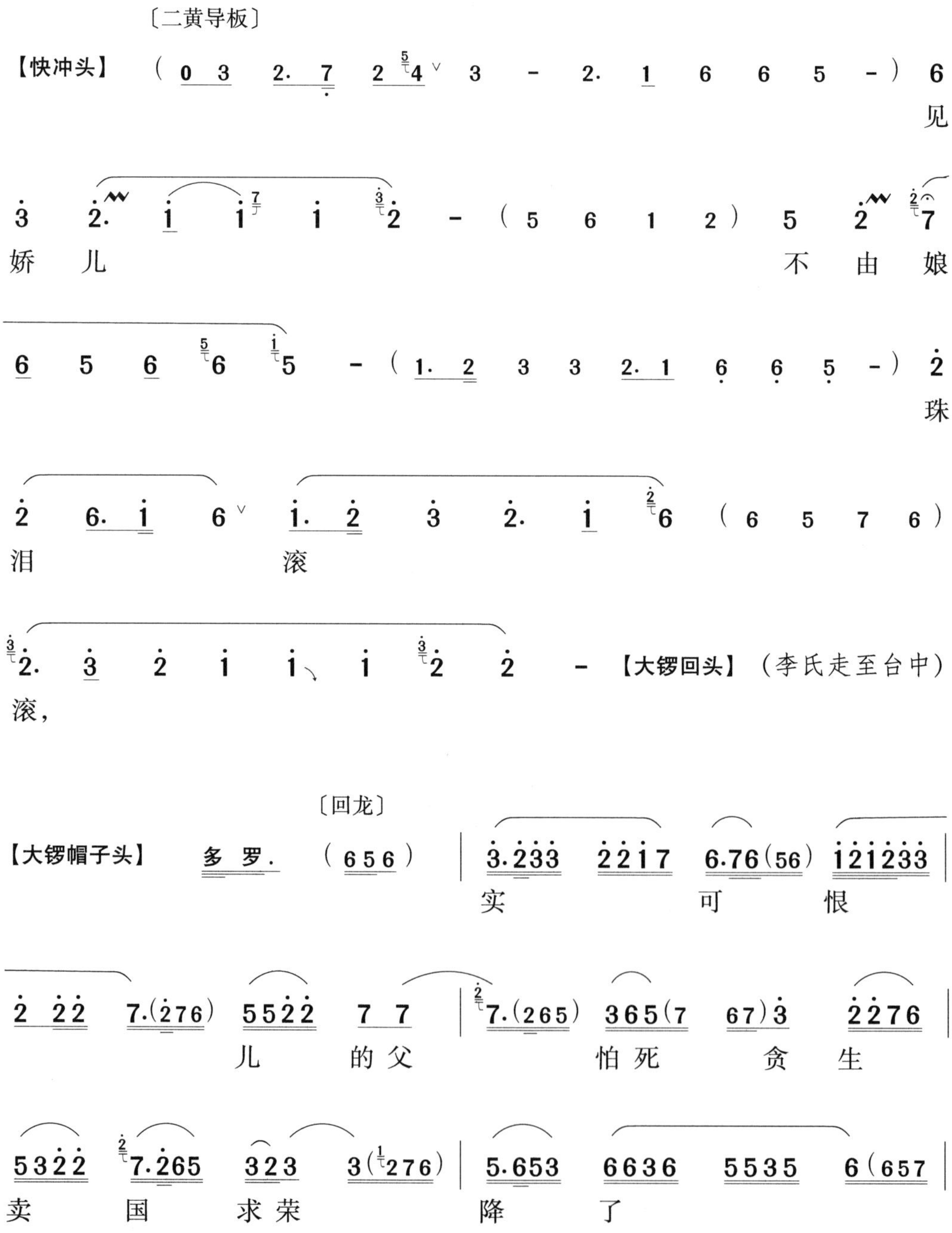

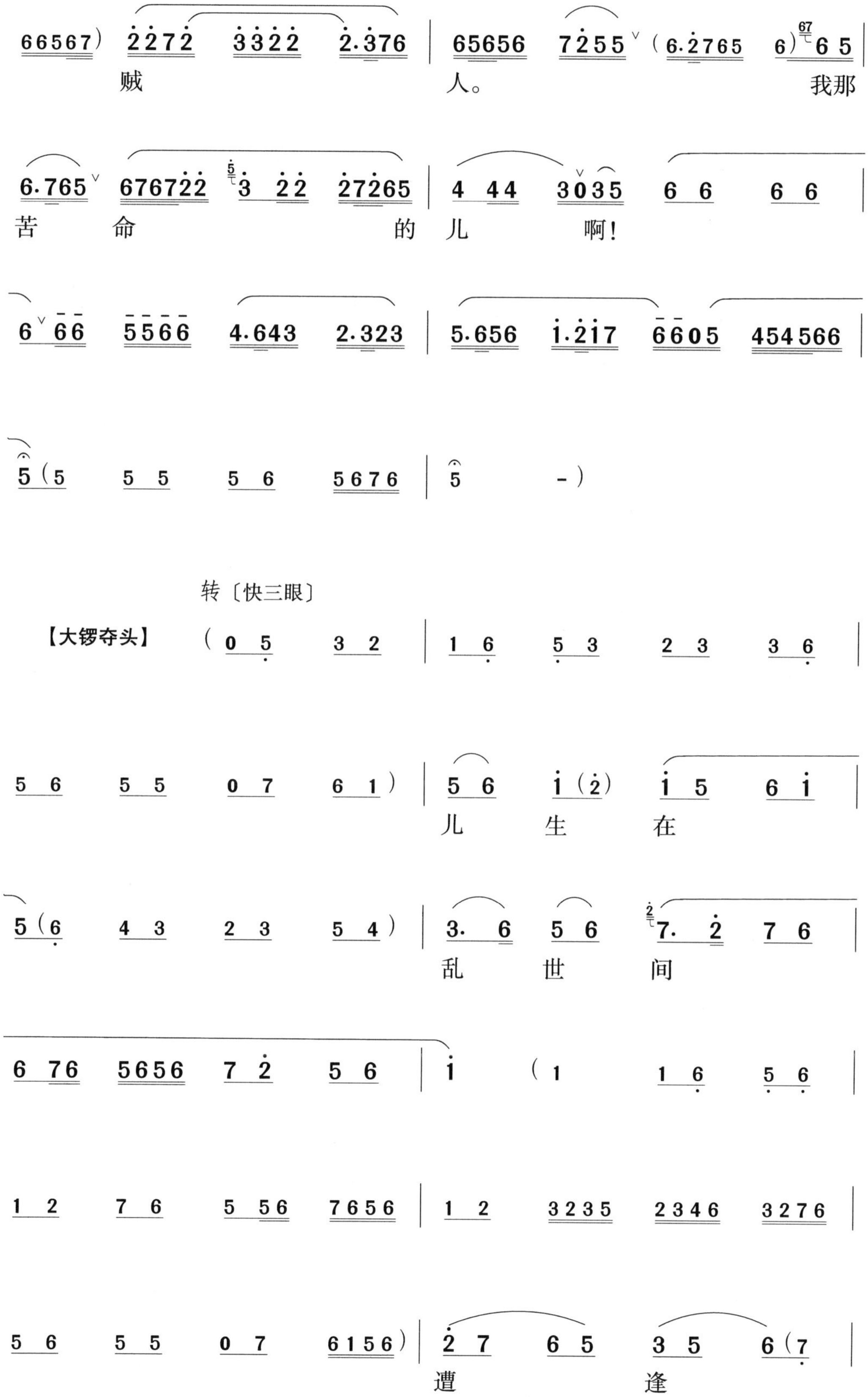
贼
人。
我那
苦
命
的
儿
啊！
转〔快三眼〕
【大锣夺头】
儿
生
在
乱
世
间
遭
逢

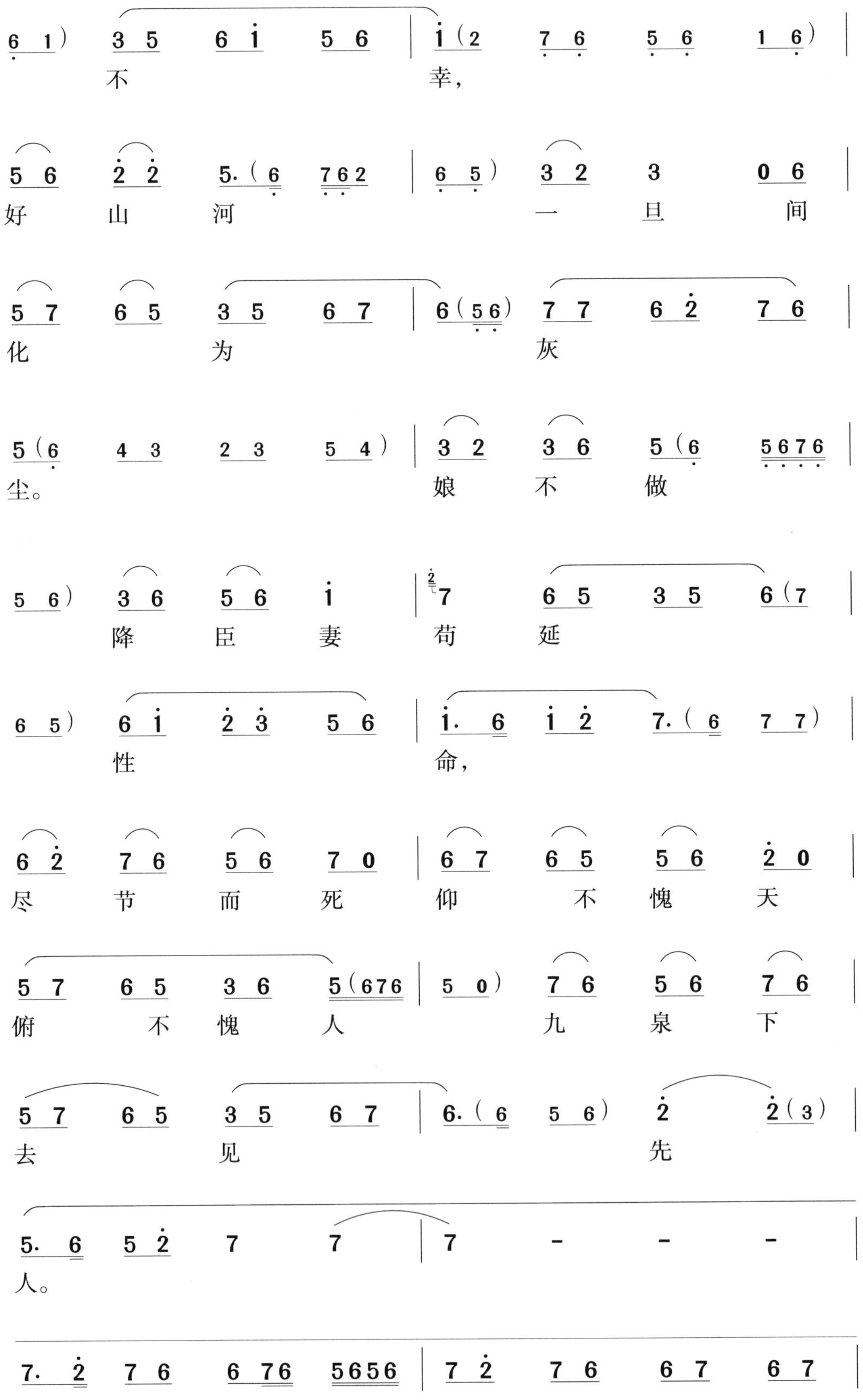
不 幸，
好 山 河 一 旦 间
化 为 灰
尘。 娘 不 做
降 臣 妻 苟 延
性 命，
尽 节 而 死 仰 不 愧 天
俯 不 愧 人 九 泉 下
去 见 先
人。

亡蜀鉴

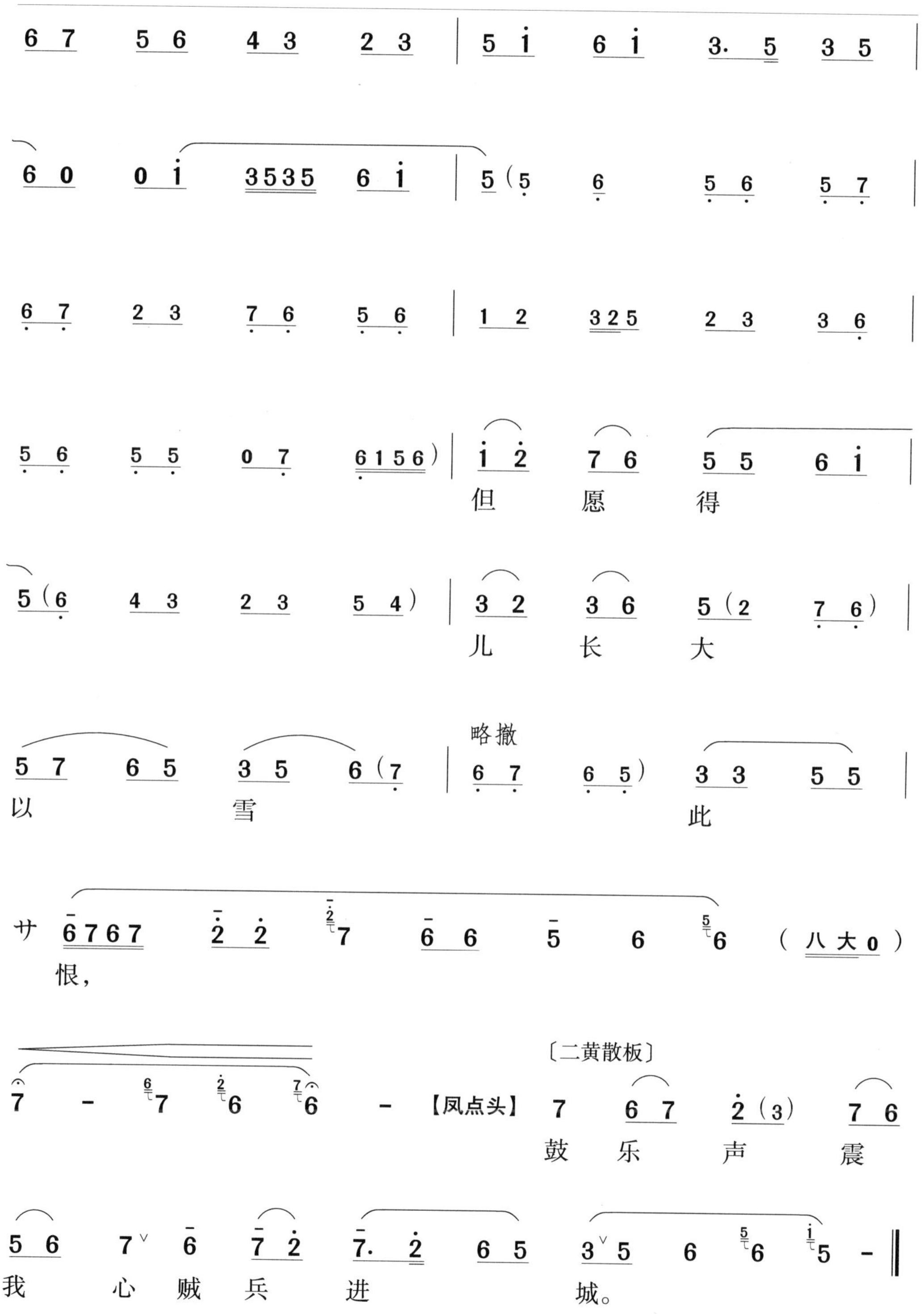

钟　荣　　整理

柳迎春

根据程砚秋 1954 年演出本整理

《柳迎春》是程砚秋先生根据广大观众喜欢看有头有尾的本戏的需求，在传统折子戏《汾河湾》的前面创编的一折戏。该剧由金仲逊编剧，1930年7月19日首演于北京华乐园。程饰柳迎春，姜妙香饰薛礼。该剧与《金锁记》、《朱痕记》为传统折子戏增添首尾的三出程派特有剧目。

该剧讲述了柳员外为建“爱月轩”购置了大量木料，并雇佣流落街头的薛礼（字仁贵）看守。天降大雪，其女柳迎春花园赏雪，见扫雪人薛礼身着单衣打拳御寒，爱慕其武艺超群、气质非凡，遂起恻隐之心，夜送石榴红衣。柳员外发现薛礼披着石榴红衣扫雪，疑其与女儿私通，甚怒，便将薛逐出家门，逼女儿自尽。柳母暗托乳娘伴随女儿夜逃。柳迎春、薛礼在玄武庙巧遇，患难之际，二人成婚。婚后，薛礼与好友周青同去从军，并誓言不穿紫衣不归。

该剧情节曲折，故事感人，有流畅自然的〔西皮原板〕、〔流水板〕、〔二六板〕等唱段，尤其是庙堂成婚一场中的〔南梆子〕：“再问他幼年时可结姻眷？”〔回龙〕腔，低回委婉，优美动听，把一个少女欲言又止，害羞含蓄的神态，刻画得淋漓尽致，给观众留下了深刻的印象。如果说《汾河湾》是围绕一只男鞋展开戏剧冲突，而《柳迎春》则是围绕一件石榴红衣展开戏剧情节，二者有异曲同工之妙。

钟荣

人物行当

柳迎春	正旦	王茂生	文丑
薛　礼	武小生（或武生）	苍　头	末
柳员外	老生	周　青	武净
柳安人	老旦	冰　琴	小旦
冯　氏	彩旦	大　红	小生
乳　娘	老旦	家　院	副末
柳　嫂	花衫		

服装扮相

柳迎春　俊扮。点翠头面，玫瑰红底色白菊花褶子、彩色腰包、粉红色斗篷，彩鞋。（“相会”、“提亲”、“会面”各场，换为湖色花褶子、湖色长绸大包头、皎月丝绦子、彩鞋）

薛　礼　俊扮。改良将巾，白箭衣、菊黄大带，黑色彩裤，薄底靴。（最后一场外穿团花白开氅）

柳员外　俊扮。黪三髯、紫员外巾，紫色员外帔，黑彩裤，黑厚底靴。

柳安人　俊扮。梳老旦头，绿色腰包裙，紫色老旦帔，福字履。

冯　氏　俊扮。梳彩旦头，枣红色彩旦衣裤，彩旦鞋。

乳　娘　俊扮。梳老旦头，紫红色老斗衣、墨绿色腰包裙，白绸腰巾子、黑坎肩，黄彩裤，便鞋。

柳　嫂　丑扮。水钻大头，粉红或湖色花袄裙，彩鞋。

王茂生　勾豆腐块。绿方巾，绿花褶子，彩裤，朝方靴。

苍　头　勾老丑脸。白吊搭须、白毡帽，米色褶子、土黄色大带，黑朝方靴。

周　青　揉黑红脸。黑罗帽，黑箭衣、大带，黑彩裤，黑薄底靴。

冰　琴　俊扮。水钻头面，粉色花坎肩、皎月色花袄，皎月色花裤，彩鞋。

大　红　俊扮。方巾，鹅黄色小生褶子，粉色彩裤，黑厚底靴。

家　院　俊扮。黑罗帽，黑褶子、菊黄色大带，黑彩裤，黑厚底靴。

道具

酒　盘	一个	折　扇	一把
酒　盅	两个	长把扫帚	一把

红斗篷	两件	圣　旨	一份
手　绢	两条	大　印	一个
绳　子	一根	笔、砚	一份
短　刀	一把	惊堂木	一个
红布灯笼	一个	红龙套旗	四副
蓝布包裹	一个	大铠长柄锤	四副
蜡烛灯	两盏	短刀兵器	四把
小香炉	一个	白龙套旗	四副
红马鞭	两根	车　旗	一副

第 一 场

〔幕启。【冲头】场上设一桌，一“小座”。皎月色桌围椅披。【小锣打上】冯氏右手拿手绢，由“上场门”上。至“九龙口”停。双手整衣领，右手撑右腮，低头侧看左脚，左手撑左腮，低头侧看右脚。缓步至台口正中。

冯 氏 〔引子〕夫妻双双多快乐，

（多多）3 2 3. 5 2 ³2 - 3 6. 2 7 6 ⁶5 6 5 6 - ‖

家 道 安 康。

〔左转身，“归里”坐“小座”。

（念）家中豪富广田园，

眼前缺少一儿男。（扎）

我薛门冯氏。老头子名叫薛琼。是他们弟兄老哥仨，大爷薛恒、三爷薛青。大幸呐，都去了世了。大爷身旁撂下一个姑娘，已经出阁了。三爷身旁留下一儿，名叫薛礼。也就是我身旁什么也没有。（双手拍膝）唉！我常看人家，哪家生儿，哪家养女的。我很纳闷的，人家也不是怎么就有啦！（右手指腹）到我这儿，也不知道是怎么回事？（这句词含混着念）我也很着急。老头子为我的呐不生养啊，时常跟我打架、抬杠、拌嘴的。我呐，坐在屋里头，饭也吃不下去，每天着急。（左手拍膝）可巧，我们界壁儿街坊的大嫂，上这儿找我，很劝我，说你呀，不必着急啦，现在有卖送子金丹的买一点吃，就可以生儿养女。我就托人买了点儿，人家倒直嘱咐我，叫我吃三四粒也就成了。可是我恨病吃药，一气儿我就吃了半斤多。（双手比划一大碗）倒是吃下去呐很有感觉的，就觉得肚子一咕碌（右手揉肚）放两个屁，药劲儿就没啦！（双手往外摊，耸肩）老头子还是要儿呀，老惦记把薛礼接到家里来，可就不好办了。有了，（双手击拍）待等薛礼来的时候，我拿言语讥刺他，暗中挑唆他们爷儿俩不和，把他气走。对！我就是这个主意。正是：（扎）人无远虑，必有近忧。

〔冯氏右肘搭在椅背上，左腿搭在右腿上。

〔苍头内白：“啊哈——！”

〔【小锣五击】苍头“上场门”快步上。至右台口。

苍 头 （说山东口音）有事忙来报，无事不乱言。（进门，至冯氏左侧）老太太。

冯 氏 啊？（放下左腿和右膀）

苍 头 破瓦寒窑那个穷少爷，他又来咧！

冯 氏 哟！怎么着？薛礼来啦！来啦好哇！在哪儿呐？

苍 头 在外头呐！（左手指门外）

冯 氏 把他叫进来！（右臂又搭在椅背上，左腿又搭右腿上）

苍 头 哎，晓得。（边说边出门，高抬右臂向“上场门”）我说穷少爷，老太太这儿叫你呐！

〔薛礼内白：“来也！”【大锣五锤】“上场门”上。至右侧台口。

薛 礼 （念）未展冲天翼，

苍　头　（朝“下场门”喊）我说下边留点神呐，那个穷少爷又来咧！不可丢了东西。

薛　礼　哼！【**小锣一击**】狗眼看人低！（左手指苍头）

苍　头　你才是狗眼呐！你怎么骂人呐！

薛　礼　嘿！

〔【**大锣五锤**】薛礼进门，向右大转身走至冯氏左侧。苍头随后进门至冯氏右侧。薛礼见冯氏不悦，不解地看。（**大……台**）

薛　礼　伯母在上，侄儿拜揖。（施礼，冯氏不理，薛礼双手向外摊手，不解）啊伯母在上，侄儿拜揖。（又向冯氏拜礼）

冯　氏　我说苍头哇。

苍　头　老太太。

冯　氏　你说侄少爷来啦，在哪儿呐？

苍　头　老太太，他不是那边戳着呐吗？（左手指薛礼）

冯　氏　是吗？（**大……台**）（腿和膀子全放下、坐正）哟！我说你哪位呀？你是谁呀你？

薛　礼　啊伯母，连侄儿薛礼都不认识了么？

冯　氏　哟！怎么着？你就是侄儿薛礼呀？（左手指薛礼）

薛　礼　正是。

冯　氏　你怎么混成这个样儿啦？（双手一摊）

薛　礼　只因侄儿，练习拳棒，（右手捏拳）不理家政，故而落得这般光景。

冯　氏　噢！练把式练穷啦？（双手捏拳）你这是蒙事啊？一定是吃喝嫖赌，无所不为，才落得这般光景。那么，你既然这样，你上我这儿干什么来啦？

薛　礼　只因侄儿无钱度日，到伯母这里借些粮米，也好糊口哇！

冯　氏　说了半天，是借钱来啦。（对苍头）

苍　头　（插话）可不借钱来嘛！

冯　氏　（对薛礼）你听我告诉你说，我可不比那会儿啦，干脆，你上别处去借吧，我这儿分文都没有，上别处去借吧！（右手轰薛礼，背朝薛礼坐，左腿搭右腿上）

薛　礼　自古将帅，皆是布衣而起，侄儿日后自有出头之日。

冯　氏　有什么出头啦？我瞧你就算完啦！

薛　礼　伯母休要小量与俺。（右手拍腰）

冯　氏　甭废话，趁早走！【**撕边一锣**】听见没有！

薛　礼　呀——！（双手一摊，无奈）

〔西皮散板〕
【**快纽丝**】廿（6 5 53 2.1 621）1. 5 ⁴3 4 ⁵3 3 2.34 3. 23 －【**撕边一锣**】
伯 母把我来小 看（呐），

苍　头　快走吧，听见没有？

〔西皮散板〕
薛　礼　【**凤点头**】廿（65 3 2.1 62 1）2 3 1 2 3 12 1 －（7 6 2 1）
至亲骨肉似雪 寒。 **（仓）**

苍　头　不用说了，你走吧你！

薛　礼 【快纽丝】（过门同前）2. 5　3　3. 2　2　3　^{3}2　2　-　|
　　不　辞　伯　母　出　庄　院，

〔薛礼左手托大带台口出门，往“下场门”走。
苍　头　别说了，你出去吧！（边走边说，双手推薛礼后背）
薛　礼　好奴才！
〔【撕边八大仓】薛礼急左转身，抬右脚踢苍头，苍头也急左转身，朝右侧台口摔了一个“入被窝”。
苍　头　哦……哟！……（双手揉屁股）

薛　礼 【快纽丝】（过门同前）2. 5　3 5　2 1　^{3}2　-　3 5　2 1　1̇　-　‖
　　不　挂　紫　衣　不　回　还。

〔薛礼右手“山膀”，亮相，【撕边八大仓】【冲头】“下场门”急下。
苍　头　（站起）你呀，你别回来咧！（进门，至冯氏右侧）
冯　氏　我说苍头哇。
苍　头　老太太。
冯　氏　走了没有哇？
苍　头　走啦，走啦。（揉屁股）
冯　氏　怎么着？走啦？哎呀，这可就好了。（见苍头揉屁股）我说你怎么啦？
苍　头　他踹了我屁股了。
冯　氏　回头买贴膏药，贴上就得啦。
苍　头　那怎么贴呀？
冯　氏　哎呀，这下可好啦！（拍手，起身至台口）
〔闭二幕。撤去桌椅。
冯　氏　割去我心中恨！拔去眼中钉。往后净等着过好日子啦！对不对？（笑）嘿……
【小锣一击】哎哟！（左手捂肋）
苍　头　老太太，你怎么啦？
冯　氏　坏了，岔气啦。
苍　头　你老留点神哪！
冯　氏　哎！搀着我。
苍　头　晓得、晓得。（双手托冯氏右臂肘）
冯　氏　（猛抽回右膀，瞪苍头一眼）（大台）哎哟！别搀着啦！
苍　头　怎么啦？
冯　氏　忘了男女授受不亲啦！
苍　头　看你说的。
〔【小锣打下】冯氏左转身扭步“下场门”下，苍头随下。

第 二 场

〔二幕启。场上设屏风，一桌一座，淡蓝色蝴蝶纱幕。

〔柳员外内白："家院带路——！"

〔**【小锣抽头】**家院手托盘，盘内放红衣。"上场门"上。站成"一条鞭"，在右侧台口。柳员外缓步上。"九龙口"抖袖，至右侧台口。锣鼓收住。

〔西皮摇板〕

柳员外 廿（6 6 5 55 36 55 32 11）3 3 32 4 3

忠 厚 传 家

3.5 12 3（6 6 5 55）6. 2 1 13 2 1 3 2 1

继 祖(哇) 业， 无 福 无 禄 受 饥 寒。

（3 21 62 1）2 1 3. 2 2 2 2 2 2 11 2 – |

独 坐 家 门 心 自 鉴，

〔**【小锣抽头】**左转身至正中，进门，归里坐"小座"。家院随后进门，至员外左侧，将红衣盘放在桌上。站立左侧。锣鼓收住。

〔西皮摇板〕

（过门同前）廿 6 3 2 21 12 1 22 1 –（11 72 1）‖

待 等 木 料 摆 平 川。

老夫柳润，乃绛州龙门县人氏。娶妻傅氏。所生一双儿女，长子大红，女儿迎春。这且不言。是老夫意欲，在后花园中，修盖一座"爱月轩"，木料均已买好。工头王茂生言道，今年天气寒冷，待等明年方可兴工。我命他寻找看守木料之人，去了日久，不见音讯。家院！

家　院 有。

柳员外 唤你家公子前来。

家　院 是。（走至台口）有请大相公。（双手打恭。然后走至员外右侧站立）

〔大红内白："来了。"

〔**【小锣五击】**大红"上场门"上。至右侧台口。

大　红 （念）忽听爹爹唤，上前问根源。

〔**【小锣一击】**大红至正中进门，"挖"至左侧，向柳员外施礼。

大　红 参见爹爹。

柳员外 罢了。

大　红 将儿唤来有何训教？

柳员外 为父在集镇买得两件石榴红衣。拿去与你妻子一件，你妹妹一件。（对家院）叫他们观看。

家　院　是。（从桌上取红衣交与大红，至员外左侧站立）

大　红　孩儿遵命。（双手接过红衣盘，出门，【小锣住头】“下场门”下）

〔王茂生内白：“贤才随我来！”（念京白）

〔【小锣五击】王茂生在前，薛礼在后，“下场门”上。至右侧台口。

王茂生　（对薛礼）来此已是，在此等候。（向门内）里面有人吗?

家　院　（至台口正中）做什么的?

王茂生　（上前作揖）烦劳通禀，就说王茂生求见员外。

家　院　少待。（进门，至左侧）启禀员外，王茂生求见。

柳员外　唤他进来。

家　院　是，（至台口）随我进来。（至右侧站立）

王茂生　是。（对薛礼）在此等候。【小锣一击】

薛　礼　是。（双手作揖）

〔王茂生进内，脸朝里站正中。

王茂生　王茂生参见员外。（半蹲身拱手）

柳员外　罢了。啊王茂生。

王茂生　员外。（移至左侧，面对员外恭敬站立）

柳员外　命你寻找看守木料之人，怎么样了?

王茂生　给您找着了。还不是外人，是我一个把兄弟。

柳员外　今在何处?

王茂生　外面伺候。（左手指门外）

柳员外　好，唤他进来。

王茂生　是。（出门，唤薛礼）随我进来。【小锣一击】

〔王茂生进门至右侧，在家院身旁。薛礼随后进门，“挖”至左侧站立。

薛　礼　参见员外。（叩拜打恭）

柳员外　罢了。你家住在哪里?姓字名谁?

薛　礼　小人姓薛，名礼，字仁贵，乃绛州龙门人也。

柳员外　倒是个雄壮的汉子呀！（对王茂生说）

王茂生　雄壮的汉子呀！（左手竖大拇指）

柳员外　我命你在我后花园中，看守木料，诸事必须多加小心。

薛　礼　遵命。（搭恭）

柳员外　家院。

家　院　在。

柳员外　带领他们下去用饭。

家　院　是。随我来。

〔【小锣五击】家院先出门，“下场门”下。王茂生出门站左侧。薛礼在后。

王茂生　（站左侧对薛礼）兄弟，吃饭去！（二人“下场门”下）

柳员外　我不免将此事，说与夫人知道。（起身至台口）

〔闭二幕。撤去桌椅。

正是：（扎）选得木料心欢畅，

　　　　　耐得天寒等时光。（右手指在前方）

〔【小锣打下】左转身“下场门”下。

第 三 场

〔二幕启。场上设一桌一“小座”，粉红色蝴蝶纱幕。淡湖色桌围椅披。桌上放一件斗篷。

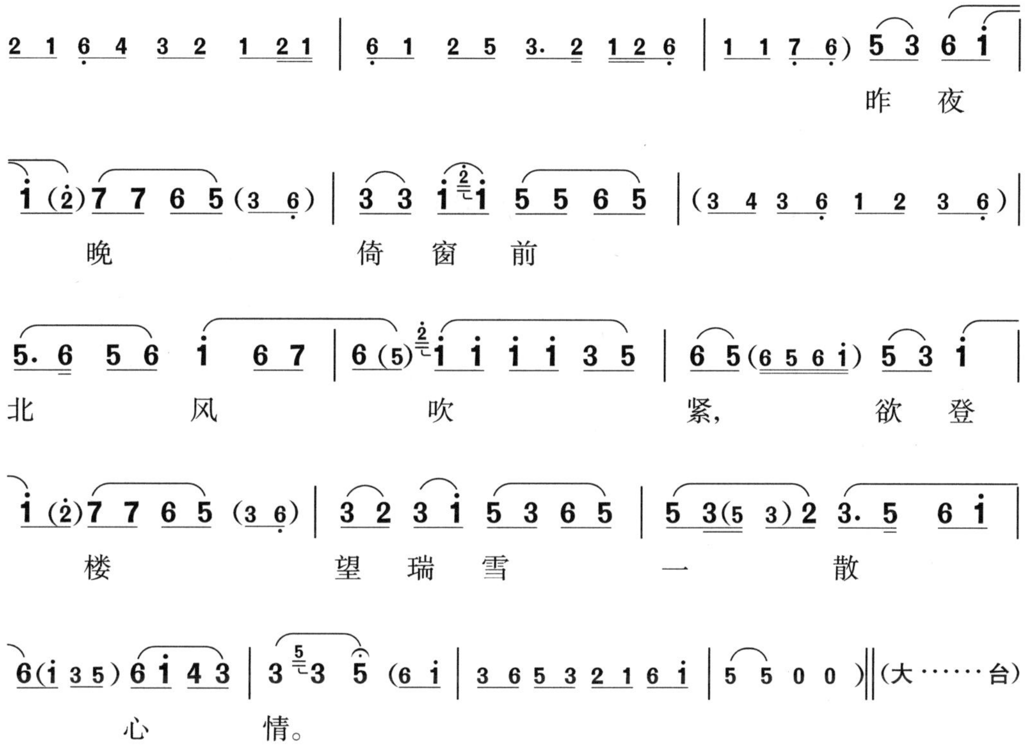

〔柳迎春左转身往里归坐“小座”。乳娘，冰琴随着往里归站左、右侧。

乳 娘 啊小姐，你看天降瑞雪，我们到花园赏雪如何哇？（**大……台**）（柳迎春点头）冰琴，拿小姐披风来。

冰 琴 是啦。（**大……台**）

〔柳迎春起身，朝前走两步，左转身脸朝里。冰琴从桌上取斗篷，与柳迎春披上后，柳迎春回身至台口。

乳 娘 冰琴前面带路。

冰 琴 是啦。

〔闭二幕。**【小锣慢抽头】**冰琴先出门，至左侧，缓步领小圆场，乳娘搀扶柳迎春在冰琴后面出门。三人缓步走一圆圈至右侧台口，三人向左侧方向，做上楼动作，至左侧止步。

〔二幕启。场上设大帐，大帐内摆放一桌一椅。三人朝大帐后面走去。同时登上小楼，上身露出帐子上面。

〔柳迎春推开窗户，看雪景。（**大……台**）

柳迎春 乳娘。

乳 娘 小姐。

柳迎春 你看这园中粉枝红梅，远看遥芳似玉，好一派美景也！

乳 娘 真好似一幅画呀！

〔西皮流水板〕

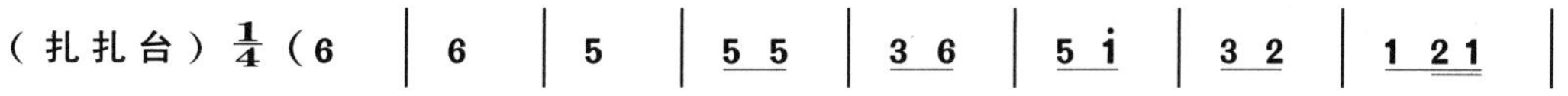

柳迎春

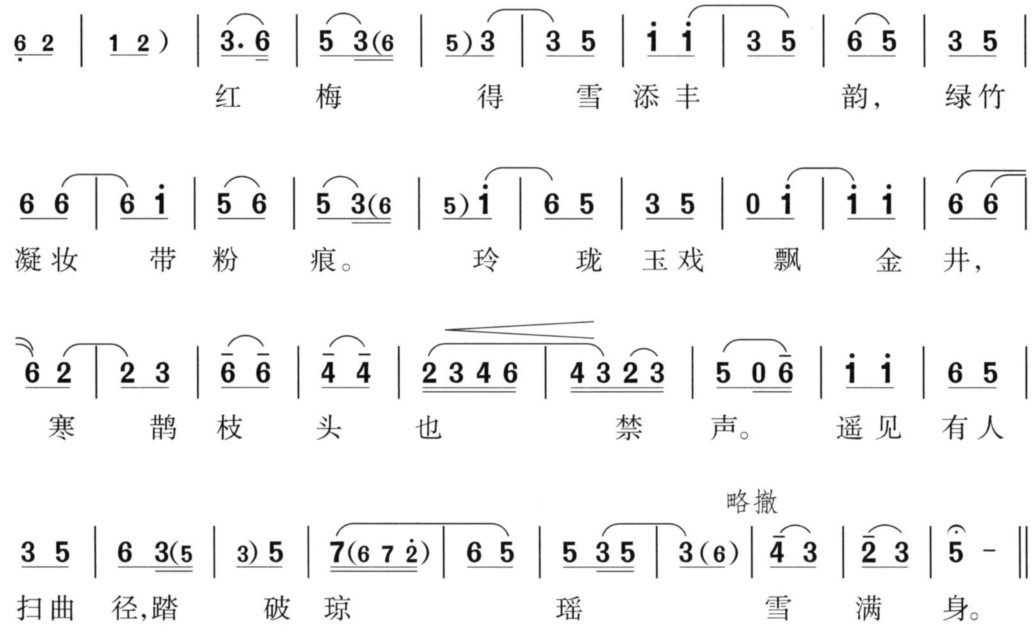

乳 娘 （朝右侧看）那旁有人来了。

〔【中速纽丝】薛礼双手持长柄扫帚，“上场门”侧身斜步，边扫地边上。至台中停，看天降下瑞雪，左手握扫帚柄端，（锣鼓打住）亮相。

〔亮弦〕

（4 3. 1 2 – ）

〔西皮散板〕

薛 礼 【大锣凤点头】

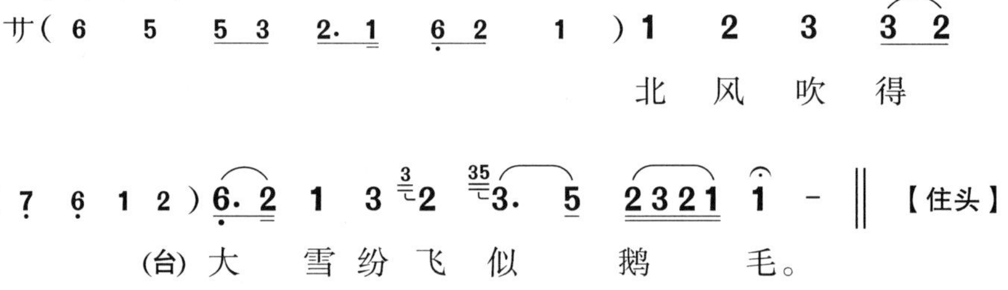

薛 礼 唉！【撕边一锣】想俺薛礼，堂堂的英雄，只落得在柳员外府内看守木料。今日天降大雪，冻得俺手足寒冷。我不免将拳脚练习一番，也好遮寒便了！

〔【纽丝】薛礼走至左侧，左手将扫帚放在地上。双手左、右护一下袖口，回身走至台口正中。

〔西皮散板〕

薛 礼 【大锣凤点头】（过门同前）

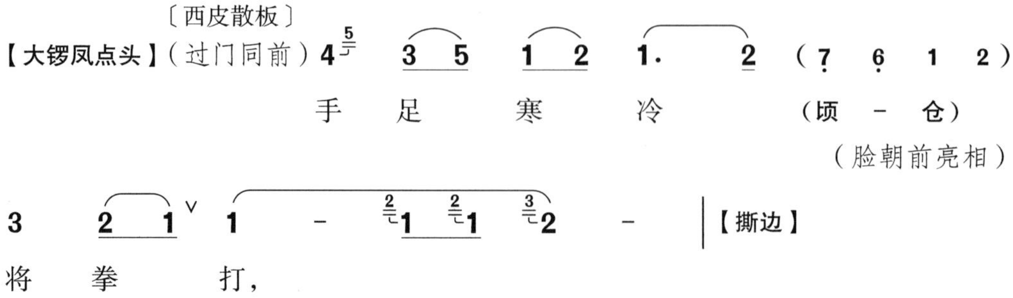

（走反圆场，至“下场门”台口拉“山膀”）

柳迎春

〔【阴锣】中加【撕边锣】薛礼打拳。“起式”，双手向右方耍“大刀花”，左腿斜踢右耳，双腿下蹲，左腿向左骗腿，“反云手”右转身，向左方向打三次“趱子“，右单腿跪地，起立后，回身向右“掏腿”、“鹞子翻身”。右手高举拳。马腿锣切住。朝台中打“飞脚”【大锣四击头】亮相，双手拉“山膀”。

〔西皮散板〕

薛　礼　【大锣凤点头】（过门同前）3　3　2 1　2　3.　5　2 1　1　–　‖

苍　天　何　苦　困　英　豪。

【撕边叫头】天哪！天——！【五击】（双手对天拱手）困煞俺【大锣一击】英雄也！（右手拍腰）

〔【纽丝】走至左侧，左手拿起扫帚，回身至台中。

〔西皮散板〕

【大锣凤点头】（过门同前）3　3　2. 1　1 3　2　2 1　1　2

无　奈　只　得　把　雪　扫，

（7　6　1　2）1　3　2 1　1　2　3.　5　2.　1　1.　6　1　–　‖

（仓）看　他　庭　院　过　小　桥。

〔【大锣圆场】双手拿扫帚，边走边扫地，“下场门”下。

〔西皮二六板〕

柳迎春　（大……大大　衣　台）（多罗.）（76.122）| 2/4 i　i　6i2(3 2) | i i 6 i　5 5 3(6 |

（一望薛礼背影）　猛　听　他

5356）3 3 2(1) | 3535　5 4(3 5) | 6566　5 5 3(6 | 5435）6 i 5 5 |

诉　不　平　呼　天　来

6(7)6 5　3 3 2(1) | 3.　5 3 5　6 6 5 5 | 6(7)6 5　4 3 3 |

问，　果　然　是　好　英　雄

2 1(2)3　5(65)6 i i | 6 4 4　334 3 4 6 | 3.　5 2 2　1 7(6 2 |

沦　落　风　尘。

1612）3 3 2(1) | 3.　5 3 5　6(7)6 5 | 3 5 5　5 3 5 3 5 |

叹　俗　人　谁　识

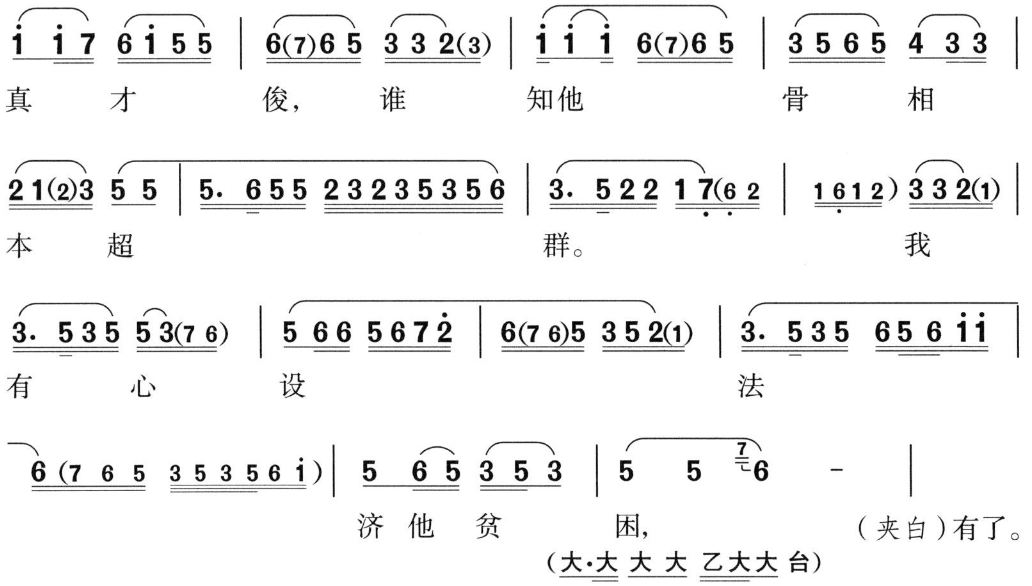

〔西皮摇板〕
【小锣凤点头】（过门同前）

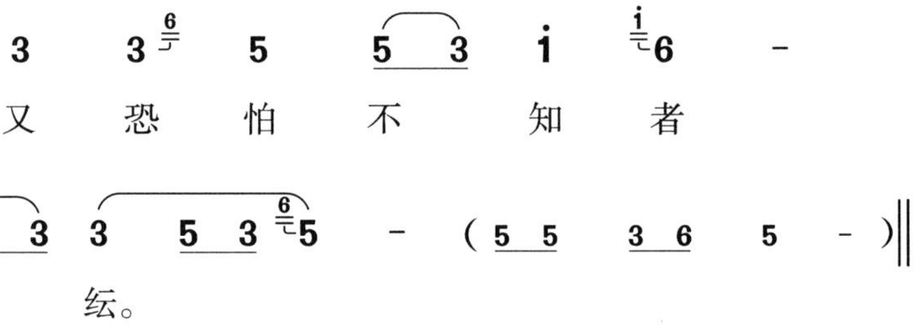

乳　娘　小姐，我们回去吧。

〔柳迎春点头。【小锣抽头】三人下帐、出帐。

〔闭二幕。速撤去大帐。速摆设一桌、左右二跨椅。二幕启。

〔三人从左侧台口朝右侧方向做下楼动作，至右侧台口止步，右转至正中。三人进门，乳娘至左侧跨椅旁站立，冰琴至右跨椅旁站立，柳迎春进门后坐左跨椅。

〔柳嫂端酒盘【小锣打上】“下场门”上。盘内有酒壶，两个小酒盅。

〔西皮摇板〕
柳　嫂　【小锣凤点头】（过门同前）

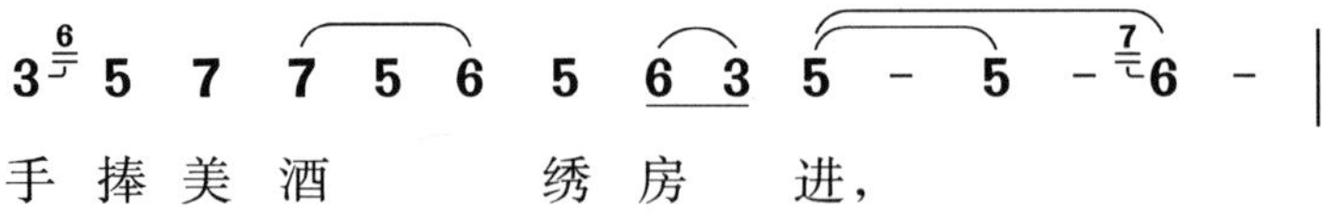

（小锣切住）（站门口）哟！妹妹！

〔柳迎春看见嫂子，起身移至右侧。柳嫂进门至左跨椅处，将酒盘放在桌上。二人坐下。

〔西皮摇板〕
柳　嫂　【凤点头】（过门同前）

柳迎春　姐姐来了。

柳迎春

柳　嫂　我说妹妹，为嫂特备美酒，与你同饮，你看好不好哇？（冰琴至桌后，为二人斟酒，回原位）

柳迎春　小妹奉陪。（二人举杯，一饮而尽）

〔西皮摇板〕

柳　嫂　【凤点头】（过门同前）i 5 7 7 5 6 7 6 5 5 ⁷6 - |

姑 嫂 饮 酒 心 欢 欣，

〔【小锣一击】冰琴至桌后，为二人斟酒，回原位，姑嫂举杯一饮而尽。

〔西皮摇板〕

柳迎春　【凤点头】（过门同前）3⁶ 5 5 6 6 5 5 3 5（6 5 3 6 5 5 3 2 1 1）

把 酒 谢 姐 奉 妹 身。

i 5 7 7 5 6（6 5 3 5 6）5 6 5 5 5 ⁷6 - |

三 杯 流 下 晕 生 脸，

〔西皮摇板〕

柳　嫂　【凤点头】（过门同前）i 5 3 i 6⁷⁶ 5 i 6 5 3 5 3 5（5 5 3 6 5）‖

芙 蓉 娇 艳 驻 春 颜。

柳　嫂　妹妹，喝了三杯，满脸添了颜色了，真是啊，玉树临风立然！

柳迎春　玉树、玉山，嫂嫂，你岂不是玉人了么？

柳　嫂　我是玉人，妹妹你的玉山今在何处呐？

柳迎春　啊呀呀，我用玉山二字，比做英雄，谁来与你取笑。

柳　嫂　可惜呀，如今的英雄甚少哇！

柳迎春　总见得无有英雄，奈无人识尔。

柳　嫂　那么今在何处呐？

柳迎春　就如在花园中，看守木料之人，便是未遇时的英雄，况，古来名将都曾起于草泽之中，如今之人以成败论之，不识真才，岂不可惜？

柳　嫂　你说那薛礼呀？

柳迎春　是啊。

柳　嫂　妹妹的眼力果然不差，为嫂真是佩服。

柳迎春　饮酒吧。（冰琴至桌后为二人斟酒，回原位）

〔西皮摇板〕

柳　嫂　【小锣凤点头】（过门同前）i 5 7 7 5 6 5 6 5 5 5 ⁷6 - |

姑 嫂 饮 酒， 闲 谈 论，

〔【一更】二人饮酒。

〔西皮摇板〕

【小锣凤点头】(过门同前)3 5 5 3 i 6 6 5 5 3 5 –(5 5 3 6 5)‖

又听谯鼓报一更。

柳迎春 乳娘，看天色已不早，搀扶嫂嫂回房安歇去吧。

柳　嫂 对了，我该回去啦。(二人起身至台中)

乳　娘 少夫人随我来。

嫂　子 正是：(扎)话到知己忘夜远，

柳迎春 慢些走哇。

柳　嫂 慢踏碎玉与瑶琼。妹妹早点歇着啊。

乳　娘 当心路滑呀。

〔【小锣五击】乳娘领嫂出门，二人"下场门"下。

柳迎春 (看二人远去)(大……台)冰琴，你去掌上灯来。我要观赏园中夜景。

冰　琴 是啦。(【小锣五击】"上场门"下)

柳迎春 (大……)且住！(台)适才那薛礼，身穿单衣，在园中扫雪，我想这严寒天气，岂不将他冻坏，我不免送去棉衣一件，与他遮寒便了。(大……大 台)

〔柳迎春"下场门"下。速取红斗篷复上。红斗篷搭在左手臂上。

〔西皮摇板〕

柳迎春 【小锣凤点头】(过门同前)3 5 7 6 7 6 5 5 5 6 – |

不忍英雄遭贫困，

〔【小锣抽头】冰琴手提红灯笼"上场门"上，至右侧。锣鼓切住。

冰　琴 小姐灯到。(柳迎春忙用右水袖遮红斗篷)

〔西皮摇板〕

柳迎春 【小锣凤点头】(过门同前)3 5 6 6 5 i 6 5 5 3 5 (6 5

欲送还要待天明。

3 6 5 5 3 2) i 3 3 5 (6 5 3 6 5) 7 6 353 5 5 6 – |

冰琴带路花园进，

〔【小锣抽头】闭二幕。撤去桌椅。

冰　琴 小姐，留点神哪。

〔冰琴右手提灯出门，柳迎春随后出门，机灵地速吹灭灯。锣鼓切住。

冰　琴 小姐，灯怎么会灭了？

柳迎春 这便如何是好哇？

冰　琴 您在这儿等着，我去点灯去，您等着。

〔冰琴边说边从"下场门"下。

〔亮弦〕

(4 3 5 7 6)

〔西皮摇板〕

柳迎春 【小锣凤点头】（过门同前）3 5 3 i 6 5 4 3 2 3 5 （6 5 3 6 5 5

费尽机谋用尽心。

（转身走一小圆场，双手将红斗篷托着）

3 2 1 2 6 5 5 5 3 6 5 5 3 2 1 1）3 5 5

忙将红

7. 6 5 6 （6 5 3 5 6）5 6 3 5 3 5 5 6 –

衣来掷定，

〔（大·大 大大 乙大 大 台）走至左侧，半蹲将红斗篷扔地下。起身后，略四顾。

〔西皮摇板〕

【小锣凤点头】（过门同前）3 5 5 3 i 6 4 3 2 3 5 – （5 5 3 6 5）

快回绣房被浓熏。

〔【二更】柳迎春“上场门”下。

第四场

〔二幕外，空场。【大锣纽丝】薛礼双手持长柄扫帚，由“上场门”边走边扫地，上至正中。

〔西皮散板〕

薛 礼 （锣鼓慢接）（过门同前）3 2 2. 1 1 3 2 1 2

英雄落魄看木料，

（7 6 1 2）3 2 2. 1 1 2 5 3 5 2. 1 1 1 – 【住头】

（仓）终朝每日苦操劳。

〔当薛礼扫地至左侧时，突见地上红衣，惊讶，往后退却。【撕边一锣】

薛 礼 啊？【小锣一击】这花园之中从无人来。这件红衣是哪里来的？（大……台）天气这样寒冷，俺不免暂且将它穿上，若有人寻找，我再把还与他便了。

〔【纽丝】薛礼走到左侧，将扫帚放在地下，拾起红衣披在自己身上。家院“上场门”上，站右侧台口。员外随上，站台中偏右。

〔西皮散板〕

柳员外 （锣鼓慢接）（过门同前）1 3 5 3 3 2 4 3 3. 5 1 2

为办义举救人

$\overset{32}{}$3 - (6̣ 1 2 3) 1 3 2 1 1 2^{32} 1 3 3 2^{6}1
命， (仓) 至 诚 善 念 告 苍 灵。

(7̣ 6̣ 2 1) 2 2 1.5 3 2 2 2 3 2 1 1 2 - |
(仓) 家 院 带 路 往 前 进，

〔【纽丝】家院从员外面前绕小圆场回原位。员外向左侧走，（锣鼓切住）忽见薛礼披红衣。【撕边一锣】

柳员外 啊？（惊）

〔西皮散板〕
【大锣凤点头】（过门同前）3 2 2 1 1 2^{32} 6̣ 3 2 1 6̣ 1 - ‖【住头】
身 穿 大 红 为 何 情？

柳员外 啊薛礼！（薛礼放下扫帚，回身拜揖）

薛 礼 噢，员外。

柳员外 这件红衣是哪里来的？

薛 礼 是小人在花园之中拾得来的。（脱下斗篷）

柳员外 哦？你在花园之中拾了来的？

薛 礼 正是。（双手托着红斗篷交与员外）

柳员外 （左手接过红衣）下面伺候。【撕边一锣】

薛 礼 是。

〔【五锤】薛礼退至左侧，拾起扫帚"下场门"下。

柳员外 家院过来。

家 院 在。（打恭）

柳员外 好好看守薛礼，不可叫他私自逃走。快去！

家 院 是。（"下场门"下）

〔二幕启。场上正中设一桌、左右二跨椅。

柳员外 气死我也！

〔西皮散板〕
【快纽丝】（过门同前）1 2 1 5 3 2 2 2 1 1 2 - |
怒 气 不 息 二 堂 进，

〔【快纽丝】左转急走一小圆场，至正中，进门，脸朝里生气地站在桌前。安人"上场门"上，见员外生气，不解地背供唱。

〔西皮散板〕
安 人 （过门同前）3 2 2 1 1 2^{32} 1 2 1 6̣ 1 ‖【住头】
员 外 为 何 怒 气 生？

啊员外，你为了何事，这样生气呀？

柳员外　（回身朝安人）哼！少时你就明白了！（将红衣抛在桌上）

安　人　这是怎么回事呀？

〔【冲头】柳嫂双手托红衣，“上场门”急上，进门至左侧。

柳　嫂　我的红衣在此。（将红衣交与柳员外）

柳员外　啊？（接过红衣）你妹妹那一件呢？

柳　嫂　我妹妹那一件，我可就不知道了。

柳员外　啊呀呀，真真地气死人也！（将红衣扔在桌上）【撕边一锣】

安　人　啊员外，你到底为了何事这样生气呀？

柳员外　啊呀安人哪！

〔【大锣五锤】员外、安人同时起身至台中，柳嫂随之。

柳员外　方才见薛礼身披大红，乃是我在集镇买的那件石榴红衣。分明这个贱人，私赠情人薛礼。安人你去问来，有了我的石榴红衣还则罢了，若是无有，我与她麻绳、钢刀，【撕边一锣】（右手比划钢刀样子）叫她自尽一死！你去问来！【撕边一锣】你去问来！【撕边一锣】

安　人　好、好、好，我去问来。

柳员外　气死我也！

〔【大锣圆场】柳员外“下场门”气下。柳嫂将左跨椅搬至桌前“小座”位置。

安　人　哎，这是哪里说起？（对柳嫂）唤你妹妹前来。（坐下）

柳　嫂　是啦。（双手往外摊，无奈至台口）妹妹快来。

柳迎春　【小锣旦上场】（“上场门”上。至右侧台口）

（念）霁雪方晴红梅放，静坐观书焚茗香。（进门，正中止步）孩儿参见母亲。（礼毕至右侧）（大……台）

安　人　（看迎春前来，不知从何问起，右手用力拍腿）唉！（大……台）

柳迎春　嫂嫂。（大……台）（柳嫂不语）（二人态度让她不解）啊母亲，今日为何事心内不悦，请道其详。

安　人　啊呀儿啊！【五锤】你爹爹与你那件石榴红衣现在哪里？你快去拿来。他在前厅立等回话呢！

〔柳迎春右手指前方（大……台），再指自己（大……台），双手比划将衣扔地上。（大……仓）

柳迎春　啊母亲，你要救儿一救……（跪母亲面前哭）【撕边一锣】

安　人　（扶起柳迎春）我儿有话快快起来讲。

柳迎春　【叫头】母亲哪！昨日天降大雪，女儿带领乳娘、冰琴去至花园中赏雪。偶见看守木料之人，身穿单衣，在园中扫雪。女儿不该起了恻隐之心，竟将棉衣赠他一件。想是匆忙之中，误将红衣与他。不知此事这样的紧要。

安　人　哦——（真相大白）【撕边一锣】怎么？你将红衣赠与他了么？啊呀儿啊！【大锣五击】（右手拉柳迎春左臂急至台中）你有所不知，只因你爹爹从外面回来，看见薛礼身穿大红，乃是那件石榴大红，是他起下疑心，言说你私通薛礼，赐你麻绳、钢刀，立逼你自尽。故此，将你唤来，询问此事。不想，你真将此物赠与薛礼，此时，你叫我这做娘的，【大锣一击】怎能与你做主……（哭，拭泪）

［【撕边一锣】安人回身边哭边坐下，柳嫂搀扶安人坐下。

柳迎春 【叫头】母亲哪！

孩儿虽然不该将衣服赠与他人，但是并无私情，有天地可表。望母亲对爹爹说明此事。若是污辱女儿清白，虽死——【撕边一锣】也不得甘心哪！……（哭，拭泪）

〔西皮散板〕 节奏快有力度

【快纽丝】（过门同前） i 5 7 6 5 6. i 3 5 6 5 3 5 6

分 明 无 私 行 正 道，反 落

i 6 i 4 3 2 3 5 3 5 3 5（6）i 7 6 5 6 i 【哭头】

私 情 丑 名 标。纵 死 难 将 贞 节 来

i 6 2 2 2 7 p - （7）6 6 6 6 5 5 3 5 3 5 6 6 5 5

保， 儿 的 娘 啊，

4. 5 3 5 3 5 6 （6）p i 2 7 7 6 5 f 6 6 5 5 -

（安人起身与柳迎春相抱哭）

〔西皮散板〕

柳 嫂 【大锣凤点头】（过门同前） 3 5 6 6 6 5 5 3 5 -

媳 妇 有 话 禀 年 高。

【叫头】婆婆啊。昨日我同我妹妹赏雪之时，她看薛礼是个英雄，她要是有私心，决不提起此事。况且，又有乳娘陪伴，此事婆婆您三思才是啊！

安 人 啊呀，媳妇啊！【大锣五击】你公爹他的性情粗暴，不听我言。我哇，我是不敢与他讲话的呀！【撕边一锣】儿啊！……（哭，拭泪，柳迎春也哭）

柳 嫂 这便如何是好呐？（着急）

［【快纽丝】柳员外左手持短刀的刀把、右手拿绳，“上场门”急上。

〔亮弦〕

（匝匝匝）（7 6 2 1）

〔西皮散板〕

柳员外 【大锣凤点头】（过门同前） 6 3 3 3 3. 5 1 2 3 （6 1 2 3）

这 是 家 门 出 不 正， （仓）

3 1 3 2 1 6.1 6 1 (7 6 2 1) 2 2 1. 5 3 2 2.1 1 3 2 - |

勾 串 薛 礼 败 门 庭。 (仓) 胸 中 气 愤 二 堂 进，

〔柳员外刚进门看见柳迎春，则走至左侧。【撕边一锣】安人与柳迎春急移至右侧。柳嫂忙将桌椅前椅搬至左跨椅位置。

〔西皮散板〕

柳员外 【大锣凤点头】（过门同前）6 3 2 2 1 1 1.6 6 3 2. 6 1 - ‖

活 活 气 坏 年 迈 人。

【叫头】小奴才！你做出这丑事，羞耻丧尽，败坏门庭！我这里有麻绳、钢刀，你……就是与我死！（刀、绳扔在桌上）【撕边一锣】

柳迎春 哎呀爹爹呀！【大锣五击】女儿虽不该将衣服赠与他人。但是，并无私情。爹爹你……不要冤枉女儿才好……（哭、拭泪，安人上前劝慰）

柳员外 呀呀呸！【大锣五击】（朝着柳迎春甩髯口）你为何好端端的将那件石榴红衣，赠与情人薛礼，你还有何脸面呐？你呀与我死！（右手颤抖指柳迎春，逼近一步）【撕边】你与我死！（八仓）（再逼近一步）【撕边八仓】（安人拦阻员外，柳迎春左手水袖遮面，移至右侧躲避）

安　人 哎呀员外，有话慢慢的讲。（安人、柳嫂劝慰，拦阻）

柳员外 气死我也！

〔员外“下场门”甩袖气下。【撕边一锣】安人、柳嫂回至台中。

安　人 （同时）这如何是好哇？

柳　嫂 （同时）这可怎么好呐？

〔【乱锤】柳嫂搓手想主意。安人坐“小座”。

柳　嫂 【叫头】婆婆！倒不如叫我妹妹，同定乳娘从后花园逃走，暂避一时，再想主意。您瞧好不好哇？

安　人 若是你爹爹问起呢？

柳　嫂 我公爹他若问哪？【小锣一击】

安　人 是啊。

柳　嫂 您就说我妹妹跳井而死。那时，反向公爹要人，瞒哄一时，咱们再想别的主意，您瞧怎么样啊？

安　人 此计甚好。你对乳娘去说，今晚三更时分，保定小姐逃奔在外，事事须要谨慎。就是小姐终身大事，也托在她的身上了。

柳　嫂 好，我这就告诉她去。

安　人 哎！这是哪里说起，后面歇息去吧。唉，儿啊……（哭，拭泪）

柳　嫂 婆婆别哭了。

〔【大锣原场】安人右转身，走向“上场门”，柳迎春在安人左，柳嫂在右，二人搀扶安人，“上场门”同下。

〔闭二幕。

第五场

〔二幕外。【三更鼓】（扎扎扎……大大乙 台）乳娘警觉四顾地“上场门”上，至台口正中。

乳　娘　（念）闭门家中坐，祸从天降来。（扎）

老身，柳府乳娘。只因我家小姐，登楼赏雪观见薛礼身穿单衣，甚是寒冷。是她起了恻隐之心，误将石榴红衣抛下楼去，赠送薛礼。不想，被员外看见，定要逼小姐一死。多蒙少夫人心生一计，命我婆儿，三更时分，保护小姐从后花园逃出，并将小姐终身大事也托在我的身上。看天已不早了，待我看看后花园门有人无人。（大……台）

〔（扎扎扎……大台）乳娘由左侧绕小圆场至正中，开后花园门。【小锣一击】左、右瞭望，右手示意无人。

乳　娘　待我看看小姐，可曾收拾无有。

〔（大……台）柳嫂右肩背包袱“上场门”上，至“九龙口”。

柳　嫂　谁？（警觉地）

乳　娘　乳娘啊。少夫人，小姐可曾收拾了哇？

柳　嫂　（走近乳娘）收拾好了。嘱咐你的话记住了没有？

乳　娘　记下了。

〔柳嫂从肩上取下包袱，交给乳娘，乳娘接过包袱，挂在左臂上。

柳　嫂　有没有人哪？

乳　娘　无有人哪。

柳　嫂　东西都带齐了没有？

乳　娘　带齐了，快些走吧？

〔柳嫂回身朝“上场门”招手。安人右手拉着柳迎春，“上场门”上，（扎扎扎……大台）至“九龙口”，柳迎春不时地拭泪。柳嫂上前搀着柳迎春右臂向台偏中走去，乳娘也上前，拉着柳迎春左手向台中走（大……台）

柳　嫂　婆婆，时候不早啦，快让她跟乳娘走吧！（搀婆婆站右侧）

乳　娘　小姐，快些走吧。（拉柳迎春出门）

柳迎春　（不舍地回身哭）母亲……

安　人　（哭）儿啊……

柳　嫂　妹妹，路上多保重啊！（拭泪）

〔【冲头】乳娘拉柳迎春“下场门”下。安人随后至“下场门”“九龙口”处。【冲头】切住。

安　人　哎，儿啊……（哭，拭泪。至台中）

〔西皮散板〕

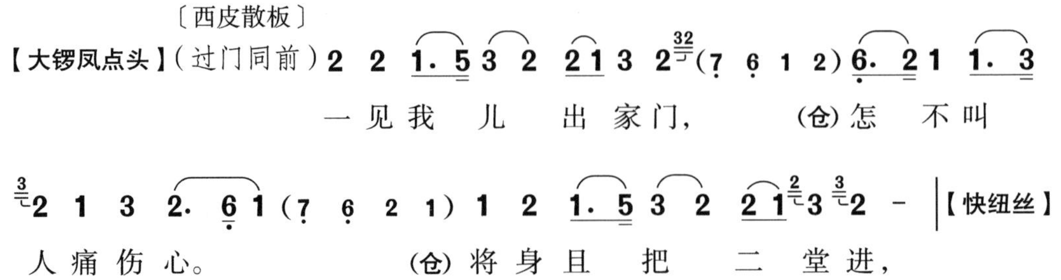

（立即左转小圆场，嫂随后，至正中见员外）

〔员外"下场门"速上，（锣鼓切住）见安人啼哭。

〔西皮散板〕

柳员外 **【撕边·快凤点头】**（过门同前）3 2 2 1 1 2 2 1 1 2 2 1 – ‖**【住头】**

安 人 为 何 两 泪 淋。

柳员外 啊安人，女儿她怎么样了哇？

安　人 哈哈！**【撕边一锣】**我把你这老天杀的呀！我好端端的女儿，活活被你逼死，今日我豁出老命不要哇！**【撕边一锣】**与你拼了！（**八 大 仓**）（双手狠指员外）拼了！拼了！（**八 仓 八 仓**）

〔**【大锣原场】**边说边走到左侧。嫂子在安人右边搀安人向"下场门"走去。员外走到中场，看着安人。

安　人 哎，儿啊……（生气下）

柳员外 （无奈）唉！（"下场门"下）

第 六 场

〔二幕启。空场。**【快纽丝】**薛礼右手托大带"上场门"急上。锣切住。

〔亮弦〕

（**扎扎扎**）（**4 3 1 2**）至台口正中，放大带。

〔西皮散板〕

薛　礼 **【凤点头】**（过门同前）2 2 1 2 3 2. 5 3 2 1 2

适 才 院 公 对 我 讲，

（7 6 1 2）3 3 2 1 1 2 2 1 6 1 – ‖**【住头】**

（**仓**）只 为 红 衣 惹 祸 殃。

唉！（**八仓**）只因那日，俺在花园扫雪，小姐见我冻得可怜，误将石榴红衣赠我。也是俺自不小心，又被员外看见，反疑小姐有私，欲逼一死。是俺逃出村头，在这附近打探。倘若小姐性命有险，俺便拼着一腔热血，去见员外，说明此事。定要洗清小姐的名节——

〔**【撕边一锣】**右手"拉山膀"向"下场门"观望。

薛　礼 看那旁乃是玄武庙。俺不免去至庙中歇息歇息便了。

〔闭二幕。**【中速纽丝】**左转小圆场，至右侧台口。锣鼓切住。

〔西皮散板〕

（过门同前）2 2 1 5 3 2 2 1 3 2 – |

将 身 且 向 庙 堂 转，

〔**【纽丝】**二幕启。一桌，右一凳子。桌上左右各放一枝蜡烛，中间放一香炉。土黄色桌围椅披。

〔随着【纽丝】锣鼓，薛礼进庙，“挖门”至左侧。四顾巡望，至台中。锣鼓切住。

〔西皮散板〕

【快纽丝】(过门同前) 3 2 2 1 1 2 1 2 1 6 1 ‖

想 一 良 策 救 婵 娟。

正是:【住头】落魄偏逢难言事，愁肠缠绕睡沉(呐)沉。(双手打呵欠，退至神案旁，朝外成卧鱼式睡状)

〔【慢纽丝】柳迎春缓步“上场门”上。乳娘搀扶柳迎春右臂随上。至“九龙口”。锣鼓切住。

〔亮弦〕

(7 6 2 1) 柳迎春右手揉膝。

〔西皮散板〕

柳迎春 【凤点头】(过门同前) i i 3 3. 6 5 - 5 6 3 5 6

心 性 善 良 反 受 困，

(5 3 5 6) 3. 6 5 3 i i 6 6 6 5 6 5 3 5 3 5 - ‖

(仓) 别 母 抛 家 痛 伤 情。

〔行弦〕

〔【撕边】(仓大·) (5 3 6 :‖ 5 i 6 5 3 6 | 5 5 3 6 :‖)

乳　娘 小姐，你累了吧？看前面有座庙，(右手指“下场门”)我们到那里歇息再走吧。

〔西皮散板〕

柳迎春 【凤点头】(过门同前) 3 5 7 7 5 6 (4 3 5 6)

乳 娘 搀 我

5 6 7 6. 5 3 5 3 5 4 5 6 - |

庙 堂 来 进，

〔【纽丝】柳迎春、乳娘二人进庙，“挖”至右侧，见薛礼。

〔亮弦〕

(4 3 5 7 6)

节奏加紧

【凤点头】サ 3 5 5 6 5 6 5 3 ‖ 【住头】

看 见 一 人 在 埃 尘。

柳迎春　（把乳娘拉至右侧）那旁有一男子打睡，我们出庙去。

乳　娘　呃，慢来、慢来。（**大……台**）小姐，我们乃是出外之人。若是全怕，那还了得么？不妨事，不妨事。你看，这厢有个座儿，（右手指凳）你且坐下，不要怕，有我、有我。

【小锣五击】（搀扶小姐坐下）

柳迎春　乳娘，你我虽然逃出门来，又无逃奔之处，怎不痛煞也……（哭，拭泪）

乳　娘　唉！（大声叹气）

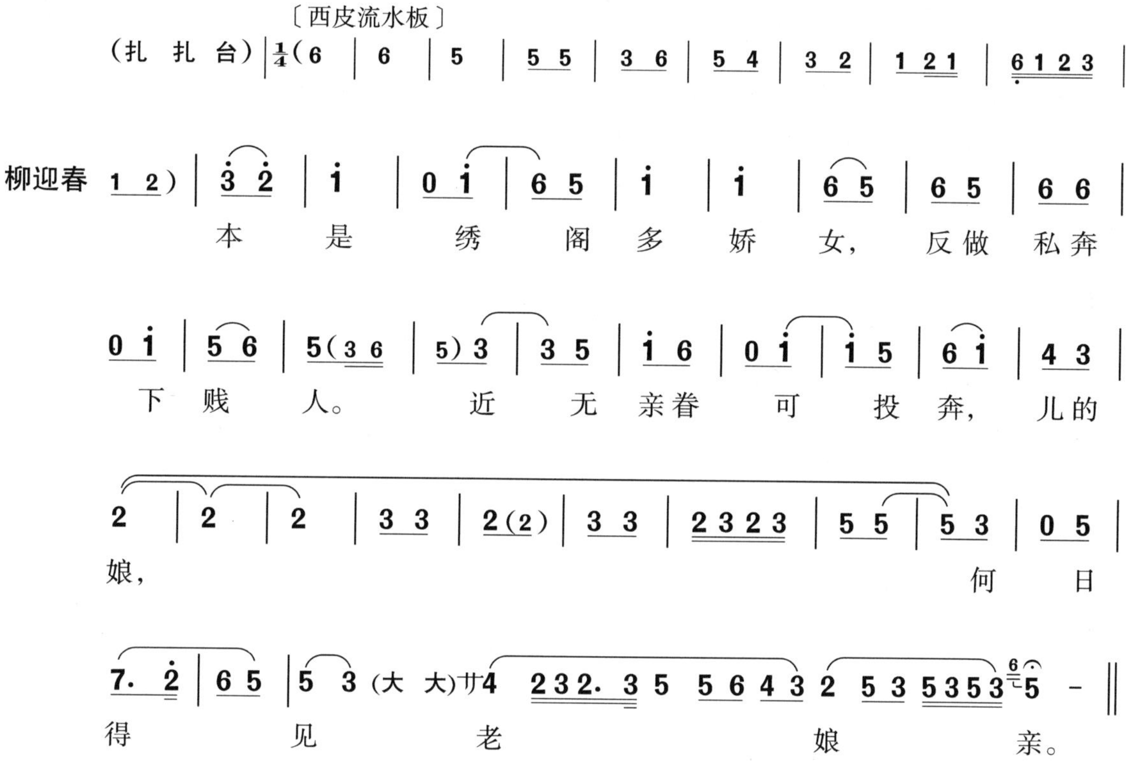

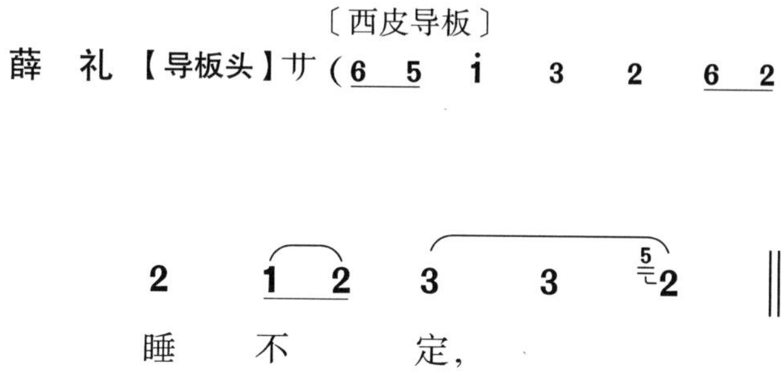

【撕边】（坐盘腿，搓手揉眼，双臂伸展）

乳　娘　（大声叹气）唉——！（**八仓**）

薛　礼　啊？！

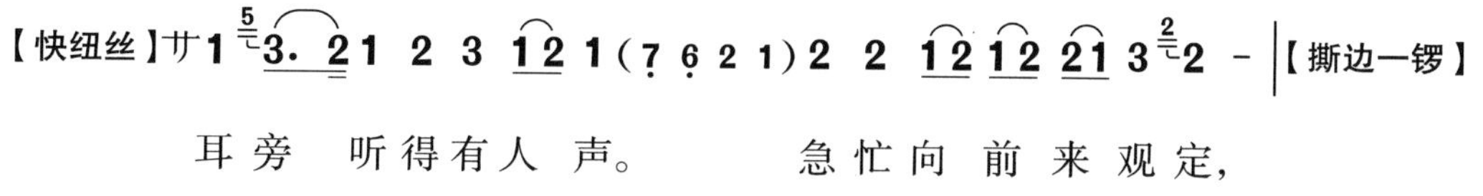

〔薛礼朝右走，忽见小姐，夹白：“哎呀！”忙上前跪右腿。【一锣】小姐见状，起身以左手水袖遮面。

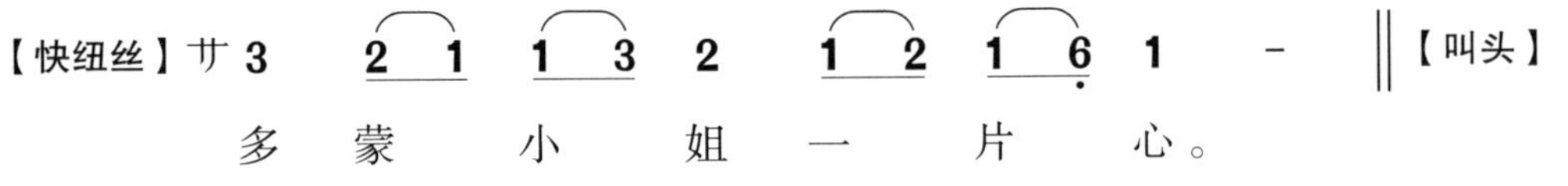

小姐呀！你待小人大恩未报，不想连累小姐受苦。俺情愿自认为盗，洗清小姐的清白！【大锣一击】

乳　娘　（对薛礼）哼！（大……台）（柳迎春起身，二人移至稍左侧）

柳迎春　乳娘，你快快请他起来。（大……台）（右手做请起手势）

乳　娘　（对薛礼）啊薛官人，我家小姐请你起来呢。

薛　礼　噢，是是是，多谢小姐。（站起）（大台）

柳迎春　（左手以袖遮面）乳娘（大……台）

乳　娘　小姐。

柳迎春　（左手拉乳娘上前几步）想我，只因怜才，起了恻隐之心，误将红衣与他。不想爹爹不查虚实，反害得你我无处存身。今日，却在此与他相遇，我要将此事始末，对他言讲一番。

乳　娘　是要对他言讲的呀！

柳迎春　乳娘，我还有话问——他——呢。（右手指薛礼，左手水袖遮面羞）

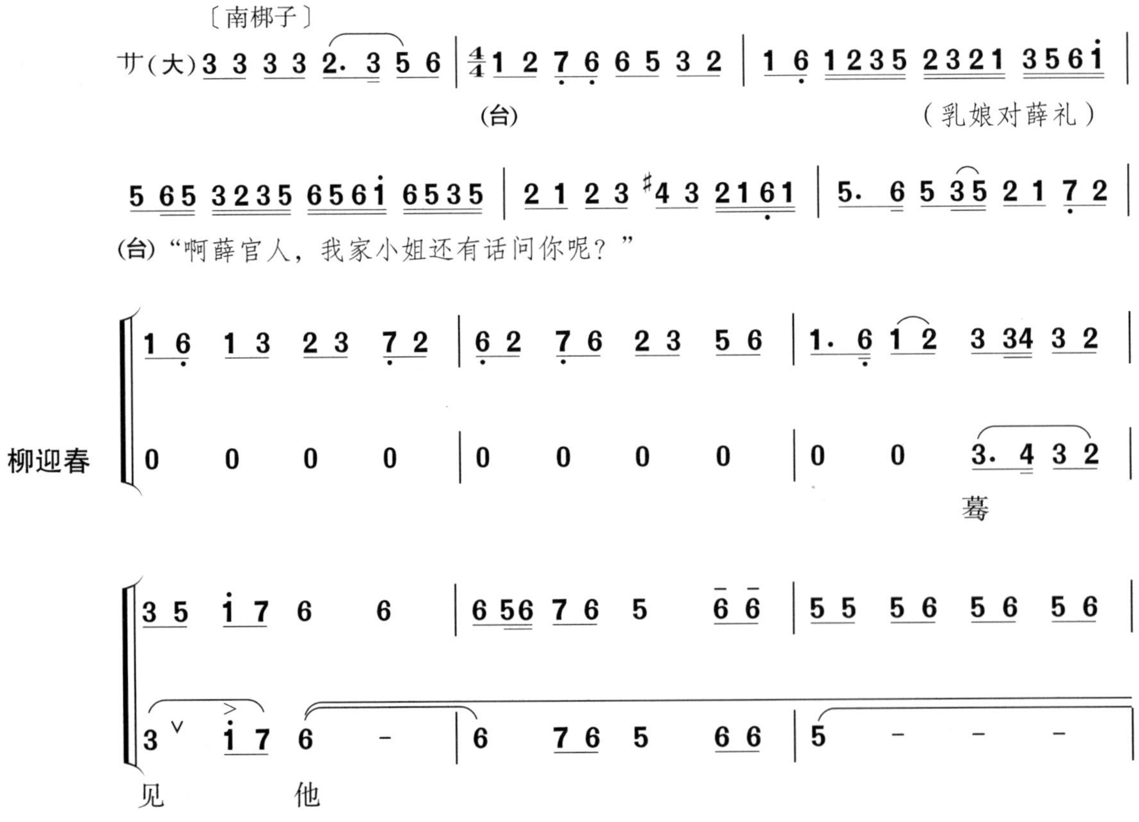

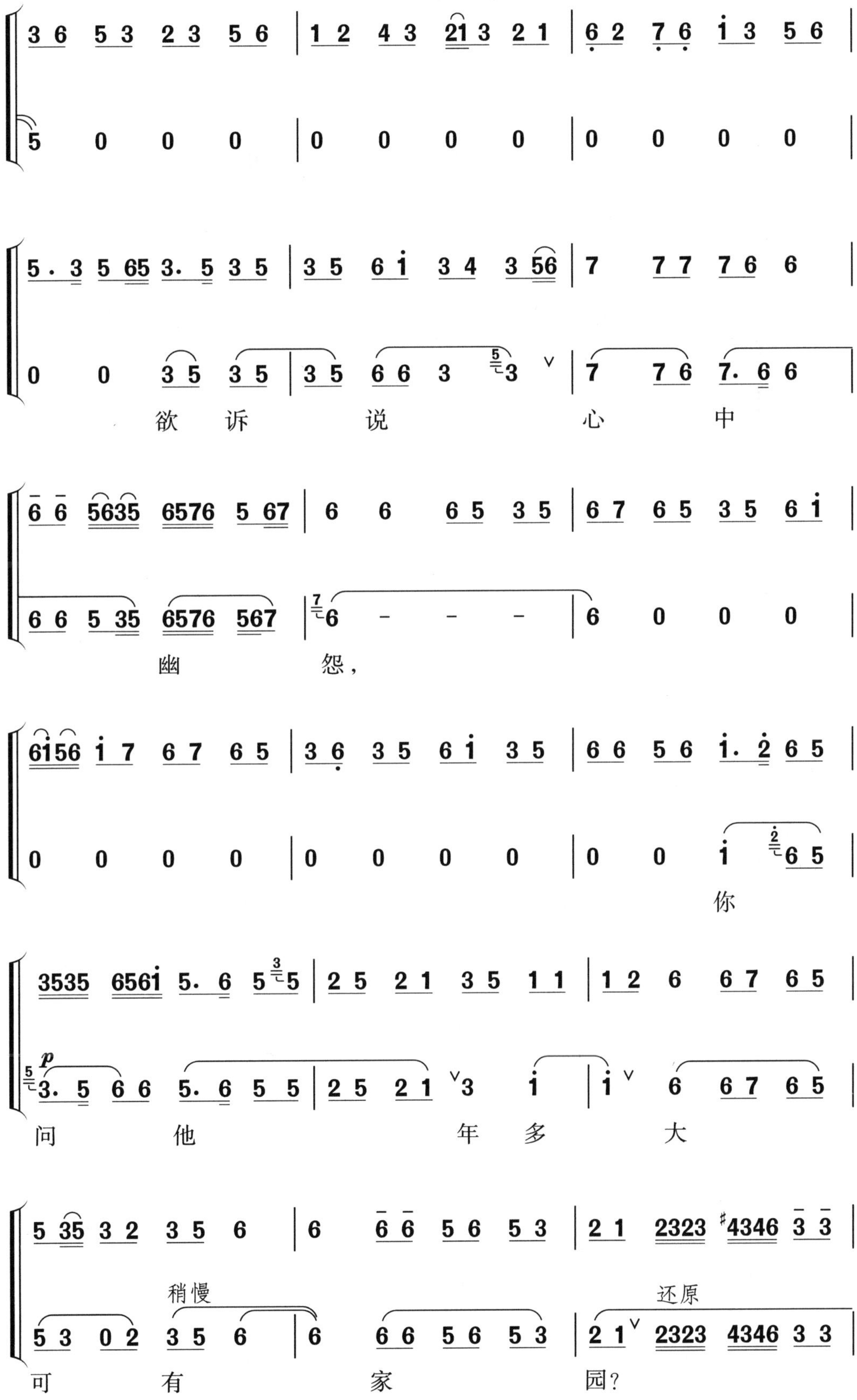
欲诉说心中
幽怨，
你
问他年多大
稍慢
还原
可有家园？

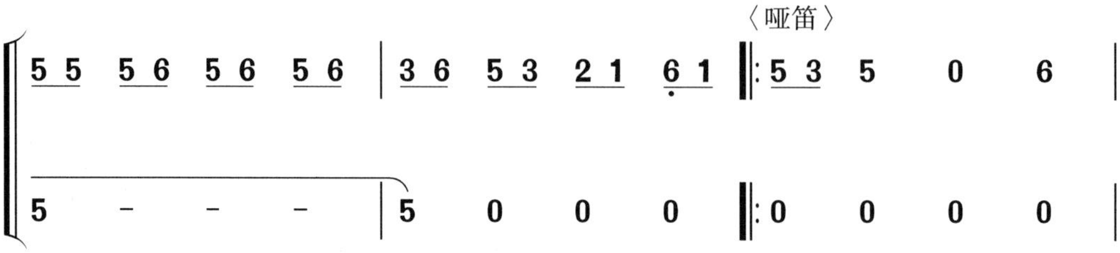

（乳娘走向左侧，向薛礼）“啊，薛官人，我家小姐问你，今年多大年纪，

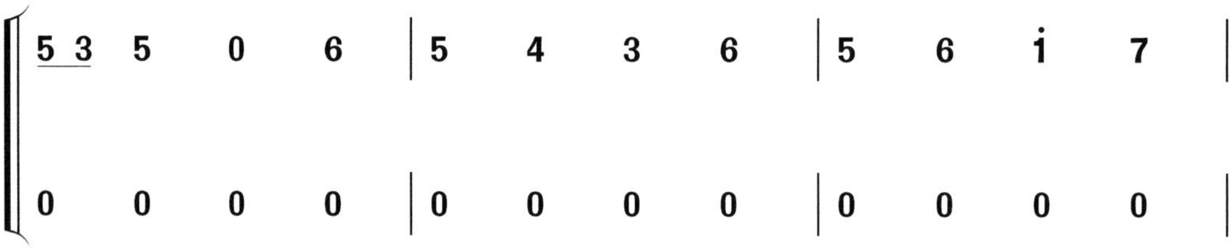

在哪里居住哇？”

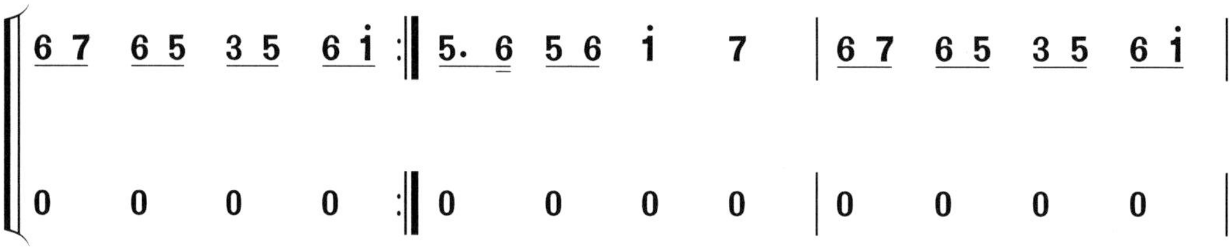

薛　礼　小生今年廿一岁，就在前面破瓦寒窑居住。

乳　娘　噢！今年廿一岁，就在前面，破瓦寒窑居住么？

薛　礼　是啊，破瓦寒窑居住。

乳　娘　（走向右侧）苦哇！啊小姐，他今年廿一岁，就在前面破瓦寒窑居住。

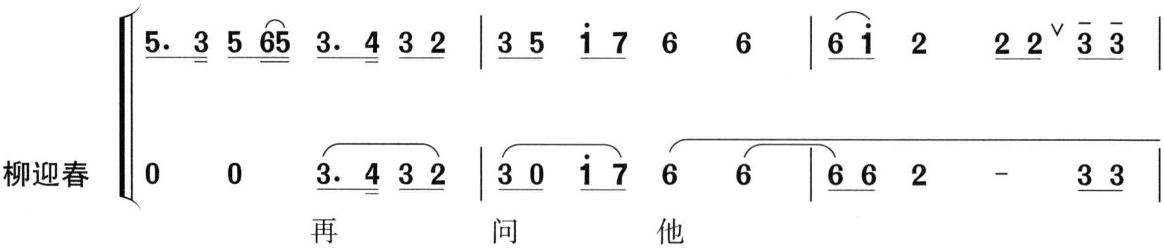

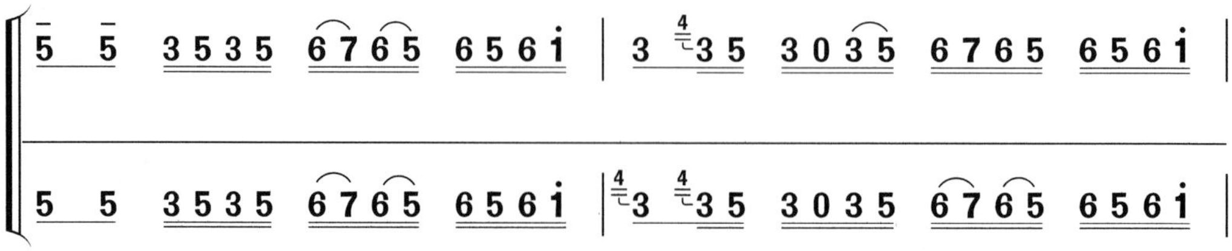

柳迎春

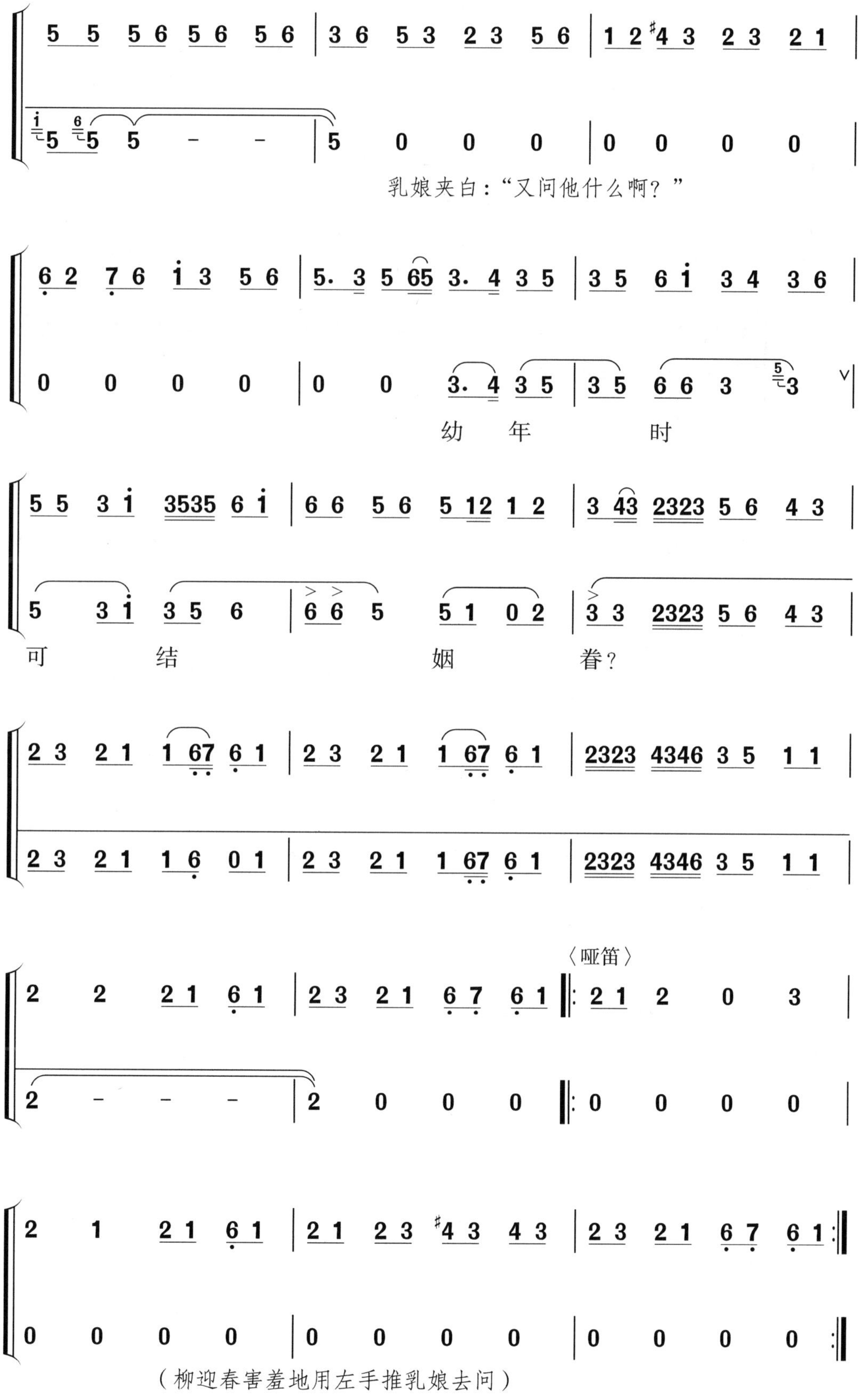

乳　娘　咦，怎么问起这个来了哇？

〔乳娘假装不理。柳迎春羞答答地又一次推乳娘去问。乳娘会意地笑指柳迎春，便回身向左对薛礼问。

乳　娘　薛官人。（乙大 大 台）我们小姐问你，家中还有何人？可曾娶过妻室哇？

薛　礼　小人家业贫寒，并未结亲，就是孤身一人。

乳　娘　噢！并未结亲，就是你孤身一人？

薛　礼　就是孤身一人。（乙大 大 台）

乳　娘　（自言自语）真苦哇！（对柳迎春）啊小姐，他并未结亲，就是孤苦一人。

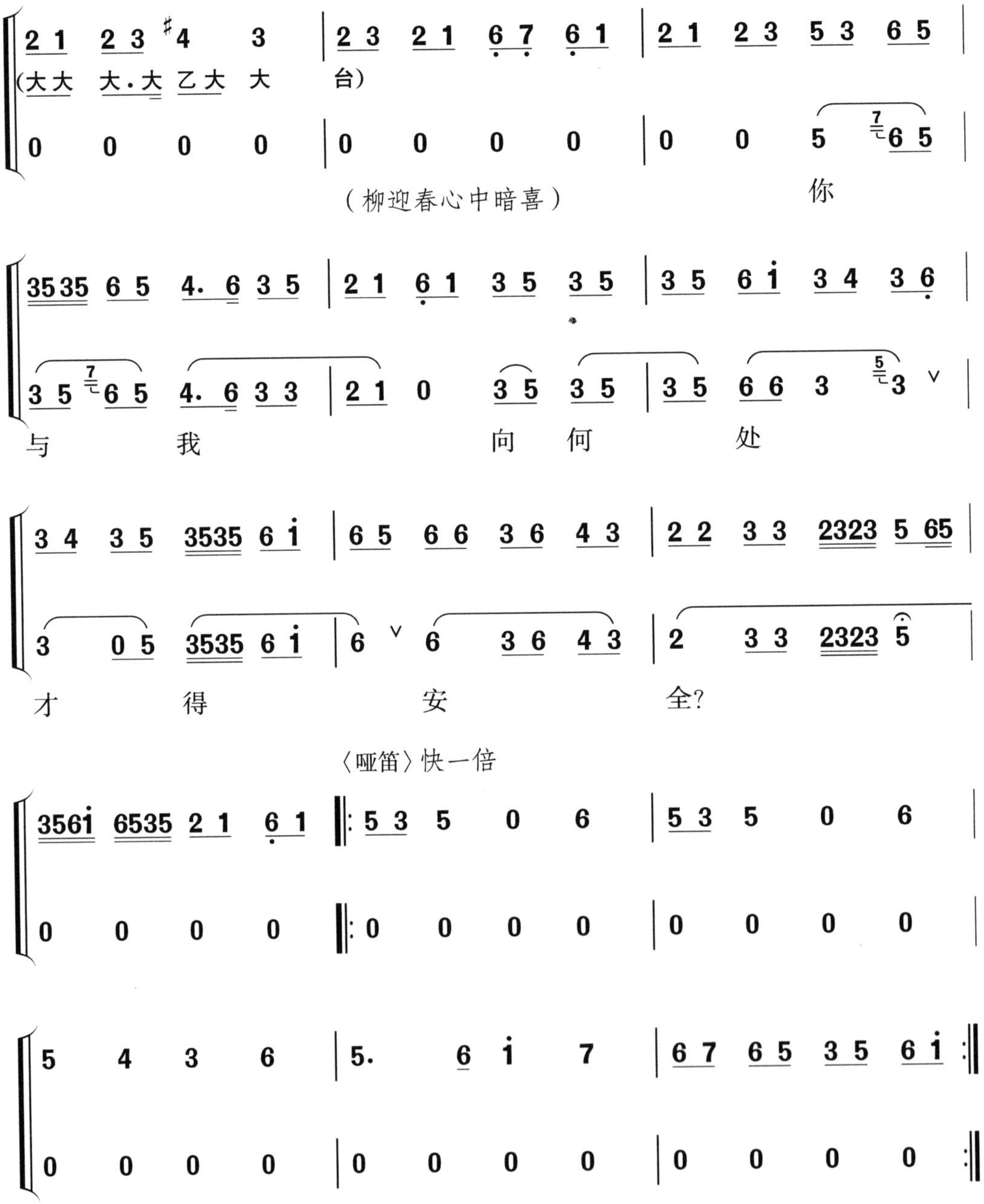

乳娘夹白："是啊，我们逃出门来，到何处去安身呢？"

柳迎春 是啊，我们虽然逃出门来，又无投奔之处，往何处求生哪！

乳 娘 （无奈地）唉！

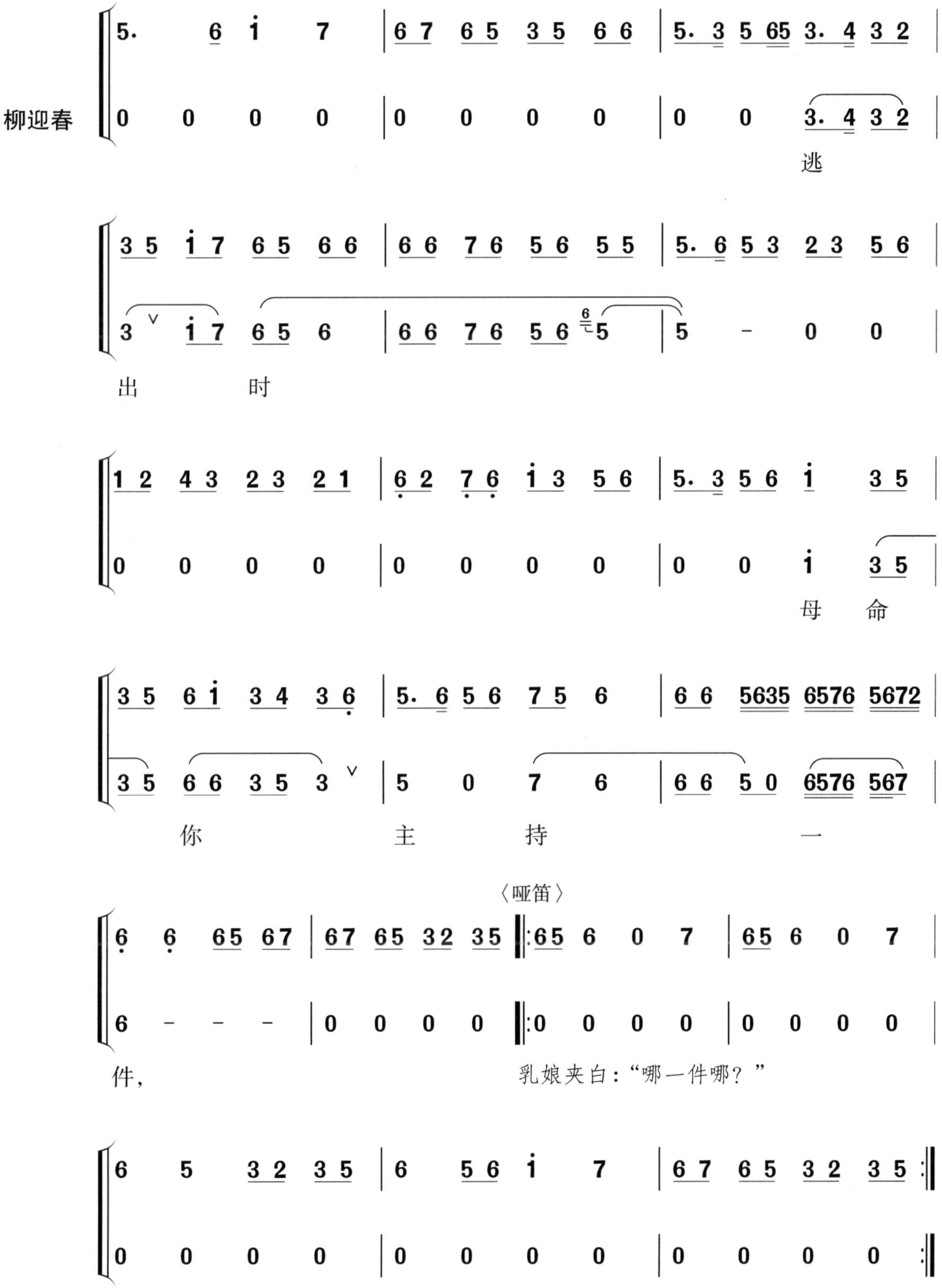

柳迎春 乳娘，你想想看，我母亲都对你讲些什么？

乳　娘 待我来想想看、我来想想看。（乙大 大 台）（右手扶头，突然想起）啊小姐，老夫人临行时，对我言讲，叫我好好保护小姐，这一件么？（乙大 大 台）哎！生死与共，一件也未曾忘掉哇！

柳迎春 不是的，我母亲还有一件，嘱咐你呢！

乳　娘 待我再来想一想，（乙大 大 台）啊小姐，老身我上了几岁年纪，哎，实在的想不起来了，哎，你提我一个醒儿吧。（乙大 大 台）提个醒儿吧。

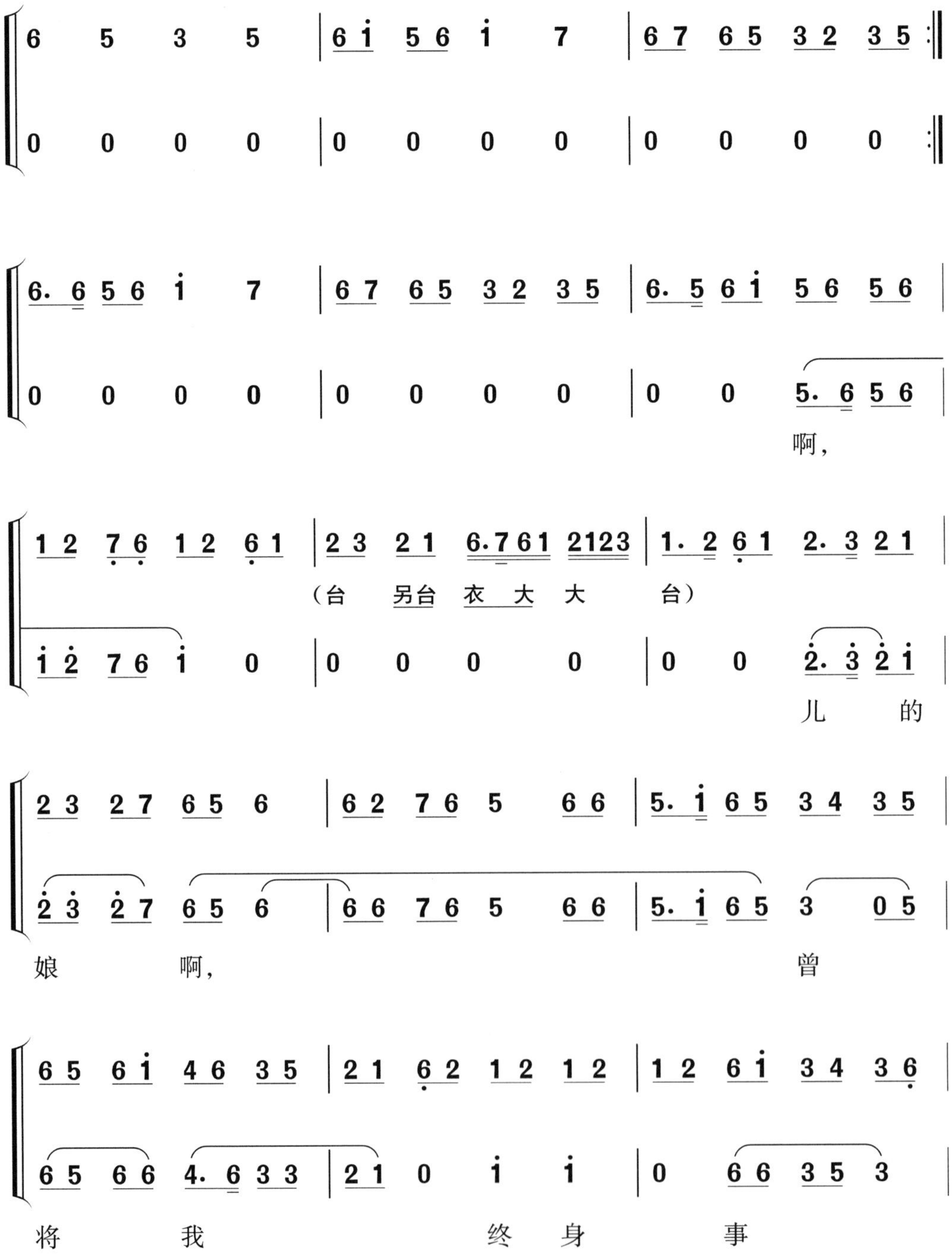

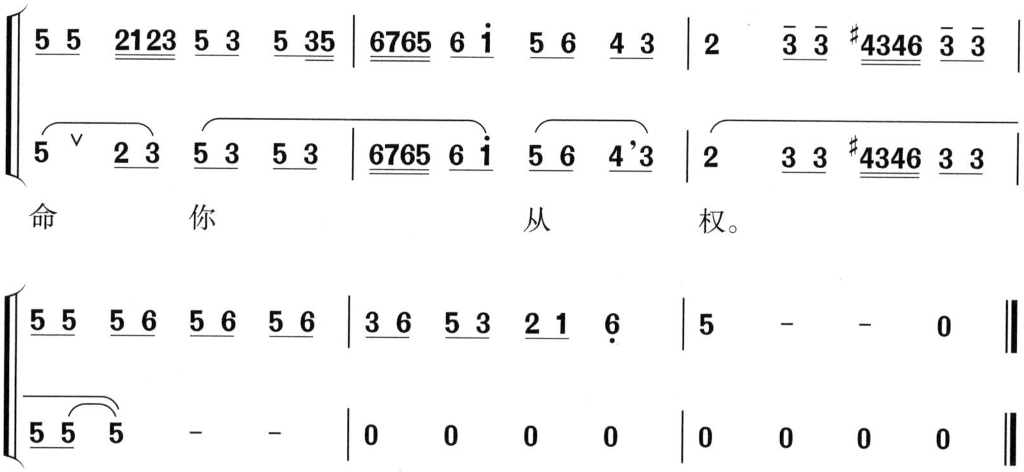

〔柳迎春低头羞，乳娘恍然笑："哎呀哈哈！……"（台）

乳　娘　小姐，不是你提起么，我倒忘怀了，只是这……（左手指薛）（大……台）看他甚是贫穷，若将小姐许配与他，指（薛）你岂不要与他受苦哇！

柳迎春　啊乳娘，我想，人生在世，只有生无异地。他虽目下贫困，将来定有出头之日呀。

乳　娘　噢，听小姐之言。你是愿意的了哇？你愿意的了哇？哈哈……（大 台）你若愿意，我去讲去了哇。（扶柳迎春坐下）（大……台）（右手指着柳迎春）你若愿意，我去讲了哇，我去讲了哇，哈哈……（边说边走向左侧，见薛，又欲言又止）（大 台）我是怎样的讲法呢？（想）待我话中叙话，话中套话，对他讲了吧。（对薛）啊薛官人，你可知我与小姐，为了何事逃出门来么？

薛　礼　小人略知一二，只是不知详情。

乳　娘　待我对你实说了吧。只因我家小姐，登楼赏雪，观见你身穿单衣，甚是寒冷。是她起了恻隐之心，误将石榴红衣抛下楼去，赠送与你。不想被员外知道，定要叫小姐一死。多蒙少夫人心生一计，命我婆儿保护小姐，三更时分，从后花园门逃出。并交小姐终身大事，哎，也托在我的身上。我有意么，将小姐许配与你，你的心意如何哇？

薛　礼　（大……台）哎呀呀，小人这样贫寒，不要连累小姐吃苦，唉！使不得，使不得。

乳　娘　唉！无妨事啊，你为的是贫寒哪？无妨事，我们身旁带的尽是些个细软，足以度日的了哇。

薛　礼　哎呀，小姐待我的大恩未报，不敢做此欺心之事呀，使不得。（双手做推介）

乳　娘　噢，你为报恩哪？就更应该应允了哇。你若不允，我们此去，不知流落何方，日后，你再想报恩哪，到哪里去找我们哪？

薛　礼　这……（大……台）

乳　娘　这是我们来找你呀！

薛　礼　哎，这……

乳　娘　应允了吧，应允了吧。

薛　礼　如此小人从命就是。（双手打恭）

乳　娘　好，你应允了，（回身高兴地）好，应允了！啊小姐，他应允了哇。来来来，你二人就在这神前一拜吧。（乳娘在当中，用右手拉住柳迎春的左手，往正中移）

〔西皮摇板〕

薛　礼　【小锣凤点头】（过门同前）1　3　1　1　6　2.　1　6　5

人　生　富贵

乳　娘　小姐来呀，不要害羞哇。

〔乳娘从柳迎春身后，至柳迎春右侧，搀扶柳迎春右手臂。柳迎春用左袖遮面。

薛　礼　（3. 5　6 i　5）2　5　6 5　7　6　5　6　－　0 |

皆　勤　奋，　（大. 大 大大 乙大 大　台）

〔行弦〕

|: 6　3 5 6　7 | 6 5 3 5 6　－ :||

〔（在〔行弦〕）中薛礼、柳迎春二人合式向里并肩，同时跪下。乳娘搀扶柳迎春。

〔西皮摇板〕

薛　礼　【小锣凤点头】（过门同前）3　2　2 1　1　2　1　2 2　1　－ ||

（二人跪拜时，薛礼唱）空　落　灵　台，　一　天（呐）星。

〔二人跪拜后起身，朝外略保持距离。乳娘背包袱回原位。

〔西皮摇板〕

薛　礼　【小锣凤点头】（过门同前）i 3　3.　5 5（65 36 5）5　7　6 5 5　3 5 3　5　6　－ |

多谢乳　娘　把婚姻来　定，

〔【小锣抽头】柳迎春、乳娘出庙门，朝左侧走回身站定。薛礼随后出庙门站偏右侧。

〔西皮摇板〕

薛　礼　（锣鼓收住）（过门同前）1　3 2　1　3　2　2　1　2　1　－ ||

从　今　诚　心（呐）　报　深　恩。

乳　娘　我们去住窑吧。

〔【小锣打下】乳娘与柳迎春，并排左转身“下场门”下。薛礼随后下。

〔闭二幕。

第七场

〔二幕外。【快长锤】切住。

〔周青内白：“走哇——！”

〔【快长锤】周青左手抓大带，右手“山膀”“上场门”上。“九龙口”停。放下大带。

〔西皮摇板〕

【大锣凤点头】(过门同前) 2 1 3. 2 2 2 ³2 ³2 ²1 1 1 2 – |

自 幼 生 来 英 雄 胆,

〔西皮摇板〕

【闪锤】(过门同前) 6. 2 1 1 3 ³2 1 2 2 ²1 – ‖【住头】

爱 习 棍 棒 与 刀 枪。

(走至台口正中)

俺——【一锣】(左手拳在胸前,右手掌按左手拳)周青,(仓 大0)今有张总镇,在太原招军。我不免约请薛大哥(拱手)前去投军便了。(拉“山膀”)

〔西皮摇板〕

【大锣凤点头】(过门同前) 1 2 1. 5 3 2 2 2 1 1 2 – |

甩 开 大 步 朝 前 闯,(右手指向右前方)

〔【快长锤】走向左侧,右回身拉“山膀”。

〔西皮摇板〕

【大锣凤点头】(过门同前) 1 2 3 ²³2 3 3 2 1 1 – ‖

(拱手) 见 了 兄 长 问 安 康。

〔【大锣原场】左转身,右手拉开“山膀”,“下场门”下。

第 八 场

〔二幕启。场上正中竖摆一桌,左右二跨椅。

〔薛礼幕内唱。

〔小西皮导板〕

廿(0 6 5 5 3 2 – 6. 2 1 –) 3 3 3 4 4 ⁵3 (6

立 志 投 军 (呐)

1 2 3) 3 ⁴3 ∨ 3 2. 3 4 3 ⁵3 ⁵3 2. 2 3 – |

当 效 命 (呐) (啊),

〔【中速快长锤】薛礼身穿白色褶子上场,在前,乳娘端酒盘在后,柳迎春居中,三人“上场门”上,至右侧台口。

〔西皮摇板〕

薛　礼　【大锣凤点头】（过门同前）1　3　1　2　1　3　3 2 1　–

此　番　前　去　立　功　名。

（3　2 1　6 2　1）1 5　3　3　1 2　2　2 1　1.　3 2　–

迈　步　且　把　长　亭（呐）进，

〔【闪锤】薛礼至台口正中转身进亭，“挖”至左侧。柳迎春进亭“挖”至右侧。乳娘随柳迎春身后进亭，至右跨椅旁。

〔西皮摇板〕

薛　礼　（锣鼓收住）（过门同前）6.　2　1　3　2　1　2.　1　1　–　‖【住头】

（二人往里归）你　我　今　日　暂　离　分。（二人坐下）

柳迎春　啊薛郎，你此番前去从军，一路之上，谦恭和美，免我挂念才好。

薛　礼　娘子之言，我当谨记。只是我走之后，娘子也要保重身体要紧。

柳迎春　我有一事，须要告知薛郎。

薛　礼　娘子请讲。

柳迎春　你我成婚半载，妻已身怀有孕，不知是男是女，必须要留个名字，以待他日相逢。

【小锣一击】

薛　礼　哎呀呀！我倒忘怀了，是须要取个名字。（想）（大……0大　台）若是生男就取名丁山，若是养女取名金莲，要记下了。

柳迎春　哦，若是生男取名丁山，若是养女取名金莲，可是么？

薛　礼　正是。

柳迎春　我记下了。待我把盏与薛郎饯行。

薛　礼　多谢娘子。

〔【纽丝】乳娘倒酒，柳迎春起身，右手在盘中取酒杯，敬与薛礼。薛礼接过，举杯一饮而尽。

〔西皮散板〕

柳迎春　【凤点头】 サ(6　5　5 3　2.1　6 2　1）i　5　7　6　5　6　3 5　6（4　3　5　6）

手　把　琼　浆　语　叮　咛，（仓）

（薛礼将酒杯交与柳迎春）（柳将酒杯放回盘中）

i　5　6　6　5　6 5　3　5（4　3　6　5）i　5　7　6　7　6　3 5　6

薛　郎　此　去　立　功　名。（仓）起　居　寒　暖　多　谨　慎，

（4　3　5　6）i　5　6　5　6　5　6　6　4 3　3 3　5　–　‖（哭，拭泪）

（仓）须　记　寒　窑　薄　命　人。

柳迎春

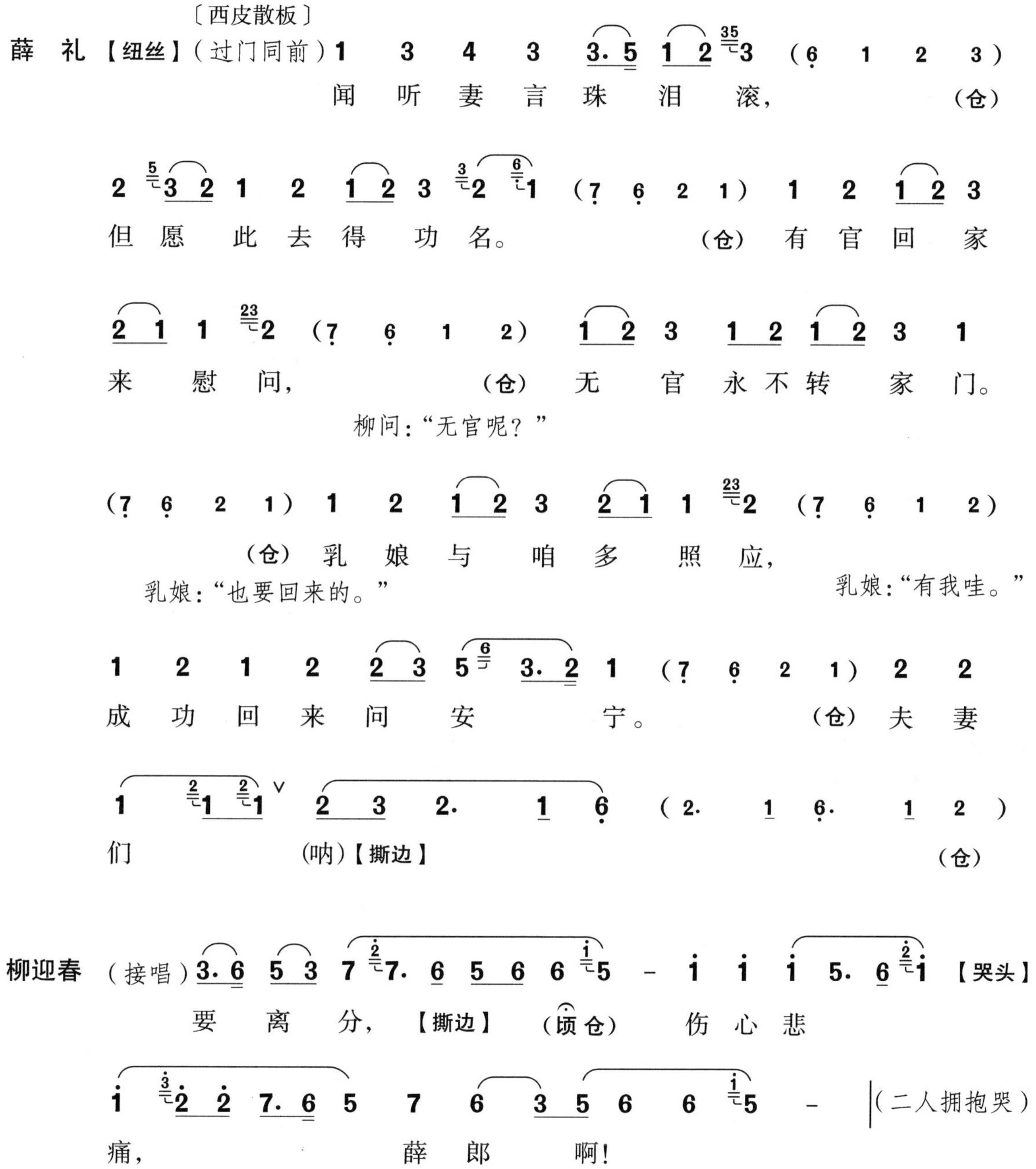

〔【冲头】周青右手拉开“山膀”“上场门”上，由正中“挖”至右侧。薛礼、柳迎春略移右侧。

参见兄嫂。（打恭）

柳迎春 周青贤弟，此番你兄长前去从军，一路之上，须多照看，为嫂的感激不尽。先饮杯酒，以壮此行。

〔柳迎春右手在乳娘手托盘内取酒杯，交与周青。

周　青　（拱手）多谢嫂嫂。

〔【大锣住头】周青接杯一饮而尽，上前一步放杯。乳娘上前一步接杯，周青退回原位。乳娘“上场门”暗下。薛礼、柳迎春朝台口走几步。

〔闭二幕，撤去桌椅。

周　青　啊兄长，看天已不早，你我速速一同前往。

薛　礼　贤弟带马，我二人告别了。

〔二幕启。空场。【急急风】二人向柳迎春行大礼，周青“下场门”急下，取两根马鞭，复上。拉马至台口正中，右手马鞭递与薛礼。薛礼左手将褶子敞开，出门。【四击头】二人同时上马，转身亮相。【急急风】周青在前领跑一大圆场，柳迎春紧跟薛礼跑圆场。待一圈后，周青顺路“下场门”下。柳迎春追着薛礼继续再跑一圈圆场，至正中，柳迎春摔跌坐地上。薛礼在左侧原地左转身，右手马鞭上膀子，双手勒缰绳亮相，对着柳迎春。

薛　礼　保重了！（八仓）（抱拳）

〔【冲头】薛礼打马“下场门”急下。

〔行弦〕

〔（大·大大大 乙大大 仓大）1 6 2 ‖: 1 3 2 1 6 2 | 1 1 6 2 :‖

〔柳迎春起身至左侧，遥望远去薛礼背影。

柳迎春　薛郎！（大·大 大大 乙大大 仓）我夫！（顷仓）（拭泪）

廿 5 6 i 【哭头】 7 6 5 6 7 7. 6 5 6 6 5 5 – |

啊　　我　的　夫　哇！

〔闭二幕。【纽丝】柳迎春在二幕外走至左侧台口停住。

〔西皮散板〕

（过门同前）i 5 7 7 5 6（4 3 5 6）6 6 3 5 3 5 5 6 – |

分　明　人　远　　天　涯　近，

〔【纽丝】柳迎春走至正中，乳娘端酒盘“上场门”下，站右侧。

〔西皮散板〕

【凤点头】（过门同前）3 5 6 6 5 6 6 4 3 3 5 3 5 – ‖

从　此　回　家　剩　一　人。

〔【大锣原场】二人合式转向“上场门”下。

——剧　终

钟　荣　　整理

汾　河　湾

根据程砚秋、于世文 1954 年演出本整理

《汾河湾》是一出传统折子戏，又名《仁贵回窑》，出自《东征全传》第四十一回，说的是唐初名将薛仁贵（薛礼）立功后回故里，探望离别十八年的妻子柳迎春，由于一只鞋的误会而引发的故事。徽剧、汉剧、川剧、秦腔均有此剧目，或叫《打雁·回窑》。

许多前辈艺术家，如吴连奎、时小福，谭鑫培、王瑶卿，余叔岩、梅兰芳等都曾将此剧作为常演剧目之一。梅、程、荀、尚“四大名旦”演此剧都是王瑶卿所传授，但他们扮演的柳迎春却各有千秋。

程砚秋在该剧前面编创了一折《柳迎春》，表演上更为细致，使此剧成为一出完整的大戏。即使在《汾河湾》这折戏中，程砚秋也有独到的艺术处理。比如，当柳迎春要去打扫内窑时，在新加的一段〔行弦〕中，她忽然想起了打雁未归的儿子薛丁山，便迅速出窑四处观望，薛仁贵紧随其身后观察，并起了疑心。这一情节的安排，为薛仁贵后面看到男鞋误认柳迎春不贞拔剑就砍，埋下了伏笔，同时也把戏推向了高潮。另外，在戏的结尾处，当柳迎春得知薛仁贵因射虎而误射死了儿子薛丁山时，悲痛欲绝。夫妻二人急跑，奔向汾河湾寻找儿子尸首。在跑“圆场”时，程砚秋加了一段八句词的〔快板〕，边跑边唱，更贴切地表现了柳迎春的心急如焚，也为戏的结尾增添了悬念。

这出戏，情节曲折，具有浓厚的生活气息，人物生动感人，但念多唱少，这就要求演员要有扎实的功力，否则很难演好。为了继承和发扬程派艺术，现将该剧根据程先生1954年的演出本整理出来，供大家研究参考。

本剧中扮演老生薛仁贵的是余派老生于世文。乐队伴奏，京胡是钟世璋，二胡为夏奎连，鼓师为张来友。

钟荣

人物行当

薛仁贵	老生	**薛丁山**	娃娃生
柳迎春	正旦（青衣）		

服装扮相

薛仁贵 俊扮。黄缎绒球毡帽、黑三髯，绣蟒黑马褂、白缎箭衣、橘黄鸾带，红彩裤，黑厚底靴。

柳迎春 俊扮。梳大头、贴片子、线尾子、银泡头面、渔婆式包头（“闹窑”一场改皎月色绸巾包头），黑青衣褶子、绣花长饭单、素蓝边腰包裙、白绸腰巾，彩裤，彩鞋。

薛丁山 俊扮。梳一把鬏，银灰色侉衣裤、素蓝色坎肩、蓝大带，薄底靴。

道具

弹　弓	一个	**碗、筷**	一份
弹　袋	一个	**扫　帚**	一把
单　枪	一杆	**簸　箕**	一个
马　鞭	一根	**童　鞋**	一只
宝　剑	一把	**长方桌**	一张
袖　箭	一个	**浅色布桌围**	一套
金　印	一颗（用黄布包）	**椅　子**	两把
茶　盘	一个	**浅色布椅披**	两套
茶　碗	两个	**布椅垫**	两套

第 一 场

〔场上设一桌，一“小座”。

〔幕启【冲头】接【撤锣】【小锣旦上场】柳迎春由“上场门”出场，至“九龙口”略停，边缓步斜走至台口，边整衣领，理腰巾，归正中抖袖，提袖。锣鼓收住。

柳迎春 〔引子〕儿夫去投军(多多)数载，(多罗)

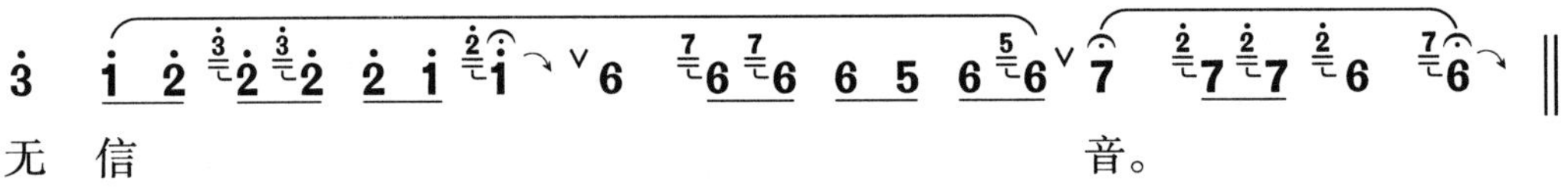

〔【小锣旦上场】柳迎春左转身归里，右转身坐外场椅。

(诗)忆昔儿夫去投军，

一十八载杳无音。

幸喜寒窑生一子，

每日打雁度光阴。

奴家柳迎春，(扎)配夫薛仁贵。投唐一十八载杳无音信。幸喜寒窑生下一子，尊儿夫之命，取名丁山，今年一十七岁了，每日在汾河打雁为生。看今日天气晴和，不免唤他出来，往汾河打雁便了。(右偏身向“上场门”唤)啊丁山儿快来。

〔【小锣五击】薛丁山内白：“来了！”上场，至右侧台口。

薛丁山 (诗)爹爹往长安，

一去十八年。

寒窑生下我，

取名叫丁山。

〔【小锣一击】薛丁山左转身至正中台口，朝里向柳迎春作揖。

薛丁山 参见母亲。

柳迎春 罢了，一旁坐下。

薛丁山 孩儿告坐。(【小锣一击】至左侧席地盘腿而坐)啊母亲，将孩儿唤出，有何训教？

柳迎春 啊，儿啊！看今日天气晴和，儿往汾河打些鱼、雁，母子也好度日呀！

薛丁山 孩儿今日不去了。

柳迎春 啊？(大……衣台)你为何不去？

薛丁山 孩儿身体不爽，故而今日不去了。(台)

柳迎春 小小年纪，说此懒惰之言，为娘有几句言语，你且听——了。(薛丁山起身，躬身斜立)

〔西皮原板〕

柳迎春
你 的
父
去投 军
无 音 信,

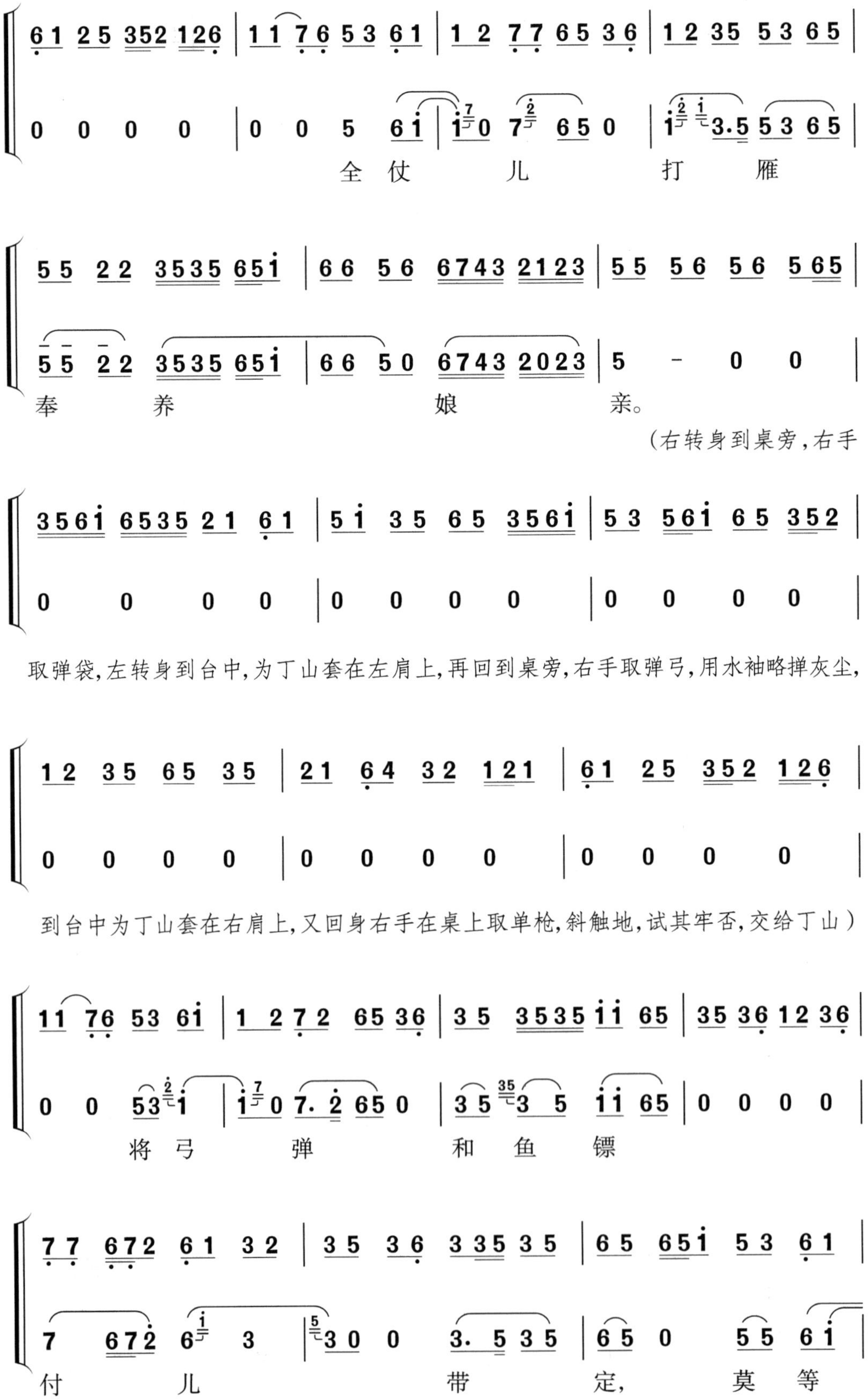

全仗儿打雁
奉养娘亲。
（右转身到桌旁，右手
取弹袋，左转身到台中，为丁山套在左肩上，再回到桌旁，右手取弹弓，用水袖略掸灰尘，
到台中为丁山套在右肩上，又回身右手在桌上取单枪，斜触地，试其牢否，交给丁山）
将弓弹和鱼镖
付儿带定，莫等

1 2 7 7 6 5 3 6 | 3 3 i i 5 3 6 5 | 5 6i 6532 3535 65i |

i 0 7 7 6 5 0 | 3 i i 5 3 6 5 | 5 6i 6532 3535 65i |

到 日（呀）落 儿要 及 早

（左手拉着丁山在右手腕，

渐慢

6 6 5 6 4346 4 3 | 3 23 2 3 4 6 3 3 | 廿 5 – ‖

6 6 5 6 4346 4 3 | 3 23 2 3 4 6 3 3 | 廿 5 – ‖

回 程。

右手向其示意）

薛丁山 母亲哪！（左手横枪在额前，右手按枪头，向柳迎春拱手）

〔西皮摇板〕

【闪锤】（6 6 3 5 5 5 3 6 5 i 3 2 1 2 6 5 5 5）1 3 3 2 3

母 亲 教 训

（左手拿枪，右手拉"山膀"）

（3） 1 2 3 3 （4. 6 3 2 1 2 3 1 6 5 5 5）4 3 2 1 2

儿 遵 命，汾 河 打 雁

（左手拿枪掐腰，右手捂胸）

3 1. 3 2 1 –（2 1 6 2 1 1 6 5 5 5）

走 一 程。

（右手指左前方，柳迎春在台口正中蹲身开窑门后，再起身）

2 2 1. 5 3 2 （3 2 1 6 1 2）2 2 3 2 1 1. 2 1 2 1 2 – |

辞 别 母 亲 出 窑 门，

（左手横举枪，右手按枪头拱手。至舞台正中，枪交右手提枪）

〔**【快长锤】**薛丁山抬左腿先出窑，至左侧，再回身。柳迎春后出窑站窑门口偏右。锣鼓切住。

〔亮弦〕

（7 6 1 2 –）（薛丁山枪交左手）

〔西皮摇板〕

【大锣凤点头】（过门同前）1 3 2 1 1 3 2 1 1 2 （3 2 1 6 1 2）3 2 3 5

不 等 那 红 日 落 儿 就

3 2.1 1 – ‖（平举单枪拱手，左手平端枪在右肩腋下，右手"山膀"朝"下场门"亮相，下）

回 程。（大大 大大 衣大 大 仓）

〔【闪锤】柳迎春横走至“下场门”时，【闪锤】切住。

柳迎春 儿要早些回来。

〔亮弦〕

（7 6 2 1 －）

〔柳迎春向远去的丁山摆手。

〔西皮摇板〕

【大锣凤点头】（过门同前）i 3 3 5 （6 5 3 6 5 －）7 6.i 3 5 6

我 儿 此 去 多 欢 欣，

（6 5 3 5 6 5 3 2 1 1 6 5 5 5）3 3 5 6 5 6 （6 5 3 5 6 －）

不 枉 我 抚 养 他

p

4 4 4 3. 3 5 － （6 5 3 6 5 5 3 2 1 1 6 5 5 5）3 5 7 7.6

十 七 春。 撩 衣 且

（右手撩起腰巾子）

5. 6（6 5 3 5 6）5 6.7 6 5 5 3 5 3 5 － 5 6 6 －

把 寒 窑 来 进，

（走向正中，进窑，关窑门起身）

【大锣凤点头】（过门同前）3 5 5 3 i 6 －（6 5 3 5 6）6 7 6 5 5 2 3 3 5 －

儿 行 半 日 娘 担 心。

〔【大锣抽头】柳迎春略向前一二步至台中偏左，双手先后背手，左转身（台步要走在锣鼓点的节奏里），缓步“下场门”下。闭二幕。

第 二 场

〔二幕启，空场。中速【快长锤】薛丁山背弹弓、弹袋，左手抓大带，右手拿枪，“九龙口”略停，再走至台口正中，左手扔大带，接右手枪，“云手”“拉山膀”之后，左手持枪掐腰，右手攥拳。

〔西皮摇板〕

薛丁山 【大锣凤点头】（6 6 3 5 5 5 3 6 5 i 3 2 1 1 6 2 1 1）3 2 4 3

寒 窑

3 2 4 3 1. 2 3 3 （7 6 5 5 5 3 6 5 5）4 3.5 3 2

领 了 母 亲 命， 汾 河

1 2 1 3 2 1 － （2 1 6 2 1 1 －）1 4 3 5 3 －

打 雁 度 光 阴。 弹 （呐） 打

〔【闪锤】丁山走到左侧，枪放地下，双手取弓，左转身到台正中，左手拿弓掐腰，右手“拉山膀”看空中飞雁，右手从弹袋内虚做取出泥弹，右弓箭步，朝左侧方向，右手拉开弓（放开手虚拟地放出泥弹）打雁。【闪锤】切住。“下场门”内扔出一只死雁。

〔亮弦〕
（6· 2 1 2 4· 5 3）
（大大 大大……衣大大 仓）

〔薛丁山捡起雁子至左侧，把弓、雁一并放下。

【大锣凤点头】（7 6 3 5 5 5 3 6 5 5 3 2 1 1）6 1 1 3 2 3 2·1 2
弹 打 南 来 此 口 雁，
（左手拿起枪，走至正中掐腰）

（6 5 5 5 5 6 1 2）
（白）枪（呃）挑——（朝左前方耍枪花，转身，右手出枪扎鱼，亮相）
（大大 大大 大大……衣大大 仓）

【大锣凤点头】（6 6 3 5 5 5 3 6 5 5 3 2 1 1 6 2 1 1）3 2
枪 挑
（左手从枪头上取鱼扔至左侧）

2 1 1 2 3 2 1 6 1 （3 6 5 5 3 2 1 1 6 2 1 1）6 1
鱼 儿 水 浪 分。 耳 旁
（看一下“上场门”）

3 2 3 2 3 2 - 6 1 1 3 2 1 2 2 1 ‖
听 得 銮 铃 震， 那 旁 来 了 一 军 人。

〔走至左侧放下枪，拿起弓左转身，一看。
（大 大 大 大……衣大 大 仓）

〔薛仁贵内白：“马来！——”
〔中速【快长锤】薛仁贵左腰侧挂宝剑，左手按剑柄，右手持马鞭“上场门”上。“九龙口”略停亮相，至右台口勒马。

〔西皮摇板〕
薛仁贵 【大锣凤点头】（7 6 3 5 5 5 3 6 5 5 3 2 1 1 6 2 1）4 -
催

3 3 5 3 3 2 4 3 （4 5 3 2 1 2 3）3 1 2 2 3 - - |
马 来 在 汾 河 湾，
（丁山右手取弹拉弓射雁，薛仁贵见状惊讶）

〔西皮摇板〕

【大锣凤点头】(7 6 35 55 36 55 32 11 62 1) 13 2 21 1 2
见 一 顽 童

(“下场口”扔出一只死雁)(丁山拾雁放左侧地上)

(2) 3 21 1. 6 3 2 2 1 1 (21 62 11 65 55) 1 4 35 3 —
打 弹 玩 (呐)。 弹(呐)打——

(丁山跨右腿左转身取弹拉弓射出。薛仁贵朝“上场门”左转身，马鞭甩上膀子亮相。二人“斜一字”形)

【大锣凤点头】(7 6 35 55 36 55 32 11) 13 2
弹 打

(丁山又见一雁落地，急拾起，放左侧地上，薛仁贵至右台口)

2 1 3 21 2 (2 - - -)
南 来 此 口 雁，(白)枪挑——

(薛仁贵向外右转身，见丁山耍花枪扎鱼)

【大锣凤点头】3 2 21 1 2 3 21 1.6 1 (21 62 11 65 55)
枪 挑 鱼 儿 水 浪 翻。

(丁山左手从枪头上做抓鱼状，

2 2 1 3 2 (21 61) 2 22 1 1 2 2 2 2 - |
翻 身 下 了 马 雕(哇)鞍，

连同长枪一起放在左侧地上，左手拿弓掐腰站左侧)

〔【快长锤】薛仁贵右转身下马，拴缰绳，马鞭扔地。

【大锣凤点头】(7 6 35 55 36 55 32 11 62) 13 2
再 与

21 1 2 (35 21 61 2) 3 1. 6 3 2 1 - ‖【大锣住头】
顽 童 把 话 言。

薛仁贵 这一顽童，在此做甚？

薛丁山 在此打雁。

薛仁贵 一弹上去，能打几雁落地？

薛丁山 一弹能打双雁落地。

薛仁贵 我却不信呐。

薛丁山 我且打来你看。

薛仁贵 好，打来我看。

薛丁山 军爷站定了。

【大锣凤点头】(过门同前) 2 2 1. 5 3 2 2 2. 1 1 2 121 2 - |
军 爷 不 信 抬 头 看，

(“拉山膀”)(朝左前方右腿横跨，抬左腿，蹲下，拉弓射出式)

【大锣凤点头】（过门同前）6. 2 1 3 2 3 5 2 1 1 － ‖【住头】
弹 打 双 雁 落 眼 前。

〔“下场门”幕内扔出两只死雁，丁山右手拾起给薛仁贵看。

薛仁贵 哎呀且住！（背供）看这个娃娃小小的年纪，就有这样惊人的本领（挑大拇指夸赞），我若将他收下，日后也好做一臂膀。【小锣一击】啊——顽童。

薛丁山 军爷。

薛仁贵 这一弹上去能打双雁落地，不足为奇。为军的也会打雁呐。

薛丁山 你这一弹上去能打几雁落地？

薛仁贵 三雁落地。

薛丁山 我却不信。

薛仁贵 借弓弹一用。

薛丁山 不要损坏我的弓弹。（取下弓双手交与薛仁贵，右手将弹交仁贵左手）

薛仁贵 那个自然。（朝“下场门”一望，惊见猛虎）【叫头】啊呀且住！南山之上下来一只猛虎，伤了顽童那还了得？身旁带定袖箭，不免将虎打走。顽童闪开，（右手腰中取袖箭）看箭！（投射虎形）（八大仓）（丁山被射中，翻一“抢背”倒地）

薛仁贵 哎呀！（右手将弓扔入“下场门”，丁山滚下）

〔西皮散板〕

【快纽丝】廿（7 6 － 6 5 5 3. 1 2 7 6 2 1 －）3 2
只 望

1 3 2 2 1 6 1 2 （7 6 1 2） 6 1 1 3 2 1
搭 救 顽 童 命， （仓）不 料 失 手 丧

1. 6 1 （7 6. 2 1） 1 3 2 2 2 2 1 2 0 ‖
他 的 身。 （仓） 仁 贵 拉 马 往 前 进——

〔【扫头】急走右侧解马缰绳，拿起马鞭，拉马走至台正中，左腿跨回一步，【大锣原场】急速“下场门”下。闭二幕。

第 三 场

〔场上设一桌，左右跨椅各一。

〔二幕启。【撤锣】【小锣尾】

〔柳迎春“上场门”内唱。

〔西皮小导板〕

【小锣导板头】廿（7 6 7 6 6 6 6 6. 3.5 6 6 6 6. i 5 4 3 2 7 6 2 1 －）i i 353
娇儿

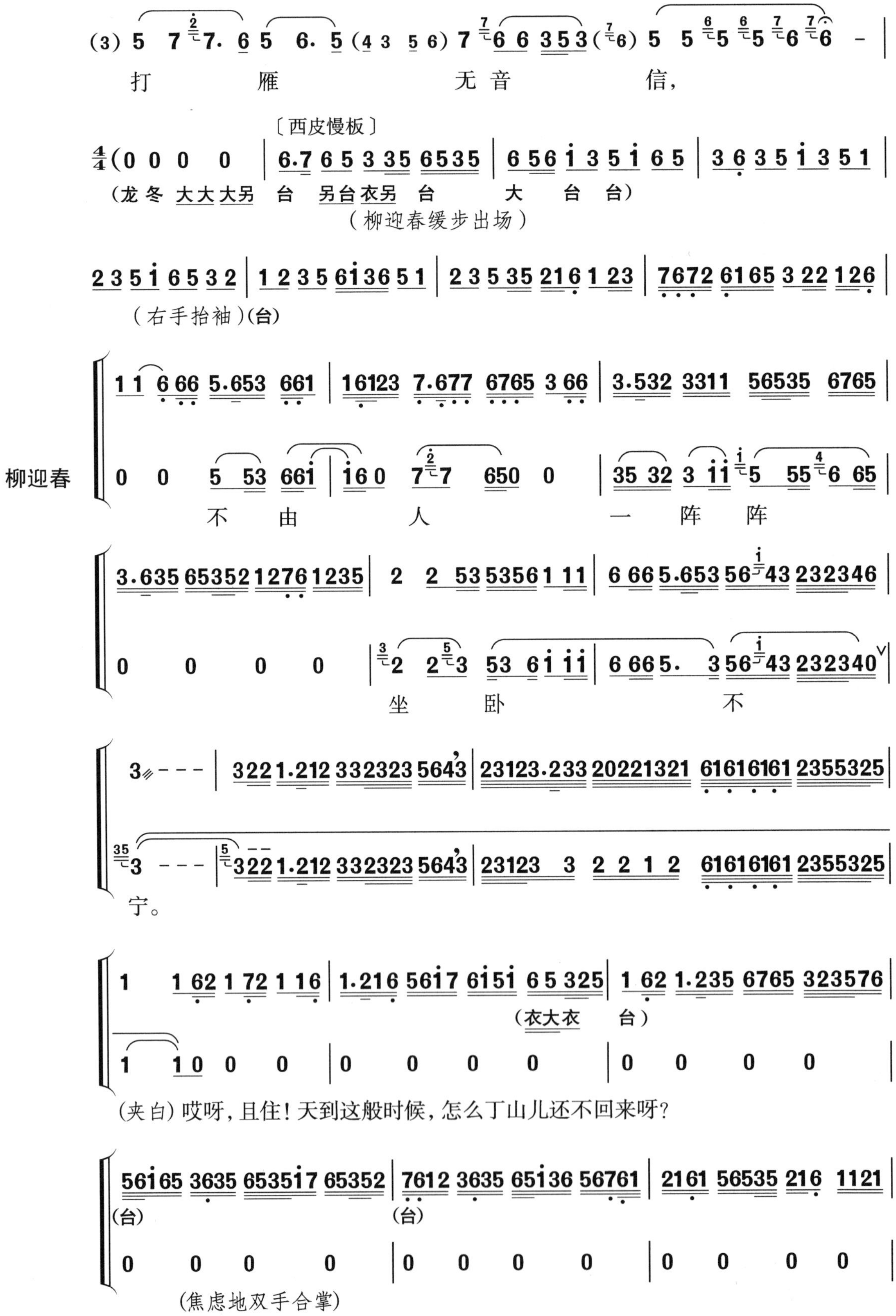
打 雁 无 音 信，
〔西皮慢板〕
（龙 冬 大大大另 台 另台衣另 台 大 台 台）
（柳迎春缓步出场）
（右手抬袖）(台)
柳迎春
不 由 人 一 阵 阵
坐 卧 不
宁。
（衣大衣 台）
（夹白）哎呀，且住！天到这般时候，怎么丁山儿还不回来呀？
(台)
(台)
（焦虑地双手合掌）

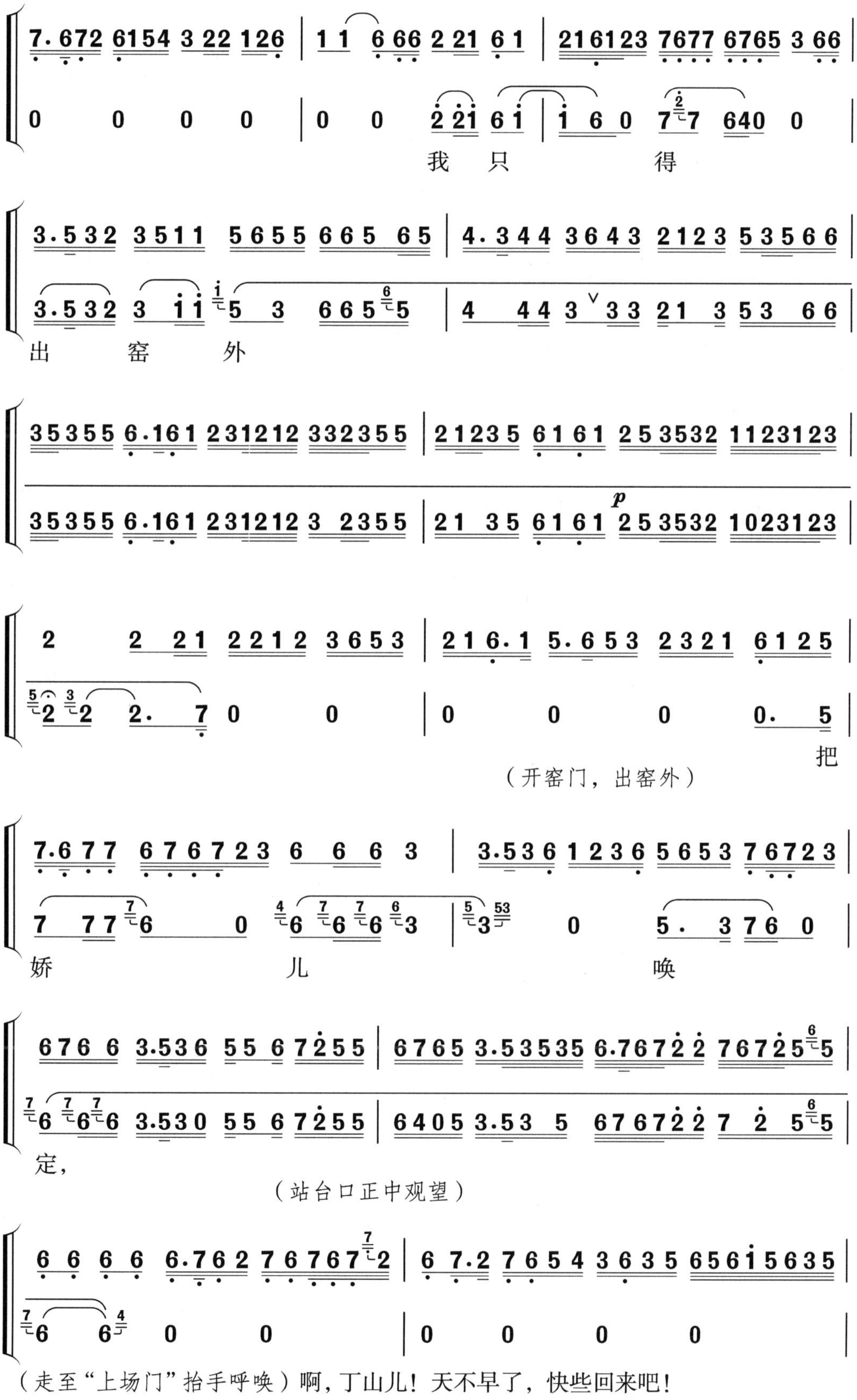
我只得
出窑外
（开窑门，出窑外）
把
娇儿唤
定，
（站台口正中观望）
（走至“上场门”抬手呼唤）啊，丁山儿！天不早了，快些回来吧！

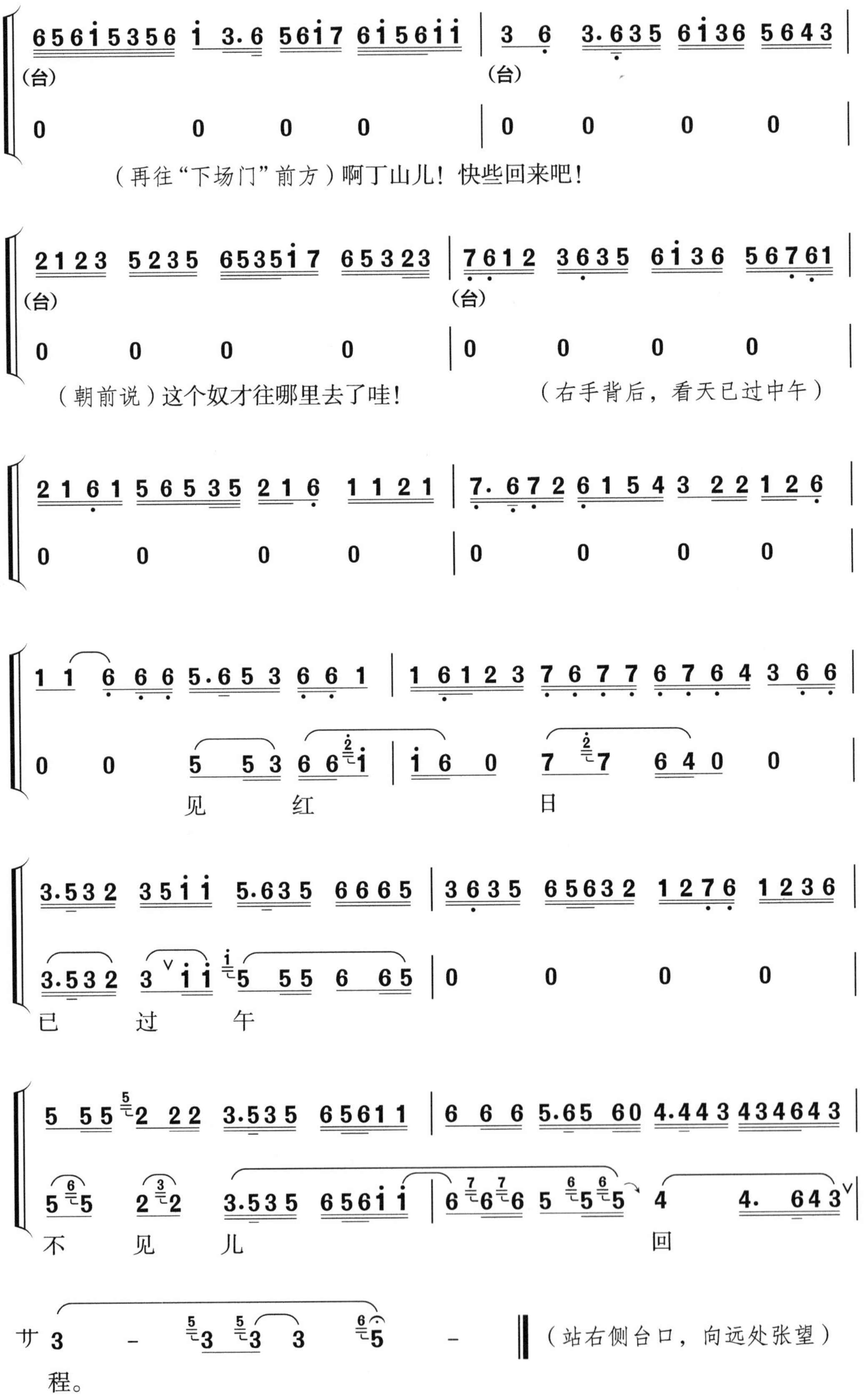
（台）
（再往“下场门”前方）啊丁山儿！快些回来吧！
（朝前说）这个奴才往哪里去了哇！
（右手背后，看天已过中午）
见 红 日
已 过 午
不 见 儿
回
廿
程。
（站右侧台口，向远处张望）

汾 河 湾

⺁薛仁贵内白:“马来”！中速【快长锤】左手握剑柄，右手举马鞭，“上场门”上。至“九龙口”亮相，打马至右台口勒住马。

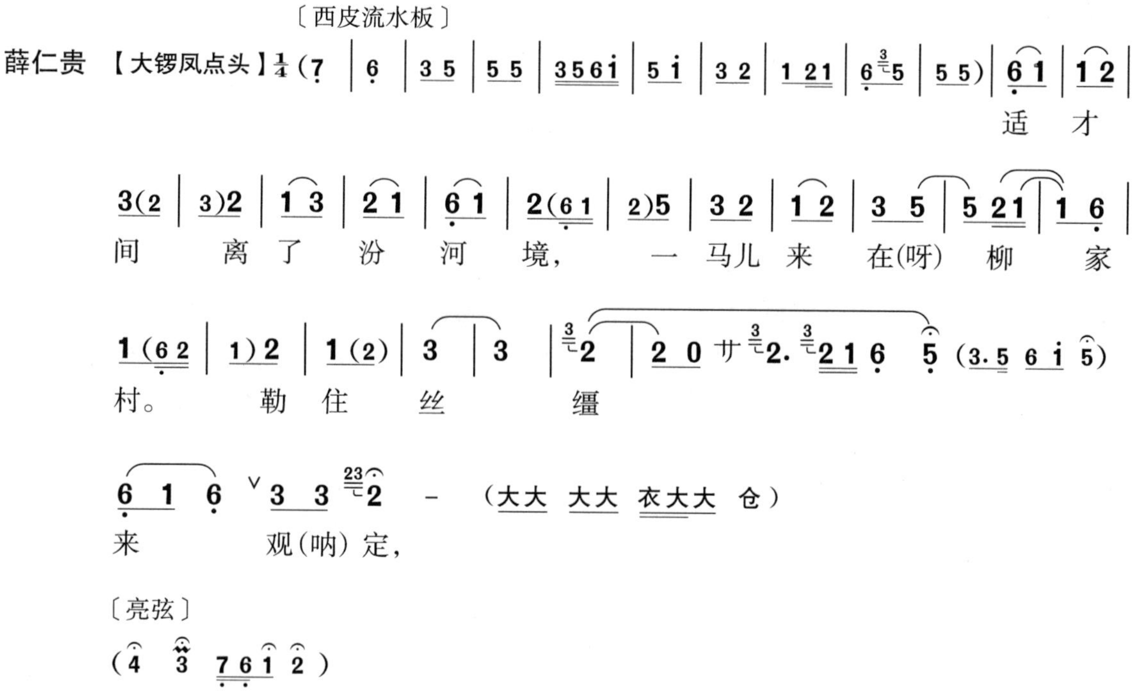

⺁柳迎春移步至“下场门”台口，薛仁贵勒马朝左观望。

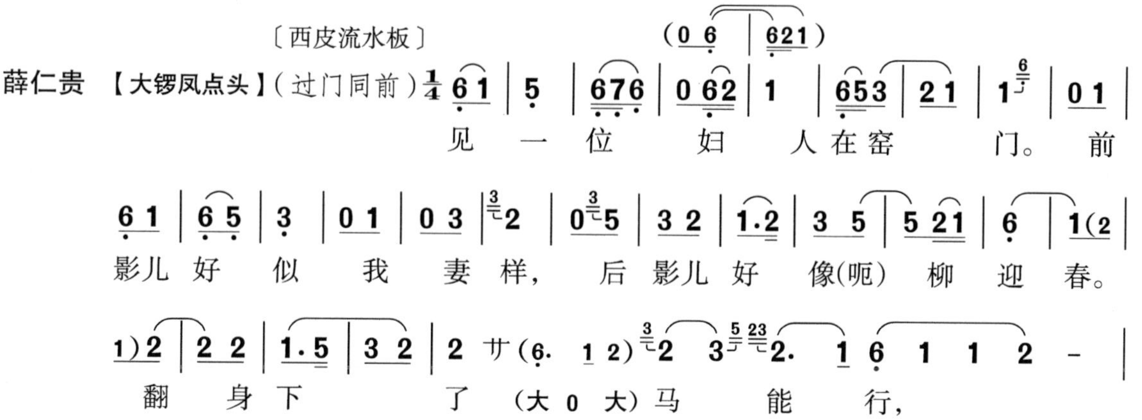

⺁【闪锤】薛仁贵右转身，在右侧下马，马鞭放地上，双手拴缰绳，左转身到右侧台口。

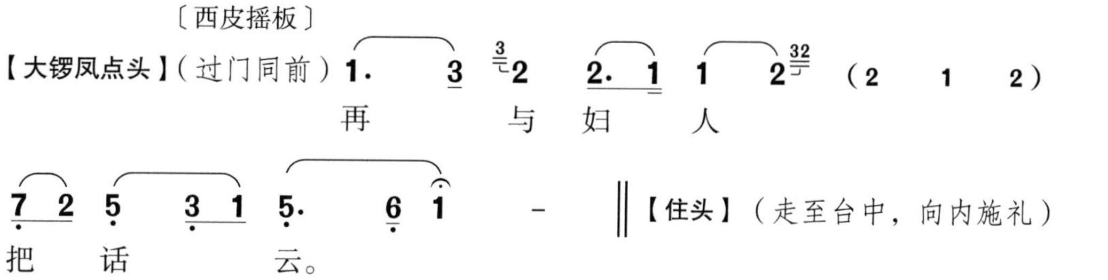

大嫂请来见礼。【小锣一击】

柳迎春 （右转身朝里施礼）这厢还礼。啊，军爷敢是失迷路途了么？

薛仁贵 请问大嫂，此处可有个柳家村么？

柳迎春 军爷你来看，这前面叫柳家村，（左手指在前方）此处也叫柳家村，但不知你问的是哪一家呢？

薛仁贵 我问的是柳迎春，大嫂可知么？

柳迎春 柳迎春！（一惊，节奏稍慢念）

薛仁贵 正是。【小锣一击】

柳迎春 哦——，他就住在前面，你问他做甚哪？

薛仁贵 我与他丈夫同营吃粮，托我带来万金家书，叫她前来接取。【小锣一击】

柳迎春 啊军爷，我离她家不远，我二人常常来往，你把书信交与我，我与她带去如何哇？

薛仁贵 这来人言道：书信么，要面交本人。

柳迎春 若不见本人呢？

薛仁贵 原书带回。

柳迎春 这……请稍待，（走向左侧背供）哎呀且住！【小锣一击】想我夫妻分别多年，今日才有书信带回，真真令人可幸也。【小锣一击】待我对他实说了吧。（向右对薛仁贵）啊军爷，方才多有怠慢，我这厢赔礼了。（朝内施礼）

薛仁贵 还礼，还礼。听你之言，莫非你就是薛大嫂么？

柳迎春 不敢，仁贵之妻，柳氏迎春。（右水袖遮面）

薛仁贵 哎呀呀，这厢有礼。（背供）哎呀且住！（走向右侧）【小锣一击】想我夫妻，离别一十八载，今日见面，互不相认，倒也可笑哇！【小锣一击】（左右一望）看四下无人，我不免要笑她一番，有何不可哇？

柳迎春 把书信交与我吧。

薛仁贵 哎慢来慢来，我还有几句言语要对你讲啊。

柳迎春 有话请讲。

薛仁贵 我那薛大哥，在营中借了我几十两银子，是我此番回家探望，问他讨要，总是无有，万般无奈，他将大嫂你就卖与我了。（大大……ᵛ大乙）

柳迎春 （惊惑，退一步）怎么？！【小锣一击】将我卖与你了？！

薛仁贵 卖与我了。

柳迎春 嘿嘿，我却不信。

薛仁贵 哎，因何不信哪？

柳迎春 既无书信，又无凭证。你休来骗我！（右手甩水袖）

薛仁贵 哦，你要凭证哪，我这里有哇。

柳迎春 （伸右手）拿来我看。（大大……大台）

薛仁贵 且慢！你乃有气之人，凭证被你拿去，三把五把扯碎，我岂不落得个人财两空么？

柳迎春 听你之言，此事是真的了么？

薛仁贵 哪个还骗你不成？

柳迎春 （悲愤，扬起右袖）

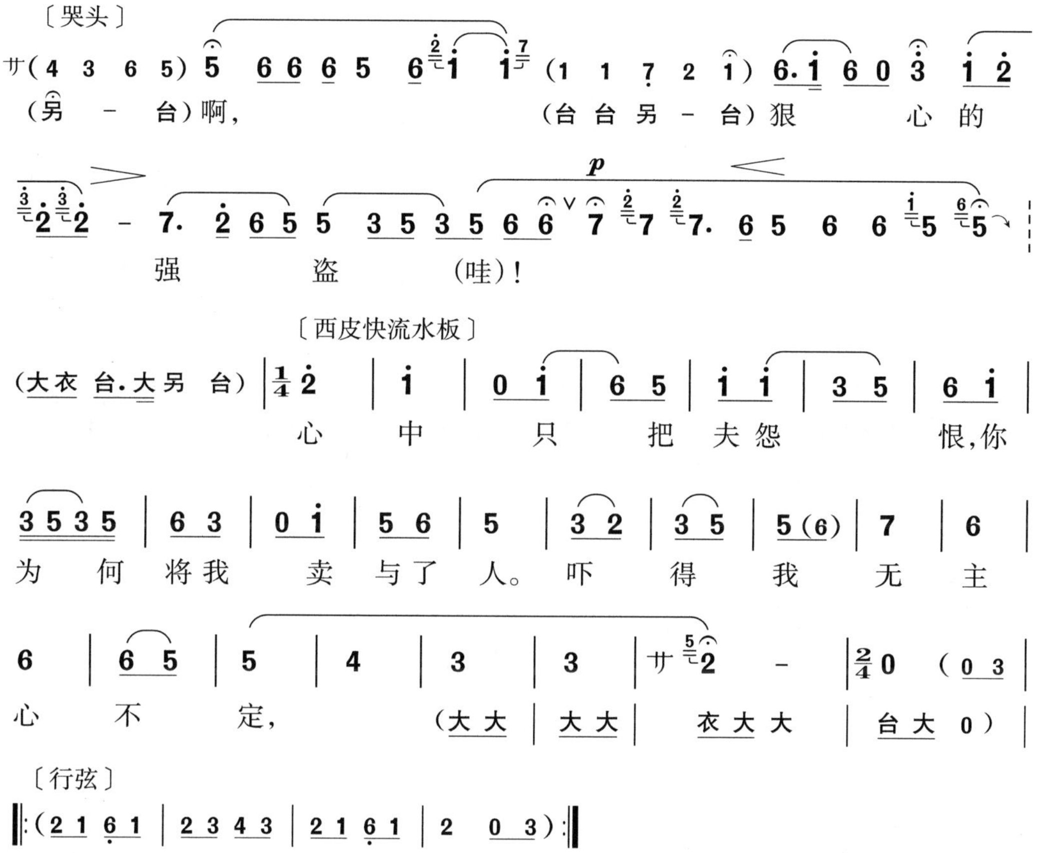

（心中思索着，向旁边看）

（夹白）军爷，那旁有人来了！（指右侧）

薛仁贵 （夹白）在哪里？（往右侧看）

加快

柳迎春 （夹白）在那里。（指右前方）‖: 2321 2321 :‖

「在加快〔行弦〕中柳迎春急行进窑，关窑门，搬右跨椅，将门顶住。（衣大大）(2 1 2)(台)

柳迎春 （夹白）哇！

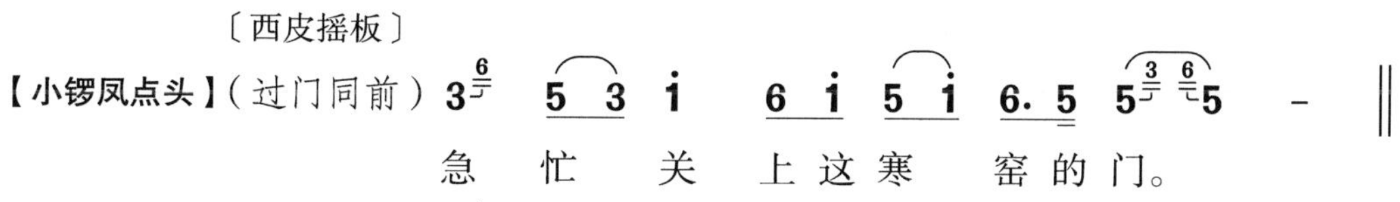

薛仁贵 妻呀！

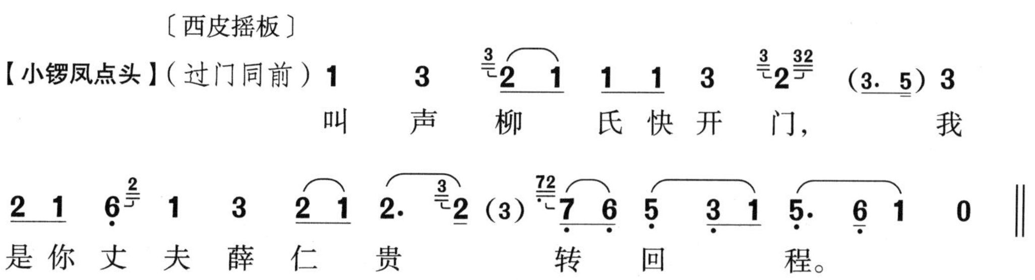

柳迎春 哇!

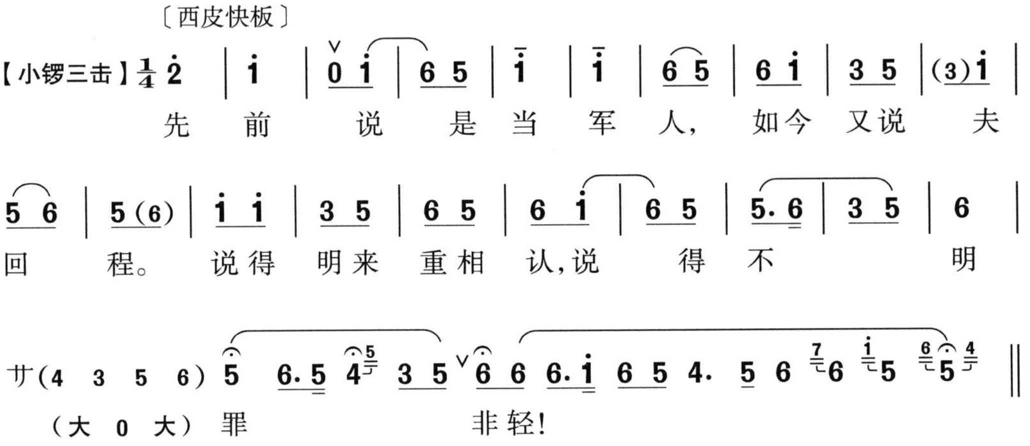

〔柳迎春转脸背着身坐“门椅”。

薛仁贵 妻呀!

〔【**大锣原场**】接【**导板头**】薛仁贵站右侧台口。

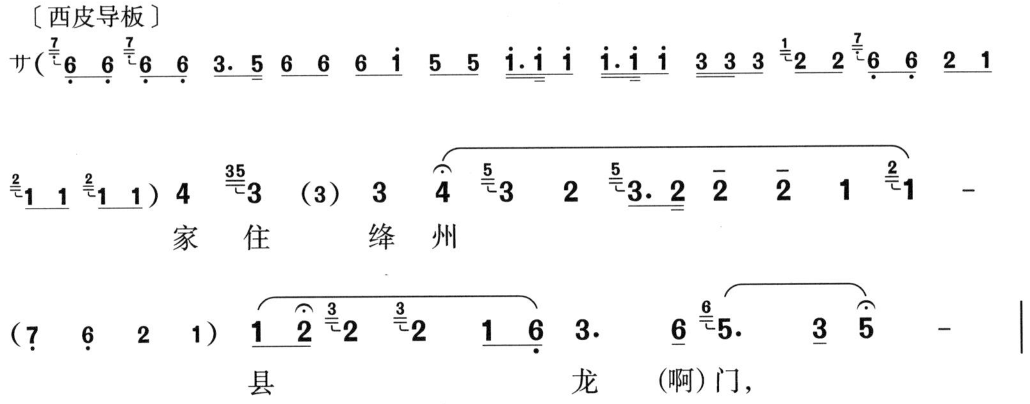

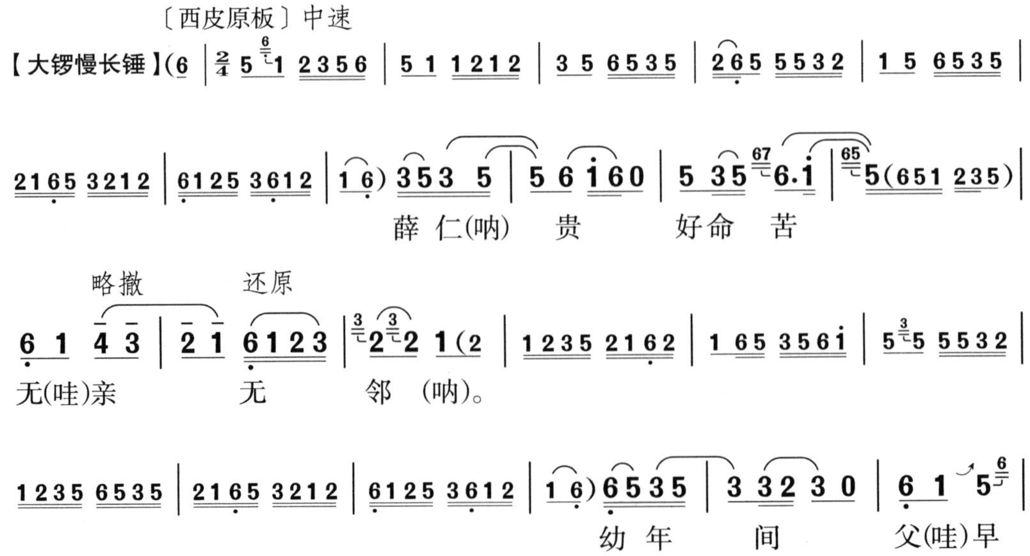

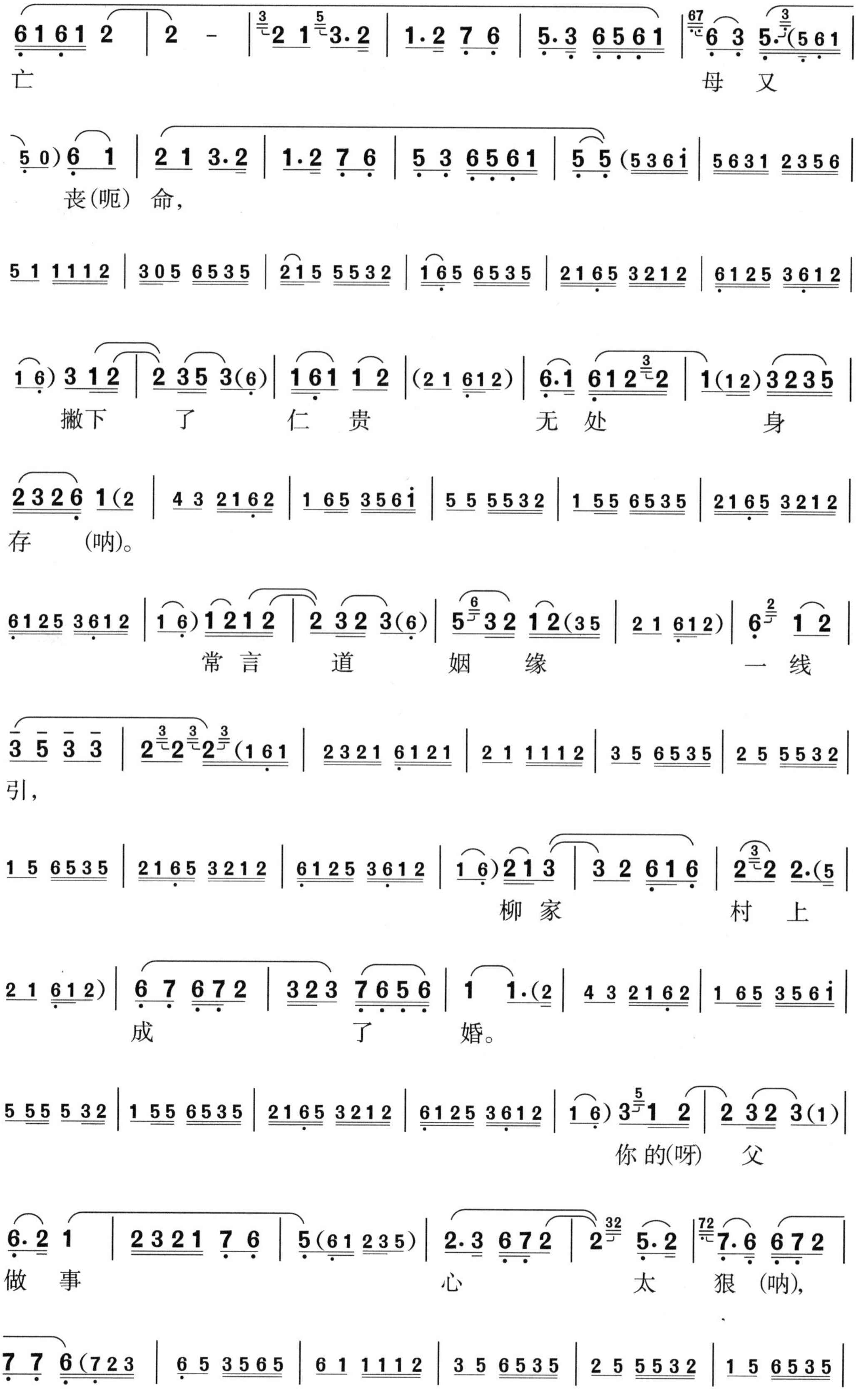
亡 母 又
丧(呃) 命,
撇下 了 仁 贵 无 处 身
存 (呐)。
常 言 道 姻 缘 一 线
引,
柳 家 村 上
成 了 婚。
你 的(呀) 父
做 事 心 太 狠 (呐),

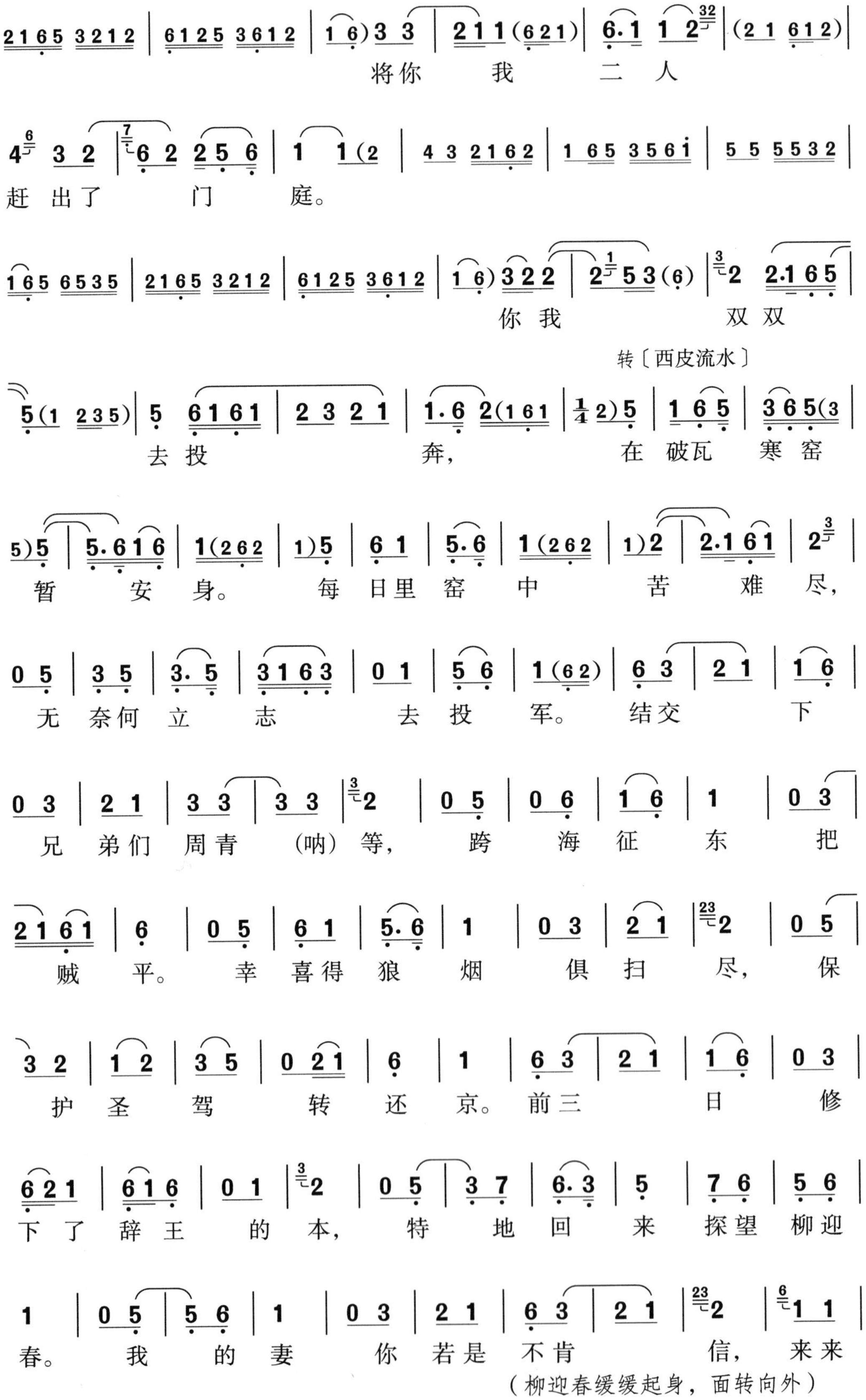
将你我二人
赶出了门庭。
你我双双
转〔西皮流水〕
去投奔，在破瓦寒窑
暂安身。每日里窑中苦难尽，
无奈何立志去投军。结交下
兄弟们周青（呐）等，跨海征东把
贼平。幸喜得狼烟俱扫尽，保
护圣驾转还京。前三日修
下了辞王的本，特地回来探望柳迎
春。我的妻你若是不肯信，来来
（柳迎春缓缓起身，面转向外）

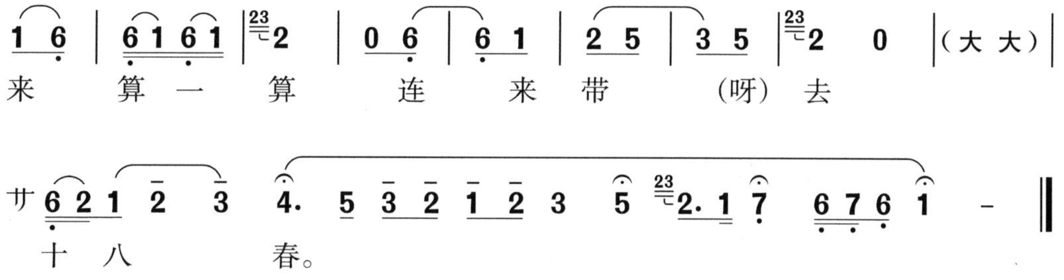

柳迎春　呀！（面色欣喜）

〔【小锣抽头】开窑门，蹲身出窑，站左侧。

柳迎春　薛郎！

薛仁贵　柳氏！

〔连打【小锣抽头】薛仁贵左手按剑柄，右手撩鸾带，欲进窑，头碰窑门。

柳迎春　薛郎！看仔细。（抿嘴略笑）

〔薛仁贵先进窑，“挖”着走至左侧。柳迎春随后进窑，“挖”至右侧。不关窑门。锣鼓切住。

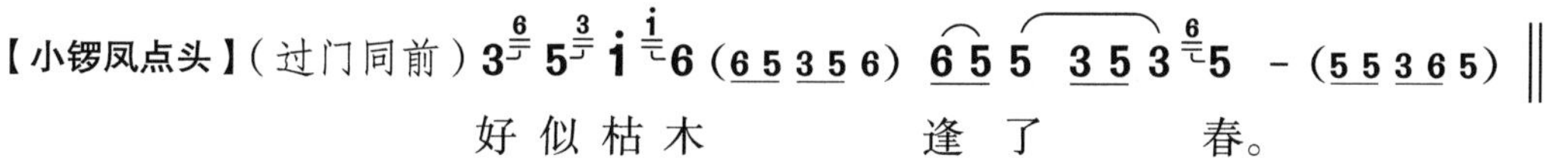

〔薛仁贵与柳迎春同步往里归坐八字椅，薛仁贵坐在左侧“大边”，柳迎春坐右侧“小边”。【小锣一击】

柳迎春　薛郎，你可好啊？

薛仁贵　我好，你可好哇？

柳迎春　我么？哎呀呀，你我分别十数载，你也苍老了哇！

薛仁贵　你的容颜也不似先前了，真乃是“少年夫妻江湖老”！

柳迎春　“红粉佳人白了头！”

薛仁贵　彼此？

柳迎春　一样。

薛仁贵　啊？哈哈哈……！【小锣一击】（柳迎春背供拭泪）

柳迎春　啊薛郎，你我分别之时，你曾言道，此番前去从军，杀贼多，立功勋。如今你回来了，你立的是什么功？做的是什么官呐？

薛仁贵 哎呀,再也不要提起做官。

柳迎春 怎么？

薛仁贵 早去三天也好,晚去三天也好哇。

柳迎春 不迟不早,是将将地凑巧哇。

薛仁贵 凑巧倒是凑巧,我做了一名马头军。

柳迎春 马头军？马头军有多大的前程呢？

薛仁贵 马头军的前程大得很哪！

柳迎春 有多少品哪？

薛仁贵 嗯,有七八十来品呐！

柳迎春 （自语）哎呀呀,说不做官么就不做官,今日做了官,倒有七八十来品啱！——啊薛郎,不知这马头军都管些什么？（左手按桌）

薛仁贵 我哇？与人家看马！【小锣一击】

柳迎春 怎么？（失望地左手落在膝盖上）与人家看马——？【小锣一击】

薛仁贵 不错,与人家看马呀！【小锣一击】

柳迎春 （气愤地站起,搬椅）【小锣一击】好,有心胸！

薛仁贵 本来地有心胸。

柳迎春 （搬椅朝右侧台口走）有志气！（呕气地用力放下椅子）

薛仁贵 我的志气还小吗？【小锣一击】

柳迎春 喂呀,谁想他在外多年,只落得与人家看马,你真真愧对我柳迎春。（生气）

薛仁贵 唉！【小锣一击】我不回来,你盼我回来,如今我回得家来,你看看,你就是这个鼻子、脸子的。我在家住上个三两天,（把椅子搬到左侧“大边”台口）我哇,我还是出外呀！（生气坐下）【小锣一击】

〔薛仁贵与柳迎春同时互看,目光接触后【小锣一击】二人又同时扭过脸去。

柳迎春 （内疚地【小锣一击】）这就是我的不是了哇,好容易盼他回来,怎么,才一见面就斗起口来？想他乃是饱受风霜之人,不可难为于他。——啊薛郎,方才是我的不是了哇。

薛仁贵 怎么,是你的不是了？嗯,这便才是呀！【小锣一击】

柳迎春 （略思索）啊薛郎,我来问你,当初公婆死后葬在何处啊？

薛仁贵 你忘怀了哇？葬埋在龙头山。

柳迎春 要改叫马头山吧。

薛仁贵 唉！怎么叫马头山呐？

柳迎春 你想啊,你在外多年,受尽千辛万苦,只落得与人家看马,岂不要改叫马头山呐。

薛仁贵 哎,龙头山受听呐。

柳迎春 马头山吧。

〔二人争着说。

薛仁贵 龙头山。

柳迎春 马头山

薛仁贵 龙头山。（站起走近柳迎春）龙头山！龙头山！

柳迎春 马头山、马头山、马头山！（站起,走近薛仁贵,双手抱肩）【小锣一击】

薛仁贵 好,就叫马头山！（回原位坐下）【小锣一击】

柳迎春　（小声地）本来叫马头山。
薛仁贵　啊柳氏，我那岳父岳母百年之后，埋葬在何处啊？
柳迎春　当然是凤凰山上了哇。
薛仁贵　呵呵！到了他们家就是凤凰山了。依我看来也不叫凤凰山哪！
柳迎春　叫什么山哪？
薛仁贵　要叫穷苦山。
柳迎春　为何叫穷苦山哪？
薛仁贵　你想啊，我在家的时节，你就是这样的受苦，我出外一十八载回来，你还是住这个破窑，岂不叫做穷苦山哪？
〔二人争着说。
柳迎春　凤凰山。
薛仁贵　穷苦山。
柳迎春　凤凰山。
薛仁贵　穷苦山。（又起立，走近柳迎春）
柳迎春　（同时）凤凰山、凤凰山、凤凰山！
薛仁贵　（同时）穷苦山、穷苦山、穷苦山！
柳迎春　（又起立，走近薛仁贵，二人站正中，柳迎春双手叉腰）凤凰山！【小锣一击】
薛仁贵　（无奈）好，就叫凤凰山，就叫凤、凰、山！（回原位坐下）
柳迎春　我来问你，我在这寒窑受苦为的是哪个？
薛仁贵　我晓得你为的是哪个哇？
柳迎春　我不为的就是你么？
薛仁贵　我出外一十八载，饱受风霜之苦，我为的是哪一个哇？
柳迎春　我晓得你为的是哪个？
薛仁贵　我为的就是你呀！
柳迎春　哦，你为的是我么？
薛仁贵　啊，我不为你，难道我还为这破窑不成么？！
柳迎春　咳！我乃受了饥寒之人，你不要拿话来呕我哇！（拭泪）
薛仁贵　咳！我是受了风霜之人，你也不要拿话来气我哇！
柳迎春　你真真气死我也……！（哭、拭泪，坐下）【小锣一击】
薛仁贵　（背供）哎，我也不要气坏了她呀。也罢，待我对她实说了吧。——（对柳）啊柳氏，你也不要生气了。我与你带来一件好东西来了。
柳迎春　你还有什么好东西，（站起对薛，右手食指点左手指，走至正中）无非是马刷子、马嚼子、马鞭子。
薛仁贵　唉！你不要在马上打搅啊，你看一看么，就晓得了。
〔回身朝里，右手从衣内取出金印交到柳迎春左手中。
柳迎春　（接印一看）【小锣一击】哎呀，这是一颗金印呐！【小锣一击】他与人家看马，哪里来的这个金印哪？【小锣一击】不要被他骗了。（走向薛仁贵）薛郎，我道是什么好东西，原来是块生黄铜，吃不得、用不得，要它何用？我来摔了它吧！（右手举印欲摔）
薛仁贵　（忙从柳迎春右手夺过金印）唉！【小锣一击】你拿过来吧！【小锣一击】这是为夫，保定唐王，跨海征东，立下十大汗马功劳，圣上见喜，封我为平辽王。这是我平辽王的虎头金印，说什么生黄铜？（右手拿金印，举在柳迎春的眼前，一步一步向前"欺"；柳迎春一步一步斜退至左椅旁）这样的生黄铜你们家有几块？【小锣一击】有几块？【小锣一击】生黄铜？（收回手中）不开眼呐！（回原位，站椅前）【小锣一击】

柳迎春 唉！拿来我再看一看。

薛仁贵 生黄铜无有什么好看的，不要看了。

柳迎春 再看看。

薛仁贵 再看看？你就再看看。（走近柳氏面前，右手将印平举交柳迎春）【小锣一击】仔细了哇！

〔柳迎春上前接印，右手拿起印，左手在下面虚空托着，突然失手掉落，（**大大衣台**）假装未接住，薛仁贵急用手兜住。

薛仁贵 哎呀呀！（将印又交给柳氏）

柳迎春 （细看金印，装作才认出而惊喜）【小锣一击】哎呀呀，这就是平辽王的虎头金印呐！他是王爷，我岂不是位夫人了哇？【小锣一击】（走进薛仁贵）啊薛郎，这就好了。

薛仁贵 怎么？

柳迎春 有了这块金子，去到市上，换些银钱，买些柴米，够你我夫妻吃半辈子的了哇。

薛仁贵 你拿过来吧！【小锣一击】（从柳迎春左手夺过金印）你要把我这个大元帅吃在肚内不成么？

柳迎春 与你耍笑着玩呢！（抿嘴微笑）

薛仁贵 呵呵，哎呀！【小锣一击】（将金印放回怀里）

〔【小锣归位】二人同时搬椅往里归，放在原位。

薛仁贵 啊柳氏，讲了半日，口内干渴，可有香茶取来我饮呐？

柳迎春 寒窑之内哪里来的香茶呀？

薛仁贵 有什么？

柳迎春 白水。

薛仁贵 白水也好。

柳迎春 好，待我取来。

〔【小锣抽头】"上场门"下，取水。立即复上，左手托盘，盘中一碗。

〔西皮摇板〕

（过门同前）3. 6 5 7 6 5 6. i 3 5 6 5
念 他 征 人 定 思 饮，

3 5 6 i i 6 i 5 6 5 3 5 3 5 - ‖（走至薛仁贵面前）
忙 将 这 白 水 就 当 香 茗。

〔柳迎春托起盘，薛仁贵在盘中取碗。柳迎春侧身朝外，将盘中余水甩地。

〔西皮摇板〕

薛仁贵 【小锣凤点头】（过门同前）1 2 2 2 2 1 1. 3 2 - V （大大 大大
用 手 接 过 白 滚 水，（夹白）哎呀！
（右手端杯欲饮，嫌水不开）（右手将杯中

衣大 大 台)(4 3 2 1 6 1 2 1 6 5 5 5)2 1 3 2 2 7 6 5 6 1 (1 1 7 2 1) ‖
将 水 泼 在 地 尘 埃。
水朝左腿前泼在地下) (将杯放回盘中，柳氏将盘放桌上)

柳迎春 怎么不用？
薛仁贵 乌涂水啊！【小锣一击】
柳迎春 糟蹋东西。(坐下)
薛仁贵 腹中饥饿了，有什么好菜、好饭取来我用。
柳迎春 寒窑哪里来的饭食呀？
薛仁贵 有什么？
柳迎春 鱼羹。【小锣一击】
薛仁贵 什么是鱼羹？
柳迎春 是鲜鱼煎成的。
薛仁贵 好，快快取来我用。
柳迎春 待我去取来。

〔【小锣抽头】柳氏端起桌上的盘子，"上场门"下。
〔柳氏由"上场门"上，右手端盘(盘里有碗筷)，至"九龙口"前面。(边唱边进门)

〔西皮摇板〕
(过门同前)3. 6 5 3 5 7 6. 1 3 5 6 5 3 5 6 1 1
急 忙 取 来 鲜 鱼 羹，递 与 薛 郎
(右手在盘中取筷，交仁贵)
6 5 4 3 2 3 5 – ‖
尝 尝 新。

〔西皮摇板〕
薛仁贵 【小锣凤点头】(过门同前)6. 2 1 3 2 3 1 2 (3 2 1 6 5
用 手 接 过 鲜 鱼 羹，
(仁贵右手接筷，左手端碗) (把碗稍靠近面前，
5 5 3 2 1 1 6 2 1) 6 1. 2 3 2 2 7 6 5. 6 (2 1 7 2 1 0) ‖
这 样 的腥 臭 实 难 闻。(大大 乙大 大 0)
一闻后立刻摇头)

〔薛仁贵将碗筷放回盘中。柳迎春将盘放在桌上。

柳迎春 为何不用？
薛仁贵 臭了哇！
柳迎春 你无有造化。
薛仁贵 哎，我无有这个造化啊。(伸懒腰)【小锣一击】
柳迎春 怎么样了哇？
薛仁贵 身体困倦，我在哪里打睡？
柳迎春 外窑不洁净，待我与你打扫内窑吧。

薛仁贵　内窑？好，快快打扫。
柳迎春　待我打扫打扫。

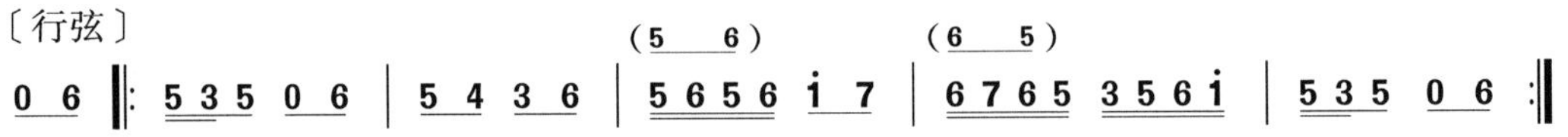

〔在〔行弦〕进行中：柳迎春起身向右欲走，（衣大 大 台）忽然想起丁山儿还未回来，欲出窑门，回头见仁贵站着，就请他坐下。自己出窑门，先朝"上场门"走去，一望二望。此时，仁贵也跟在其后出窑，躲在迎春身后观其动静。迎春又从右台口横走至"下场门"张望。此时，薛仁贵站在台正中示意不解，便转身进窑坐下。柳迎春无奈只得进窑。
柳迎春　薛郎啊！（仁贵站起在左侧，柳迎春站右侧）

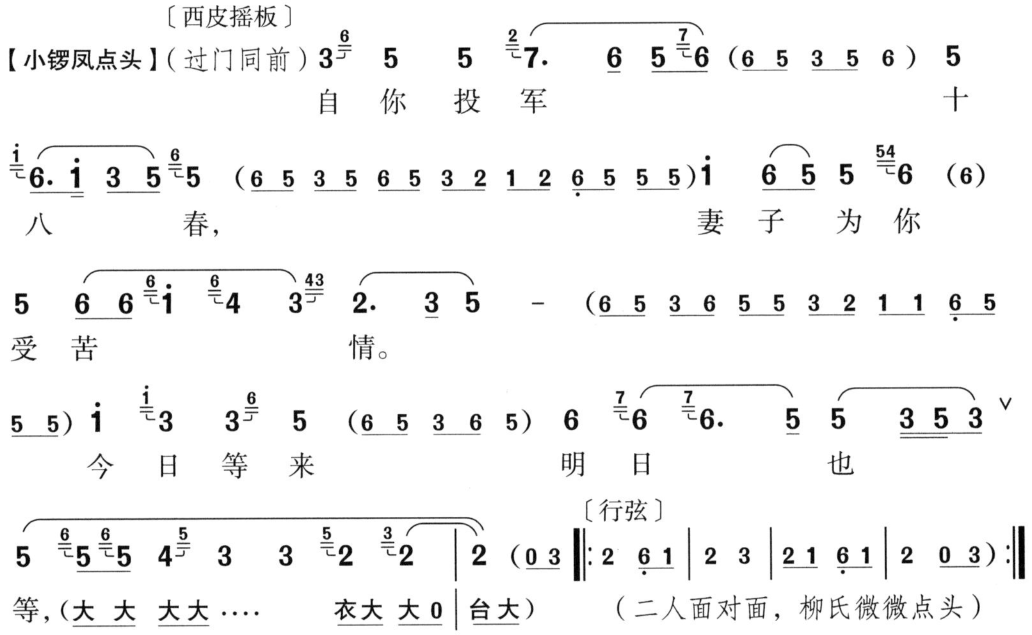

薛仁贵　等什么哇？
柳迎春　薛郎啊！——（二人在〔行弦〕中对白）

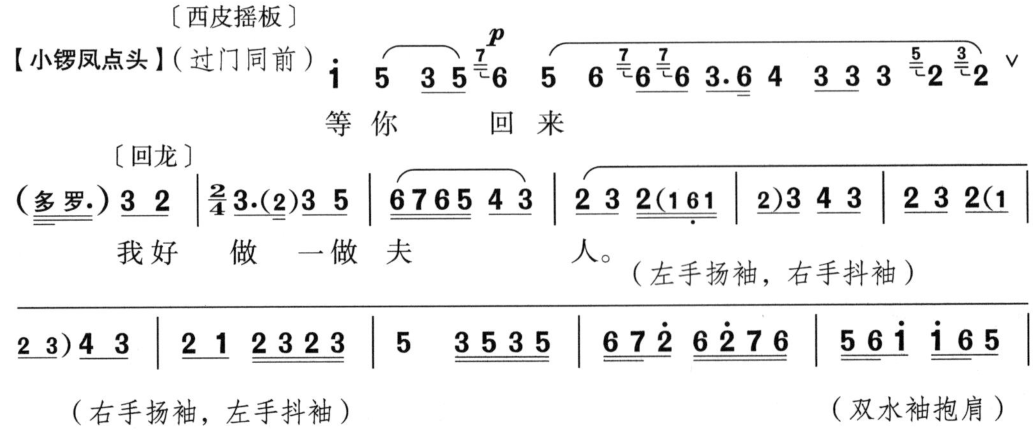

4 6 4 3 2 3 | 5 5 3 ʼ5 | 艹 6 ∨ 1 1 1 1 5 － 5 － ‖

（右袖搭左肩，略羞笑，小快步“上场门”下）

〖【小锣快抽头】薛仁贵略走向“上场门”，看柳迎春后身影。小锣切住。

〔亮弦〕
【大锣一击】（4 3 6 5 －）

薛仁贵 啊？（走向台中）

〔西皮摇板〕
【大锣凤点头】（过门同前）3 3 4 3 3. 2 1. 2 3 （4 3 7 6
柳 氏 说 话 面 带 春，

5 5 5 3 6 5 5）6 1 1 3 2 3 2 2. 1 1
莫 非 有（哇）了 私 情 人 （呐）。

（2 1 6 2 1 1 6 5 5 5）3 5 3 3. 2 2 2 1 2 3. 5 2 － |
出 得 窑 门 四 下 看，
（左手按剑柄，右手提大带，抬左腿出窑）

〖【快长锤】站窑门口，右手捋髯，一望“上场门”，再望“下场门”。

〔亮弦〕
【快长锤】切住（4 3 2. 1 6 1 2 －）

〔西皮摇板〕
【大锣凤点头】（过门同前）6 1 1 3 2 1 6 6. 1
窑 外 并（呐）无 一 个

6 （2 1 6 5 5 5）3 3 4 3 3 1 2 3 － －
人。 将 马 拴 在 柳 林 下，

〖【快长锤】薛仁贵走至右侧，解下缰绳，右手从地上拿起马鞭，竖起马鞭，牵马，左手捏拳拉缰绳，由舞台前横走至左侧。将马鞭放落地上，双手拴缰绳。卸马鞍鞯，左臂抱鞍鞯至台中进窑，将鞍鞯放在靠近“下场门”台口处。退几步至正中，身朝前。

〔西皮摇板〕
【大锣凤点头】（过门同前）3 1 1 3 2 1 3 2 1
鞍 鞯 放（呃）在 地 埃

6 1 （3 2 1 6 2 1）4 3 1. 2 1 2 1 3 2
尘。 走 向 前 来 观 动（呃）静，

〔【撕边大锣一击】薛仁贵回身忽见桌下一只男鞋，惊疑。
（白）啊?!
〔【快纽丝】薛仁贵急蹲，右手从桌下取出男鞋，朝台口紧走几步。

（过门同前）1 3 2 1 1 2 1 2 1 6 1 0 ‖（右手将鞋交到左手，
这 一 男 鞋 事（喏）有 因。 右手食指挑髯）

【叫头】且住啊！想我离家一十八载，这只男鞋它、它、它是哪里来的?【叫头】噢，是了！想是这个贱人，做出不才之事。不免，把他唤了出来，一剑将她杀死，免得出丑！（回身朝“上场门”呼唤）柳氏！与我走了出来呀！
〔薛仁贵气愤地手指“上场门”，又跺脚唤柳氏。然后，左手将鞋交到右手，走回左跨椅，左手将鞋放在椅垫下。坐在椅上，双手撑在膝上，生气。
〔柳迎春内白：“来了！”
〔【小锣抽头】柳迎春蓝布包头，系长饭单，长水袖卷至手腕处，左手执畚箕，右手执长把扫帚，放在畚箕上面，由“上场门”快步上，至右侧台口。

〔西皮摇板〕
（过门同前）i 3 3 5 7 6. i 3 5 6 （6 5
已 将 后 窑 打 扫 净，

3 5 6 5 3 2）3 5 5 3 5 6（i）5 i 6 5 3 5 3 5 ‖
儿 夫 唤 我 为 何 情?
（柳迎春至薛仁贵面前）

薛仁贵 好贱人！
〔薛仁贵猛然起立上前，用左手打柳迎春右嘴巴。【撕边一锣】柳迎春一惊，【乱锤】急退让左转身至右侧。薛仁贵右转身至左侧，拔剑向柳迎春砍去。柳迎春低头快步避至左侧，回身向右侧的薛仁贵用扫帚扬畚箕中的尘土。薛仁贵被尘土迷眼，拭眼，又举剑。柳迎春先用右手将扫帚扔向薛仁贵，又以左手将畚箕向薛仁贵扔去，但都被薛仁贵用剑一一打掉。薛仁贵又举剑向左侧的柳迎春砍去。柳迎春急低头快步避至右侧，摔了一跤，急站起右转躲在薛仁贵身后，双手掐住薛仁贵的腰。薛仁贵左斜砍，【撕边大锣一击】柳迎春右躲避；薛仁贵右砍，【撕边大锣一击】柳迎春左躲避。薛仁贵挣脱了柳迎春抱腰双手，左转身“漫头”砍下。（八大仓）柳迎春抓住薛仁贵右臂，用牙咬住薛仁贵手腕。薛仁贵疼痛一松手，被柳迎春夺去宝剑扔在右侧地上。【撕边大锣一击】柳迎春顿时盘腿坐在地上右侧。

薛仁贵 （左手护右手腕）啊呀！你就是与我死！
〔（八仓）薛仁贵跺右脚，右手狠指柳迎春，自己走到左侧站立生气，双手叉腰。

柳迎春 （大大……大台）（见薛仁贵怒气冲冲拔剑就砍，气愤之极）我正在与你打扫内窑，将我唤出，不问青红皂白，仗剑就砍。（右手指地上的剑）难道，我做出什么丑事来，对不过你么?（双手拍地，抱臂）（大台）

薛仁贵 啊?!你做的事情，还来问我哇?你呀！（回身搬椅）你就是与我死！（走到左侧台口，

用力重放椅子,生气坐下)(**八仓**)

柳迎春 (见薛仁贵怒气未消,走向薛的右侧)啊薛郎,我来问你,有道是拿贼?

薛仁贵 要赃。

柳迎春 捉奸呢?

薛仁贵 要双。

柳迎春 着哇!(左手握拳拍右手掌)你拿出我的赃证来,我立刻就死!(右手侧指薛仁贵)(**大台**)

薛仁贵 哦?你还要你的赃证啊?哪怕你不看呐!(回身在椅垫下取出男鞋)

柳迎春 (背供)看你拿出什么赃证来!

薛仁贵 (将鞋摆在柳迎春面前)你来看,这就是你的赃!【**撕边一锣**】(薛逼进一步,柳迎春退一步)你的证!【**撕边一锣**】(薛又逼进一步,柳迎春又斜退一步)你就是(八)与我死!(**仓**)(薛仁贵右手拿鞋绕柳迎春左手腕,将鞋扔在柳迎春足前。回身坐椅上,生气)

〖柳迎春目视薛仁贵,慢慢蹲下,双手摸索着。(**大……乙台**)

柳迎春 看你有什么赃证啊?

〖柳迎春拾鞋站起,看是儿子的鞋,暗自一笑。(**大……大乙台**)

柳迎春 哎呀呀!我道为了何事,这样着急。原来为的是丁山儿一只鞋哟!(抿嘴笑,左转身对薛仁贵欲言)(**大台**)他这样可恶,不问青红皂白,仗剑就砍。嗯,我要气他一气。(高声向薛仁贵,故作镇静,逗趣地)啊薛郎,你问的是这穿鞋的人儿么?(左手举鞋在薛仁贵面前一晃)

薛仁贵 啊,我不问这穿鞋的,我还问这穿靴子的吗?(**大台**)(左脚抬起,右手指靴)

柳迎春 薛郎,这穿鞋的人儿,比你可强的多呢!

薛仁贵 他是比我强,我如今有了这个讨厌的东西了哇!(**大台**)(右手托髯让柳迎春看)

柳迎春 薛郎,不但比你强的多,自你去后,我还靠着他吃饭呢!(左手拿鞋摆在薛仁贵面前,右手指着鞋)

薛仁贵 (连连点头)你是要靠着他吃饭呐,你若靠着我,这一十八载,早就把你饿干了!(**大台**)

柳迎春 薛郎,不单靠着他吃饭,还有新鲜的事儿呢!

薛仁贵 (气得呆呆地直视柳迎春)哦?还有什么新鲜的事儿?

柳迎春 到了晚上,我还同他一处……(右手拿鞋,左手指鞋,凑向薛仁贵做耳语,左手遮挡嘴)睡觉呢!(右手将鞋交左手,右手遮嘴抿笑,右转身站桌旁)

薛仁贵 (一听"睡觉"二字,双手立即托髯遮面)哎呀呀(**大台**)(起身)亏你讲得出口,(右手指柳迎春)你不死,我来碰!【**撕边一锣**】(薛仁贵左手推髯,头往左撞。柳迎春双手拉薛仁贵右臂)我来碰!【**撕边一锣**】(动作重复一次)唉——!【**撕边一锣**】(薛仁贵右手甩掉柳迎春双手)你就是与我死!(**八仓**)(左手捋髯,右手指地)啊呀!气死我也!(坐下)

柳迎春 (**大大……乙台**)(抿嘴一笑)啊呀呀,不要气坏了他。待我对他实说了吧。(走到薛仁贵身旁)薛郎,你不要生气,难道你当真的忘怀了么?

薛仁贵 忘了什么?

柳迎春 你投军的时节,妻子身怀有孕,将将三月可是有的?

薛仁贵 嗯(回忆)有的。

柳迎春 你还言道,生男取名丁山,养女取名金莲可是有的?

薛仁贵 也有的。

柳迎春　有的好。自你去后，未满七月，产生一子，取名丁山，今年一十七岁。这只男鞋他穿得、穿不得?!（**大大……台**）

〔右手将鞋交到左手，伸摆在薛仁贵眼前，右手叉腰。

薛仁贵　（左手接过鞋，右手量尺寸，点头）嗯！一十七岁的汉子，这只鞋正穿呐！正穿。（右手指着鞋，再拿鞋拍打左手掌，最后双手摊开）

柳迎春　拿过来！（**大台**）（左手从薛仁贵右手中夺过鞋子，由于用力过猛，薛仁贵身子往右倾斜了一下）不要脏了我儿子的鞋哟！（故作珍惜地，右手用水袖掸鞋，将鞋放在桌上）（**台**）

薛仁贵　（背供）哎呀，她倒拿起来了哇！（见柳迎春生气，起立）（**台**）

柳迎春　哎呀呀，想我做出这样的丑事来，何用你杀，我自尽了吧！

〔柳迎春边说边急走至右侧地上，右手拾起宝剑，剑尖向右，抬起手臂在颈前，做自刎状。**【撕边一锣】**薛仁贵急上前拦阻，双手从柳迎春手中把宝剑夺过来。**【撕边一锣】**

薛仁贵　你拿过来吧！**【撕边一锣】**妇道人家拿刀动剑，成什么样儿啊？（将宝剑入鞘）（**台**）

柳迎春　我不敢养儿子的了……！（哭，拭泪）（朝右侧台口，上前几步，不理睬）（**台**）

薛仁贵　（双手托髯自责）薛礼呀薛礼，你真真的岂有此理呀！身为元帅之职怎么做事还是这样粗鲁。看看把她气得这个样儿，这窑前窑后也无有个人来劝解劝解呀？（一想）唉！我与她夫妻一场，向前赔个礼儿么，也就完了哇。（走至柳迎春的左侧斜后些）啊柳氏，方才乃是为丈夫的不是，喏、喏、喏，这厢赔礼。（**台**）（薛仁贵作揖、搭躬），（柳迎春左手抖水袖不理）（**台**）（薛叹息，从柳氏身后走至右侧向柳氏再作揖、搭躬，柳氏拂右袖）（**台**）（左转身仍不理）（薛仁贵无奈，右转身再从柳迎春身后回至左侧，自己打手势表示：作揖不成，只得下跪）（**台**）柳氏，我这里跪下了。（**大台**）（右手撩大带，左手按剑柄，右膝欲跪，柳迎春急回身搀起仁贵）

柳迎春　起来吧。我是与你耍笑着玩呢！（薛仁贵站起）

薛仁贵　哎呀！吓出汗来了哇！

〔（**大大　大大…**）薛仁贵左手擦额掸汗，（**大台**）**【小锣五击】**搬椅至原位坐下。柳迎春也归里坐下。

薛仁贵　柳氏，将你我的儿子唤了出来，叫他见见这个不成器的老子啊！（右手拍右侧腹）

柳迎春　此时不在窑内。

薛仁贵　哪里去了？

柳迎春　往汾河打雁去了。

薛仁贵　**【撕边一锣】**（骤惊！起身又坐下。紧张地追问）我来问你这窑前窑后，可有旁人家的孩子会打雁哪？

柳迎春　不是我夸口，窑前窑后并无第二家会打雁了。

薛仁贵　（惊急）柳氏这里来呀！**【大锣快五击】**（二人同时起身，薛仁贵右手拉柳迎春左手腕同步往正中台口走）你我的儿子出窑之时头戴？（左手指头）

柳迎春　抓帽。（右手指头）

薛仁贵　身穿？（指胸）

柳迎春　布衫。（右手护胸）

薛仁贵　左手？

柳迎春　弹弓。

薛仁贵　右手？

汾河湾

柳迎春　鱼——镖！【大锣一击】

〖【撕边一锣】薛惊倒，昏厥，双手垂下，坐椅上。

柳迎春　（尚未查觉，欣慰地告知）那就是你我的儿子。（大台）（回身见薛仁贵昏倒状，自言自语地）哎呀！怎么笑死过去了哇！快快醒来！（站在薛仁贵右侧，双手为其捶背）

〔西皮导板〕

薛仁贵　【大锣导板头】サ（6 5 5 3 2.1 6 2 1 –）3 3 1 2 1 2 2 3 5 6 1 4 3 3 3 2 –

听 一 言 来 吓 掉 魂，

〖【乱锤】薛仁贵搓手，双手中指擦眼，起身至中。

薛仁贵　【双叫头】丁山！我儿！儿啊——！（哭，拭泪）

〔西皮散板〕

【快纽丝】サ（7 6 2 1）6 1 3 2 6 1 6 1

冷 水 浇 头 怀 抱 冰。

（7 6 2 1）6 3 2 1 6 1 3 1 2（7 6 1 2）

（仓） 适 才 路 过 汾 河 境，（仓）

〔行弦〕

5 7 6 3.6 5 3 1 3 2 1（嘟 仓大）‖:（1 62 1 3 | 2162 1）:‖

见 一 顽 童 打 弹 能。

柳迎春　（夹白）那就是你我的儿子啊！

薛仁贵　（夹白）我晓得呀！

〔西皮散板〕

【大锣凤点头】（3 2 1 6 2 1）1.3 2 2.1 1 3 2 1 2（7

弹 打 南 来 张 口 雁，

〔行弦〕

6 1 2）7 6 6.3 5 7 2 2 5 6 1 –【撕边】（仓 大）‖:（1 62 1 3 | 2162 1）:‖

（仓） 枪 挑 鱼 儿 水 浪 分。

柳迎春　（夹白）少时他就要回来。

薛仁贵　（夹白）他回不来了哇！（摆右手）

速度加快

【大锣凤点头】（7 6 2 1）2 2 1 3 2 1 6 1 2

本 当 对 她 实 言 论，

（7 6 1 2）1 3 1 2. 2 1 2 3.5 2.1 1 ‖【住头】

（仓） 又 恐 急 坏 这 受 苦 的 人 呐。

柳迎春 讲了半日,我连一句也不明白。(略作摊双手式)

薛仁贵 啊呀柳氏啊!【大锣快五击】(薛仁贵抓住柳迎春左手)适才我打从汾河湾前经过,见一顽童在那里打雁,(快说)忽然在南山之上下来一只猛虎,又恐伤了顽童性命,是我身旁带定袖箭,指望将虎打走,不想这一箭呐!

柳迎春 (急抓住薛仁贵手臂,急问)一箭便怎样?

薛仁贵 将那个顽童射死了!【大锣一击】

柳迎春 哎呀!(八大仓)【撕边一锣】(右手扬袖,颤抖昏厥倒靠椅上)

薛仁贵 柳氏!(猛回头见柳迎春昏倒,惊慌)哎呀!又是一条人命呐!柳氏醒来!(急上前双手攥拳为柳迎春捶背)

〔西皮导板〕节奏紧

柳迎春

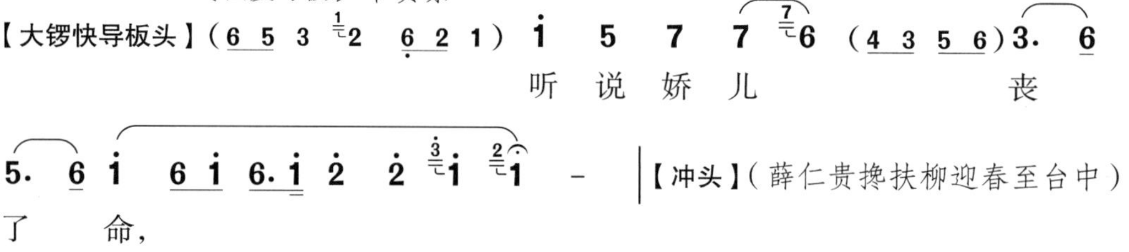

柳迎春 (右手翻袖)【叫头】丁山!我儿!哎呀儿啊!……(二人同哭)

〔西皮散板〕

⌈【乱锤】柳迎春咬薛仁贵右手臂,薛仁贵退避。二人原地转一圈,归原位,薛仁贵揉右臂。

〔西皮散板〕

柳迎春 【大锣凤点头】(过门同前)

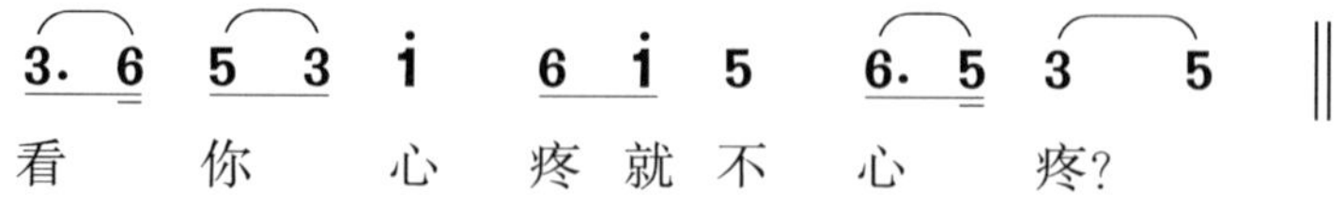

【叫头】薛郎!你将娇儿射死,尸首今在何处?

薛仁贵 汾河湾前,随我来呀!

⌈【紧锤】薛仁贵左手托大带,右手拉住柳迎春左手,柳迎春右手扬袖,二人同时蹲式出窑,起身立即跑大圆场。

柳迎春 （随跑随唱〔西皮快板〕不等胡琴“过门”）

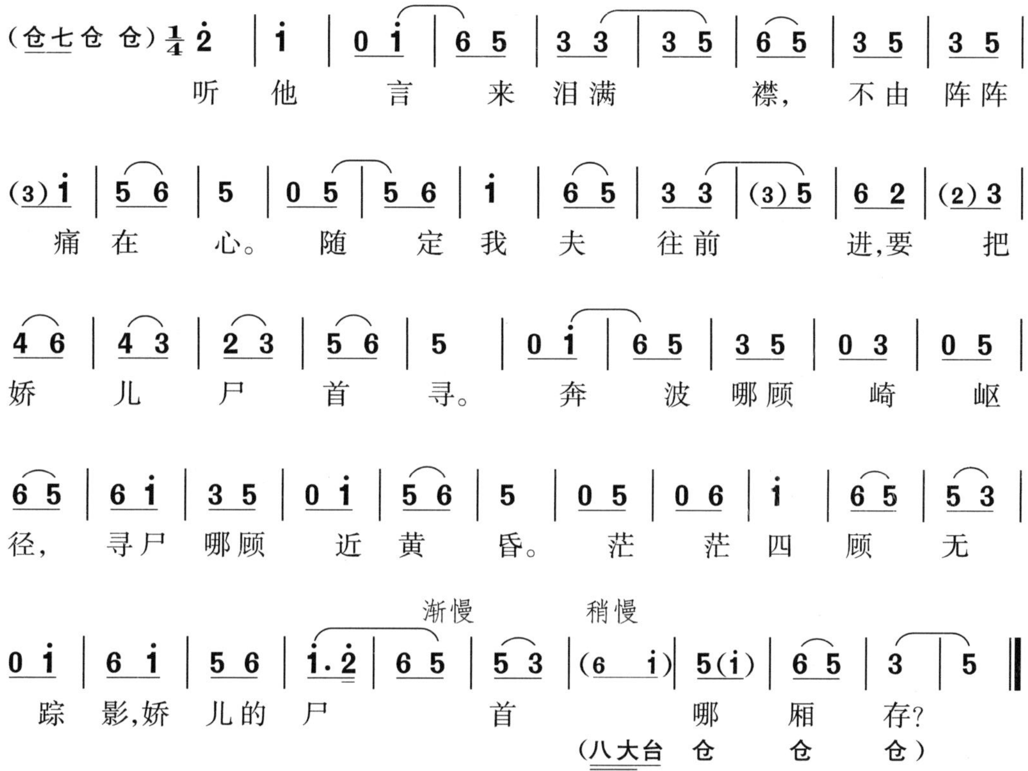

〔二人在〔西皮快板〕中跑大圆场至台正中，二人往里“一盖”转身。薛仁贵右手抓住柳迎春左手，柳迎春跪走蹉步，薛仁贵骑马蹲裆式蹉步。（八大仓 八大仓 八大仓）斜走至“下场门”前方，柳迎春急起身，右手扬袖亮相。（嘟八大仓）【大锣快原场】二人向“下场门”快步急下。

——剧 终